慎海雄 主编

当代岭南文化名家

DANGDAI LINGNAN WENHUA MINGJIA

红线女 红线女艺术中心 编著

红线女

SPM 南方出版传媒·广东人民出版社
·广州·

图书在版编目（CIP）数据

当代岭南文化名家·红线女 / 红线女，红线女艺术中心编
著. —广州：广东人民出版社，2016.10
　　（当代岭南文化名家）
　　ISBN 978-7-218-11077-6

　　Ⅰ.①当… Ⅱ.①红… ②红… Ⅲ.①文艺—作品综合集—
广东省—当代 Ⅳ.①I218.65

中国版本图书馆CIP数据核字（2016）第178972号

DANGDAI LINGNAN WENHUA MINGJIA · HONGXIANNÜ

当代岭南文化名家·红线女

红线女　红线女艺术中心　编著

出 版 人：肖风华

责任编辑：林小玲　林　冕
责任技编：周　杰　吴彦斌
装帧设计：书窗设计　赵煜森 / 钟清 / 张雪烽

出版发行：广东人民出版社
地　　址：广州市大沙头四马路10号（邮政编码：510102）
电　　话：（020）83798714（总编室）
传　　真：（020）83780199
网　　址：http://www.gdpph.com
排　　版：广州市友间文化传播有限公司
印　　刷：广州市人杰彩印厂
开　　本：787毫米×1092毫米　1/16
印　　张：25.5　字　数：364 千
版　　次：2016年10月第1版　2016年10月第1次印刷
定　　价：92.00元

《当代岭南文化名家》丛书编辑委员会

编委会主任：慎海雄

编委会副主任：郑雁雄　顾作义　郑广宁　王桂科　杜传贵

编委会成员：何祖敏　倪　谦　丁晋清　徐永波　萧宿荣

　　　　　　曾　莹　肖风华

前　言

　　五岭之南的广东，人杰地灵，物丰民慧。自秦汉始，便是沟通中外的重要门户，海上丝绸之路即发祥于此。近代以来，中国遭遇外来侵略，一批有识之士求索救国图强，广东成为民主革命的策源地。进入20世纪70年代，广东敢为天下先，以杀出一条血路的气魄，成为改革开放的前沿地。钟灵毓秀，得天独厚，哺育出灿若星辰的杰出人物，也孕育出独树一帜的岭南文化。谦逊、务实、勤勉的广东人，用他们的智慧和力量，悄然推动着中国历史的进程，也赋予了岭南文化不拘一格、不定一尊、不守一隅的丰富内涵和特质，成为中华文化的瑰宝。

　　改革开放大潮涌起珠江，广东的经济社会发展取得了巨大成就，涌现出一大批德艺双馨的文化名家，在文学、音乐、美术、建筑等众多领域取得开拓性成就，岭南文化绽放出鲜明的时代亮色。今天，我们又面临一个新的、更大的历史机遇——实现中华民族伟大复兴的中国梦。习近平总书记在文艺工作座谈会上指出，实现中华民族伟大复兴需要中华文化繁荣兴盛。广东如何响应要求，创作无愧于时代的优秀作品？省委常委、宣传部部长慎海雄同志就此提出，要按照中央和省委省政府部署，大力推动文化创新，打造岭南文化高地，打造一批弘扬中国精神，具有中国风骨、岭南风格、世界风尚的精品力作，形成一支规模宏大、门类齐全、结构合理的"文化粤军"，并主持策划了《当代岭南文化名家》大型丛书。

　　记录当代，以启后人。本丛书以人物（文化名家）为线索，旨在为当代岭南文化名家提供一个集体亮相的舞台，展现名家风采，引导读者品鉴文艺名作，深切体悟当代岭南文化的独特魅力，提升广东民众的文化自信和地域认同，弘扬新时期的广东精神，为广东全面建成小康社会、书写中国梦的广东篇章提供源源不断的文化驱动力。

为此，我们从文学、绘画、雕塑、音乐、舞蹈、戏曲、影视、新闻出版、工艺美术、非遗传承等领域，遴选出一批贡献卓著、影响广泛的广东文化名家。他们之中，既有土生土长的"邑人"，也有长期在广东生活、工作的"寓贤"。我们为每位名家出版一种图书，内容包括名家传略、众说名家（或对话名家）和名家作品三大篇章，读者可由此了解文化名家的生平事功、思想轨迹、创作理念、审美取向和艺术造诣等。同时，我们将结合多媒体技术，在视频制作、名家专题片、影音资料库和新媒体推广等方面大胆创新，多形式、多渠道地向读者提供新鲜的阅读体验。

我们深信，当代岭南文化名家丰富的文化实践，一定会编织出一幅底蕴深厚、内容丰富、精彩纷呈的文化长卷，它必将成为一份具有重要历史和现实意义的文化积累，价值非凡，传之久远。

《当代岭南文化名家》丛书编委会

2016年6月

◎　红线女

　　红线女（1925—2013），粤剧"红派"艺术创始人，国家级非物质文化遗产项目（粤剧）代表性传承人。原名邝健廉，广东开平人，曾先后担任广东粤剧院副院长，广州粤剧团艺术总指挥，广州红豆粤剧团团长，广东省戏剧家协会主席，红线女艺术中心主任，广州市政协副主席，第二届全国政协委员，第三、四、六、七、八、九届全国人大代表。

　　红线女所创的红派艺术代表着粤剧旦角艺术的最高成就。13岁登台，16岁担纲正印花旦，22岁涉足电影，成为红极一时的剧影两栖明星，1955年回归祖国大陆后演出的《搜书院》《关汉卿》《山乡风云》等剧目成为粤剧史上的里程碑。

　　红线女终生致力于扶掖后辈，培育了一批优秀粤剧人才。

　　红线女毕生与祖国荣辱与共，为中国戏剧事业鞠躬尽瘁，她对粤剧事业的传承、创新、弘扬和发展做出了卓越的贡献。

　　历任国家领导人都对她给予高度肯定和赞扬，毛泽东曾勉励她"做一个劳动人民的红线女"。

　　她的生命属于艺术，她的艺术属于人民！

目录

第一篇

红线女传略

谭志湘

红线女,一个响彻大江南北的名字，一个在香港、澳门家喻户晓的名字，一个在东南亚、美国颇具影响力的名字。

　　她生于南国，长于南国，她把自己的一生献给了南国的戏曲剧种——粤剧，一个被世界承认的人类口头非物质文化遗产——粤剧。她创造了粤剧红腔红派……她是观众和专家公认的艺术大师、表演大家，开粤剧一代之新风。在我国的大江南北、香港澳门，东南亚、美洲，乃至英国、比利时都有她的观众，她是具有世界影响的表演艺术家。让我们走近红线女、红腔、红派……

童年：生活的滋味

1925年12月 25 日，一个女孩出生在广州西关，她的祖籍是广东开平。父亲为她取名邝健廉，家人和亲朋好友都亲昵地称她"阿廉"。

阿廉的父亲邝奕渔，年轻时曾漂洋过海，在澳洲的悉尼做过洗衣工人，薄有积蓄，回国后又承继祖业，经营药店和酒店生意，生活也还算富足。

阿廉出生时，父亲已经四十多岁。她有四个哥哥，七个姐姐，父亲有一妻二妾。那个时代的男人，有钱又能干的，娶妾侍是光彩的事，也是很平常的事。阿廉出生时，邝家的鼎盛时期已过去，时局不太平，加之人口多，日子已是一年不如一年。她是庶出，家庭地位可想而知。

抗日战争爆发以后，阿廉随父亲逃到澳门，生活没了着落。小阿廉记得最清楚的是父亲的叹息声，有时无缘无故地发脾气，打人骂人也时有发生，小小的阿廉也吃过父亲的"菱角"，那就是父亲把手指捏起来，往她的小脑袋瓜上敲，虽说下手不重，可还是很痛的。

为生活所迫，十岁的阿廉不得不挑起生活的担子。那双稚嫩的小手，为爆竹厂打过爆竹孔，为糕饼铺敲过瓜子仁，也干过撕棉纱的营生。那时汽车司机会用棉纱擦油污的手，于是把棉织物的边角料撕扯成棉纱，就成了穷人家孩子赚钱的活儿，扯一斤棉纱可以赚五分钱，小孩们一两天也不一定能扯出一斤纱来。阿廉成为"红线女"后，在舞台上那双仿佛会说话的手，那古典美人的兰花玉指，那般柔美纤细，仿佛十指不沾阳春水一般，可谁知道她的童年竟干着种种粗重的活儿。

她还干过编制草垫子的活儿。草绳在小姑娘的手上跳动，那双小手是那般的灵巧，抽、穿、结、缠、绕……十指飞舞，她终日坐在那里，连头也不抬一下，不停地编，编，编……就是为了多挣几分钱，贴补家用。生活，磨练了小小的阿廉，也磨练了她的意志，造就了她一双巧手。这最初的磨练，让她一生受用，学戏再苦，再累，她都不怕。

澳门的水大多是咸的，有钱人家喝的是山泉水，那是淡水，于是就产生了卖淡水这一行业。阿廉生性活泼，喜动不喜静，父亲常常唤她"马骝仔"，这是广东话，译成普通话就是像猴子一般灵巧顽皮的小孩子。寻找淡水，挑回家，再卖给有钱人，这是"马骝仔"最喜欢干的活儿。她和表姐、表哥、表弟一起寻找那种快要枯竭的水井，用绳子把身体绑牢，沿井壁慢慢下到井底，若是发现一层浅浅的水，那就大喜过望了。阿廉会用装牛奶的小铁罐，一点一点，小心翼翼把水舀到小铁桶中。就这么一小桶一小桶地吊到井上，装满一大桶后，阿廉才拉着绳子，脚蹬着井壁爬上来。有时他们也到妈阁庙、西环一带去舀水坑，有时就去接山泉水。

接山泉水也是一件很磨性子的活儿。滴滴答答的山泉水要好半天才能装满一小杯，她和表姐就双手捧杯，一滴一滴地接，这真是又累又闷又烦的活儿。一担水可卖半角钱，能换十几个铜板。还处于孩提时代的阿廉就明白，每个铜板都来之不易，只有流汗干活儿才能得到。这让她懂得珍惜，不乱花一分钱，长大后，阿廉学习，排戏，她舍得花钱，但生活中绝不乱花一分钱，不讲排场，拒绝奢华，厌恶摆阔气。

艰难的岁月，温饱尚且难顾，偏偏这时候阿廉又得了疟疾，冷一阵热一阵，有时发烧甚至胡言乱语，神志不清。阿廉只记得，每日中午必定发冷，浑身颤抖，冷得要命。这冷，莫名其妙地来了，又莫名其妙地去了，时间准得出奇。看着小女孩受折磨，没钱看病，没钱买药，怎么办？不知是谁教了母亲一个办法，病来了，母亲就拖着女儿兜圈子走。他们住的是个半岛，母女俩就沿着海边走，从西环走到东环……小女儿发着高烧，浑身打颤，足下无力，真是难煞人也。那滋味让阿廉终生难以忘怀。

发高烧在海边兜圈子的办法实在是不行，病急乱投医，母亲又想出一个怪招。母亲知道女儿最爱看大老倌做戏，那时的澳门经常有省港剧团来演出，文戏、武戏、生角戏、旦角戏都是极好的，母亲想女儿既然喜欢看戏，也许看着戏就能忘了生病……于是小姑娘跟随母亲高高兴兴去看戏了。舞台上大戏就要开演，"发报鼓"敲响的时刻，小姑娘却开始发冷，而且越冷越剧，冷得无法忍耐，她像发狂一般，从楼上往楼下跑，跑啊跑，没命地跑……最后昏厥过去。

病痛折磨得小姑娘骨瘦如柴，危在旦夕，母亲又听说狗肉能治这种冷热病，于是四处打听，哪处店铺有狗肉，只要有一线希望，跑多远的路她都会去，和人家说好话，讨得一点狗肉汁回来，给小姑娘吃。

不知是狗肉汁灵验，还是小阿廉命大，她真的闯过了这道难关，活了下来。多少年以后，红线女知道有一种叫做"金鸡纳霜"的药，中国人称之"奎宁"，一吃就好，只不过当时要从东南亚进口，贵得让人咋舌。钱啊钱，当时若是有你，小小的阿廉何需遭那样的罪？吃那样的苦？没有钱真是难呀！

阿廉的二哥年岁大她许多，虽是大太太所生，但他在国外留过学，很有些民主思想，对小妈和阿廉，他非但不歧视，还颇有些好感。二哥有一架留声机，能放好听的歌，还能放粤剧，小小的阿廉感觉好生新奇，好生神秘呀，一个盒子，再加一个喇叭，怎么就能唱歌？她围着那盒子打转转，想看看里边是不是有个人。二哥敲着她的小脑袋瓜说："看什么呀？那里边能有人吗？这叫'留声机'，先灌制好唱片，这是唱片发出来的声音。"小姑娘细看，果然有个黑色的、似盘子非盘子的东西在转动，她似懂非懂地点点头。从此，她常在二哥身边听歌，听粤剧。也许这就是最初的音乐种子。

因为生意往来，常有客人来访，有时双方谈得高兴，父亲就会叫出阿廉，当众献唱一段。一次，阿廉在和小朋友一起玩耍时，又被父亲叫去为客人献唱一曲《一代艺人》。曲终声停，博得众人拍手喝彩。女儿出彩的表演让父亲觉得脸上增光，一时心中高兴，父亲便从兜里掏出一枚银毫子奖赏给女儿，一脸慈祥地摸着女儿的头，"骂"了句："真是一个马骝仔！"

阿廉心里别提有多高兴了，捏着那枚印有孙中山头像的银毫子，扭头跑到母亲那里把银毫子交到母亲的手上，母亲绽开娇俏的嘴巴开心地笑了，她把女儿揽进怀里，轻轻抚摸着女儿的头，口中喃喃说着："马骝仔，马骝仔，娘的马骝仔……"这个唱曲得赏的小故事，从一个侧面说明红线女小时便在唱戏上有一定的天分。

童年，有生活的艰辛，也有难忘的甜蜜。红线女的童年就与戏结缘，连生病都和看戏联系在一起。

▍学戏，要"醒定"做人

在那个年代，学戏成了穷人家孩子糊口活命的一条路。阿廉的舅舅靓少佳是粤剧界颇有名气的文武生。母亲决定让女儿跟随舅舅、舅母学戏。临行前，母亲声音颤颤的，带着哭腔说："阿廉，无书读，又要愁两餐，你就去跟舅父舅母学戏吧，在家里'生蛤驮死蛤'，总不是个活路。要醒定做人，争口气，不要让人家耻笑，不要成戏不成人啊……"母亲终于忍不住，放声哭了起来。母亲很少流泪，女儿就要离娘而去，她有如摘心摘肺般疼痛。阿廉也哭了。

红线女对母亲的感情很深很深，她对中国女性的了解、同情，源自她的母亲，后来她用一生的精力在舞台上、屏幕上塑造了无数伟大的女性，她们或平凡，或坚韧，或善良，或聪颖……这最初的感触，最早的戏剧种子就是她的母亲。

母亲的的确确很平凡，平凡得谁也说不出她的名字。在一个多世纪前，女人是无需取什么大名的，小的时候，三妮、四丫、柳叶、石榴、蝉儿、桃花……随便拈一个就是了，没什么意思，更不会寄托什么希望，只是为了叫着顺口罢了。长大出嫁，就成了张王氏、李赵氏、孙周氏、赵钱氏……夫家姓加娘家姓再加一个"氏"，就成了她们的称谓。按这个模式，母亲应该呼作"邝谭氏"。

谭氏家门称得起是梨园世家，阿廉的外祖父谭杰南，艺名"声架南"，是当时很有名的粤剧武生，舅父靓少佳跟随父亲学艺，很有出息，成了当时粤剧界颇负盛名的"铁铸小武"。

谭杰南知道唱戏苦，他没有让自己的女儿，也就是阿廉的妈妈学戏，在当时，也没有女孩儿家学戏唱戏一说。唱戏的艺人四处流浪，闯荡江湖，生活极不稳定，拖着个黄花大闺女穿镇走乡很不便当，女儿长到十四岁就被送到邝家为媳妇了。

邝奕渔，也就是阿廉的父亲是个老老实实的生意人，为人正直，当时他已有一妻一妾。母亲进邝家，名为妻，实为侍妾。那时有一种说法，叫做"有仔为妻，无仔为奴"。母亲进了邝门，连生三女，就是无子，地位也就很低下了。

在阿廉的眼里，母亲是个很美的女人。她的眼睛很大，黑白分明，眼珠乌黑发亮，眼白很干净，白中泛青，额头很宽大，一头秀发很长很长，平日里总是编一条长长的发辫。她坐在小板凳上摘菜，做针线的时候，辫梢拖到地面，随着身子扭动，辫梢在地上扫来扫去，地上留下各种各样的图案。过年的时候，她会请梳头娘为她梳一只"散拨发髻"，长辫子变成了大发髻，那是另一番风韵，更显出她的精干利索。

生活在大家庭之中，自然会有许多不顺心的事，母亲有时显得很忧郁，但她善于自我排解。她排解的办法很特别，不流泪，也不诉苦，更不会骂人，摔盘子打碗，吵闹发脾气，而是带着小女儿躲到一个僻静之处，轻轻地唱歌。唱给小女儿听，也是唱给自己听。她的歌唱得很好听，母亲天生的一副好嗓子，加之又是满腹的委屈，唱得极为动情，歌声怎么能不好听呢？她的歌有忧伤的，也有欢乐的。常常是先唱悲苦的歌，而后转成昂扬的歌。阿廉长大后时常会想起那些歌，那些歌让她感动，让她兴奋。她想母亲若是当演员，一定是非常棒的角儿，一定能和舅舅"小武王"一样，成为"花旦王"。母亲是她人生的第一位老师，也是她艺术上的启蒙老师。若是溯源，"红腔"的源头可追溯到母亲那咿咿呀呀的歌，带着感情，用心唱出的歌："叽咕叽呀，咸沙梨呀……"这是音乐的种子，也是"红腔"的种子。

母亲很喜欢看大戏，平日太忙，顾不得上戏院。在她受了委屈的时候，她会不声不响地拉上小女儿上戏院，去看大戏。广东的大戏就是粤剧。母亲一定是受到家庭的影响，对粤剧情有独钟。阿廉的父亲虽说是读书不多，但在商人中间，他是属于开明的、有见识的人。他爱国，乐于周济穷人，他也支持帮助过粤剧。他的生意做得不是很红火，但在广州西关黄沙一带，他的名气还是蛮大的，原因就是他乐善好施。父亲与孙中山身边的人有往来，倾向革命。他对母亲算不上尊重，但也不太约束。母亲带着阿廉上戏院看大戏，虽有种种议论，但父亲从不过问，不追究，不阻止。虽然如此，母亲仍是很节制，很节俭，她只看白天戏，不看夜场戏，从来是买三楼的"飞机座"，至于楼下大堂的好座位，她从来没有买过。即便如此节俭，她看戏的次数也还是有限。三楼的票便宜，不对号入座，有铁丝网拦住，是从上往下看，铁丝网把人的视线挡住了，很别扭，很累人。阿廉多次想过，若是能坐在大堂看大戏，那滋味一定很美妙，只可惜，这样的奢侈小姑娘一次也没享受过。不管是海珠大戏院还是太平戏院，离家都很远，小姑娘和妈妈都是步行往返。不管走路有多辛苦，能有粤剧看，对于小小的阿廉来说，都是无比幸福的事。母亲爱看粤剧，父亲的默许，都在阿廉小小的心灵上播下了粤剧的种子。

阿廉的母亲与父亲的关系很特别。父亲从来没在家人面前与母亲说笑过。一家人在一起的时候，父亲总是板着面孔，仿佛没看见母亲一般。母亲对父亲似乎有些畏惧，凡是父亲在的时候，她就很少说话，只是闷声不响地做她该做的事，干她该干的活儿。父亲是威严的，很有些一家之主，说一不二的威势。母亲更是不敢违拗他，他是她的天。这一次却有些异样，有些反常。平日看起来温顺平和的母亲，仿佛永远是与世无争，只有一次她不顾一切地争，那就是为了阿廉学戏的事，她变得很执拗，和父亲说了许多的话，甚至顶撞了父亲。

父亲已经再拿不出钱供小女儿读书，虽说有些英雄气短，但他还是很决绝地说出了狠话："情愿一家人抱在一起饿死，也不能让阿廉去学戏！'成戏不成人'呀！我邝奕渔的女儿怎么可以去学戏？丢不起这个人！"听了父亲的话，母亲哭了起来，她边哭边说："又不是到什么见不得人的地方去，只是跟着自己的舅舅、舅母学一门吃饭的手艺，总比这样闲下去好！阿佳和我伯爷都是演戏的，谁说他们不成人了？……"

母亲说话还是轻声细语的，且哭且诉，一肚子的委屈和不满就这样像水一样流淌出来，她不顶撞丈夫，也不再顺从丈夫。

阿廉即将离开家，走上到九龙舅父家学艺的道路。清晨，父亲"笃笃笃"的脚步声在小阁楼上响起。他看了一眼摆在床尾的旧藤箧，那是阿廉的行李，只能用"简陋寒酸"四个字来形容。父亲阴沉着脸，坐了下来。父亲开始说话，声音冷冷的，冷得吓人。他说："我们虽非书香世家，但也是忠厚传家，你的哥哥姐姐都是读书人……"说到这里，他停了下来，似乎觉得有些对不住小女儿，哥哥姐姐都有书读，有的出国留洋，有的读了大学，他可以借高利贷供孩子们读书，为什么独独亏欠了小女儿呢？他不是歧视阿廉，他知道，凭阿廉的聪颖，读书一定是读得最好的，若出国留洋，她回来一定能干一番事业，别看她是个女孩儿家，阿廉是个有胸襟的孩子……只是，现在世道不好，他的生意每况愈下，已是没有生意可做了，厂子商店都倒闭了，何以供阿廉读书？她才刚十岁出头，就要去自谋生活挣饭吃……他望了母亲一眼，摇摇头，叹了口气，继续说着，只是眼睛不再看阿廉母女，仿佛是对着地板说话。

"人家都说，优、娼、皂、卒不入乡贤，行街唱梆子，不死是乞儿，现在我无法供你读书，也不愿意让你去学戏。你们一定要学戏，以后，我……我也就不管你那么多了。总之，不要被人耻笑，要做个好人……"父亲说完，头也不回，下楼去了。那"笃笃笃"的脚步声敲击着阿廉的心。父亲的话虽不是明确断绝父女关系，但还是让阿廉害怕，让她心里发凉。父亲果然有三四年的时间不与她往来，仿佛是没有她这个女儿一般。

阿廉明白，她的从艺之路是母亲选定的，且是与那位威严的父亲进行了一场非常艰难的斗争。她感谢母亲，她也同样感谢父亲，父亲从另一个角度激励了她，让她一生不敢懈怠。

▌最初的"小燕红"

从澳门到香港，路程不远，但对于红线女来说，可是第一次离开妈妈，离开兄弟姐妹，离开老家，真正意义上地离开了家！行李简单得不能再简单了，只有七八件衣服而已，冬天穿的长棉袍早已遮不住膝盖，又窄又瘦，但能挡挡寒气。

拮据、寒酸、窘迫终无大碍，最让红线女恼火的是那一身让人讨嫌的疥癣。她也是被传染上的。那次奉父亲之命，与六哥回乡下，参加阿嫂嫁女的庆典，在船上，她的邻座就是一个手足都生满疥癣的男客，脏兮兮的，让人厌烦。她不幸被传染了，于是戏班里的小女孩儿都不愿意搭理她，怕染上疥癣。

皮肤病治不好，没办法学戏。舅舅靓少佳从美国回来时，带来一些消毒用的来苏水。舅母何芙莲用水稀释后，往红线女身上刷。这种癣很容易结痂，但不会好，一面结痂，一面流脓流水。舅母的刷子一刷，痂掉下来了，露出红红的嫩肉，血不断地往外涌。来苏水与血肉相遇，钻心钻肺的痛，痛得让人想死。小姑娘忍不住，她跳，她在天井中乱跑，但就是不哭不喊不流泪……红线女又一次经受了非人的折磨！钱，钱，钱，又是钱！若是有钱，可以上医院，可以找医生，可以敷药，慢慢调理，慢慢治愈。她又一次尝到了没钱的苦头。

学戏演戏的生涯开始了。红线女参加的第一个剧团就是舅父舅母挑班的"胜寿年"粤剧团，她的第一个艺名叫——小燕红，这是舅父舅母起的。这个名字第一次出现在海报上是排在最后一位。没有这最后一名的"小燕红"，就没有红腔、红派、红线女。小燕红参演的第一出戏叫《六国大封相》，她登上的第一个舞台就是澳门清平戏院的舞台，也就是那年阿廉患疟疾，母亲为治病带她去看戏，她突然浑身发冷，跑出剧场，遗憾没能看成大老倌演出的那个舞台。想不到一年后，她自己竟登上了这个舞台，与舅父舅母这样的大老倌同台演出。红线女扮演的第一个角色是手提宫灯的宫女，没有一句唱词和对白。这就是她的第一次粉墨登场。她真的是什么也不会，什么也不懂，她不知道什么叫化妆、涂底色、定妆、点唇、画眉、勒头、贴片子……这些对她来讲都是第一次，她看着身边的师傅和搭档，学着她们的样子往脸上涂抹，老师和小伙伴也会不时过来指点一下。让她没想到的是，临上场前，竟然头痛难忍，"哇哇"大吐……场上锣鼓响起来了，不上也得上。更让人没想到的是小燕红居然能按照要求，像模像样地演下来了。她先走到台口，亮相，转身，再向台里走去，不慌不乱。没经过排练，只是上台前说一说，又加上身体不适，竟然能演成这样，丑小鸭注定是要吃这碗戏饭了。

引红线女进门学戏的是她的舅母何芙莲。按辈分红线女应唤她"细妗母"，何芙莲年纪轻，"胜寿年"戏班的人都唤她"莲姐"，她不喜欢红线女叫她"师傅"，更不喜欢喊她"妗母"，她要红线女和大家一样，也称她"莲姐"。从此，小燕红就在莲姐的教导下开始了学戏演戏的生涯。

练功，演戏，伺候师傅，操持戏班众位师兄师姐的吃喝，小燕红就像个大丫头，洗衣、煮饭、煲汤、做夜宵……什么活儿都干。晚上演戏，台上若是出错，被训斥是正常的事，挨打也是有的，不过不很多。一次，在广州湾（今湛江）演出《佳偶兵戎》，小燕红进步很快，她已经不仅仅是跑龙套，演丫鬟梅香，跑女兵什么的，她开始演有名有姓的配角了。这次她演皇后，与皇帝有一段戏，剧情是皇帝、皇后历尽磨难后得以重逢。小燕红在台上唱了许许多多，哭诉离别之苦，思念之情，谋划如何除奸佞，如何复国等等，唱得很辛苦。回到后台，经过师傅莲姐的厢位，师傅站了起来，狠狠地打了她一巴掌，什么也没说。小姑娘吓傻了，师傅从来没发过这么大的脾气，她忍不住哭了起来……戏还在演，没有人劝她，安慰她。该她上场了，抹一把眼泪，仿佛刚才什么事都没发生过，照样往下演。

多少日子过去了，没人告诉她哪里错了，为什么错了？小燕红也不敢去问师傅，她问过师姐，得到的回答是："自己想去。"旧时的戏班这种事很平常。没人指点讲解，小姑娘只能自己动脑子，她反反复复回想那天的演出，终于想明白了。那天演出的《佳偶兵戎》是一出"提纲戏"，也叫"幕表戏"，没有固定的台词，只有场次和故事梗概，演出时，靠演员临时编词，即兴发挥，需要唱时，出个手指头，向"棚面"（也就是乐队）示意。那天，和小燕红唱对手戏的是老前辈欧阳俭，他饰演皇帝。当小燕红唱了一段又一段，总不把唱递过来，皇帝急了，他用袖子挡住观众的视线，低声对皇后说："收啦，该收啦！"小燕红就是不知该如何收住，仍继续往下唱。欧阳俭没办法，只得硬打断皇后，自己唱了起来。观众也看出了破绽，他们觉得好玩又好笑，台下乱哄哄的，有的说，有的笑，有的大声喊叫……小燕红想明白了，是自己粗心大意，怎么收腔，怎么把唱递给对方，她都还没弄清楚，就上台演出，怎能不出乱子？

小燕红明白了，演戏可不是闹着玩的事，台下有那么多观众，那么多双眼睛看着自己，出一点错都难逃众人的眼睛，更难逃众人之口，演得好与差，观众自有评说。她找乐队请教该如何收腔？他们笑了起来，知道小姑娘在台上闹了笑话，吃了亏……笑过之后，他们给她讲得清清楚楚，明明白白。她渐渐发现，向老前辈请教，老先生很耐心，很愿意教她，向乐队的师傅们请教，他们嘻嘻哈哈，热热闹闹，似不那么认真，但总能学到东西。

在台上出了错，从此，小燕红对"幕表戏"有些怕。后来，老先生告诉她，要演好幕表戏，必须充实自己，肚子里有词，那样台上才不慌。于是，她买了一本《古诗源》，有空就读诗背诗。在大老倌的眼中，她不过是个"豆丁女"。但十三岁的小燕红已经开始慢慢学着用脑子想戏，用心思演戏。

一次，演出《粉碎姑苏台》，让小燕红很是兴奋，原因是参加这次演出的都是一些大老倌，小燕红的戏份不多，只是在吴王饮宴一场演一名歌姬，有六歌姬舞蹈，她仅仅是六歌姬之一。小燕红只想怎么演得出色。演出前，小燕红和几位阿姐排练了两次，无非是把戏曲传统舞蹈动作"穿三角""织壁"等走一走。在这段歌舞之中，小燕红要唱一支曲子，是根据《凤凰台》曲牌填写的新词。小燕红把词背得滚瓜烂熟，一遍又一遍地练习，化妆时她还在哼曲子，反复琢磨。与大老倌同台，让小燕红既兴奋又紧张，没想到的是一出场，她反而变得从容镇静起来，动作位置记得清清楚楚，不慌不乱，嗓音清亮甜美，干干净净，张弛得体，舒缓大方，引得四座皆惊。走进后台，莲姐看了她一眼，没说什么。走过舅父靓少佳的身边，小燕红低头而去，有人在她的头上敲了一下，她停下脚步，抬起头来一看，是舅父，他笑眯眯地看着自己，小燕红与舅父的眼神相遇，她看到了平日很少讲话，更是难得一笑的舅父靓少佳眼睛里满满的都是赞许与慈爱。

小燕红觉得，舅舅在他头上轻轻敲的那一下，是对她的奖励。

▍ "红线女"的诞生

十三岁的小燕红已经有了一些本领。那年"胜寿年"休假，师傅何芙莲决定带着小燕红参加靓少凤义擎天剧团的演出。这让小燕红喜出望外。"胜寿年"的规矩是平时不休假，半年歇一次，长者歇一个月，短者歇二十天。师傅的意思，一是带小燕红见见世面，二是休假期间也可赚些钱。

靓少凤是粤剧界公认的老行尊，比舅父靓少佳的资格还老，他与白驹荣、千里驹等大老倌齐名，是拜把兄弟。他排行第三，大家都唤他"三哥"。靓少凤最早是以旦行应功，后改小生，他一技多能，丑生的戏演得极妙，文武生的戏也能唱。他与千里驹合演的《燕归人未归》《花落人归去》等享有盛名。

何芙莲与他合作，他常常给何芙莲讲千里驹的"滚花"唱得如何如何好，眼神运用得如何如何妙，面部表情如何如何丰富等等，常让站在一旁的小燕红听呆了。聪明的小燕红不时在靓少凤面前哼唱"滚花"，她似有意又似无意，靓少凤有时听听，有时笑笑。时间一长，这个被他唤作"阿红"的小姑娘引起了他的注意，他发现"豆丁女"虽小，却很会用心思，而且好学。只要他有空，又心情好，他就会指点她。他教阿红"俏步"，用在《六国大封相》之中，他把推车、跳罗伞架的奥秘传授给阿红。小燕红觉得眼前一亮，唱戏有很大的学问，同一出戏，不同的演员有不同的演法，各有各的诀窍。小燕红的"滚花"也自然而然地得到了靓少凤的指点，他看出阿红喜欢唱，嗓音条件也好，是个可造就的材料。

一天，靓少凤对阿红说："小燕红的名字不好，没意思，我给你改个名字吧！"

小燕红本就不喜欢那个"小"字，她人小，又叫个"小燕红"，真没劲！

接着，靓少凤给小燕红讲了一个《红线盗盒》的故事。

唐朝，潞州节度使薛嵩与魏博节度使田承嗣有隙。侠女红线往魏博节度使处，欲刺田承嗣，却见田节度使酣睡。红线觉得杀酣睡之人不义，于是盗其金盒而返。潞州节度使薛嵩还其金盒，两节度使遂好。从而避免了一场战争。红线助主人一臂之力后，悄然离去。

《红线盗盒》是一个享有盛名的故事。唐朝杨臣源著有《红线传》，明代梁伯龙写杂剧《红线女》，明代还有传奇《双红记》。梅兰芳编演过京剧《红线盗盒》，川剧等地方戏也有此剧。

靓少凤讲完《红线盗盒》的故事，对何芙莲说："我们粤剧也有这出戏。我看阿红很有些侠肠义胆，不要看她年纪小，小人儿还是有些小见识的，就让她改叫"红线女"吧！阿红，你以后可以学这出戏，也可以唱这出戏。你还要学红线的为人，一要有本事，二要有正义感，乐于助人！"

"小燕红"的艺名是第一次登台时师傅何芙莲和舅父靓少佳给她起的，靓少凤建议她改名"红线女"，一直到1941年去上海演出，海报上才开始出现"红线女"三个字。

抗日战争期间，艺人的生活更加艰难。舅父靓少佳外出寻找生路，维持"胜寿年"戏班的担子就落在了师傅何芙莲的肩上了。师傅当家，跑腿打杂，想法子赚钱糊口，小燕红都得参与，她挑着箩筐卖过青菜，跑当铺典当莲姐的首饰，也都是她的事。有一次，她站在高高的当铺柜台下，踮起脚，送上一条光灿灿的足金项链，到了当铺先生口里就成了"八五成色，金链一条"。她弄不明白，明明是足金，为什么要说"八五成色"？她不敢分辩，怕人家扔出来，不要了。

苦苦支撑，"胜寿年"还是难以维持。这时候，以马师曾为首的"太平剧团"要到内地演出，马师曾邀请何芙莲同去，何芙莲感到心力疲惫而婉拒。师傅要小燕红随马师曾到内地演出，何芙莲也是为小燕红好，给她一条生路，放她出去闯荡。十五岁的小燕红不想去，她还太小，在心理上还很依赖师傅。小燕红还有个想法，她没敢说出口，那就是，世道艰难，她不能不仗义，丢下师傅独自离去。小燕红对师傅说："莲姐不去，我也不去。"何芙莲告诉她，到"太平剧团"每天有固定工资。这一点打动了小燕红，她一直有个心愿，那就是攒一点钱带给妈妈。她知道没钱的滋味，妈妈为了给她置办简单的行头（即戏装），已经借了十元钱，不知这债她还没还上，也不知她是怎么还的！母亲一定又为还债务操了许多心，吃了许多苦。小燕红已经很久没有见到母亲了，从学戏的那一天起，她就想赚点钱，给自尊好强的母亲一些慰藉。

四年了，她根本没有回过家，就是到澳门演出，她也没敢进家门，因为父亲还在为她学戏而生气，她也怕见父亲那张铁青的脸。母亲来看过她，那次见面的情景是很凄惨的。母亲见到女儿只是上上下下地看个不停，什么也不问，什么也不说，她明白学戏是要吃苦的，她的艰难也不必对女儿诉说，就这么相对无言，直至分别。临分手时，母亲才开口说话，她的声音很低，但很清晰，字字句句，小燕红都记在心里，母亲说："用心学戏，争气做人，不要被人睇小（'小看'之意）！"母亲没有哭，也没有问长问短，更不会唠唠叨叨。母亲是小燕红人生的第一位老师，她吃苦耐劳，自尊自强，坚强柔韧，影响了女儿的一生。

为了赚钱，小燕红什么也不顾了，决定一个人去太平剧团闯荡一番。

太平剧团以马师曾为主，他既是戏班唱戏的主角，又兼着太平剧团的事务管理。马师曾很能干，为人仗义，敢作敢为敢担当，台上的戏演得好，他独创"乞儿喉"，半唱半白，如说似唱，顿挫分明，邈远悠长，特别有味儿，很受观众喜欢。台下的马师曾幽默智慧，同台演出的伙伴既敬重他，又喜欢他。小燕红在大老倌面前总有些不自在，师傅不在身边，她有些怕，总是谨小慎微，她又很想接近马师曾这个大老倌，希望得到他的指点。在马师曾和主要演员说戏的时候，她就在一旁默默地听，用心地记。她把太平剧团常演的十几出戏都记熟了。马师曾也看出这个小姑娘会用心思。剧团偶尔遇到演员生病，小燕红就顶上去。每次"救场"她都演得不错，中规中矩，不撒汤不漏水。

小燕红随着太平剧团一路走，一路演出，沿着遂溪、陆川、郁林……从柳州演到桂林，三进三出广州湾……三个多月的演出，她已经薄有积蓄，这时候小燕红遇到一个"走水客"，就是那种在水上跑船，做生意的人。这个"走水客"恰恰要回澳门，"走水客"告诉她，从梧州到澳门要经过敌占区，很危险，内地缺少演员，还是留在内地演戏好。小燕红觉得这话有道理，于是把她的一点积蓄交给了"走水客"，请她回澳门时捎给妈妈。谁料"走水客"黑心，把这笔钱吞了。女儿的一片孝心付之汪洋。这是女儿孝敬母亲的第一笔钱，小燕红四年的梦想，就这么破碎了。她还是太年轻，她是那么容易相信人，她是那么急迫地想给妈妈带回一点钱，帮妈妈解决一点难处……

初到太平剧团，小燕红是第三花旦，一个偶然的机会，十五岁的小燕红居然担起了正印花旦的担子。这一晚，演出的是《软皮蛇招郡马》。那天，正印花旦突然病了，小燕红接到通知，由她演李亚仙，接替正印花旦。戏班里有句话，叫做"救场如救火"，她是不能推辞的。事情来得太突然，小燕红一点心里准备也没有。怎么办？只能仓促上阵。她忘了害怕，也不知什么是紧张，更不会想到演砸了怎么办。她只想，师傅莲姐当年是怎么演的，她在脑子里过电影，记动作，背台词，哼唱腔……没有时间和对手过戏对台词了，一切只能台上见。这种演法，不要说是十五岁的小姑娘，就是舞台经验丰富的老演员，心里也不踏实。

在戏院门口，小燕红看到一张红纸上写着黑字："因×××患急病，今晚由青春艳旦红线女瓜代"。她说不出心里是什么滋味，戏报已经贴出来了，不上也得上，没有退路。

小燕红满脑子装的都是李亚仙的唱、念、做、舞，她一边化妆一边想戏。从上场的那一刻起，她的脑子变得异常清醒，李亚仙的唱词、念白、动作……仿佛都在她的心里，清清楚楚，明明白白，她似乎觉得她就是李亚仙，完完全全生活在李亚仙的环境氛围之中了，其他什么都忘了。演到最后一场"三敬茶"时，她简直是把自己融入了人物之中。一敬茶是手捧香茶，满怀希望走向老太君，希望老太君接下她的茶，承认她这个青楼出身的孙媳。李亚仙楚楚可怜，老太君没接她的茶，她失望、痛苦，继而她打点起精神，走向婆婆，这是二敬茶。此时的李亚仙眼中蓄泪，却是强颜欢笑，战战兢兢，几乎是祈求婆婆接下她的香茶，认下她这个儿媳。当婆婆扭转身子拒绝时，李亚仙几乎晕倒，但她强自镇静，勉力支撑，怀着一线希望走向郡主，这是李亚仙的三敬茶，也是她最后的努力。这时的李亚仙强忍泪水，低垂着头，不敢正视郡主，也不愿让郡主看到她的眼泪，老太君的一声咳嗽，让她的希望彻底破灭了。这时的李亚仙不顾一切，甩水袖，掩面飞身下场……

"三敬茶"一场演出结束，观众大呼"过瘾"，掌声四起，叫好声不绝于耳，都说今晚这个小花旦不错，有模有样，唱得好，嗓音清清亮亮的，好听！

做了正印花旦以后，小燕红觉得"红线女"三个字很响亮，也容易记，而且海报上已经写了，那就用靓少凤三哥给取的这个"红线女"吧。她也确实喜欢红线女的正直侠义和一身好本事。从此，太平剧团的海报上出现了"红线女"三个字和她扮演的各种角色。同时，在各式各样的报刊、杂志、画报上，伴着文字、剧照、生活照……也出现了"红线女"这个名字。

"红线女"诞生了。这个叫红线女的小花旦渐渐引起观众的关注、重视、喜爱……最后竟然成了观众口中的："这个红线女，好生了得！"

《还我汉江山》是红线女与马师曾合作的第一出新戏。此剧描写王莽篡位后，义士邓禹帮助刘秀复兴汉室江山的故事。王莽的女儿深明大义，对邓禹之举予以支持。马师曾饰演邓禹，红线女饰演王莽的女儿。

以后，红线女与马师曾陆续合作演出了《野花香》《我为卿狂》《苦凤莺怜》《刁蛮公主戆驸马》等剧目。马师曾往那里一站，对于红线女来说就是一个标杆，一个高度，这对于年轻的红线女来说，既是压力也是动力，与马师曾这样的大老倌演对手戏，太难了，差距是显然的。她觉得，每一次演出都是一次挑战，不能出一点纰漏，她不断要求自己演得再好，更好！小姑娘感觉演戏像是爬大山，马师曾这位大老倌就是一座大山，她必须努力，再努力，拼命往上爬，缩小与大老倌的距离。她仿佛永远是踮着脚尖在演戏，不敢稍有懈怠。

观众对于这对相差二十五岁的老少搭档很是满意，马师曾唱、念、做俱佳，他的观众自然是叫好之声不绝于耳。对于红线女他们也没二话，这个小花旦年轻，扮相好，嗓音好，看着养眼，听着顺耳，和大老倌"老少配"，相得益彰。

红线女与马师曾常年合作，马师曾永远刺激着红线女，这是不自觉的。小姑娘不满足于仅靠年轻漂亮、嗓子好这样一些自然条件站在舞台上。她要以自己的表演，争取观众。她要提高自己的演唱水平，像马师曾大哥那样，演得好，唱得好。小姑娘发现，马大哥的"乞儿喉"有独特的味道。小姑娘想自己要唱得好，得配得上马大哥的乞儿喉，也得想些办法，要优美动听才好。于是，她便试着在自己的演唱中加一点小腔、装饰音什么的。观众是敏感的，他们很快发现这个小花旦的唱腔有变化，新颖好听，他们说不出为什么会产生这样一些变化。观众说不清楚，马师曾却很明白这其中的奥妙，在此后的日子里，马大哥不时地点拨她。得到马大哥的鼓励帮助，小姑娘有了信心。

在漫长的演出实践中，红线女在唱腔上下的气力确实很大，乃至逐渐形成一种独特的唱腔。她能不用过门，以装饰音过渡，不着创新痕迹，又让观众耳目一新。她的唱腔之中花腔多，音域宽阔，音色柔美而有力度，高音区发音行腔自然、婉转、丰美、结实而又达远，因此又被称作"粤剧花腔女高音"。红线女的花腔漂亮好听，但她很"吝啬"，并不以此独有的花腔取悦观众，而是根据剧情、人物的需要，当用则用。粤语多是闭口音、喉音、鼻音，她研究粤语发音的规律，研究粤剧的传统唱腔，寻找适合粤剧，又适合自己的演唱方法，使用技术技巧，结合西洋发声法，用唱歌的方法演唱粤剧，又不失粤剧的风味，原因就在于她不是照搬，而是吸收她需要的部分，以我为主，以丰富发展自己的歌唱。她演唱的最大特点，是在她掌握了人物的性格特点之后，能够应用丰富而多变的歌唱音色，在音乐上创造出不同的歌音风格。音调、色彩随人物的年龄、身份、性格、境遇而变化，美妙之至。

不知何时，红线女对马大哥开始关心起来。后来，他们结为夫妻，生有一女二男，女儿红虹，儿子马鼎昌、马鼎盛。

红线女虽然结婚生子，为人妻，为人母，但她一直没有离开舞台，没有离开粤剧。作为丈夫的马师曾，始终是妻子事业的支持者。即使后来他们离婚了，马师曾仍然是红线女舞台上的搭档，最好的合作者。红腔红派的诞生，马师曾功不可没。

星光灿烂与背后的痛苦

1998年，香港举办了"银海艳影——纪念红线女从影50周年影展"，历时八个月，展映影片十部，真可谓是"盛况空前，轰动香江"。

红线女于1947年跻身电影界，1955年12月拍片至天亮，12月14日，她离开香港，回广州定居。八九年的时间，红线女拍了92部电影，这该是怎样的工作强度？

红线女在粤剧舞台上已经绽放光彩，拥有一大批粤剧观众。但她真是一个"马骝仔"，并不那么"安分"，加上年轻，精力旺盛，喜欢新鲜事物，有一股子闯劲。于是，1947年，她的视线转向了灌唱片，拍电影。这一年，红线女灌制了《还我汉江山》《我为卿狂》两张唱片。

拍电影也是缘于粤剧。当时老百姓喜欢一种叫"粤语歌曲"的演唱，因为红线女粤剧唱得好，在粤剧演出中，必定要加一段粤语歌曲，观众很喜欢。老板看到了，粤剧演员红线女具有号召力，她有一大批观众，找她拍电影，一定能赚钱。老板花高薪聘请红线女加盟电影，红线女也想尝试一下拍电影的滋味，就这样走上了电影之路。

拍粤语歌曲片，没剧本，没台词，只有一个大概的故事，很像粤剧的"幕表戏"。开拍前，导演给演员讲讲剧情，人物关系，台词说个大意，完全靠演员镜头前发挥。红线女演过幕表戏，这难不倒她，在片场，她的戏都拍得很顺利，只是太累。一部片子，几百尺的胶片，七八天就要完成，长的也不过十天，很不讲究。红线女拍过两三部这样的片子，她很不喜欢，尽管赚钱不少。

真正的粤语歌曲影片是什么都能唱，用歌唱代替道白，交代情节，像歌剧，然而又不是歌剧，红线女主演的片子，如《人道》《妒潮》《富贵浮云》《玉梨魂》《鸾凤和鸣》《原野》《胭脂虎》《姐妹花》《难为了妈妈》《一代名花》等，都有粤语歌曲穿插，比粤语歌曲片讲究许多，但粤语歌唱片的痕迹很明显。在《夜桃源》中，红线女塑造了一位贤淑、端庄、文静的家庭妇女形象，与一般家庭妇女不同的是，她又有着敢说敢为的另一面，具有新女性的朦胧影子。在这部片子中，有一段"今宵团圆贺百岁，鹏鸟凌空展翅翔。何日抱负凌云志，今时得播展新弘……"看得出，唱词不讲究，似通非通，但旋律尚可，红线女一唱，确实是迷倒了不少粤剧迷。

在《玉梨魂》中，红线女饰演的白梨影，是一个秀丽端庄、知书达理的年轻寡妇，穿着一袭黑色的旗袍，凭栏远眺，顾影自怜，郁郁寡欢地唱着哀怨的歌："梨花开，梨花落，一枝和月带愁来……"在《桃花依旧笑春风》中，红线女饰演一个农家姑娘，穿着黑衣黑裤，扎着头巾，在果园中和众人一起修枝剪叶，姑娘边干活边唱："剪桃枝，剪桃枝……"很长很长的一段唱，渲染了劳动的欢乐。在这部片子中，还有一段男人对着生病的耕牛大唱："你为何不吃不喝？……"这大概就是粤语歌唱片的遗物了。这部片子没有什么故事情节，既不是故事片，也不是舞台剧，但红线女的唱确实悦耳动听，引得不少人走进电影院。因为红线女的唱不会让他们失望，老板也因此赚了大钱。

凡是红线女主演的影片，音乐分量都很重，即使是情节性很强的故事片亦是如此，有时还运用五重唱这种技术技巧难度很大的歌唱形式。这对于红线女日后的舞台创作，乃至"红腔"的形成，都有一定的影响。

当时，与红线女一同工作的有粤剧前辈黄超武先生，他对音乐很有研究，也很欣赏红线女的唱。一次，黄先生对红线女说："你的声线好听，唱得，这固然很好，但这还不够。要成为一个真正的歌唱家，还要有自己的特点。特点的形成不是一日两日的事。你首先要认识到自己的特点是什么，然后思考如何将这些特点凸显出来，还得突出得是地方，恰到好处。如果突出得不是地方，乱突出，那就会使人生厌。"

对于黄超武这段话，红线女牢牢记在心里，她几乎是用平生的力气在寻求，时时刻刻在思考，反反复复在实验，不断地总结，校正，她只想唱出自己的特点，让观众记住她的唱。这时的她还没有自成一派的意识，但事实上，"红腔"已在母腹中孕育躁动。红线女认为黄先生的话有道理，有见地，为她指出奋斗目标，多年以后，红线女说："'红腔'得益于斯人。"在《鸾凤和鸣》这部影片中，黄超武先生设计了五重唱。

《鸾凤和鸣》讲述的是一个颇为富裕的家庭中一对姐妹的恋爱遭遇。古板的父亲害怕他的一双女儿为世风熏染，他把女儿禁锢在书房，家庭教师一定要延聘六十岁以上的长者。于是两位青年人扮成老翁前来应聘，迂腐的父亲没有识破年轻人的把戏，于是产生了许许多多富有戏剧性的情节。待两青年被识破之时，他们已与两姐妹产生了爱情。其中有一段"遮瞒骗人无所谓"的五重唱，两对男女青年，再加一位老翁，颇为新颖，各说各的话，各唱各的调，使观众耳目一新。

其中还有一个情节是一位有财有势的老夫子，强娶姐妹做小老婆，在宴会上，两姐妹望眼欲穿，等待两位青年教师搭救。红线女扮演的梁美鸣在这里有一段唱："又等又等又等……夜又深，仍然不见，等到郁闷……"表现了姐妹二人等待恋人的焦急心情。这里的唱已和剧情结合得很紧密了，不再为唱而唱。红线女此刻的唱也就有了情感的依托，注重急迫情绪的抒发渲泄，也就具有感人的力量了。

在同行的眼中，红线女是"红得发紫，一帆风顺"，这一时期，她的收入确实很高，但真正赚大钱的是老板、制片商。为了赚钱，他们粗制滥造，只要速度，不管质量，演职人员超强度、超负荷的工作，那种辛苦是难以想象的。红线女这样描述自己拍电影的生活：

我每天都是按照经纪人为我安排的工作日程去进行：今天

白天在某摄影场地拍戏，晚上又上另一个摄影棚拍戏，直到天亮，回家稍作休息，下午又要到某地去录音，晚上继续进行拍电影或是作舞台演出。有时候拍电影的布景，是没有让演员坐下的机会的，这样我们常常站到天亮，把脚也站肿了。有时，当导演宣布收工的时候，我累得连妆也不想卸，跑上汽车，倒头便睡，脑子里仍不断在放电影。（《红线女自传》第66页，香港星辰出版社1986年版）

尽管如此疲惫不堪，红线女还是很敬业的，她希望拍出高质量的电影，奉献给喜爱她的观众。她不会打麻将，也不会玩贴牌（即扑克牌），这在当时是一种非常时髦的游戏，很受青年人喜爱，但她不会，也不爱。只要有一点空，她就往电影院跑，看"工余场电影"，这是她的叫法。这种电影一般在五点半到七点。有时晚上她有粤剧演出，开演就是她的戏，那也去，早一点离开电影院。看"工余场电影"不是为消遣，而是为了学习。在片场，红线女很少讲话，只是静静地听。她也不怎么打扮，又不会花钱，是个有点怪的女孩儿，似乎不那么合群。摄影棚内的是是非非，她是一概不知，一概不理，有空就睡觉，这使她显得有点"傻"，有些人背后叫她猪。真的叫出口，他们又觉得不雅，于是找了个谐音字"珠"，有些人就叫她"珠珠"。红线女不明就里，也乐呵呵地答应。

表面上风光，其实红线女的内心是很苦闷的，但又无处可诉，弄不好有人会说："你真是得了便宜又卖乖，换个法子抬自己。"过度劳累，超负荷运转，使得红线女的身体极差，神经衰弱，严重失眠时时折磨着她。电影又常常是夜间拍戏，全身心地投入，水银灯下高度紧张，弄得她越是累越是睡不着觉。睡眠不好，影响肠胃，吃不好，睡不好，红线女走进一个恶性循环的怪圈，身体一日不如一日。

更让红线女痛苦的是，如此疲于奔命地拍电影，艺术质量无法保证。对于艺术质量，她看得很重。她凭天赋唱粤曲歌，颇受观众喜爱，舆论评价也很高，她知道这不是长久之计。她也明白，她需要学习科学的发声方法，她需要提高自己，需要停下脚步学习。"中联影业公司"的朋友，仿佛是发现了她的苦闷一般，他们伸出热情的手，邀请她参加中联。

中联影业公司是香港一家进步的企业机构。由22个人组成，导演有李晨风、吴回、秦剑等，演员有吴楚帆、白燕、张瑛、黄曼梨、梅绮、容小意、小燕飞等。这家公司是以参加者的薪金做投资的，风险很大，若是拍出的片子赚钱不多，演员的收入就会受到影响。这些红线女想都没想，就答应下来了。有人说红线女傻，明明可以赚大钱，却任凭钞票在眼前流走。红线女很高兴，她看到她的合作者艺术修养都很高，他们拍电影不是以营利为最高目的，他们是艺术家，看重的是艺术。红线女很想拍一些高水平的粤语故事片，献给她的观众。赚钱少也干！红线女毫不犹豫地接受了中联影业公司的邀请，加盟中联影业公司。

参加中联以后，与志同道合的朋友切磋艺术，不再拍那些为赚钱而粗制滥造的片子，这对于红线女的表演水平确实大有裨益。这一时期，红线女在银屏上塑造了许许多多女性形象，她们出身不同，社会地位有别，性格差别很大，有贤淑家庭妇女型的，有妖冶泼辣型的，有富家小姐，也有开朗活泼的新女性……这一切对她说来既是工作，又是一次学习、锻炼、提高的过程。在《人道》中，红线女演女主角若莲，吴楚帆饰演男主角，若莲的丈夫赵文杰。赵文杰到北平读书，公公把储钱罐里的钱都给了儿子。家乡荒旱，无法度日，公公把孙子卖给了人贩子，自己还是被饿死了。若莲双手刨土，埋葬了公爹。丈夫赵文杰在北平为富家小姐勾引，忘记了家乡，忘记了妻子。富家女得到赵文杰以后，又与别的男人鬼混。赵文杰一怒之下，跑回家乡，恰遇走投无路的妻子，上吊寻死，男人救下妻子，此时，儿子也从人贩子手中回到家乡。天降甘霖，一家团聚。红线女塑造的若莲朴素端庄，贤淑内向，加之她清秀的外形，很受观众喜爱。红线女在镜头前的表演含蓄，加之她对道白的处理，声音糯糯柔柔的，仿佛有磁性一般，很是动人。特别是与丈夫团聚的一段戏，红线女演出了人物的痛苦、委屈、艾怨，但又不忍心责备丈夫，不说一句重话，没有大的动作，只靠一双眼睛和极为简练的台词，把人物复杂的内心活动和东方女性特有的风韵恰如其分地表现出来，让观众可感可知，让圈内人叫绝。

《人道》《妒潮》等影片使红线女步入性格化演员行列，超越了靠演员歌唱、外形、声音等自身条件演绎自我的本色演员阶段。这是表演的一次飞跃。有的演员一辈子都难以完成这一蜕变，是好演员，但成不了艺术家。在《胭脂虎》《一代名花》《姐妹花》中，红线女都有出色的表演。《胭脂虎》描写一个孤女为母亲复仇的故事。在戏中，她一人扮演母亲与女儿两个角色，女儿这一人物，尤其难演。本是纯真美好的女孩儿，却自卖自身，进入娼门，成为妓女白兰花。她与嫖客周旋，勾引的一老一少两个男人，一个是自己的亲生父亲，一个是自己同父异母的兄弟，她要做出种种媚态，让两个男人神魂颠倒，但她不是自甘堕落的妓女，她的内心是非同一般的痛苦。为了复仇，她又做得如妓女一般，百般诮媚，讨好"嫖客"，同时她又要表演出见到仇人怒火中烧同时又要强颜欢笑的种种矛盾。表演的难度在于分寸的把握，在于如何把演员对人物的理解清晰地传达给观众，让观众感受到人物情感的复杂，这样才能打动观众，感染观众。镜头前要求的是真实的、生活化的表演，给人以生活的质感。这与戏曲表演完全不同，戏曲可以用大段唱腔展示人物内心世界，也可以用夸张的动作或是戏曲特有的"背躬"等程式化的表演手段来展示人物的内心。这些在镜头前都不能用。红线女的处理是，没有大的动作，而是靠面部的细微表情和眉宇眼目来传达人物内心复杂而细微的变化，她要求自己要把潜台词传达给观众。这是需要演技的。红线女美妙的歌喉和她清丽文质的外形可以给她加分，但艺术审美是靠塑造性格鲜明的形象来完成的。红线女在镜头前的表演一切从人物出发，决定她的表演尺度、节奏、分寸……她的创作抵达了艺术审美的高度。

上世纪二十年代，著名电影明星胡蝶曾经拍过电影《姐妹花》，红线女很欣赏胡蝶的表演。五十年代，红线女重拍此片，由红线女一人饰演性格迥异的双胞胎姐妹，本分厚道的姐姐和刁蛮的妹妹。上演后，观众很欢迎，为此，新加坡出了一本小册子，介绍故事梗概。小册子印得很精致，有不少剧照，其中有一张是姐妹俩同时出现在一个画面上，妹妹飞扬跋扈，盛气凌人，姐姐可怜巴巴，跪在地上，苦苦哀求。同是一个红线女，却饰演了两个完全不同的人物，表现的是姐妹两种不同的情态，由此可见演员塑造人物的能力。还有一个画面是姐妹相认，表现的是妹妹知道了自己的身世，在姐姐面前又痛又悔，百感交集的情景，画面生动，与前面那个蛮横无理，凶狠可恶的妹妹形成鲜明对比。由此也可以看出红线女塑造人物的能力。

红线女在《一代名花》中塑造了一个以出卖色相为生计，养育女儿的交际花白玫瑰。剧中着重演绎了她的爱情悲剧，表现了社会，甚至是她所爱的人，对一个为了生计沦落风尘的女子的无情摧残。白玫瑰的丈夫英年早逝，她为生活所迫，做了交际花，与女儿的钢琴老师张明一见钟情，她真正爱上了这个男人，但社会却不容这样的风尘女子和这样的爱情。红线女饰演的白玫瑰自然与一般的交际花不同，她赋予人物交际花之形，人母之心，人妇之情，由此人物既丰满又统一。在这部电影中，红线女有几副面孔，她以谈笑、表情、气质、气度等，显示人物外在的形与内在的情。有一场戏是病重的白玫瑰知道爱人要来看她，挣扎着离开病榻，对镜梳妆，她描眉，涂唇，理云鬓……兴奋异常。这时人物的妆扮修饰，让观众强烈感受到的是涌动于胸中的一腔热血，一片真情，绝不是交际花出入社交场合的刻意打扮。就是这普普通通的对镜梳妆，让观众心里阵阵酸楚，感受到真情的美好与白玫瑰的可怜可悲。特别是听到爱人的脚步声时，白玫瑰跌跌撞撞跑下楼来，那种要见爱人急不可耐的心情，尽从脚步的移动中表现出来。她太虚弱了，终于支撑不住而跌倒，从楼梯上滚落下来。最后，死在爱人的怀抱里。看到这里观众唏嘘饮泣，被感染，被打动。这就是让观众在剧场里得到美的享受。

在《慈母泪》中，红线女饰演的女主角是一个下层女性，电影展示了她的一生，从青春少女，演到中年少妇，再演到白发苍苍的老妪，其中有恋爱的甜蜜，新婚的幸福，丧偶的悲痛，生活的重压……在情感与生活的磨砺之下，这个女人从柔弱变得坚强。她深明大义，支持儿子离开家庭，去寻找光明。饰演少女、少妇，这对红线女来说是轻车熟路，而塑造老年妇女形象，这对她来讲还是第一次。当时她只有二十多岁，需要从形体动作到内心感受，乃至声音，眼神都要进行改造、设计。这是一次艰难的艺术跋涉，是对红线女表演的一次挑战。

《慈母泪》获得了很大的成功。在香港、新加坡等地，一般上演的电影，从不把粤语片放在首轮推出，《慈母泪》是个例外。这部粤语片受到的待遇与众不同，受到观众的格外欢迎。红线女被邀请到马来西亚、新加坡等地与观众见面，或是在影片上映前，或是在影片上映中间，为观众唱一曲粤语歌曲。那场面，那声势是空前的浩大，观众如潮，人头攒动，掌声如雷。

《慈母泪》的成功也是红线女的成功，其中创作的艰辛、寻觅、煎熬，也只有她知道。老年母亲的形象如何塑造？最初，红线女有些找不到感觉，她还太年轻，人生阅历有限，如何去感受体验一个老年妇女？多少个不眠的夜晚，多少个清晨醒来，望着天花板发呆，她突然发现，这位深明大义的母亲和马师曾的妈妈是那样的相像，她唤这位妈妈为"二婶"。二婶很干练，她面对的是一个游手好闲、不务正业的丈夫，只能挺身而出，把生活的担子自己担了起来。于是，这个女人走向社会，从做一般教师，做到业勤女子中学主任教师。马师曾声名显赫以后，二婶的日子富足起来了，她真正做到了富不骄，贫不馁。贫时，她衣着齐整，一尘不染，挺着胸脯做人，不卑不亢。富时，她依旧是衣着简朴，夏天两件白长衫，两套白竹布衫裤；冬天，两件长棉袍，夹衫夹裤夹背心，简简单单，清清爽爽。抗日战争爆发，她拿出一笔数目相当可观的钱，捐献给抗日将士，以尽自己的爱国之心。于是，红线女心中有了一个朴素精干、挺拔大气的母亲形象，二婶就是这个形象的雏形。红线女塑造的老年妇女，一举一动，乃至神态，都有些似二婶，化妆与服装几乎用的就是生活中二婶的穿戴发型。

如果说以二婶为创作原型是一种自觉的、有意识的寻找，在红线女的创作之中，也有不自觉以生活中某个人为原型的创作。在《难为了妈妈》中，她饰演一个忍辱负重的女人方小红。拍摄之中，她常常下意识地想到她的妈妈，情不自禁地把妈妈与人物重叠起来，对于人物的把握、同情就不是简单的镜头前的表演，而是自然而然地流露。她的表演摒弃了虚假卖弄、矫揉造作、装腔作势等弊病。生活化、真实、自然、生动……成了红线女表演的最大特点。

电影给了红线女许许多多的表演机会，让她在表演的道路上，从本色演员成长为性格演员，教会她体验、体会、表现……尽管她对电影有许多不满，但她还是爱电影，感谢电影，对电影有一份难分难舍的眷恋之情。

▍ 组建"真善美剧团"

　　红线女在中联影业公司拍电影，一部部片子打响走红，有人开始说闲话，说她是"粤剧的叛徒"。其实，在她的内心深处最割舍不下的还是粤剧。这是她走上艺术之路的起点。

　　有谁能理解红线女的苦闷？又有谁能知道她的内心是怎么想的？她只是闷声不响地做事，一部一部地拍片子，她有一种被掏空了的感觉，她知道她该停下脚步，去学习，学习科学的发声演唱方法，请昆曲、京剧老师为她说戏，教她身段，她还想学文学，学英语……但就是停不下来。紧张加劳累，使她患上了神经性肠炎，说来好笑，她常常是拿起剧本就要拉肚子，于是她就捧着剧本往厕所跑，在厕所里读剧本。

　　红线女很想严肃认真地排一出粤剧，不管拍了多少部电影，也不管电影给了她多少物质与艺术的回报。说真的，她还是很喜欢电影的，是电影让她摆脱了贫困，是电影教会了她镜头前的表演，一种与粤剧艺术不同的表演。电影也是让她终生受用的一门艺术，电影打开了她的视野，让她不时地思考，思考电影与戏曲的不同，思考艺术与人生……但是她总有一个解不开的粤剧情结，那是她的根，那里有她的爱，有她的师傅，有她尊敬的粤剧老前辈，有她的同行姐妹兄弟，还有她的观众——像她的妈妈一样爱着粤剧的阿婆阿婶。

　　红线女忘不掉粤剧《一代天娇》的艺术创作，那是与宝丰剧团的一次合作。这是一次不同于以往的创作。完整的剧本提前几天交到了她的手上，这让她有时间读剧本，揣摩人物，设计身段、唱腔。粤剧前辈黄超武说过："阿红，你的声线好听，要唱出自己的特点来，多用心思，多下功夫！"

　　这些话一直在红线女脑海里盘旋。她觉得这是一次机会，她要抓住这个机会，她要自己设计唱腔。女主角有一大段唱，粤剧称之为"主题曲"，她反反复复读唱词。红线女发现固定曲谱【雪底游魂】最为合适，这个曲调过去很少有人唱过，她决定拿来用，但她不是简单地拿来就用，而是在音色上下功夫，在力度、语气的把握上细细琢磨，将原有的小曲唱出新意。【反线中板】她过去很少用，遇到【反线中板】，她基本按照正弦【梆子中板】的板式处理，这一次，她运用了【反线中板】，但注意了"底板""挑搭"的运用，使节奏灵动多变，在行腔吐字时，强调力度的强弱和装饰音的运用，在拖腔时，根据人物的感情而延伸。一些不常用的曲牌板式经红线女改造运用，仿佛赋予了这些唱腔、音乐新的艺术生命。

还有一些常用的粤剧梆、簧，如【乙反中板】、【二簧慢板】等，红线女也根据需要做了处理，使曲牌与曲牌之间的衔接更自然，并通过装饰音、过渡音的增减，使曲调旋律更加丰富，也更富于变化。

《一代天娇》主题曲的设计，差不多动用了红线女学艺以来的全部积累，叮板的"挑搭"，就是当年靓少凤三哥传授的"秘诀"。大家都觉得红线女的曲调丰富多变，这是她揣摩千里驹、张月儿等前辈唱腔的结果。加之近几年她学昆曲，学京剧，学西洋发声法和美声唱法，从而对原来的唱法进行突破。

在完成音乐唱腔的设计之后，红线女开始了和乐队的磨合，她听取乐队师傅的意见，逐句修改。她从小就喜欢往乐队跑，舞台上有不明白的地方，她就向乐队师傅请教，特别善于和乐队合作沟通，因此她的演唱效果好。这次也是如此。

《一代天娇》上演后，反响最大的是主题曲，观众反应曲调新颖，悦耳动听，有粤剧的韵味，陌生而又熟悉，此曲别人无，唯独红线女有。有人称之为"女腔"，在港澳东南亚一带广为流传。这大概就是红腔的雏形。从创作方法上看，"红腔"由此诞生了，以后的创作是完善、丰富和发展。

粤剧的魅力不是一两句话可以说清楚的，这种创作的愉悦让人难以忘怀。红线女是粤剧、电影两栖明星，她觉得不能再这样疲于奔命地拍电影了，长此以往，她会对舞台产生生疏感，会不适应舞台的演出。红线女要改变现状，她不能对不起粤剧，对不起支持她、喜爱她的粤剧观众。但改变谈何容易！有哪一个老板肯把艺术放在第一位？又有哪个老板肯投资支持她排一出真正高水平、有新意的粤剧？红线女很拗，她想干的事就不顾一切地去干，没人肯出钱，她就把拍电影赚来的钱拿出来，组成一个粤剧班社——"真善美剧团"。从剧团的名字看，就有些与众不同，很多人说：这不像是粤剧团的班牌，太新鲜了，有点怪。但红线女坚持一定要用这个名字。其实，这不是一个名字的问题，它反映的是红线女内心深处的艺术追求。

为了粤剧，也是为了提高自己的文化和艺术素养，红线女早就在做准备。她专门聘请家庭教师教她古典文学，聘请京剧老师王福卿（艺名"十四盏灯"）教她《阴阳河》《虹霓关》《花田错》《穆柯寨》等剧目。《阴阳河》的高跷功是绝活，需要腰功、腿功和戏曲圆场的功夫，红线女边学边练；《虹霓关》是一出扎靠的"顽笑戏"，有武打，重表演，边打边演，轻松活泼，生活气息浓郁，于是，她一面练习刀枪把子功，一面揣摩人物的表演，把武打和文戏的表演结合起来；《穆柯寨》与《虹霓关》虽说有些相似，同属扎靠戏，但人物的身份、年龄、气度、阅历等都不同，表演自是不同；《花田错》是一出花旦戏，表演、台步、道白，都有自己的特色，表现的是小姑娘的天真、聪明、颖悟、伶俐，很是精彩。红线女为了拓宽自己的戏路子，她要求自己既能庄重起来，能演大家闺秀，又能演这种活泼顽皮、装傻充愣的小姑娘。从红线女学习的剧目可以看出，她是在做全面的提高，使自己向能文能武方面发展，有技术技巧，有表演技能。与此同时，她还请了英语教师教她英语，请声乐老师教她西洋发声法和美声唱法。红线女到底要做什么？谁也说不清楚。

也就在这段时间，红线女读了《老残游记》，颇有所悟。书中有一段"王小玉说书"，写一个唱梨花大鼓的艺人王小玉的绝妙之处就在于，她的书别人说不了，她的好，别人也学不到。缘何？这对红线女震动很大。她觉得中国传统艺术的魅力是无可替代的，粤剧亦是如此。她要在粤剧舞台上有所作为。红线女下定决心，她要回归粤剧舞台，为粤剧做点事，宁可少拍几部片子，宁可少赚一些钱，她也要排几出有模有样的粤剧。于是，1952年"真善美剧团"诞生了。

红线女有她的艺术理想，组建"真善美剧团"是她实现艺术理想的第一步。她请马师曾、薛觉先两位大师出山，和他们交流沟通，两位大老倌与红线女一拍即合。接下来是选剧目，红线女提出排《蝴蝶夫人》，大家也无异议。

《蝴蝶夫人》是一部欧洲歌剧，称得上是世界名著。剧中的蝴蝶夫人是一位日本歌妓，她与一位美国海军中尉相爱，最终被遗弃。

把一部西洋歌剧移植到粤剧舞台上谈何容易？这是对传统粤剧的一次挑战，也是演员对自身的一次挑战。红线女扮演蝴蝶夫人，马师曾扮演那位负心的美国海军中尉，薛觉先扮演一位同情蝴蝶夫人的日本子爵。

红线女在自己构筑的艺术王国里与她的艺术搭档尽情遨游。他们的创作方法也与一般粤剧班社不同，这在当时来讲是奇特的，前卫的。红线女想：对日本生活不熟悉，如何演出日本歌妓蝴蝶夫人的风韵，日本子爵的气派？她走出的第一步就是去日本考察，感受日本的民风民俗，生活方式，感受日本人的行为举止，谈吐礼仪。红线女一行人去了东京、大阪、神户、镰仓、奈良、富士山、宝冢……参观了松竹等电影公司，观看他们的布景制作。红线女一行人还到日本朋友家中做客，观察日本人的种种生活细节，家庭装饰摆设。四十五天的时间，他们走访了下层贫困的百姓，也拜访了士绅富豪之家，从他们穿和服的举止动作、走路步态，到如何坐在榻榻米上吃饭、交谈、饮茶……红线女都观察得很仔细。他们还参加了日本人举办的盛大茶道表演。

观摩学习是红线女此行的一项重要内容。她抓住一切机会走进剧场，看歌剧、能剧、歌舞伎……无论是日本传统艺术还是外来艺术，她都接触。一种豁然开朗的感觉油然而生，蝴蝶夫人的影子在她的眼前晃动，挥之不去，这就是最初的人物种子，粤剧舞台上的蝴蝶夫人。

在日本，红线女还搜集了不少音乐、舞台美术方面的资料，提供给各个部门的人员，还定制了一批服装道具。此行真是满载而归，收获颇丰。

此次日本之行，红线女耗资数万元。一向节俭的她为了排一部好戏，真是可谓一掷千金了，只要力所能及她都十分豪爽，有一股须眉之气！由此，我们感受到的是红线女对艺术的执着。她对粤剧的挚爱，不是嘴上说说，而是落到实处，她拿出的可是实实在在的真金白银，用自己辛勤汗水换来的真金白银！

　　排练开始，问题也来了，"真善美剧团"没有排练场，怎么办？这点难处难不倒红线女和她的搭档？因为每一个人都有一颗火热的心，办法总是有的。剧团附近有一个高升戏院，等人家夜戏散场后就借用人家的舞台，从午夜排到大天光，天天如此。大家干劲十足，辛苦并愉快着。

　　《蝴蝶夫人》如期上演，效果好得不能再好。粤剧的老观众感觉新颖，但不失粤剧的味道；一些不熟悉粤剧，读洋书长大的太太、小姐、少爷观众也走进了戏园子，他们熟悉这部世界著名歌剧，但不知粤剧是如何演法，听说粤剧之中还有洋歌，他们好生好奇。他们不只是看戏，他们还想"猎奇"！出乎他们意料之外的是，粤剧居然是那么的好听好看，演员不但粤剧唱得好听，西洋歌剧也唱得那么好，但又不同于一般的西洋歌剧。这让他们爱上了粤剧，爱上了红线女、马师曾、薛觉先……

　　红线女费心费力，她想制作一出与传统粤剧有别，出新但不失粤剧之美的粤剧，她的理想是使粤剧得以发展，充分展现粤剧的美，她坚信要发展就要出新。《蝴蝶夫人》以新的面貌出现在粤剧舞台上，无论是布景还是服装都与传统粤剧不同，特别是最能代表剧种风格特色的音乐唱腔，与传统粤剧也有很大区别。在红线女主持下，音乐唱腔吸纳了不少歌剧的素材，使之粤剧化，其中有很成功的唱段，有很精彩的表演，但这毕竟是一次尝试，不能尽如人意的地方当然有，但是瑕不掩瑜，大部分观众不去挑毛病，对它的精彩之处，赞不绝口，如蝴蝶夫人在神坛前剖腹自杀的一段"咏叹调"，他们就很喜欢。这段唱很长，剧场却出奇地安静，安静到观众轻轻的啜泣声都能听得到。这与唱腔设计和歌者追求有关，他们追求的戏剧效果就是如此，他们追求动人感人，他们的愿望实现了，观众被感动了。作为既是歌者又是唱腔设计者之一的红线女既满足又兴奋。

　　剧中还有一段"盼夫归"的主题曲，也是极有特色的。它采用歌剧原有的曲谱，由音乐家记谱填词，红线女则用民族戏曲的唱法演唱，伴奏也是戏曲的。经过这样的改造，洋歌剧已经变味，而后面与戏曲的【梆子慢板】衔接，在老粤剧观众听来，很有新意，但还是粤剧，可以接受。对于熟悉歌剧的观众说来，他们是在粤剧中听到一段歌剧，也觉得有意思。这段"盼夫归"成了既打动内行又打动外行的一个代表性唱段。

最吸引观众眼球的是布景，无论是街景建筑还是室内装饰，日式风格浓重突出，又与剧情结合得很好。蝴蝶夫人的居室别致精到，特别是神案上从始至终放置的一把神刀，最初并不那么引人注意，在蝴蝶夫人欲自杀时，与她的表演歌唱相结合，一束光亮起，把神刀凸显出来，具有强烈的震撼力，强化了演员自杀的表演。

戏中部分场景还把电影吸纳进来。其中，有一场是蝴蝶夫人向美军中尉叙述她的童年，与爷爷在海边生活的情景，舞台上出现了银幕，放映着爷爷和小蝴蝶玩耍嬉戏的电影画面，与此同时，蝴蝶夫人在舞台上边唱边表演。这种实验在技术上要求很高，以当时的舞台条件而论，存在很大难度，演出时总是提心吊胆，怕出问题。还好，有电影界的朋友帮忙，每次演出都很顺利。

《蝴蝶夫人》在创作方面的艺术追求是很有意义，很有价值的，以红线女为首的整个团队为此付出了许多许多，资金投入很大，靠演出很难达到收支平衡，更不必说赚钱了。但红线女认为：这是向艺术理想迈出的第一步，这第一步是大家努力的结果，这样的结果是用金钱买不来的。值！

《清宫恨史》是"真善美剧团"排演的又一出大戏，演出阵容强大。红线女饰演珍妃，薛觉先饰演光绪，马师曾饰演李莲英，凤凰女饰演慈禧太后，南红饰演瑾妃，欧阳俭饰演一个忠于光绪的小太监……都是大老倌，真是满台生辉，美不胜收。台上是大老倌飚戏，台下是观众疯狂捧角，场面红火热闹，被誉为是抗日战争胜利后香港最精彩的一出粤剧。

《昭君出塞》是红线女的代表作，也产生在"真善美剧团"时期。一曲《出塞》响彻云霄，哀婉凄楚，震撼人心。它是"红腔"成熟的标志，也是"红腔"的重要曲目。八十年代，在《昭君公主》的创造之中，也有一支《昭君塞上曲》，那是一个自愿请行的王昭君的"出塞"，同一人物，情感情绪却不一样，红线女运用"红腔"，唱出两个王昭君的不同情绪，显示了"红腔"的表现力和红线女驾驭声腔的能力，真是非同寻常。

《心头一磅肉》又名《一磅肉》，是根据莎士比亚作品《威尼斯商人》改编而来，这是"真善美剧团"演出的又一出"外国戏"。把世界经典作品搬上粤剧舞台，介绍给粤剧观众，这一创作思路，很容易得到粤剧观众的认可。红线女的思路是借助外国名著使粤剧出新，有所发展，她的思路与香港观众的审美恰恰吻合。香港长时间处于英殖民者统治之下，对于外来文化易于接受，抵触情绪小。红线女主办的"真善美剧团"，把外国名著搬上粤剧舞台，介绍给中国观众，做了一些粤剧化的工作，这无疑是扩大了粤剧的表现题材和表现领域，丰富了粤剧的表演技巧和表现能力。

从《蝴蝶夫人》到《心头一磅肉》，红线女和她的创作团队做了外国戏剧粤剧化的工作；《清宫恨史》是粤剧改革创新的一次尝试，《昭君出塞》则是将戏曲传统题材进行新的处理，使之精炼精彩。不管是哪一出戏，都浸透着红线女的心血。创造是一件很艰难的事，作为一个演员，她不仅要投资，还要操心剧目选择，剧本、服装、音乐、舞美、唱腔……方方面面的事情，她都要操心，真正做到了事必躬亲，全力以赴。在艺术上她是完美主义者，总想至善至美，要求极高，一点也不肯放松，加之她又有个紧张的毛病，弄得高度神经衰弱，疲惫不堪。红线女感到作为一个演员，她不能身兼数职，长此下去，不仅心力交瘁，自己的表演艺术水平也难以提高。无奈之下，红线女只能中断她的粤剧发展之路的寻求与探索。同时，她对香港这一粤剧生存环境产生了不满，在这里很难进行真正意义上的粤剧艺术创作。

她也实在是承载不起"真善美剧团"之重了。红线女一手创建的"真善美剧团"就这么结束了。一百个不情愿，一千个不甘心，却又无可奈何。

红线女有一个永远解不开的粤剧情结，那是在心灵深处。她是属于粤剧的，她为粤剧而生，始终心系粤剧。

别了，香港！

1955年，红线女与长城电影公司签订合同。长城电影公司有不少人与大陆联系密切，经常回大陆探亲访友。红线女从他们的口中听到一些有关大陆的情况。在长城电影公司她经常可以看到《人民画报》，红线女喜欢看画报中报道大陆电影、戏剧、戏曲、文学等方面的情况。当时在香港流传大陆是"能进不能出"，红线女觉得好生奇怪，她看到长城电影公司的人常常去大陆，也不见他们回去就回不来了。她很想到大陆看看。长城的朋友答应帮助她。

1955年，国庆节前夕，红线女接到邀请，请她在国庆六周年的日子里，参加国庆观礼，接到邀请的还有马师曾。

红线女作为香港归国观礼团的成员，第一次出席了在北京饭店举行的盛大国庆招待会，场面隆重而热烈，喜气洋洋。让她没想到的是，一个大国总理居然站在北京饭店门口迎接大家。当红线女走到总理面前的时候，他居然知道她这个来自香港的演员。他亲切地和她握手，并建议她到各地走一走，看一看。给红线女留下印象最深的是总理那一双浓浓的剑眉和那一双炯炯有神的眼睛，慈祥而又不失威严，她禁不住在心里说："啊，这真是位伟大的人物！"

在国庆节的观礼台上，红线女认识了梅兰芳、程砚秋两位京剧大师，这是她仰慕已久的两位表演艺术家。茅盾、夏衍、欧阳予倩、田汉、曹禺等文学家、戏剧家也都在观礼台上，他们或是和她打招呼，或是和她点头致意，红线女读过他们的作品，对他们充满敬意，她感觉得出，他们的精神状态很好。再看看游行队伍，步伐齐整，军容威武，工人农民充满自豪感，学生、体育大军是游行者中的年轻人，他们健康活泼……她产生了一种国家繁荣昌盛的幸福感。

国庆过后，红线女真的到哈尔滨、大连、青岛、上海、杭州等地参观访问。在北京，她观摩了评剧《秦香莲》，访问了评剧团，让她羡慕不已的是国营剧团有一整套的行政机构和艺术创作班子，演员、乐队、舞美……业务人员可以全身心地投入到艺术创作之中去，行政人员则负责做好后勤保障工作。她是办过剧团的，她知道这样的创作环境的重要。

拜访何香凝老人时，老人家直言快语："回来吧！回来工作好！"许多文艺界的前辈也希望她回来，参加新中国的建设。何香凝的话重重地敲击着她的心，她激动地向老人家表示：

"我回来得太迟了……"她说不下去了。

红线女决定回大陆，她在广州见到了广东省省长陶铸，陶铸问了她到各地参观的感受和回广州后的打算，红线女说："我身体不好，一场粤剧要演三个多小时，甚至更长一些，我担心身体负担不了。我还是想从事电影工作。"陶铸也毫不客气，他直话直说："粤剧需要你，你还是要干粤剧。至于拍电影，让你一年拍一部还是可以的。"这话说得硬梆梆，似乎与红线女最初的想法有很大距离，然而，在红线女心里并没有掀起什么波澜，既然"粤剧需要你"，那还有什么好说的？她本来就属于粤剧。

回到香港，红线女就着手回广州定居的准备。她先是安顿父亲，为他购得一处房子，安度晚年。然后是完成与长城电影公司签订的拍摄合同，把电影拍完。

1955年12月12日夜里，红线女完成了她拍摄的最后一个镜头。14日，红线女告别香港，扶老携幼，一家人踏上回广州之路。她定居广州，被分配到广东粤剧团工作。

这一年，马师曾也回到大陆定居。红线女、马师曾双双到广东粤剧团参加工作。

这里的生活很充实

回到大陆不久，红线女就见到了毛泽东主席。

在天安门观礼台上，红线女曾经见到过毛主席的伟岸身影，那是她第一次见到毛主席，是远距离的。那次，她看到主席向游行群众挥手，群众欢腾雀跃，高呼"毛主席万岁！"让她久久难以忘怀。没想到，天安门城楼上的伟人就站在自己面前。

能够得到毛泽东主席的接见，这已是极大的荣幸，主席还说她是"劳动人民的红线女"，这让她既意外又兴奋。她觉得这是主席对她的肯定，也是鼓励，这个评价真是很高很高，她觉得自己承受不起。红线女想，我只有努力工作，生活得更好，更充实，才不辜负主席的信任与期待。红线女觉得，她有信心，有力量了。她敢于走自己的路，一往直前，不后悔，不回头，不退缩。

红线女被分配到广东粤剧团工作后，她很满意。往事历历在目，办一个剧团是何其艰难？她深有体会。这里有一个很精干的行政班子，行政事务他们都包了。说到生活，每月她有固定工资，数目不算小，比她周围年龄相近的演员要丰厚许多。当然，比在香港时要少许多。她觉得，钱已经很够用了，而且开销比在香港少多了，在这里，吃饭、点灯、用水、住房……一切都比香港用钱少。特别让红线女满意的是广东粤剧团的工作条件，和香港相比，不知要好多少倍，这里有排演场，练功房，会议室，图书室……每天练功、吊嗓子、排戏、学文化、学政治、观摩……日程安排得满满的，生活很充实。

让红线女更高兴的是，这里有白驹荣这样的粤剧名宿，有带她走上粤剧舞台的舅父靓少佳，有与她同台演出过的郎筠玉、小飞红、谭玉真、罗品超、文觉非……有与她合作过的粤剧名家薛觉先……她还特别注意到，这里对青年演员的培养格外重视，老师都是专职的，他们的工作就是培养青年演员，其中有昆曲"传"字辈的老师，还有专门传授身段，手、眼、法、步的京剧老师姜世续，教毯子功的粤剧前辈……红线女很明白，若是在香港，请这样一批老师上课，将是一笔很大的开销。红线女在香港请过京剧老师，也请过教声乐的老师，那时她一个星期只能请两三次，一次也就一两个小时，如果再多一点时间，她也请不起。如今，老师就在身边，随时随地都可以请教，这在香港是想也不敢想的，这样的开销个人无论如何也负担不起。从此红线女像青年演员一样，早晨走进练功房练基本功，压腿、踢腿、撕腿、走圆台、吊嗓子……

白驹荣是红线女的偶像，红线女叫他"白七叔"。白驹荣工小生，擅长于唱，富于创造性。他把粤剧小生的唱法从假嗓改成真嗓，吸取了薯师的"扬州腔"，形成了风格独特的"白腔平喉"，创造了【八字二簧慢板】等板式。过去红线女听过白七叔的唱片《客途秋恨》《男烧衣》……白七叔的唱让小小红线女着迷，她不明白那声音怎么可以那么厚实、亮堂、饱满，又那么动听？她断定，论唱没人能比得过白七叔。只可惜，她没机会看白七叔的演出，只看过白七叔拍的一段电影叫《泣荆花》。如今可以时时见到七叔的身影，时时可以向白七叔请教，这让红线女怎么能不欢喜？只可惜呀，七叔眼睛失明，但仍能登台演出，这真是个奇迹。七叔每次登台演出都要先量台步，记步数，从而记下位置。他是靠感觉和多年积累的艺术经验在舞台上演出，真是很不容易。七叔的戏确实是好，他有别人没有的东西，你能感觉得到，但你说不出，做不到。红线女心中感叹，七叔确实是老了，又加之失明，确实是有很多不便的地方，若是在香港会是怎么样呢？恐怕是晚景凄凉了！七叔也不会有这样的激情，再做什么示范演出。红线女感觉，七叔的精神特别好，心气高，体力强，不是青年胜似青年。这对年轻的红线女来说，既是鼓舞激励，又是安慰。她从香港回到内地，她有比较，她的感触也就特别敏锐突出。她认为，共产党对白驹荣的尊重爱护，就是对粤剧的尊重爱护。她暗暗庆幸，她的选择没有错！她可以在自己的理想王国中遨游，圆她的粤剧之梦了。白七叔的精神也一直鼓舞着红线女，对待粤剧就要像白驹荣那样，始终如一，不离不弃。

一次，马师曾、红线女在广州市文化公园演出，这也是他们回大陆后的第一次亮相。那天，大概有三万多观众来到文化公园，他们是为他和她而来，仿佛过节一般。他们打着招呼，说着笑着，热闹非凡。当马师曾、红线女出现在舞台上时，台下用"雷鸣般的掌声"来形容，一点也不过分。演出开始后，台下又是那么的静，没有人走动，没有人交头接耳，仿佛连咳嗽声也没有，直到演出结束。又是雷鸣般的掌声，一次又一次的谢幕，一阵又一阵的掌声，像风，像浪，像潮涌……红线女感觉得出，这是观众的厚爱，观众对他们寄予厚望。这让红线女既兴奋又惶恐，她想，我拿什么回报这些热情的观众呢？排一出新戏奉献给他们！希望不要让他们等得太久。

让她没想到的是，机会来得那样快，又那么突然。就在这个时候，领导把《搜书院》的创作任务交给了她和马师曾。并向他们提出要求，要改变"名演员不演别人演过的戏"这一旧观念。

马师曾没有异议，红线女更不会有什么问题。虽然在香港电影、戏剧界她也算得上是颇负盛名的演员，但在这片土地上，面对新中国的新观众，她的艺术还需要他们的肯定，需要接受他们的检验。她不敢以"名演员"自居。

既然领导把任务交给了她，红线女此时此刻想的就是如何努力去完成。

▌《搜书院》红遍江南塞北

粤剧《搜书院》，是根据海南琼台书院掌教谢宝的传说改编而成。故事大约发生在雍正、乾隆年间。清末已有琼剧《搜书院》问世。解放后，琼剧在挖掘整理传统节目的工作中，根据老艺人的口述，已将"书房会""围书院""搜书院"三折整理出来，演出效果很好。广东粤剧团在此基础上发挥发展，改编移植成粤剧，这次重排《搜书院》，红线女在戏中增加了许多戏分和唱段。

重排《搜书院》，这让红线女很兴奋。在省粤剧团排戏与在香港排戏很不一样，每个人都很严肃认真，这里是在搞艺术创作，有一种创作的氛围。红线女更是全身心地投入到排练之中。每日回家太辛苦，很多时间浪费在路上，她就索性搬到剧团的集体宿舍住，这样练功，排戏都方便。更让她兴奋的是她可以集中精力考虑表演，唱腔，身段动作……不必为资金投入操心，这样真好，她觉得排戏很轻松很愉快。

剧作赋予翠莲凄惨的身世，从小被卖入镇台府为奴婢，饱受虐待欺凌，但却造就她正直善良、执拗不屈的性格，其中有一场"柴房自叹"，为翠莲安排了大段的唱，音乐设计又为人物创作了极为感人的唱腔，为红线女的演唱提供了很好的契机。黑黝黝的柴房，牢房一般的木栏杆窗子，月光斜射了进来，越发显得凄冷孤寂，身心备受摧残的丫鬟翠莲，一手持刀，一手拿着绳索，想以死相争，以示清白。面对死亡，她感叹身世，这时她唱【倒板】、【南音】、【快流水南音】、【乙反二簧】、【正线二簧】等，"千悲万怨！情惨惨，泪涓涓，钢刀绳索逼我在眼前……"翠莲悲痛欲绝，生，无路可走，死，犹不甘心，声音低缓，如泣如诉，有时是音断气不断，越发凄楚感人。在唱到"怎把牢囚冲破，跳出深渊，展翅腾云，可作出笼飞燕"这段【二簧滚花】时，人物情绪由低沉转向激愤，这时红线女的表演是甩了绳索，扔了柴刀，眼睛仿佛在冒火，表现了人物拼死一搏的勇气和决心。由此完成了一个弱女子走向刚烈奋争的过程。这场戏为演员提供了充分发挥表演才能的可能，红线女是唱做俱佳，最终使《柴房自叹》成为了粤剧经典折子戏，久演不衰。

第四场、第五场的戏是翠莲逃出镇台府，女扮男装到琼台书院找书生张逸民，寻求帮助，被老师谢宝误会书生与女子有私情。这期间，还穿插了镇台率兵围困书院，翠莲为保书院不受牵连，挺身而出，牺牲自我等情节，都是很有戏的。红线女牢牢地把握住人物的处境和心态，把人物演活。如翠莲在书院见到张逸民时，虽有少女的羞怯，但更多的是为摆脱厄运，寻求帮助。其中有试探，有倾诉，有沟通，以致产生男女相恋之情。红线女在这场戏中的表演层次清晰，生动传神。头戴儒巾，身穿海青的红线女在表演上有一个很大变化，那就是动作幅度加大，见棱见角，装出一副男子气概，但又不时流露出女儿情态，形成鲜明对比，极为有趣，又极为美妙。女扮男装的翠莲，风流倜傥，英俊洒脱，却又与一般潇洒书生不同。这时的红线女动作很特别，有些生硬，做作，形体动作又很漂亮，让观众理解，这是人物时时在扮演着另一个自我。这是一场很难演的戏，何时藏，何时露，都要找准契机，要恰如其分，合情入理，戏剧效果才能出来，让观众有"戏"可看。若是火候不到，就会失真，产生卖弄之感，让人生厌。

《搜书院》的公演引起了观众的兴趣。最初，他们是怀着好奇心走进剧场的，想看一看从香港归来的马师曾、红线女与内地演员的表演有什么不一样。有的老观众是以挑剔的眼光走进剧场的，他们想看看演员唱、做、念、打的真功夫，他们心里想："你红线女电影演得好不等于粤剧唱得好。""你粤语歌曲唱得好，唱粤剧可是要基本功的，有许许多多的讲究，特别要讲究韵味，这一点可不是容易做到的。你成吗？"

演出一开始，观众就被吸引住了。红线女饰演的翠莲有一场与小姐放风筝的戏，舞台上本没风筝，这要通过演员的表演，手、眼、身、法、步来完成，表现出风筝的高飞与低落，还要讲究两个演员的配合默契，重要的是，通过两位演员的表演，表现出两个女孩子不同的身份、地位、处境、心态……这不仅仅要求身段舞蹈要美，眼睛要灵活，手中无线似有线，台上没有风筝，眼中要有风筝，更重要的是通过放风筝的表演、对白，让观众看到两个人物，战战兢兢、委委屈屈的奴婢翠莲和胡搅蛮缠、飞扬跋扈、颐指气使的镇台府小姐，透过这位小姐，看到镇台一家人，看到翠莲的生活处境，为这一女孩子的命运忧虑。

《搜书院》超越了一般的才子佳人戏的老套路，让人耳目一新，为马师曾、红线女两位粤剧表演艺术家提供了施展表演才华的空间。马师曾饰演的谢宝，让人叫绝，他的唱，他摇着扇子踱步的儒雅，他略带沙哑的嗓音，他那双炯炯有神的眼睛……让观众为之着迷。红线女与马师曾联袂演出，真是珠玉相配，交映成辉。

1956年5月，《搜书院》进京演出。这个带着南国色彩的剧种，这个有着浓郁岭南风情的故事，能否为北方观众接受呢？当粤剧离开了南国土地，它的很多优势就变成劣势了。首先是语言问题，粤语的发音吐字离普通话太远，听粤语如听外语，看粤剧，对北方人来说犹如看没有翻译的外国电影，完全依赖字幕，否则什么也看不懂。边看舞台演出，边看字幕是件挺累人的事。若是戏不吸引人，会有不少人中途退场，北京人叫"抽签"。然而，《搜书院》的演出情况大大出乎人们意料之外。广东的乡亲自不必说，艺术家、同行走剧场也是情理中的事。（解放后，艺术界的同行非常重视观摩学习，不管是南方戏还是北方戏，不管梆子、皮黄、滩黄、花灯、采茶，他们都看，为的是相互学习借鉴。）难得的是有不少是听不懂粤剧的北方人也走进了剧场，他们有的是喜欢听广东音乐，有的是喜欢广东戏的服装扮相，不想坐下来以后，却被剧情深深吸引，继而关心起翠莲的命运，在剧场里静静地看完一场广东戏，没有人"抽签"。由此他们记住了两个演员的名字——红线女、马师曾。这就是戏曲表演的魅力，也是演员的魅力。

在全国，知道粤剧的人不多，很多人认识粤剧始自于《搜书院》，始自于红线女、马师曾。如今一些七八十岁的老同志，不管他们是学文学的，搞电影的，还是搞马列主义文艺理论的，抑或是搞科学的，或是其他行业的，凡是谈起粤剧，必定是大谈《搜书院》，谈红线女、马师曾，谈起建国初期他们看过的那一场难忘的演出，兴奋激动之情溢于言表。此后，《搜书院》还拍成戏曲艺术片，影响更大。真是一出《搜书院》，红遍塞北江南。

梅兰芳看了《搜书院》，他郑重向首都观众推荐此戏，并在《北京日报》发表文章——《动人的喜剧〈搜书院〉》（《北京日报》1956年5月6日），他高度赞扬老演员马师曾、李翠芳扮演的谢宝和镇台夫人，对于青年演员红线女扮演的丫鬟翠莲也给予了很高的评价。梅先生写文章不多，此次他亲自撰文，谈青年演员红线女的表演，这是很难得的。文章写道：

> 广东粤剧团主要演员红线女扮演的翠莲，表现出一个刚烈而又腼腆可爱的少女形象……她在柴房一场的独唱，表面上看好像没有一个身段，其实处处是身段，时时有"脆头"（"脆头"就是舞台上表演节奏鲜明的地方）。书房是最后一场，两

人合扇的身段（就是二人在一起同作身段）都很优美精炼，唱腔运用着正确的发音方法，并且也富有感情。

欧阳予倩先生是位文艺大家，他对京剧、话剧、桂剧等无不精通，既是编剧，又是导演，还兼而演京剧和话剧。看了《搜书院》，欧阳先生很兴奋，他在《人民日报》发表文章——《谈广东粤剧团演出的〈搜书院〉》（1956年5月14日《人民日报》），他认为《搜书院》"标志着粤剧改革的新气象，所有一切都和过去我在广州、香港所看到的某些广东大戏不相同……例如，翠莲所唱——中板就有新腔——听起来很自然，很好听，干干净净，没有拖泥带水的弊病。在管弦乐合奏当中，打击乐加得很和谐，这都是特别值得我们学习的地方"。欧阳先生特别喜欢放风筝一场戏，他在文章里写道："《搜书院》一开始就给我们以新颖的印象：镇台的小姐带着丫鬟翠莲在花园里放风筝，通过她们舞蹈性极强的动作，观众就感觉风筝放起来了。她们放线、收线、前进、后退、举手、翻身，表现风时强时弱，风筝见高见低。她们一面放风筝一面唱小曲《双飞蝴蝶》，这是个美丽场面。这种表演方法来自民间小戏，经过适当地加工便觉得新颖有趣，扮演翠莲的红线女的唱是十分动人的。"

国歌《义勇军进行曲》的词作者、戏剧家田汉看了《搜书院》，题诗一首，书赠红线女：

> 五羊城看搜书院，
> 故事来自五指山。
> 暗把风筝寄漂泊，
> 不因铁甲屈贞娴。
> 歌倾南国刘三妹，
> 舞妙唐宫谢阿蛮。
> 争及摩登红线女，
> 佳章一曲动人寰。

刘少奇、周恩来等中央领导莅临剧场观看演出，并给予高度评价。周总理还到后台看望演员，他对红线女说："你是拍电影的吧，看得出来。你的唱不错，你表演内心活动很细腻，这是电影演员所长，你使用得很好。可是，你现在是戏曲演员，是在表演舞台艺术……你要注意戏曲的表演手段，在舞台上，把内心活动表现出来。"

红线女的感觉是暖暖的。她明白这是鼓励，是希望，是关怀。她觉得总理目光犀利，他的话一针见血，击中要害。总理的话让她意识到自己的不足，不管获得多少荣誉，听到怎样的称赞，她都不曾迷失过自我，始终坚持一条，虚心向前辈艺术家学习，向兄弟剧种学习。总理的话，使她受用终生。

《搜书院》是粤剧革新的一个里程碑，也是红线女艺术生涯之中的一个新起点。从《搜书院》的排练、演出到拍电影，红线女有许许多多的感触，她感到只有在这片土地上，她才能全力以赴地投身艺术创作，思考粤剧，认识粤剧。这里有那么多的老师、朋友，他们的艺术见解让她佩服。她第一次清醒地认识到粤剧的优势与不足，粤剧擅长吸收，又不被任何艺术所左右，善变但不失其特色，这是它的优点，今后创作应该顾及此特点。她也看到，由于解放前走过的道路，粤剧带着商业化、殖民化残留下来的痕迹，这是要认真对待的。《搜书院》的成功就在于它弘扬了粤剧优秀的传统和剧种优势。红线女的感动、激情难以抑制，最终化作诗章。

拍摄戏曲电影艺术片《搜书院》到时候，正值酷暑，上海奇热。在水银灯强光的照射下工作，穿着长长的衣裙，捂得严严实实的，脸上是厚厚的油彩，头上是各种各样的珠翠，那时候还没有空调，只有电风扇，又不能开，电扇一吹，裙裾飘飘，破坏了画面，破坏了环境的真实感。红线女的体质本来就弱，又有神经衰弱的毛病，她吃不好，睡不好，但却没有病倒，这真是个奇迹，而且总是以饱满的精神，旺盛的精力出现在拍摄现场，创作状态极佳。这大概就是精神的力量。 从她写的诗，我们可以窥视到红线女的创造状态：

> 上海的天真热，
> 三十万支光的水银灯下更热。
> 可是，为了完成人民交给我的工作，
> 这一切还比不上我的心热。

我衷心喜欢舞台上的生活，

我也热爱水银台灯下的工作。

我从心底唱出激情的歌，

我要歌唱繁荣美好的祖国。

感谢人民对艺术的重视和热爱，

感谢同志朋友们对我的鼓励和关怀。

这一切都增强我向前的勇气，

我决心把青春献给伟大的祖国。

红线女有一种沐浴在阳光下的感觉。这种感觉是真实的，发自内心的，从表面看，诗似乎是在唱高调，喊口号，表决心，但红线女并非是在"歌德"，这是她对现实生活的认知，对艺术的认知，当然，也深深地刻着五十年代的印痕。红线女在香港为粤剧而付出，可以说是倾心竭力，但收效甚微，一部《搜书院》，让她在艺术上腾飞，如果是在香港，这是难以想象，她很珍惜，很感恩。红线女的状态，红线女的创作环境，红线女的艺术积累……红派，正在孕育。

做一个劳动人民的演员

总理的话激励着红线女。这期间，她向昆曲名家俞振飞、朱传茗学习了昆曲《贩马记》，并把其中一折《桂枝写状》搬上粤剧舞台，红线女饰演桂枝，马师曾饰演桂枝的父亲李奇。

从红线女经常上演的剧目也可以看出，她是一只手伸向粤剧传统，一只手伸向兄弟剧种，进行着学习、继承、创新的工作。她把京剧折子戏《拾玉镯》移植到粤剧舞台，红线女扮演孙玉姣，马师曾扮演媒婆刘大娘。整理粤剧传统剧目《三娘教子》，使之在舞台上重放光彩，红线女扮演三娘，马师曾扮演老家人薛保。对《刁蛮公主戆驸马》《苦凤莺怜》这类马师曾、红线女多年合作的演出剧目，也可称为马红代表作，红线女和马师曾一起进行了再加工。同时，红线女和马师曾还一起创作了新剧目《孟姜女》《屈原》。

《孟姜女》是根据传统剧目重新编写，红线女饰演孟姜女。为演好孟姜女，红线女专程到北京，向程砚秋请教寻夫、哭长城的身段动作。《屈原》是根据郭沫若同名话剧改编而成，马师曾饰演屈原，红线女饰演婵娟。马师曾红线女共同的希望是为粤剧增加一些新的上演剧目。

1957年，《南方日报》评选"最受欢迎的粤剧和粤剧演员"，《搜书院》和红线女名列榜首。这一年，因为电影《搜书院》的上演，其中主要唱段"初遇诉情""柴房自叹"，在南粤大地广为传唱。

也是在这一年，红线女作为"中国青年艺术团"成员，赴莫斯科参加第六届世界青年与学生和平友谊联欢节，杜近芳、关肃霜、马长礼、魏喜奎、李世济等戏曲演员均在其中，程砚秋任联欢节艺术比赛评委。红线女以《昭君出塞》和《荔枝颂》参加东方古典歌曲比赛并获金奖。

《昭君出塞》是粤剧曲目，描写王昭君别故国，别家园，别亲人，出塞途中的万千感慨。红线女的唱极具感染力，她以低回凄婉的声音，如泣如诉般演唱，道出一个女孩子的悲怨凄苦，表现黄沙路漫漫，荒途无人烟的孤寂，让人动容。

《荔枝颂》是一曲欢乐活泼、明快俏皮的粤曲小调，生活气息浓郁，充满动感。红线女在几秒钟内情绪陡转，从悲悲切切的王昭君幻化成叫卖荔枝的小姑娘，她的声音也随之变得甜美清脆起来，行腔吐字，珠圆玉润，特别是最后一句"卖——荔——枝"，真有绕梁三日之感，让人叫好称绝。红线女把"枝"字无限延长，声音由强到弱，弱到似无还有，似断犹连，突然翻起一个高音，戛然而止。让人产生卖荔枝的小姑娘渐行渐远之感，她仿佛行走在湿漉漉的石板小路上，小姑娘犹不甘心，她突然停下脚步，回头一望，再来一声叫卖……至此，台下爆发出雷鸣般的掌声。

两只曲子风格迥然不同，形成鲜明对比。红线女声音之美，她驾驭声音的能力，运用声音技巧的娴熟，让人佩服。这时，人们开始注意到她那一身剪裁得体的红色旗袍，惊艳！这就是东方美！来自中国的歌者之美！来自中国的歌唱之美！据说，这身红色旗袍还是周总理的意思。总理认为红线女适合用红色，旗袍是中国人的服饰。红线女无意中成了中国文化的使者，美的使者，东方的使者！

这一年，毛泽东主席在广州看了红线女的《昭君出塞》，并请陶铸、红线女，还有陶铸的夫人曾志等五人吃饭，吃饭的地方很特别，不是在餐厅，而是在珠江的游船上。毛主席兴致很好，还到珠江里游了泳。红线女站在游船的舺板上，吹着江风，看着毛主席畅游珠江。这时，主席已是六十多岁的人了，红线女这样描绘主席游泳：

> 毛主席游得真好，他是那么轻松自如，一会儿单手划水，一会儿双手划水，有时侧着身子游，有时又仰卧在水面上，自由自在，一点都不费力气。他像一条大白鳝，在水中转来转去，翻腾沉浮，他游得真是好看，给我一种"神"的感觉。

这天晚上，红线女在广州太平戏院演出《焚香记》，戏票早已售出。红线女有些坐不住了，她害怕误场，为她一个人，让一千多观众在剧场等待，这让她很不安。在她的心目中，艺术高于一切，观众高于一切，即便面对的是中华人民共和国主席，新中国的缔造者，她的想法仍然不会改变。因为她是演员，在她的心里，观众是第一位的，他们就是她的上帝。

当主席了解了情况以后，他吩咐："开饭！开饭！赶快开饭！不然就来不及了！"主席很着急，他也怕红线女耽误了演出。

那一餐吃的是什么菜，红线女一点也记不得了。她只记得主席不吃田鸡，主席说田鸡是益虫，吃蚊子，吃危害庄稼的害虫。红线女记得最清楚的是主席吃饭很快，很草率，一顿晚餐，匆匆忙忙地就结束了。主席没吃好，陶铸、曾志夫妻当然也没吃好。红线女很愧疚，都是让她闹腾的。红线女执拗任性，但主席、陶铸、曾志都理解她，她的真，她的纯，她的"不懂事"，正是她的可爱之处。

这顿饭虽然吃得紧张，但也别有一番韵致。他们一边吃饭，船一边行驶靠岸。在珠江的出口处，就是主席刚刚游泳的地方，江面很宽，两边都是庄稼地，一片碧绿，庄稼长势喜人，看来今年会有个好收成。船慢慢向岸边驶来。船靠岸，晚餐也就结束了。真是难为工作人员的精心安排。

弃舟登岸。这里有一条小路，通往主席在广州住的地方，汽车开不进来，只能步行。红线女不顾一切，一溜小跑往前赶。就是这样，还是误场了，只是没有让观众等得太久。红线女真是一位敬业的艺术家。她敬佩主席，她珍惜主席这次难得的接见机会，但因为有演出，一顿好好的晚餐，让她弄成这个样子，红线女为此也难过了许久。

这次接见，主席建议红线女到全国各地看看，主席说：到农村去走一走，嗅一嗅泥土的气息，也到城市看一看，看看新中国建设的步伐……主席还说，作为演员是需要这样做的。

后来，广东领导组织了一个三十多人的小组，到了长春、上海、沈阳、大连、杭州、苏州、武汉……参观了工厂，看了雄伟的武汉长江大桥……

每到一地，他们就与当地的文艺工作者联欢，在同一个舞台上演出。刚刚回到新中国的红线女觉得这样的生活既新鲜又有趣，这在她三十年的人生阅历之中，是从没有经历过的事。她感到艺术被尊重，演员的人格被尊重。她感到工人农民精神面貌的变化，她也感受到新中国对她的热情。

来到上海，红线女的眼睛一亮，她觉得上海真是旧貌换新颜了。她曾到上海演出过，旧上海给她的印象很不好，又脏又乱，戏霸、流氓、阿飞、青红帮、小混混……让她害怕，她没待多久，就匆匆离去了。这次来，他觉得上海变得年轻漂亮了，充满生气，阳光灿烂，蓝天白云与女孩的朴素衣衫都是美的。

参观归来，他们分五个组汇报演出。红线女一组，由小飞红、卫少芳、楚岫云等组成，红线女是组长。有意思的是，在谈收获的时候，他们别出心裁，不是说，而是唱收获，自己编词，自己创腔。从来没有会议是这么开的。他们的认识、感想、喜悦、激动、兴奋……尽从唱与道白之中表达出来。红线女这个组还创作了一个汇报剧，自己写剧本，自己搞音乐设计，自己演，在平安戏院演出了两场。

主席在广州接见红线女时，她曾对毛主席说："主席，我回来的时间不长，一切都很新鲜，和香港大不一样。我不知道该怎么工作，请您给我写几个字，作为座右铭吧。"

主席说："好。"

这时，毛主席对红线女提出希望：

"做一个劳动人民的红线女，一辈子为人民服务。"

毛主席的话深深地印在红线女的心中，不管在什么样的情况下，她都没有动摇过。这成了她人生坚持不懈的追求和真正的座右铭！她为此而付出，始终不悔。她对艺术精益求精，就是要做一个对得起观众的好演员，为人民服务。

1958年11月，党的八届六中全会在武汉举行，广东粤剧团接到通知，要为会议演出《关汉卿》。接到通知以后，广东粤剧团马上出发赶往武汉，三个小时装好舞台，立即演出。那时，剧团都有一股子雷厉风行的作风，大跃进的精神劲头，这是时代使然。

演出前，毛主席接见了红线女等演职人员。红线女一见主席就笑着说："主席，您说过给我写座右铭的，还没给我呢！"红线女一脸的诚恳，一派天真，毛主席也笑了，他只说了一声"是"，没做任何解释。

不久，有人把一个大信封送到红线女手上，内装一封信，文字类似诗词前的小引和用宣纸书写的鲁迅的《自嘲》：

横眉冷对千夫指

俯首甘为孺子牛

红线女理解，毛主席所书条幅，与他对自己的要求，"做一个劳动人民的红线女，一辈子为人民服务"精神是一致的，就是做人民的"孺子牛"，用自己的艺术为劳动人民服务。红线女感觉得出毛主席对鲁迅的推崇，他曾称鲁迅是文化革命的先驱。红线女也崇拜鲁迅，她读鲁迅的文学作品不多，对鲁迅精神的理解也很肤浅，她深感学习的必要和迫切。在红线女七十多岁的时候，她把鲁迅作品《祝福》的部分情节编成粤剧，其中还借鉴了袁雪芬主演的越剧《祝福》。红线女演出了粤剧祥林嫂"劈门坎"一折，完成了心愿。她把自己完全地化作了祥林嫂，面庞消瘦，白发飘飘，神经质地发问："人死了以后，有没有灵魂？"表现出一个行将就木的老女人的疑问与觉醒后的愤怒，她拼尽最后一点力气，举起斧头劈向门坎……这些都属于祥林嫂这一人物。她把祥林嫂演活了，仿佛她就是祥林嫂，祥林嫂就是她，让人们忘记了这是红线女，忘记了舞台上、荧屏上那个年轻美丽的丫鬟翠莲。这是她创作的最后一个形象，也是她最为成功的艺术形象之一。

红线女拿到毛主席的信和书赠后就珍藏了起来。她没有挂出来，也不轻易给人看，所以知道此事的没有几个，但却真正成了红线女的座右铭。她不想挂在书房或是客厅，她不想把主席的墨迹变成装饰物，借以抬高自己。这大概就是红线女低调做人的作风。

"文化大革命"初期，抄家风头正劲，红线女已作为"牛鬼蛇神"被揪了出来。此时，她已把一切置之度外，唯有一条，就是怕毛主席的真迹被毁。这时，红线女找到"革命同志"，告诉他们："我家里藏着毛主席亲笔写的——'横眉冷对千夫指，俯首甘为孺子牛'和一封信。"

他们瞪着眼睛看着她，似不相信，红线女急了，她说："真的，就在我家藏着。不要不知道，毁掉了。"

不管是真是假，他们还是押着红线女回了一趟家。在一堆东西中，取出了主席的真迹。信和条幅连夜被送往北京。

1973年，形势已经有很大变化。红线女被解放了。在中南海西花厅，周总理请红线女吃饭。席间，总理问："是不是主席给你写了字？我怎么不知道？"

"我不愿意给人知道，好像我怎么怎么样似的。"红线女回答。

"你还想不想要回这个字？"总理笑眯眯地问。

主席的这些字，红线女从1958年一直收藏到"文革"，她怎会不想要回来？只是她当时的处境不好，要回主席的手迹，她连想也不敢想，可是她真的很想要，连做梦都想要。红线女冲口说出："想要！当然想要！"

总理看着她，半天没有说话，红线女知道，事情没有那么简单，她又补充了一句：

"最好是还给我。"

总理想了想，说："主席的墨迹不能留在外面，需要放在博物馆保存。这样吧，让荣宝斋复制一份给你。"

信和手书条幅很快复制好了，且复制得极好，几乎可以乱真。复制件交给了当时的文艺组，直到总理逝世后，这个复制件才交到红线女手上。虽说是复制件，客厅、书房、卧室的墙上都没挂出来，红线女依然珍藏着，她依然觉得这就是"真迹"。

毛主席的话："做一个劳动人民的红线女，一辈子为人民服务"，是她的座右铭，永远是她努力、前进的方向。

红派、红腔的形成，背后总有一种精神力量的支撑，这种力量是强大的，是多元的，是无形的，似乎不那么容易说得清楚，也不那么好捕捉。毛泽东主席、周恩来总理的鼓励、关心、支持该是这种精神力量的来源之一，且是那么的强大，既是无形的，又是有形的，可以感受得到，看得见，触摸得到。

▍ 一曲难忘《蝶双飞》

1958年11月广东粤剧院成立，上演了粤剧《关汉卿》。马师曾饰演关汉卿，红线女饰演朱帘秀。

《关汉卿》是田汉的话剧作品，由北京人民艺术剧院首演。此次移植到戏曲舞台上，根据粤剧的需要，有不少改动，特别是关汉卿与朱帘秀狱中相会一场戏，增加了一个重要唱段"蝶双飞"，是话剧舞台所没有的，由田汉根据粤剧需要重新填词，作曲家重新谱曲。

粤剧《关汉卿》是马师曾、红线女继《搜书院》之后再度合作，再次引起剧坛轰动的又一部作品。此后拍成粤剧舞台艺术片，备受关注。

散文家、文艺批评家秦牧看了电影《关汉卿》，欣然命笔，在《光明日报》发表文章《荡气回肠〈关汉卿〉》（1961年7月21日《光明日

报》）。对于红线女饰演的朱帘秀，他大加赞扬，认为真正演出了一个
"流落风尘不记年，琵琶弹断几多弦"的不凡女子。秦牧写道：

> 她（红线女）响遏行云的唱腔，在表达一个剑胆琴心的
> 人物凄苦激烈的心情时，获得了相当优越的效果。这种唱腔，
> 使我们在听秦腔、河南梆子似的，有一种杜鹃泣血的感受。因
> 而，也就相当加强了艺术魅力。

文艺批评家、散文家秦牧是敏感的。确实，以柔美、委婉、抒情见
长的南国粤剧怎能唱出北方剧种的刚烈、恢弘、英气、豪爽呢？然而，
朱帘秀这一人物需要阳刚之气，她生于元杂剧之乡的北国，她是泣血的
杜鹃，她凄烈而不哀婉，她卓尔不群，见识非凡，在她的身上，有着太
多北人的特质，这是艺术形象向剧种提出的挑战，也是朱帘秀向红线
女提出的挑战。人物不能迁就剧种，朱帘秀不能迁就红线女，若要出色
地完成人物塑造，就要突破剧种，突破自我。显然，红线女接受了这一
挑战，她在做着提高剧种表现力的工作，红线女也在做着超越自我的工
作。这其中的寻觅和探索是艰辛的，也是愉快的。

当时任北方昆剧院院长的金紫光也做过演员，他在《戏剧报》上发
表文章《略谈粤剧〈关汉卿〉》（《戏剧报》1959年第15期），他以同
行兼评论家的身份指出：

> 红线女和马师曾两位同志，都是闻名全国的优秀演员。在
> 这次《关汉卿》的演出中，两人都有不少的创作，特别是红线
> 女在扮演朱帘秀这一角色上，取得了极大的成功。她演唱方面
> 是很出色的，她那高亢圆润的歌喉，像银笛一般清亮动人。她
> 的声音表情很富于动作性。我们虽不懂得广东方言，但听到她
> 的歌唱后，很快就被带到戏剧的特定情境中。她的身段优美，
> 仪态大方，动作准确熟练，同时擅长运用声音表情，特别在那
> 段"蝶双飞"的演唱之中，感情充沛，激动人心。

还有评论指出："月西斜，凉风习习，人们走出剧场之后，耳畔还
响着一曲'蝶双飞'。关汉卿和珠帘秀的形象，使人久久不能忘怀。"
（韩北屏《一曲难忘"蝶双飞"》，1959年7月21日《人民日报》）

多少人提及"蝶双飞"，为它而折服，仅只从"蝶双飞"一曲，专

业的与非专业的人士已经发现了红线女的超越，与往昔《搜书院》当中那个翠莲相比，红线女已是大大地向前迈进了一大步。年轻的红线女在艺术上又登上了一个新的高度。

艺术创作超越前人难，超越自我更难。超越前人是历史发展的必然，也是时代进步使然。超越自我，并不是所有的艺术家都能做到的，很多艺术家是存在超越意识的，但超越的结果并不一定为观众这一审美主体所接受，评论界也会众说纷纭。从1956年5月《搜书院》进京，到1959年7月《关汉卿》进京，两次进京相隔不过是三年零两个月，红线女给人的印象是"一番相见一番新"。这又是一个奇异的艺术现象。时间那么短，红线女在艺术上又达到了一个高度。奇迹是怎么诞生的？

看来是短短的三年零两个月，其实，冰冻三尺非一日之寒。红线女是有所积累，有所准备的。远的不说，以1951年红线女在香港亲自动手创作《一代天娇》主题曲为例，她已经摸到了唱腔音乐的创作路数，那次可以说是小试牛刀，但取得了可喜的成绩，当时就有人称之为"红腔"。1952年，她成立"真善美剧团"，排演《蝴蝶夫人》，红线女再度操刀，设计蝴蝶夫人的唱腔音乐，观众反应热烈，认为新颖好听，是粤剧，又与传统粤剧有所不同。红线女似乎对唱腔设计情有独钟，凡是她演唱的曲目，她都会下一番功夫，从表演、演唱的角度，琢磨、改进唱腔，达到既准确地表现人物的思想、情感、性格，唱起来又舒服，让她能得以充分发挥，释放出激情的效果。凡是经她手改过的曲目，大都演唱效果不错。冥冥之中，似有天助，大概这就是红线女的"天赋"。

红线女认为，语言产生音乐。首先是田汉的剧本让她爱不释手，她喜欢田汉塑造的关汉卿、朱帘秀等人物形象。关汉卿、朱帘秀同样精彩，同样有个性，有思想，血肉丰满，只是表现形式不同而已。例如，对于朱小兰冤死的事实，关汉卿与朱帘秀都是义愤填膺，忿忿不平，只是表现形式不同，关汉卿外露，朱帘秀却较为内敛，似讥讽似嘲笑，她说："关大爷两鬓添霜，遇事还那么生气？"

关汉卿越发生气，对朱帘秀产生不满，冷笑着说："我不能学你……"

红线女对于这段戏她是有自己的处理的。对于"两鬓添霜"之类的台词她很重视。红线女是淡淡地笑着说出来的，给人的感觉不是无动于衷，而是饱经风霜，遇到过太多太多人世间的不平之后，她的恨更深，更痛彻，起到的是似轻而重，似淡而浓的效果。从表面看，朱帘秀在嘲笑关汉卿，通过红线女对台词的处理，显现的却是朱帘秀对关汉卿的敬重、欣赏、赞扬和一往情深。从表面看，他们是矛盾的，似乎对眼前发生的一幕惨剧态度不同，其实，他们的心气是相通的。

戏曲就是一种奇妙的艺术，同一段道白，同一段唱，同一段戏，处理不同，剧场效果也就大不一样。好的剧本，要求语言性格化，具有丰富的"潜台词"，如果演员不能把潜台词"念"出来，也就没有潜台词了，戏也就平淡无味了。"念"，其实就是演员对台词的处理，对轻、重、缓、抑、扬、顿、挫的把握，把台词丰富的意蕴内涵表现出来，这样潜台词也就出来了。写得再好的台词，如果演员处理不当，也是枉然。

红线女对人物的创作是极为认真的，她是用心在创作，用心在演戏。她一遍一遍读剧本，一遍一遍念台词，她能把台词里面丰富的内涵和台词中蕴含的人物性格、阅历、身份地位、文化教育……读出来，继而是表现出来。这样的戏自然是有味道，有嚼头，让人百看不厌。

《关汉卿》是一出以关汉卿为主角的戏，朱帘秀不过是一个重要配角罢了，但人物很丰满，有戏可演，红线女高高兴兴地接受了这个角色。她给自己定了一条规矩，那就是"做绿叶，衬红花"，不夺关汉卿的戏，又要把朱帘秀的戏演得精彩。不能满足于"配好戏"，当好配角。她很明白，仅仅是"配好戏"是不成的，那样就一定配不好戏。她预感到这次配戏不那么容易。

红线女注意到，这个关汉卿太不一般了。关汉卿是古代文化名人，然而，我们对他知之甚少。仅从《录鬼簿》我们知道他做过太医尹，生卒年月已无法考证。关于籍贯也有多种说法，一说是元大都人（即今北京市），一种说法是解州（即山西省运城县），也有说是祁州（即河北省安国县）。名也不详，汉卿是他的字，已斋是他的号，也作"一斋"。从元代熊自得《析津志·名宦传》中，记载他"生性倜傥，博学能之，滑稽多智，为一时之冠"。他著有杂剧六十多种，现存的有《窦娥冤》《包待制三勘蝴蝶梦》《望江亭》《诈妮子风月调风尘》《智宠谢天香》《赵盼儿风月救风尘》等。他还有一些套曲、小令传世，他有散套《南吕一枝花·不服老》，从中我们知道关汉卿会吟诗，会篆籀，会弹丝，会品竹；也曾唱鹧鸪，舞垂手，会打围，会蹴鞠，会双陆，会围棋……总之，他是多才多艺，他还有散套《南吕一枝花·赠珠帘秀》（珠帘秀即朱帘秀艺名），可以看到关汉卿与艺人交往之一斑。臧懋循在《元曲选·序》中提到关汉卿也曾粉墨登场，与艺人同台演出，并以此为趣，不以演戏和优伶为低贱。其中有这样的字句："躬践排场，面敷粉墨，以为我家生活。偶倡优而不辞。"

田汉就以此只言片语，展开艺术想象，塑造了一位伟大的剧作家关汉卿和一位了不起的表演艺术家朱帘秀。由于材料的原因，也是艺术创作使然，剧作带着作家的个性和对生活的理解认识，这是很正常的现象。红线女注意到了，在关汉卿的身上很有些田汉的影子。生活中的田汉多才多艺，无拘无束，放浪形骸，正直善良……红线女每次到田汉家，看到的都是高朋满座，谈笑风生，推杯换盏。红线女后来发现，座中常常有一女演员，田汉对她特别好，像对待自己的女儿一样。再后来，红线女知道，这名女演员叫陈素真，是豫剧五大名旦之一。她创作了两手"绝活"——"叠帔""耍大辫儿"，让红线女佩服得不得了。"叠帔"就是当着观众的面，把戏中女人穿的长衫在几秒钟的时间内，折叠得齐齐整整。在戏曲之中，这种女人穿的长衫称之为"帔"，也叫"女帔"，因此这一动作被称为"叠帔"。"耍大辫儿"则是把辫子加长，使之舞动起来，借以表现女孩子的不同情态，有很强的舞蹈性和技巧性。

田汉对陈素真好，不仅表现在欣赏她的戏演得好，更为值得一提的是，在1957年反右运动中，她被打成了"右派"。在当时，大家都要和右派划清界限，没人敢接近右派。一夜之间，他们仿佛被社会遗弃了一般。就在这一形势下，田汉却把陈素真当做亲人，她成了田汉家的座上宾，田汉关心她，尊重她，爱惜她。田汉不认为她是右派，她不会反党，反社会主义，她只是一个演员，一个只懂得演戏的女演员。那时，红线女对这一切理解不深，经历了"文化大革命"后，她才懂得政治斗争的残酷。更感到田汉在那种形势下，敢于那样对待陈素真，真是品格高尚，难能可贵。

红线女还发现，马师曾饰演关汉卿是再合适不过的人选。马师曾的脾气秉性酷似关汉卿。舞台上的关汉卿侠肠义胆，天不怕地不怕，敢做敢为，倔犟而富于正义感，嫉恶如仇。生活中的马师曾何尝不是如此。红线女加入太平剧团后，一次，在广西容县演出，地方官吏点名让红线女陪酒。那时的女演员被轻视，应酬、唱堂会、陪酒是常有的事，他们点名一定要一个十几岁的小姑娘一人去陪酒，这就有点不怀好意了。马师曾勃然大怒，就是不赚一分钱，也不能把小姑娘送上门，任这帮猪狗侮辱。马师曾是大老倌，他的话是有分量的。最后，他带着戏班连夜逃离，结果给戏班造成很大的经济损失。马师曾与关汉卿有太多的相像之处，他在舞台上几乎可以表演自我了。

一边是作家把人物写得出神入化，你中有我，我中有你，立起了一个非同一般的文学形象；一边是演员气质儒雅，多才多艺，耿直刚烈，与关汉卿也达到了你中有我，我中有你的境界。关汉卿的舞台形象，前景可以预测，一定是妙不可言。红线女为此而兴奋，兴奋之余，又感到《关汉卿》对于她来讲，担子重，不好演！

红线女反反复复读剧本，她感到，从表面看朱帘秀不似关汉卿那么高大，凛凛正气，铁骨铮铮，但朱帘秀有一股内在的英气和烈性。她紧紧地把握住人物"流落风尘不记年，琵琶弹断几多弦"的基调，强调人物的外冷内热、外柔内刚和她的自尊自爱、不畏强权、敢于担当。朱帘秀身为歌妓，沦落到社会最底层，被人看不起，但她并不自轻自贱，红线女决定表现一个"卑贱"者的高贵灵魂。如果说马师曾饰演的关汉卿在一定程度上是演绎了自我，那么红线女在一定程度上也是演绎了自我。

红线女寻找到了她与角色的相通之处，她能设身处地为角色着想，对朱帘秀的理解也更透彻了，表演时，心里也就更有底，更动情。

朱帘秀是演员，她是唱杂剧的，红线女也是演员，女演员在旧社会处境几乎是一样的，被歧视，被欺压，被列入下九流。红线女是从旧社会走向新中国的，她的感受尤为强烈。即使在新中国，演员也有不被尊重的时候，为此，她气恼，伤心，她做人的宗旨就是要有骨气。表面上她不争不吵，不说不闹，只是不声不响地走开，但她内心的愤怒有如腾腾烈焰。因此，对于朱帘秀的喜、怒、哀、乐，表面的平静，内心的痛苦，以及她待人接物、语言的表达方式等等红线女都能理解，甚至产生了"朱帘秀的爱就是我红线女的爱，朱帘秀的苦痛就是我的苦痛"的感觉。然而，红线女并没有一味地演绎自我，她还是和朱帘秀拉开了距离。凡是看过《关汉卿》的人，不管是评论家、理论家、文学家，还是她的亲朋好友，都觉得红线女扮演的朱帘秀，塑造了一个艺术形象，而不是把艺术形象化作了红线女。

粤剧排《关汉卿》，田汉曾担心过。像粤剧这种南方剧种，以表现缠绵悱恻见长，柔美委婉有余，刚劲豪迈不足，表现关汉卿这样壮怀激烈，愤世嫉俗，气贯长虹的大艺术家，恐怕不易。就是朱帘秀这样的烈性女子，粤剧演来也有难度，如果风尘气多于刚烈，这个形象也就失败了。田汉的担心不无道理，粤剧音乐的创新是《关汉卿》创作中至关重要的问题。

排演《关汉卿》这样的剧目，粤剧的音乐已经不够用了。以"蝶双飞"为例，没有哪一个曲牌，哪一个板式能表达这段唱词的文学内涵，谱写新曲势在必行。红线女也参与了创作。她提出："要学技巧，要研究技巧，要理解曲词的内涵，否则，音乐设计和演唱就达不到要求，意思就表达不出来。"

当她读到"相永好，不言别，待来年遍地杜鹃花，看风前，汉卿与四姐双飞蝶"时，禁不住热泪盈眶，她觉得这是凄楚和慰藉与共，甜与苦交融，是人间最美的感情，很深很纯，超越了"生不同床死同穴"。她提出田汉原词一字不动，不能让词去迁就粤剧曲牌，而是用粤剧音乐素材，去表现关汉卿与朱帘秀之间非同一般的感情，创作一种"相永好，不言别"的意境。红线女坚持唱词一字不改，不迁就音乐，有人说她任性固执，待《蝶双飞》取得非同一般的艺术效果后，人们才认识到，这是自信，这是执着。

一个新的粤剧唱段《蝶双飞》诞生了，从唱腔到伴奏音乐都是新的，展现的是"蝶双飞"的意蕴内涵，这段唱腔音乐堪与田汉的词媲美。红线女非常喜欢，她有一种想唱的冲动。怎么唱？怎么把自己的感情化作声音，传递给观众？这就成为她的创作难题。

在香港，红线女请声乐老师教她唱歌，久而久之，她能运用唱歌的技术技巧唱粤剧，用红线女的话说，就是"用它唱歌的声音，唱我的粤剧"。于是她决定再度开发"唱歌的声音"，唱好这段粤剧。这是一次冒险，新曲调已经很大程度上离开了粤剧，再用唱歌的声音，岂不要粤剧味尽失？红线女想起了一首歌曲，叫《阳关三弄》，她曾运用歌曲的旋律和唱法进行改造，变成粤剧曲调，很受观众欢迎。

红线女还想到，她很早就发现自己的声音很脆，这是优点，但同时出现了高与尖的问题，于是，她跟着钢琴老师练音阶，只唱母音"啊""咿""噢"……她渐渐地找到了使声音高、脆、亮，但是不尖的办法。

她也明白了一个"悟"字的重要，明白了每一段唱的曲意不同，节奏旋律就不同，表达的情感意境也就不同。歌者用什么样的声音？用哪种唱法？节奏如何把握？那都要靠歌者的修养与演唱技巧来决定。那些音乐创作已经成为往事，但那种创作状态，那种打开思路，放开眼界的寻找，用心去感悟的状态是有益处的，不能忘记。

红线女记得很清晰，为了《蝶双飞》和《沉醉东风》等唱段，她琢磨得很苦，一次一次地唱，一次一次地找感觉，一次一次地进行调整，寻找最佳境界。她说："我知道自己的不足，即使是别人不说，我也会发现。我会用挑剔的眼光，看我的歌唱。"她要求自己进入境界要快，感情一下子就要被调动起来。"将碧血，写忠烈……"是这段《蝶双飞》的开头，她要求自己一张口就要有一种气贯长虹之势，要有力度，唱得挺拔，充满豪情。原有的粤剧女声唱法表现不出来，红线女就多方借鉴，小生、小武，甚至是大花面的唱法她都用上了。她想到老前辈常用的背躬力和脑后音，可以造成一种决坝破堤之势，她也采用了。一开口唱，"将碧血"三个字，她的声音就往上冲，脸发麻，心中的悲愤和豪气一下子释放出来了，带来一种一吐为快的感觉。西洋发声法很注意胸腔共鸣，红线女运用了西洋发声用气用力的方法，使声音产生共鸣，制造出一种大气磅礴的意境。如此这般用力用情，每一场演出下来她都会感觉肺部不舒服，她也知道，这是肺部用力太过之故，但每一次演出她都无法控制自己，一样用气用力，一样地感到肺部不适。红线女不但是用心在演唱，且是用生命在演戏。

待唱"作厉鬼，除逆贼"时，红线女的处理又有所变化。她不是简单地从字面理解，"怒目而视"或是"大义凛然"，她说："若是那样，真的是'厉鬼'了。"她认为，这里表现的是不与恶势力妥协，抗争到底的决心，不能用火爆声腔，而是用一种柔与力相结合的声音唱出来，刚强有力，又不失女性的柔美。

唱"除逆贼"时，用气用音都产生了变化，她采用了比较自由的散板，摆脱了曲牌的限制，重点放置在"除逆贼"的"除"字上，强调自我，强调动感，展现关汉卿与朱帘秀的襟怀。他们已是身陷囹圄，镣铐锒铛，生命危在旦夕，二人相见，首先想到的不是个人的生死安危，而是与权贵、与不公平的世道抗争下去，扫除人间魑魅魍魉，没有悲泣，没有悔恨，有的是深情与理解，爱慕与相随相伴的渴望。在唱到"这血儿啊，化作黄河扬子浪千叠，常与英雄共魂魄"时，红线女的声音变得很美，很抒情，人物憧憬着未来，仿佛是腋生双翼，相携相挽，遨游于江河山川之间。红线女把"常与英雄共魂魄"处理成一个感情的小高潮。她说："这时候，我想得很多，朱帘秀和关汉卿共同走过了一段艰难而又辉煌的路程，一个敢写朱小兰的冤案，一个敢演朱小兰的冤案，她感到很幸福，很自豪，朱帘秀愿意与他走下去，她对他达到了心驰神往的地步。"所以，红线女的处理是甜蜜的。

"相永好，不言别"是朱帘秀与关汉卿的情感高潮戏。红线女每演致此，都会感到浑身在颤抖，情不自禁地在抽泣，眼中蓄满泪水。当她看着关汉卿，两人四目相对之时，她感到很甜，心中充盈的是爱，是志同道合的恋人之间的相互倾慕，是永世不变的允诺。这是两个高尚灵魂的结合。他们身着罪衣罪裙，人身失去了自由，但精神上的自由是无法剥夺的，这是他们精神上的神圣婚礼。此时的语言，只能是"相永好，不言别"。

《沉醉东风》也是田汉与红线女反复打磨的一支曲子。红线女从演员的角度提出，唱"咫尺天南地北，霎时间月缺花飞……"显得突兀，缺少一个情感的过渡。田汉极为重视，他修改唱词，增加道白，发电报把新词传过来，又打电话征询意见。红线女觉得修改后的剧本感情顺畅了。她说："在唱《沉醉东风》前我想的是，不使即将远行的关汉卿难过，朱帘秀必须强忍悲痛，振作起来。"在朱帘秀开口唱的时候，红线女从感情到声音都是内敛的，她抑制着自己，泪在流，但不是悲伤；痛苦，但不凄惶；呼号，但不绝望。红线女唱出："手执着践行杯，眼搁着别离泪……"把朱帘秀的悲痛与隐忍，难分别，强分别与凛凛大义尽从表演与声音中显现出来，一片深情化作了离别的最后一句叮咛："好去者，望前程，望前程万里。"

听罢一曲《沉醉东风》，田汉禁不住大呼："红线女《沉醉东风》，把我唱醉了！"

红线女刹那间的感情升华，不仅仅是冲动，也不完全是靠演技，而是源于对两个人物的深刻理解，也是她对情感、理想的追求。正如她所说："这是一段又一段挖不尽的唱词，每读一遍，都会发现新的内涵，情感也就变得越来越充实。每一次念那几段曲白时，激奋的心情，几乎超越了一个演员所应有的限度。"

带着激情，带着深刻的认识，红线女投入了电影《关汉卿》的拍摄。她只要一站在镜头前，不需要什么时间酝酿情绪，便会进入角色，情绪饱满地投入创作。一晚上能拍十几个镜头，这似乎有点神奇。电影的拍摄不同于舞台剧，舞台剧是连贯的，一步步走向戏剧高潮。电影是跳跃的，一个镜头与另一个镜头并不一定相连相接，这就要求演员很快完成情绪转换。红线女情绪转换之快，常让摄制组咋舌。他们认为红线女是电影演员出身，熟悉镜头前的表演，这自然是有道理的，不过，这只说对了一半。在镜头前，红线女的视线掌握非常准确，面对黑呼呼、冷冰冰的镜头，她能产生与对手交流的感觉，眼中、心中有那个洒脱倜傥的关汉卿，她能看见行云流水，嗅到鸟语花香……总而言之，电影的规定情景都能出现在她的脑海之中。这是拍了近百部电影培养出来的。此次，拍摄《关汉卿》并不是完全依赖以往的拍片经验，更重要的是她从心底涌动出的激情和对人物的总体掌控，乃至分寸火候的把握。

田汉对《关汉卿》的唱腔设计和音乐非常满意，他对《蝶双飞》不改一字的出色演唱十分惊喜，他觉得这是表演艺术家、作曲家对艺术的尊重，对作家的尊重，他感谢合作者对作家的理解。他在《关汉卿》赴朝鲜演出前，写《菩萨蛮》相赠：

> 马红妙技真奇绝，
> 恼人一曲双飞蝶！
> 顾曲尽周郎，
> 周郎也断肠。
>
> 卢沟波浪咽，
> 似送南行客。
> 何必惜分襟，
> 千秋共此心。

田汉在《〈关汉卿〉·序》中写道："红线女同志美丽的歌喉替我的词增色不少。"深情厚谊尽在其中。

对于红线女的成功，有人赞她是"随物赋形，沿情造声"的一代歌者。陈毅看了《关汉卿》后，他说的话最实在。陈毅说："我对川剧是迷恋的，也喜欢京昆，但对广东戏是陌生的。听了红线女的歌唱，她的确是一个出色的人才，我是赞服的。"有人说陈老总鉴赏力极高，得到他的赞赏很不容易。其实，陈毅同志只不过是实话实说罢了。

周恩来总理看过电影《关汉卿》后，说："两个人物都是演得最好的，配合好，合拍！"

朱帘秀的创作是红线女表演生涯上的又一次超越！又一次腾飞！

红线女似乎早熟，三十岁刚刚出头的年龄，取得如此骄人的成绩，一般会对自己产生"戒骄戒傲"的提醒，而红线女却发出人生的叹谓："戏曲演员是个很残酷的职业。"她看老演员的演出，从心底为他们鼓掌叫好，老演员理解力强，演得有深度，人生的体验、阅历都在表演之中。可惜呀，青春已去，特别是女演员，身体发胖了，嗓子晦暗了，扮相不再青春靓丽了，在舞台上自己都觉得不成了，失去了信心，离告别舞台的日子也就不远了。年轻演员，扮相好，嗓子好，基功好，往那里一站，观众就喜欢，有一股青春的气息。但人生阅历太浅，缺少内在的体验，表演是浅层次，缺了韵味，少了含蓄，感染力弱，缺少的是真正的艺术美感。因为缺少艺术提炼，艺术升华，很多东西没悟出来。就像是二锅头与茅台酒，一个是辣，燥，性子烈，入口让人身子发热，刺激性强；一个是入口绵绵软软，醇香满口，长留齿颊之间，让人回味。

红线女知道岁月无情，她不会"沉醉东风"。

▌脱胎换骨演女兵

1958年4月，文化部副部长周扬对杭州市越剧团和浙江省绍剧团演员谈话时，提出"表现新时代和继承老传统不能偏废"，"一方面提倡戏曲反映现代生活，一方面重视传统，一方面鼓励创作新剧目。"红线女演出《关汉卿》之后，也很想演一出表现新时代的戏。她很单纯，她觉得周扬的话就是党的声音，她要听党的话，不能总演传统戏、古装戏。演工农兵不是红线女的强项，她要挑战自我。

对于长时间生活在香港、澳门的红线女，演现代戏是个艰难的创作课题。1958年演出《关汉卿》以后，到1966年"文革"前夕，红线女参与创作、演出的现代戏有《红花岗》《红霞》《刘胡兰》《珠江风雷》《种籽》《山乡风云》等。

对于十六岁的山西文水云州西村姑娘刘胡兰，红线女充满敬意。她说："一个国家，一个民族要有自己的敬仰，有自己的崇拜，有自己的民族英雄，法国有圣女贞德，意大利有牛虻，苏联有保尔·柯察金……刘胡兰就是中华民族的英雄，就是中国的圣女贞德。她，确实像主席说的那样，'生的伟大，死的光荣'！"

生于南国城市的红线女要在舞台上塑造一个淳朴的北方农村女孩儿，这谈何容易？为此，她剪了刘胡兰式的短发，在舞台上，她穿起了红裤子白袄，用红头绳扎个小歪辫。红线女变成了豪气率直的山西文水女孩，她的手脚也仿佛变得粗大起来。那个文质淡雅的红线女不见了。

饰演刘胡兰是由于发自内心对刘胡兰的爱，这是真诚的，不是跟形势。"文革"后期，红线女获得解放，"革命同志"对她的监督放松了，她比较自由。这个时候，红线女独自一人去了一趟山西文水县云州西村——刘胡兰的家乡，拜访了刘胡兰的妈妈胡文秀。她在刘胡兰生活的土地上徜徉，呼吸北方农村的空气，闻着柴草的香气，看着淡淡的炊烟，落日的余辉。泥泞的乡间小路，还留着大车的辙印，鸡鸣犬吠……这一切都是过去在电影中、画报上见过的，如今，真的身临其境。她想象着，十六岁的妇救会主任是如何挨家挨户收军鞋，她又如何在小油灯下纳鞋底，推碾子磨面，抱柴草，拉风箱，帮助妈妈做饭。红线女来到刘胡兰就义的大庙，北方常见的大槐树，普普通通的庙宇、台阶、石板路……她仿佛看到斑斑血迹尚存，为此她热血沸腾……她想到一定要把粤剧舞台上的刘胡兰塑造好，让南方观众都认识这个女英雄。于是，她想到自己的形体，想到表演一定要把形体撑开，动作幅度要大，以弥补自己的纤巧瘦弱。红线女还想到，在奶奶、妈妈面前，她是个小姑娘，但不能娇弱，在工作中，她是独当一面的妇救会主任，风风火火，跑前跑后地干革命，但她仍是小姑娘，要不时流露出女孩子的倔劲和天真……红线女在粤剧舞台上饰演了刘胡兰，至五十六岁时，她还在北京的舞台上演出过这一人物。

《种籽》是红线女投入精力较大的一部现代戏。她邀请曾经写过《李双双》的作家李准加盟。他们想写一部知识青年扎根农村，搞高产种籽实验的戏。"种籽"一语双关，一群年轻人来到农村，做培育高产种籽的实验，他们成功了，为农业高产做出了贡献。这样一群年轻人岂不也是优良的种籽？红线女觉得这一题材很有意义，她很喜欢这些年轻人，她愿意扮演知青，觉得这是新人新事。

为了演好知青，红线女和李准一同到农村生活，进行采访，从剧本创作就参与其中。对于农村生活，红线女很不适应。农村卫生条件差，她又有洁癖，这是童年生疥癣留下的毛病，她最怕不洁净，诱发皮肤病。但她咬咬牙，挺过来了。吃农民饭也没发生什么问题，她那个闹肠胃炎的病根也没发作。睡觉是个问题，红线女患有严重的神经衰弱症，嘈杂的环境会影响她的睡眠，可喜的是睡眠也没出什么大问题。可能是她太投入了，满腔热情地去了解农村，了解扎根农村的知识青年，那些问题就都不成问题了。后来，因为种种原因，这个戏夭折了。剧本搞出来，没有投排。这对于红线女来说是件很痛苦的事。

李准说起那段创作经历，很有意思，我们从中可以感受到红线女的精神状态和她对现代戏的热情。李准说，红线女像个工作狂，一日三班讨论剧本，他就像是被装进口袋里，哪儿也不能去，什么都不能干，一天到晚，除了剧本还是剧本。尽管如此，李准还是觉得很愉快，他与红线女既有知识交融又有感情交融，红线女带给他岭南文化，让他结识了好听的粤剧。他说红线女直爽，不矜持，不做作，是个很真实、很可爱的女人，也是很有情趣的人。他还说，红线女是一个演员，但很有文采，有文化人的气质，因此他和红线女很说得来。李准说："我读到了一个'人'，一个难得的人。"

让李准没有想到的是，红线女为了现代戏历尽辛苦，下乡生活，采访。一个从香港回来的女演员、电影明星，那么能吃苦，克服了那么多困难。在《种籽》夭折时，她是那么伤心地哭了起来。他看到了红线女的真与纯。

机场送别，李准信口吟出打油诗一首——

来来去去三千里，

南天种籽撒春雨。

折腰非为五斗米，

说你任性你不依。

你，你，你；你，你，你，

你！

红线女当即回敬一首——

天涯存知己，

今遇木子李。

义拔腰中剑，

情深护孺子。

曲成客当归，

珍重复珍惜。

对现代戏，红线女是倾注了满腔的热情。她为创作现代戏做了许多努力，她仿佛是时刻准备着排演现代戏。在等待与努力之中，她热衷的《种籽》夭折了，但她在演出《红霞》《红花岗》《刘胡兰》《珠江风雷》等一系列现代戏中，做着"热身"运动。红线女终于迎来了粤剧《山乡风云》。

《山乡风云》是根据吴有恒的小说《山乡风云录》改编而成。小说写的是解放战争时期华南一支游击队开辟根据地的故事。游击队长刘琴乔装进入桃园堡，与恶霸地主刘立人、联防队长万选之等恶势力展开一场斗争，解放了被压迫的山乡农民。

粤剧《山乡风云》是一出革命题材的历史剧。小说作者吴有恒，也是剧本作者。他在东江游击队当过中队政委。红线女在接受扮演刘琴的任务以后，第一件事就是反复读小说，而后向吴政委请教。红线女了解到刘琴原型李连长，在生活中很活泼，有时还有些调皮。她当过几年教师，参加革命后，她是部队中一位能文能武的女干部，当了十年连长。刘琴有文化，枪也打得好，她原则性强，又不教条，她严肃，又平易近人，和蔼可亲。这样一个女战士，在红线女的生活中从未出现过，刘琴与红线女的生活圈子相距甚远，这成了她创作的一个难点。

为了寻找刘琴，红线女和她的即将扮演"女兵"的伙伴们，来到罗浮山"黄草岭英雄连"当兵，过起了严肃紧张的部队生活。红线女很兴奋，她穿起了军装，腰里扎一根宽皮带，还别一支小手枪，脚穿一双解放鞋，头上戴着缀有红五角星的军帽。她已剪了头发，短发从帽子下露了出来。红线女对着镜子一照，呀，真还有些飒爽英姿的味道。

早晨，军号一响就起床，跑步出操，晚上，熄灯号一响，就得上床睡觉，不管你睡得着还是睡不着，都得老老实实躺在上下两层的架子床上。红线女选择了架子床的上铺，这样蹦上跳下，也是一种肌体灵活性的锻炼。演员都是夜猫子，演出结束，兴奋得睡不着觉，早晨又起不来床，这毛病在军营里是一定要改的。红线女也和战士一样，排队打饭打菜，到河里洗衣裳。粗米白饭，新鲜蔬菜，红线女吃得很香甜，偶尔改善生活，有些荤腥，或鱼或肉，红线女也像战士一样兴奋。早晨，迎着满天红霞，阵阵清风，列队、看齐、报数、出发、跑步……红线女觉得神清气爽，振奋昂扬。晚上，扛着枪排着队归来，唱着"日落西山红霞飞，战士打靶把营归……"回到营房。红线女感到每一天都过得非常有意义。

军事训练，演员们也像战士一样，摸、爬、滚、打，一同趴在地上瞄准，准星、靶子、眼睛三点一线，学习打步枪。就这个瞄准姿势，一趴就是很长时间，红线女感到眼睛发酸，这还可以忍耐，最怕扣动扳机的那一刻，后坐力极大，弄得她肩窝生疼，这些也都无所谓，最要命的是"轰"的一声枪响，震得她耳朵嗡嗡直叫，半晌恢复不过来。她体会到了"震耳欲聋"的滋味。红线女真怕被震聋，她是演员，如果聋了，听不准音，听不到伴奏音乐……她不敢往下多想，她也没敢讲出来，怕以后再不让她瞄准打枪。想想战士每天打枪不是也没聋吗？何必"杞人忧天"？就是听力受到影响也会有办法恢复，就是恢复不了，她相信自己也能像白驹荣七叔那样，双目失明照样演戏，自己来一个"双耳失聪演戏"，岂不是也很有意思吗？为演现代戏，红线女豁出去了。

打手枪遇到的困难也不少。红线女的臂力不行，站在那儿瞄准，一会儿，手臂就开始抖了，根本没法瞄准。战士告诉她，没有别的办法，就是一个字："练！"练臂力，练耐力，练打手枪的技能技术。经过一段时间的训练，红线女已经能打到九环，她已拼了命，尽了最大的努力。

二十多天的部队生活让红线女发生了变化，从表面看，她晒黑了，皮肤变得粗糙了，人也壮实多了，举手投足都显得有力了。但内在气质上的变化，别人说不清楚，红线女自己感觉却异常突出，她说："在排练场上，在舞台上，人们看到我变得挺拔了，有点像战士了，其实，是我的思想变得挺拔起来了，内在气质就是力量。"

为了了解农民的生活，红线女和大家来到恩平县的一个小村庄，过去这里叫"奴才村"。红线女了解到，以前这里的农民受到的压迫欺凌令人发指。其中有一种刑罚，叫做"点天灯"。凡是地主恶霸认为"大逆不道"的事，就会动此酷刑。他们把人的衣服剥光，双手反剪，割破肩窝处，灌注桐油，塞进棉线，然后点燃棉线，慢慢地折磨人，直到把人烧死。严酷的统治造成恐怖，被压迫者奋起反抗是那样的不易。这让红线女理解了刘琴进桃园堡后与番鬼王、斩尾蛇、烟屎爵斗争的艰难，她理解了环境险恶，形势严峻，她理解了刘琴。英雄不是天生的，刘琴的大无畏精神也不是与生俱来的，这是来自使命感和阶级情，这就是刘琴的善良，刘琴的同情心。红线女说："理解、认识的提高，也能造成人的气质变化。"

女作家草明以她特有的知识女性的敏感，道出了她对红线女的理解认识。她说："我们每年见一次面，我每年都发现你思想上有不少进步。"

1966年1月草明在《戏剧报》发表了《革命人演革命戏——看〈山乡风云〉后给红线女的一封信》，信中写道：

> 最近这两年，你们参加了社会主义教育运动，数度深入农村，和社员同吃，同住，同劳动，听说你在顺德冲鹤大队时，和社员一同修基坝、挖塘泥、斩蔗、摘桑叶，女同志还为主妇们挑水、煮饭、背小孩、洗衣服以至煮猪食。……我也想象得出你和伙伴们一块儿摘桑叶的情景，竹笠帽遮住了你那清瘦的面庞，两手不停地采摘着桑叶，有时和社员们讲心腹话，那时你的心情一定是暖洋洋的，比太阳晒着你的皮肤还要热乎一点吧？时代不同了，人的思想变化了，你现在所做的，就是要努力按毛泽东思想去办事，是一种出自内心的要求。当然，实行"三同"对你们不是没有困难的。首先是大多数人长期住在大城市，没有劳动习惯，冷不丁地参加劳动，许多困难是会出现的，如累啦，手打泡啦，卫生条件不够好啦，劳动与业务的矛盾啦等等……

草明感觉红线女的行为是"发自内心的要求"。红线女确实是对自己有所要求，她是自觉的，是愉快的。没有忽而部队，忽而农村，就不会有许许多多的思考认识，也就不会有粤剧舞台上那个刘琴。在【五更头】的音乐引子中，踏着【锣边花】的鼓点，刘琴快步登场，女连长双手叉腰，扶正军帽，整一整腰间皮带，摸一摸手枪，挽起衣袖，这一系列动作，都带着久经征战的军人气息。仿佛这是习惯性动作，不是刻意表演，装模作样。没有部队的生活，就不会有红线女这一系列的舞台动作。

当身穿淡蓝色旗袍，外罩白色小外套，以女教师的身份进入桃园堡的刘琴出现在观众面前时，红线女有几分华侨女儿的清纯高雅，文质彬彬。当她独自在刘家客厅等待番鬼王，外边传来乡亲们的哭喊声，哀求声和乡丁的打骂声，这时的刘琴怒火中烧，她不由得怒目圆睁，挺身向前，下意识地把颈上的丝巾往后一甩，手伸向腰间，做出一个习惯性的动作——拔枪！此时，刘琴才意识到她已经改变了身份，军装换成了旗袍，没了束腰的皮带和那支总不离身的小手枪。刘琴的这些动作恰当地表现了人物的真实身份和人物的内心活动。红线女的表演，无论是动作的选择，还是霎时情绪的转换，都源于对人物的理解和把握，特别是人物气质，这是由内及外的，只有外在表演，只有设计出来的舞台动作，是无法出色地完成这一形象的创作的。

有人评价"红线女的表演似不着痕迹表演，自然，生活"。有些表演艺术评论家认为：刘琴穿军装用的是小武身段，穿便装时用的是小生身段。

红线女为塑造刘琴这一形象，确实是如专家所说，打破了行当界限。她最看重的是表演的"由内到外，由表及里"，她说："到底用了什么行当的动作，我也说不出来。因为我事先没有被什么行当的框框套住思想，而是根据现代人的需要，对传统进行取舍。"红线女很清醒，她看重技术技巧，但更看重生活，看重人物，她是利用传统技术技巧为塑造人物服务，又不满足于在传统的技术技巧中徘徊。红线女懂得传统技术技巧，所以，她是一手伸向传统，一手伸向生活，技术技巧在她的手中得到了改造、改良、改善，幻化成新的艺术语汇，却又不失传统艺术之美。

《山乡风云》的演出，首先是受到观众的喜爱和欢迎，特别是香港观众，他们的表达方式也很特别，还出现了剧场之中"美酒飘香"的奇观。在深圳一共演出十场，当时，深圳还是个小镇子，居住人口有限，演出一两场观众也就饱和了，但香港观众纷纷跑过来专门看红线女的新戏《山乡风云》，深圳也就热闹起来了。观众达一万四千多人，其中有香港观众九千五百多人，称得上是盛况空前。观众反应极其热烈，在剧场里，他们叫着：

"女姐好嘢！"

"鉴哥好嘢！"

"虾哥好嘢！"

……

他们不叫"七哥好嘢！"是因为七哥文觉非扮演的是反面人物斩尾蛇，七哥演得也很精彩，他把一个国民党军统特务的狡诈、阴险、狠毒演得惟妙惟肖，入木三分，观众对他恨之入骨，弄得文觉非喜也不是，怨也不是，笑不得，哭不得，尴尬并开心着。

在香港，像茅台、五粮液、竹叶青这些名酒很贵，深圳就便宜许多。香港人到深圳都要买两瓶名酒带回去。他们抱着酒瓶进剧场看戏，高兴了，激动了，忘乎所以，一鼓掌，名酒落地，酒瓶摔得粉粹，酒香四溢。这边摔一瓶茅台，那边又摔一瓶五粮液，于是剧场之中，不是"茅台飘香"，就是"五粮液香气袭人"。醉人的酒香，醉人的《山乡风云》，或是说《山乡风云》让人陶醉，实至名归，不是狂言虚话。

当时，现代戏很多，而真的让观众喜爱，能坐得住，全神贯注地看完整场戏的剧目却不是很多。《山乡风云》便是少数得到观众真心喜爱的，很难得的一出现代戏。

1966年2月，《山乡风云》在上海演出，上海《文汇报》发表了袁雪芬的文章《在革命的道路上快步前进》，筱文艳的文章《粤剧革命化的可喜收获》，同行和观众一样，给予了充分的肯定和热情的鼓励。

在上海，江青和张春桥也来看戏。江青提出："这个戏是不是写真人真事？是为谁人树碑立传？不要乱搞！"她反复强调"不要乱搞"，还要求剧团领导回广州后，把她的意见转告陶铸。

珠江电影制片厂已把《山乡风云》纳入拍摄计划之中，导演、摄影、分镜头剧本、摄影棚……一切准备就绪，就等粤剧团巡回演出归来，进棚拍摄。但由于江青的"意见"，最后没能再投入拍摄。"文革"十年过后，演员已非昔日可比，当年饰演黑牛的罗品超，饰演斩尾蛇的文觉非，饰演何奉的罗家宝，饰演番鬼王的少昆仑，饰演春花的郑培英，都已不是当年的模样。演员的艺术青春非常宝贵，失去了就再也找不回来了。

▍噩梦醒来是早晨

1966年3月，红线女巡回演出结束，回到广州。

《山乡风云》在上海、北京等地演出，她非常劳累。红线女在上海时已经感冒，卧床不起，出现了休克现象。但，她坚持着，直到演出结束。著名越剧表演艺术家袁雪芬对她百般照顾，给她送汤圆、小笼包、熏鱼……支持她，给她温暖，给她力量。回到广州，红线女一病不起，卧床两个多月，这期间外面发生了哪些变化，粤剧院发生了什么事，她都一概不知，直至6月她才去上班。

在政治上，红线女不那么敏感。上班不久，她就接到通知，到政法干校集中学习。通知说不必带东西，看来时间不长，学习几天也没有讲清楚。红线女收拾了两套衣服，一条毛巾被，一顶蚊帐，骑了一部自行车，就去报到了。

学习开始，说是整顿剧团，检查文艺思想，红线女觉得很正常。直到省委书记区梦觉到学习班作报告，说文艺界出现了问题，有人利用小说反党……其中还提到《关汉卿》，这才引起红线女的注意。她先是莫名其妙，区书记原来是赞赏《关汉卿》的，怎么现在又把《关汉卿》和"利用小说反党"搅在一起了呢？在红线女的印象中，区书记是个很正直的女人，她对粤剧很关心，对自己也很爱护，在自己生病的时候，有的药买不到，还是区书记帮忙找来的。她怎么会这么说呢？《关汉卿》和"利用小说反党"有没有关系，区书记该是再清楚不过的了！红线女搞不明白了。

红线女渐渐发现，"学习讨论"都是对着她来的，批评她"一个人说了算"，后来变成了指责，什么"霸道""通天"……都来了。红线女觉得很委屈，自己是副院长，要演戏，要创作新剧目，她是按创作的需要提出问题，哪些人该做什么？哪些人该演什么角色？她都是从工作，从艺术的角度出发，也是和大家一起商量，一起定下来的。她没有私心，也不会厚此薄彼，怎么就说她霸道呢？说到"通天"，红线女就更不服气了，我一个普普通通的演员，怎么"通天"？既然是来学习的，大家都有发言权，她想：你们有发言权，我自然也有发言权。于是，红线女发言了，她说："怎么都对着我来了？你们学习就是为的我？你们来开会，也是为我开的？"

她不服气，就和人家"吵"。红线女的话说得很露很直，不兜圈子。她觉得很委屈，非常非常难过，哭了起来。

晚上，不准红线女回家。工作组负责人来了，给她做思想工作。那位负责人说了些什么，红线女记不清了。她记得最清楚的是，区书记让工作组负责人告诉她："不要那么认真，有则改之，无则加勉。不要和人家吵，和人家吵不好。"

红线女还是不服气，她大声地对工作组说："我有什么问题？我，红线女能有什么问题？睁开眼睛看看，大字报、小字报，红线女占了好大一部分。什么'周扬干将'，与田汉的关系如何如何，我和他们没有私人关系，是作家与演员的关系，是领导与被领导的关系，光明磊落！为什么说我反党？是三反分子，是特务……"

吵有什么用？广东省机关和直属单位的一些领导干部都集中在政法干校学习，粤剧院全体人员回单位学习。等待红线女的仍是铺天盖地的大字报，与政法干校时没什么两样。红线女依然是不服气。

红线女想：你有写大字报的权利，我也有写大字报的权利，你能污蔑我，我就有申辩的权利。她也写大字报，说我不是特务，可以去查！我不是什么反党、反社会主义、反毛主席的三反分子。她还说："我是爱国的，我热爱社会主义！"

红线女不再难过，也不再哭。她很倔犟，就是不肯低头认罪。这时，她公然提出，既然你们说我是特务，反党分子，我就不回家了，请组织审查好了。什么时候审查清楚，我什么时候回家。她真的在一个放道具的地方住了下来，睡在衣箱上。她还不断写大字报，表明自己的观点。结果是红线女的问题升级，写大字报的权利被剥夺，明确宣布，隔离审查，不准回家。

如果说"文革"前的十余年，红线女认真演戏，为人民服务，是"俯首甘为孺子牛"，艺术上取得了很大成就，也得到了荣誉和肯定，那么，"文革"初期的她，很有些"横眉冷对千夫指"的味道。"横眉冷对"的结果是更大的灾难等着她。

红线女被监督着，进行劳动改造，干拆布景的活儿。这一点她不介意，不就是干活嘛。红线女和当时被称之为"牛鬼蛇神"的"黑帮"分子们，把一张张布景拆下来，放在冷水中泡、洗、刷，一干就是八小时，甚至更长的时间。红线女的一双脚整日浸泡在冷水之中，她不怕受大累，干重活，吃大苦。但她渐渐发现，自己的腿有些不听使唤了，发麻发木，后来她又发现自己的腿变瘦变细，她没当一回事，以为劳动辛苦，自己吃得又少，瘦了也是情理中的事，再后来，腿变得没力气了，疼痛难忍，没有医疗条件，她只有咬紧牙关忍耐着。忍到无法再忍，去了趟医院，诊断结果——腿部肌肉萎缩症。白天，她精神饱满，神采奕奕，夜晚疼痛难忍，只能揉揉捏捏缓解。她的腿像两根棍子，皮包着骨头，不见肉，要多难看有多难看，甚至有点恐怖。红线女从来不给人看她的双腿，她穿长裤，夏天不管广州多热，她都穿长裤，或是长及脚踝的长裙，遮住那难看的双腿。这是"文革"的馈赠，永恒的"纪念"。

1966年8月的一天，一群男男女女冲进粤剧院，他们人人穿一身洗得发白的旧军装，臂上带着红袖箍，上书三个黄色大字——"红卫兵"。后来，红线女知道他们主要是来自北京的红卫兵，其中也有些是广东的。那些人一进门就喊："谁是红线女？"红线女正在干活，她站了出来，说："我是。"

他们上上下下打量着她，说："你这个红线女现在还这么自在？来，来，你站出来，让大家认识认识。"那天，红线女穿了一身黑色衫裤，是越南金边绸的，款式很一般。但穿在红线女身上就很不一般了。合体的剪裁，高雅的气质，白皙的皮肤，沉静的黑色，给人一种高雅不俗的感觉。

"看吧，现在还穿成这个样子，真是个妖怪！"不知是谁吼了一句。红线女在心里说："我喜欢，碍你什么事了。"但她没吭气。

有人拿来一张凳子，有人吆喝："站上去！让红线女站上去！"

红线女被拉着，扯着，推着站到了凳子上。这时，她已是身不由己。有人用剪子把她的裤子给剪了，一直剪到膝盖。

"打倒红线女！"

"打倒三反分子红线女！"

口号声此起彼伏。红线女仿佛是麻木了一般。她不明白眼前这一切，他们要干什么？她何曾受过这样的侮辱迫害？但她不害怕，什么生呀死呀，她已置之度外，但有一点她很清醒，那就是红线女不是三反分子，别人喊："打倒红线女！""打倒三反分子红线女！"她就是不喊，也不举手。

"红线女不老实！"有人发现了红线女不喊口号，不举手。

"红线女不老实！"

"红线女不投降就叫她灭亡！"

又一些人冲了进来，他们把红线女和其他"牛鬼蛇神"等黑帮分子拉到剧院大门口，让他们跪在太阳地里。八月骄阳似火，何况是南国广州的八月！柏油马路被太阳晒软了，地面烫得就像一块烧红的铁板，膝盖着地，那该是一种什么滋味？这时，有人拿来理发的推子，在红线女的头上胡乱地推了几下子……一辆卡车开了过来，红线女等人被撵上卡车游街。红线女发现，他们的演出剧本也被扔上了卡车。

汽车缓缓地向造纸厂驶去。沿街有那么多人在看热闹，有人指指点点：

"瞧，那就是红线女！"

"头发被剪了！剪了一个阴阳头！"

"瞧，裤子也被剪了！"

"她受得了吗？这让她……"

到了造纸厂，又是一番批斗，又是呼口号，又是"打倒"。剧本也被扔在纸厂，红线女明白，这些剧本将化成纸浆，她非常心痛！

回到剧院，红线女像死了一般，她不吃不喝，也不说话。她不知道自己是怎么回来的，也不知道为什么会发生今天这样的事。为什么剪她的头发？什么是阴阳头？自己的头发被剪成什么样子了？

当时，进入粤剧院的工人宣传队负责领导工作，简称"工宣队"。工宣队的领导来了，他说："不要胡思乱想，什么事都要想开。"

红线女脑子一片空白，她没什么想不开的，因此，她没办法和工宣队谈思想。半晌，她说了一句："给我镜子。"她只想看看自己的头发被剪成了什么样子。

红线女从镜子里看到了自己，中间的头发被推子推掉了，两边还留有一些头发，像狗啃过一样，一块黑，一块白。她的脸色苍白，眼睛有些肿……生死都置之度外了，这又算什么？她对工宣队笑笑，说了句："我没事。"就不再说话了。

在对着镜子端详自己的那一刻，红线女想明白了。他们这样做的目的无非是糟蹋她的身体，摧毁她的意志。红线女给自己定下一条原则，那就是，你们可以糟蹋我的身体，我自己不会糟蹋我自己的身体；你们可以用种种方法摧毁我的意志，我要坚强地活下去。

社会上流传着关于红线女自杀的传闻，说得有鼻子有眼睛的。红线女的一些观众悄悄地议论：

"可惜呀可惜，她还那么年轻，戏又唱得那么好，再也听不到红腔，看不到红线女的戏喽……"无限的惋惜！

"啧，啧……红线女那么自尊自爱，她是那么美，哪里经得起这般糟蹋？这明明是要她的命！作孽呀作孽！"这是理解，红线女的真正知音！

"红线女那身体，弱不禁风，就像林黛玉，不自杀也得被折磨死！……"这是发自心底的同情和怜惜！

红线女的生死牵动着多少人的心。红线女活着，她还活着，她活得好好的，她被下放到英德茶场劳动改造。

英德茶场原是劳改农场。劳改犯去了，红线女这些文艺工作者来了。他们住进了劳改犯留下的小泥屋，阴暗潮湿不说，还散发着浓浓的杀虫剂味道，让人难以忍受。

那些农药袋子是刚刚搬出小泥屋的，是他们一袋一袋亲手搬出去的。那一袋袋的农药，死沉死沉的，红线女实在是力不胜任，但没有人敢照顾她，像红线女这样的人，就得进行这样的劳动改造。红线女咬着牙搬起那又大又重的杀虫剂，没走两步，腰就扭了。

腰伤了，得不到像样的治疗，红线女又落下了一个腰痛的病根。

后来，红线女被派到干校鸡场养鸡，她当起了鸡司令。鸡场有三四个鸡房，几百只鸡。鸡房又臭又脏，每日都要清扫。鸡场还有个菜园子，那里种的菜就是鸡的饲料。挑水淋菜都是养鸡人干的活儿。每日清晨，红线女先到菜园子摘菜，然后把菜捣烂，拌上谷糠，搅拌均匀，把鸡放出来吃食。米糠和谷子都在粮仓里，头天晚上就要把谷糠挑回来，这样，挑谷糠的事也落在了养鸡人的身上。

养鸡场的劳动很累，很脏，很苦。这时，红线女收到母亲托人带来的绒裤，软软的，暖暖的。红线女的腿病更厉害了，她特别怕冷，山上寒气袭人，加之潮湿，晚上她把所有能盖的东西都盖到身上了，沉得翻身都困难，压得骨头生疼生疼的。在茶场，冬天是阴冷阴冷的，她才知道广东也会结冰。她睡的板铺距离地面只有一尺多高，寒气从地里冒出来，往被子里钻，加之吃不饱，总是饿，饥寒交迫。

红线女每个月只有十五元的生活费，她的钱大部分都吃掉了，帮不上家里。孩子们的生活费也是每月每人十五元，他们那么小，正是长身体的时候，十五元怎么够呢？一家人被扫地出门，母亲两手空空地离开家，她哪里有钱买绒裤？红线女手捧着绒裤，眼泪一串串往下掉。

苦闷烦恼无边无际，红线女开始抽烟。她找来薄一点的白纸，裁成长条，捻一小撮烟丝，放在纸上，卷成锥子型，上大下小，再用点唾沫黏住，北方人叫"卷大炮"。然后擦根火柴，把"大炮"点燃，猛吸一口，很辣，呛喉咙，但很刺激，再吸几口，晕乎乎的，有一种腾云驾雾之感，忘了烦恼，忘了忧愁，还有一点点兴奋。烟，这个东西还真是有点怪……平日，她很讨厌抽烟，反对人家抽烟，现在自己却抽起烟来。

其实，最让红线女难过、无法忍受、也无可奈何的事，是把她和粤剧隔开了，手边没有剧本，没有曲谱，听不到粤剧的演唱，听不到管弦丝竹，看不到粤剧的演出，连粤剧剧照也没一张，更是不敢哼唱粤剧……没有粤剧的日子，让红线女怎么过？

清晨，红线女把那些欢蹦乱跳的公鸡、母鸡、大鸡、小鸡，放出鸡舍，看着它们争先恐后地往外跑，有一只小鸡缩在角落里不肯出来，红线女嘴里叫着："啾，啾，啾啾啾……"召唤它出来，它就是不肯出来，红线女走进鸡舍，把它抱出来，看它是不是生病了？谁想它一下子就跃出了红线女的怀抱，逃跑掉了。在阳光下，它刨土，觅食，与大公鸡争争斗斗，好不快活。由此，她想到舞台上《拾玉镯》，想到孙玉姣的表演，小姑娘抱着那只跑丢了的小鸡，迈门槛，由此她想到孙玉姣撵鸡，喂鸡，数鸡……突然发现少了一只鸡，寻觅，抱着那只小鸡回来，满心的欢喜……红线女心中一亮，孙玉姣的动作那么美，原来都是来自于生活。这里有生活，这里就有艺术。红线女兴奋起来。

心境变了，环境仿佛也随之变了。红线女发现英德茶山很美，远处的青山绿得迷人，近处的茶树高高低低，深深浅浅，绿得耀眼，空气中有一股淡淡的香气。抬头望天，天很高很蓝，白云飘飘……她放开喉咙喊了一嗓子："啾，啾，啾啾啾……"没想到，自己的嗓子还是那么清亮好听，只是底气不足，声音有些飘，她太虚弱了。

这时的红线女很高兴。更没想到，她这一声"吼"，让她的鸡们都兴奋起来了，它们争先恐后地跑了过来，她成了真正的鸡司令。那只装病的小鸡，显得特别兴奋，跑在最前面，它成了一只领头的鸡。红线女觉得这些小生灵太可爱了，特别是那只装病的小鸡，它似乎很喜欢听红线女"啾，啾，啾啾啾"的呼唤声，为了听到这"啾啾"声，它躲在鸡舍里装病，不肯出来，真是太可爱，太有趣了。

鸡场是个远离喧嚣的地方，除了几百只鸡，就那么几个人。不在众目睽睽之下，相对比较自由。趁没人的时候，红线女就学着孙玉姣的样子轰鸡，走走台步，跑跑圆场，心里默念着锣鼓经。

红线女在她居住的小泥屋里，下腰，压腿，练功，夜深人静时，她就走出小泥屋活动活动，踢几下腿，涮两下腰……在一个风雨交加的夜晚，风特别大，雨哗啦哗啦地下个不停，伴随着一道道闪电，一声声炸雷，天下的声音都被风雨雷电之声吞没了。红线女趁机放开嗓门，"咿咿，呀呀"地喊了几嗓子，然后，像在舞台上一样，清唱了一段粤剧《蝶双飞》，她唱得很投入，很用心，很动情，最后，她把自己唱哭了，先是哽咽流泪，继而放声大哭……她不是悲伤，不是委屈，不是发泄不满，不是愤怨，她是高兴，是感动，是感恩。经过痛苦的磨砺，艰辛的跋涉，生死的考验，她终于找到了光明之路，一条能让她奔跑，释放能量的路！她感恩粤剧！

红线女突然发现，人，一定要有精神，一定要有理想，一定要有追求！这是人生的支柱！粤剧是她的精神！粤剧是她的理想！粤剧是她的追求！粤剧，是她红线女的人生支柱！

1972年，红线女接到通知，要在招待西哈努克亲王的文艺晚会上演出粤剧《沙家浜》，多少年没登台了，演出服也没有，朋友连夜为她赶制了一套阿庆嫂的服装。

晚会演出的那个夜晚，红线女有些紧张，毕竟已经五六年没登台，没与观众见面了。一出场，红线女有一种生疏感，又有一种新鲜感，这是以前没有过的舞台感觉。她像等待一位多年未见的老朋友，今日终于要见面了，她期待，兴奋……在英德茶山养鸡的日子里，她偷偷地练功，想方设法地练唱，一出台，她就感觉到了，她的腰腿依然灵活，在舞台上行动自如。一开口唱，她发现自己的声音还是那么清脆干净，一下子变得信心满满的。红线女又恢复了往日在舞台上的感觉，进入了艺术创作的境界。

周总理把粤剧称之为"南国红豆"。红豆相思，相思红豆，红线女与她的红豆那份相思之情难描难诉，分别了多年的红豆今又归来。她兴奋极了，也激动极了！

演出结束，周总理与西哈努克亲王上台与演员握手。总理走到红线女面前时说了声："不错，以后还要努力！"

这是红线女经历种种磨难后第一次见到总理，她情不自禁地流下泪来。红线女努力抑制着自己，她嘴上笑着，眼泪却一串串往下落，她看到周总理眼中也有点点光亮。

送走了西哈努克亲王，总理把红线女叫到面前，问：

"你为什么哭？"

红线女看着总理的眼睛回答：

"我不是哭，我是高兴。"

总理一如既往，既有肯定和鼓励，又有希望与要求，他说："不要哭，要坚强，要坚持工作！"

红线女对总理说的话都是真心话。她打心眼里高兴，能见到总理，和总理握手，面对面交谈，这是她日思夜想的事，她没想到来得这样快，这样突然。能登台演唱粤剧，这是她在黑暗之中的梦，是她心中的光明。以她的处境，梦想成真是奢望，然而，在今天，她真的又站在舞台上唱粤剧了，而且第一次恢复演出，就是唱给总理听。她觉得演出效果还可以，总理也说"不错"。而自己所受到的侮辱与伤害与之相比，又算得了什么？她不想向总理哭诉，她想让自己"高兴"的时间长些，再长些，她想说："红线女不会意志消沉，万念俱灰。"她想说："红线女不会自己糟蹋自己，红线女自己不垮，别人要打倒红线女，也难！"她想说……最后，她什么也没说。她想，用不着说什么，总理能理解她。是的，总理一直关心着她。总理曾托陈丕显的夫人谢志诚给袁雪芬捎话，说红线女被剪了头发，也没灰心。总理以此激励袁雪芬要挺住，要经得起考验。总理知道，红线女是坚强的，她挺住了，她挺了过来，她胜利了。红线女站在舞台上能唱"阿庆嫂"，岂不胜过千言万语？

红线女在招待西哈努克亲王的文艺招待晚会上演出，周恩来总理陪同亲王观看了演出，见之于报端后，引起强烈反响。袁雪芬、陈伯华、尹羲、常香玉、陈书舫、王秀兰、郎咸芬、彭俐侬……这些著名演员，都是各个剧种的代表人物，他们的处境和红线女一样艰难。红线女重登舞台是一个信号，给了他们希望的曙光、信心和力量。人们对此事议论纷纷：

"看到了吧，红线女又可以上台演戏了，是真的，报纸上写得清清楚楚。"

"没想到，她吃了那么多苦，精神还那么好，神采奕奕，难得呀难得！"

"听说唱得好，演得也好！红线女还是红线女！"

"红线女没有被打倒！"

红线女的观众，亲朋好友，凡是爱红线女的人，爱红线女艺术的人，无不惊奇，喜悦，感慨，赞叹……

红线女仿佛是从噩梦之中醒了过来，她觉得生活还是那么美好，早晨的阳光还是那么迷人，那么新鲜，金光四射……她要工作，她要唱粤剧，一直唱下去，唱到地老天荒的那一天。

1992年7月11日，红线女在香港《大公报》发表文章，回顾那段历史，她写道：

突然，天崩地裂的"文化大革命"开始了，我竟变成了"三反分子""百爪魔女"……开始，我感到十分困惑和极大耻辱，我反抗，不举手，不低头，于是我受到拳打脚踢，受到对待畜生般的虐待。可是不久，我变了，拼命去干着自己力所不及的粗脏活，我比羔羊还驯服，一天到晚都像祥林嫂"捐门槛"一样，总希望那些"革命者"能饶恕我，好使我逃出生天。我的脑子像麻木不仁了。全家被扫地出门，各散东西，身心受尽摧残，我都可以用麻木不仁的心态以对……毛主席不是说我"已经成为人民的演员"了么，我一定要在有生之日，要用粤剧艺术为人民演出。从此，我给自己定了一条戒律：练功。有机会放声练，没机会则在心里练。当时，用了一套旧衫旧裤自制成一件破旧的练功服，伴着我的日日夜夜……

在我蒙受不白之冤的时候，由于得到粤剧院一些搞音乐的同事们的支持，暗地帮助我练功……重返舞台的时候，艺术还没有老化和生疏，并且经常得到观众热情的赞扬……当观众给我莫大鼓舞的时候，我总想到良师益友们对我的帮助，我总想到要和他们分享一点欣慰和喜悦。真的，我和粤剧院同志们的互相支持，艺术上共同切磋的深厚感情，我是没有忘怀的……我感到粤剧事业的前途同我的命运有着荣辱与共的密切关系。

在风雨交加的夜晚，在被批斗游街的日子里，在茶场雾霭氤氲的山峦，在孤寂无人、与鸡为伴的落日黄昏，她有满腹的痛苦无法诉说时，在生与死抉择的瞬间，是粤剧给了她生存下去的勇气和力量，是那些暗地里帮助她的粤剧同伴们，给了她温暖和友情……黑夜总会过去，霞光满天的曼妙清晨总会到来！

粤剧是美妙的，粤剧给了她许许多多，她也回报了粤剧许许多多……

红腔似清溪，涓涓流淌

1980年，广州粤剧团决定把话剧《王昭君》搬上粤剧舞台，改编为粤剧《昭君公主》。红线女饰演王昭君。

这是红线女"文革"后创作的第一出新戏。选择曹禺的话剧《王昭君》争议很大。有人认为话剧中的王昭君是政治需要的产物，是为民族团结的需要而创作的。有人问红线女："你还想不想当艺术家？"言外之意，话剧《王昭君》不是艺术品。有人对红线女说："《昭君出塞》你已经演了三十多年，其中《出塞》一曲是红腔的代表作，八方传唱，家喻户晓，世界青年联欢节上还获得金奖，现在又弄出一个不一样的王昭君，另唱一支新的《昭君塞上曲》，这不是自己和自己较劲，自己拆自己的台吗？"

红线女认为传统戏中的王昭君表达的是民族屈辱，那是那个时代文人的情感和认识。今天，根据历史的真实，塑造一个不愿老死宫中，自愿请行的王昭君，表现民族团结，也是很好的。她说："两个昭君都可以存在呀，我可以演两个昭君。"

与此同时，红线女与她的合作者对原来的《昭君出塞》进行了第三稿加工。第一稿是1953年"真善美剧团"的演出本，结尾是昭君与到京城求婚的呼韩邪单于同行，同去匈奴。第二次稿是1956年的修改本，那时，红线女已回广州工作，马师曾根据元杂剧《汉宫秋》和明传奇《和戎记》的部分情节，改为王昭君投黑水河自尽。1980年，对这一剧目进行第三次加工。这次加工增加了文官武将送行的场面和王昭君的感叹；尸位素餐的官员，不思报国，却让一个红颜弱女去和番……以呼韩邪单于与草原牧民迎接王昭君结束。增加了一曲《仿昭君怨》，以"好收红泪上雕鞍"作结局。这样红线女就有了两个王昭君，人们用"一个是哭哭啼啼的王昭君，一个是欢欢喜喜的王昭君"来概括。

1984年，"红线女独唱会"在广州举办，继而参加中南五省汇演。国庆节期间，在广州中山纪念堂演出，数千个座位，座无虚席。场面之热烈，堪称空前，广东的艺术专家给予了很高评价：

> 独唱会集中了红线女戏曲声乐艺术精华，反映了她从艺45年的艺术成果，体现了她学识广博，才华出众和极高的艺术造诣。
>
> 红线女已是年过花甲，她仍保持着旺盛的艺术创造力，这在艺术界是罕见的，她是观众认可的、喜爱的当代杰出的戏曲表演艺术家和歌唱家。

戏曲界各个剧种名家常香玉、陈伯华、尹羲等都来了。她们都是红线女的老同学。1960年，当时的中国戏曲研究院曾举办了一期"梅兰芳表演艺术研究生班"，学员是各个剧种的代表人物，越剧的袁雪芬，蒲剧的王秀兰，湘剧的彭俐侬，川剧的陈书舫，豫剧的常香玉，汉剧的陈伯华，桂剧的尹羲……都是这个班的学员。班主任是梅兰芳，俞振飞、徐凌云等戏曲名家任教。她们在一起学习的时间不长，只有两个多月，但却结下了深厚的友谊。十年浩劫，陈伯华、常香玉、尹羲的境遇和红线女没什么两样，她们都是"三名三高"，一样地被冲击，被批斗，她们都挺过来了。劫后重聚，喜悦兴奋，感慨万千。老同学观摩了红线女的独唱会，他们是目瞪口呆，让他们没想到的，红线女在舞台上阳光灿烂，神采飞扬，仿佛没有经历十年浩劫一般。常香玉撇着一口河南腔说："瞧瞧人家粤剧，再看看咱红线女同学，那是啥行头？啥装扮？灯光、乐队、布景……那是啥成色？啧，啧，啧……俺豫剧可没法和人家比。咱也得改革开放一下，变变样儿，不能总是大襟袄，花布衫。"

1988年，"红线女独唱会"进北京，在人民剧场演出。那时，戏曲正处于低谷期，有人称其为"夕阳艺术"，进京演出的剧团不少，剧场之中观众寥寥无几的现象时有发生。南国粤剧在北京能有几多知音？语言不通是最大的障碍。然而，那晚的人民剧场却是全场爆满，座无虚席。门口还有不少广东人想"执死鸡"，等着买退票的，多少人都是慕红线女之名而来。真是难以想象，一个粤剧演员在非粤语区能拥有这么多知音。演出前，有人见到过红线女，说她状态不好，一脸倦容。有人说，在记者招待会上，红线女坐在最后一排，烫过的头发已经长长，很随便地束在脑后，她穿了一套灰色的西装，也不化妆，不施粉黛，不描眉，不点唇，脸色黄黄的。北京的观众如此热情，红线女会不会让爱她的观众失望？大家都为她捏了一把汗。

演出开始，红线女以轻快的步子登上舞台，她笑容可掬地向首都观众问好致谢，兴奋之情溢于言表。红线女比过去胖了一些，反而使她显得更加丰腴年轻，有一种成熟的美。

红线女舒展歌喉，她的声音依然甜美清脆，让人荡气回肠。她唱了自己的经典曲目《一代天娇》《昭君出塞》《蝶双飞》《柴房自叹》《香君守楼》《荔枝颂》《娄山关》《花城之春》……她唱得那么动听，时而如银屏乍裂，时而如珠落玉盘，时而如潺潺溪流，时而似惊涛拍岸，曲曲让人叫绝。每一支曲子唱罢，她便小跑着下场抢装，观众掌声太热烈，她不得不跑着回来谢幕。接着是换装，补妆，返场，唱下一支曲子。一场独唱会将近两个小时，红线女始终是神采飞扬，激情满怀，演出前的倦怠、慵懒已是荡然无存，难觅踪迹。她的状态就像是一个十八岁的小姑娘，其实观众都知道，她已年过六旬。

红线女在舞台上真是美不胜收，她的一举一动都是美，一颦一笑都具有感染力。她的唱不管是急促的还是舒缓的，不管是凄楚的还是欢快的，无一不给人以美感。她笑亦美，悲亦美。她的柔婉是美，她的刚烈亦是美。整场晚会，让观众在爱的波峰浪谷之中起伏跌宕，尽情享受艺术之美。

这是一次"红腔"艺术的大展示。红线女虽然阔别舞台数载，经历了政治风浪的考验和岁月风雨的磨砺，然而她创作的"红腔"依然悦耳悦心，那声音裂雾穿云，回荡在宇宙之中，显得更加大气磅礴，更具穿透力，更具表现力。宝剑锋从磨砺出，苦难历练了红腔，也玉成了红腔。

究竟什么是红腔？"红腔"与"红派"密不可分，"红腔"应该是"红派"的重要组成部分。那么，什么又是红派？红线女的表演艺术可否称之为红派？

中国戏曲表演流派丰富多彩。但不是每一个好演员，每一个表演艺术家都可以开创流派，成为流派的创始人。可以称之为"派"，起码需要几个条件：一是艺术上有独到之处，二是有自己的代表剧目，三是要得到观众的认可，四是有师法者，继承人，经过岁月的淘洗，观众的筛选，可以流传于后世……梅兰芳创造"梅派"，可以说是流派之中最为典型、最具代表性的一个戏曲流派。梅派，是因为通过梅兰芳的代表性剧目，让我们领略了唱、念、做、舞的梅派韵致，他有一个很大的观众群体，称之为"梅党"，或者"梅迷"。他桃李满天下，他的学生不仅有京剧演员，如杜近芳、沈小梅、李玉芙、李维康、李胜素……这样的亲授弟子，再传弟子，还有其他地方剧种的名家，如陈素真、马金凤……

从"红线女独唱会"，我们领略了红线女独特的红腔，那是艺术特色极其鲜明的粤剧声腔。有不少粤剧演员已经发现"红腔难学"，这说明红腔有独到之处。红线女有两个王昭君，不管是哭哭啼啼的王昭君，还是自愿请行的王昭君，虽然人物的心境完全不一样，但一听唱，就知道是红腔。

同是王昭君，同是走在北去和番的路上，一个是被迫和番，一个是追求美好的未来，自愿离开后宫深院，从人物出发，红线女前者唱得悲凉、沉重、哀伤，后者则唱得从容、恬静，于平和之中，表现出人物的心境。红线女说："旋律本来是没有生命的，重要的是演员能够驾驭旋律。"红线女在使用旋律、驾驭旋律的同时，赋予旋律生命。

同一个【南音】，在《香君守楼》与《柴房自叹》中，给人的感觉迥然不同，香君唱"望断盈盈秋水，瘦损婀娜宫腰"，表现的是香君守楼的凄清冷寂，与翠莲唱"情惨惨，泪涓涓"的悲愤和对人间不平的控诉完全是两种情绪，红线女用来得心应手，原因是她做了一些必要的改造。红线女说："一个南音曲牌承载不了那么复杂的感情，这就需要进行改造。前人创造了曲牌、声腔、板式，那是前人根据内容和人物的需要创作出来的，后人仅仅是使用，跟着前人走，那就很不够了。一般的创作者根据内容创造形式，对于已经形成并为观众认可的曲牌就不大动了，这是没错的。但是，我们后人为什么不能根据我们创作的新戏、新人物进行一些必要的改造呢？不是让内容去迁就形式，而是改造形式，使它更好地担负起反映新内容、新人物的任务。"红线女的这种改造，改革是符合艺术发展规律的。

从理论上讲，板式、曲牌等音乐形式，一经形成，就具有"稳定性"，后人不断使用，观众也就熟悉了，从而形成一条规律——形式的稳定性与内容的可变性。长此以往，难免产生"陈陈相袭"的现象，甚至内容迁就形式。红线女大胆地触动了这一"稳定性"。古之大家，有能有识者大抵都能破除前人窠臼，自成家法。红线女最初可能是无意识，是从创作实践，创作需要出发，但渐渐便自成"家法"。红线女掌握了变与不变的辩证法，"红腔"就在这变与不变之中形成。

那行云流水般的舒展，像五彩云霞般的美妙，无一不是为塑造人物而存在，表现的是人物情感的变化。观众感受到的则是艺术之美，为之动情，与人物同哭同笑，为之心醉。观众称红线女的唱腔为"红腔"，专家亦称它为"红腔"。音乐家李凌在他的《音乐漫话》（李凌《音乐漫话》第154—156页，中国文联出版公司1984年版）中写道：

> 红线女演唱的最大特点，是在她掌握了人物的性格特色之后，能够应用她多变的歌唱音色，在音乐上创造出不同的歌唱风格……人们可以从她歌唱的韵味、色调、力度、节奏、语气、起承转合中，领会她所饰角色的性格和际遇。这种创作在戏曲舞台上，在声乐的表演艺术上是特别可贵的，是艺术创作高度成熟的标志，也是许多人努力追求而不易获得的。

在"红线女独唱会"上，观众同时也接触了红线女部分代表剧目，如《昭君出塞》《搜书院》……当然，这不是全部，《刁蛮公主戆驸马》《关汉卿》《山乡风云》《昭君公主》……都是红线女的原创剧目，也是她的代表剧目。在剧目上红线女已经积累甚丰，这一批原创剧目，展现了她的表演特色与音乐特色。红派的诞生该是指日可待。

2008年12月，是红线女从艺70周年的大日子，在广州举办了一场《纪念改革开放三十周年——红线女粤剧艺术作品展演》，红线女年过八十，她以一曲《水乡桥韵》，献给改革开放30周年。这是一支昂扬激奋的曲子，红线女激情澎湃，以水乡的桥之变化，展现改革开放三十年社会的飞速发展变化。从"手相招，握手竟要半朝"到"遍地金桥"，再唱到"飞驾轻车""看今朝，畅通""大手笔挥洒""身与环球相通""大家共欢笑"……红线女以满腔豪情一抒胸臆，彰显了红腔的磅礴大气。

在广东音乐中，有一首小调《雨打芭蕉》。熟悉广东音乐的人都知道，广东人对这一曲调也是极其喜欢。《雨打芭蕉》是一曲欢乐、明快、轻松的小调，经红线女创意，做了必要的改造，保留了原来欢乐的基调，增加了气势力度，幻化成一支新曲，染上红腔的色彩。红腔如清溪，涓涓流淌，当然，红腔也有它海浪涛涛的气势，一曲《水乡桥韵》展现的不仅是气势，也不仅是情绪，它承载了更多的内涵。红线女在前进，红腔在发展，在丰富……

▍ 朝霞暮火红豆情

青年时代的红线女，一出又一出地创作新戏，演出新戏。用她自己的话说，她像个苦行僧。红线女为创作新戏，去乞讨化缘，禁情禁欲，自我修行。为了粤剧，她照顾家的时间太少，给儿女的母爱也比一般的母亲少了许多，自己的母亲也为她承担了许多。她说：

"戏曲演员搞艺术创作的过程，我体会真有点像苦行僧一样。有时，对那些什么七情六欲都无法顾及，脑子里有的只是将要排演的角色。在塑造人物的时候，专心一意，面壁苦思；对着剧本念台词，度唱腔，真像虔诚的僧人在念法华经。有时觉得自己肚子里的东西不够用了，参考书一下子就堆满了书桌，强迫性抢时间去阅读，这时又像僧人们四海云游去化缘，让自己由此而得到充实艺术的养料，使自己将要扮演的人物有血有肉，艺术性地出现在观众面前。（《记红线女舞台艺术》，奥林匹克出版社1996年版）

红线女辛苦着，忙碌着，劳累着，并收获着，她就像清晨的霞光，灿烂美好，在粤剧舞台上，放射出青春的光彩。在红线女步入六十岁以后，她变成了一团火，燃烧自己，照亮别人，把工作的重心转向教学育才。

1990年，在红线女的策划下，一支由年轻人组成的粤剧队伍出现在广州，这就是颇为引人注目的"小红豆粤剧团"，红线女出任团长和艺术总监。

5月，小红豆粤剧团与观众见面，演出了红线女的代表作《搜书院》、新编历史故事剧《梁红玉》和根据巴金同名小说改编的粤剧《家》。这一年，在红线女的主持下，小红豆排练《家·瑞珏之死》《孙悟空三战红孩儿》《六郎罪子》《宝黛盟心》《白蛇传·盗草》《搜书院·搜院》《苦凤莺怜·庙遇》等折子戏。

经过高强度的排戏，小红豆的青年演员在排练中磨合，小红豆已成为一个整体，积累了一批演出剧目，于是红线女老师带着他们，经风雨，见世面，闯荡天下，接受观众的检验。

首先是下乡演出。1991年春节过后，小红豆粤剧团先后去了江门、新会、恩平、开平、鹤山、顺德等地演出了25场。每场开演前，红线女先登台向观众问候、致谢，希望大家关心、支持、帮助小红豆粤剧团的青年人，然后，她演唱了一两支"红腔"的代表曲目，以后是青年演员的演出。25场演出，无一场不成功，观众的热情超过了一般剧团的下乡演出，因为他们既看到了闻名遐迩的红线女的演出，又看到了年轻粤剧演员的演出，这让他们喜出望外。

11月，红线女率小红豆粤剧团赴澳门演出。依旧是下乡演出的模式，红线女唱开锣戏，为这些"红豆女""红豆仔"热场，保驾护航。演出再次大获成功。

1992年，红线女率小红豆粤剧团走出国门，东渡日本，参加在福冈市举办的"太平洋亚洲艺术节"，这是粤剧第一次在日本演出。小红豆粤剧团的演员参加了艺术节化妆游行，并演出了粤剧《盗仙草》《孙悟空大战红孩儿》。优美的广东音乐，多彩的粤剧唱腔，漂亮的服饰，精彩的武打……让不熟悉粤剧的日本观众赞叹不已。日本观众是熟悉京剧，熟悉梅兰芳的，他们感叹，中国除京剧之外，原来还有这么优美的粤剧。红线女还带领大家参加联谊活动，进行参观访问，观摩宝冢艺术团的演出。

演出是一种锻炼、提高的方式；创作则是培养人才的又一种方式。

1991年，小红豆粤剧团创作演出了新编现代戏《白燕迎春》，以医生沈洁为主角，描写一位白衣战士在逆境之中救死扶伤的人道主义精神和顺境之中不计前嫌，一如既往，治病救人的人品医德。红线女出演女主角沈洁，其余角色全部由小红豆粤剧团青年演员担纲。年龄的差距，表演水平的悬殊，给红线女的创作带来前所未有的困难，红线女毫不介意，她只想带领年轻的小红豆们投入新剧目的创作之中，教他们如何创作新的人物。她既用言传，又用身教，在创作实践中，使年轻人得以进步提高。

红线女是在粤剧不景气的状况下，倡议创办了"小红豆粤剧团"，得到了各级领导的支持。她要为粤剧培养新人。红线女为年轻的徒弟们说戏，教身段，练眼神，讲唱腔……手把手地教，费尽心血。她对这些年轻演员要求严格，教学细心，但不是很耐心，有时候，她会着急上火，话也说得很重，但她从心眼里爱他们。在红线女的悉心栽培和严格教导下，郭凤女、苏春梅、琼霞等弟子和学生们成长很快，艺术日臻成熟，逐渐担起粤剧大梁，挑起当家花旦的担子。在红老师的教导下，弟子们一步一步往前走，把红老师的戏一出一出学下来：《搜书院》《关汉卿》《焚香记》《刁蛮公主戆驸马》《苦凤莺怜》……得到红老师真传，还真的有些红线女的韵致。

在红线女的弟子学生中，不仅仅有旦角一行。红线女能因材施教，她既教旦行，也教生行。欧凯明、黎骏声也是红线女的学生。欧凯明、黎骏声的行当在粤剧之中是"文武生"，他俩的自然条件好，个头、嗓音、扮相、气质都好。

欧凯明曾是广西南宁粤剧团的当家演员，他的《武松大闹狮子楼》和《罗成写书》，论唱论武打，都十分精彩。红线女发现了欧凯明是个很有天分的青年演员，是个可以造就的人才，于是，她到南宁找有关部门沟通、商议，希望他们放人，调欧凯明进小红豆粤剧团。红老师的爱才之心终于感动了南宁市文化局领导，答应放欧凯明进小红豆粤剧团。这一刻，红线女非常高兴，站起来连连领导鞠躬，表示感谢。在座的人，先是惊讶，继而哈哈大笑……

欧凯明调入小红豆粤剧团后，红线女专门为他教戏。马师曾已经去世，马老师的戏没有人能教，红线女与马师曾合作多年，他们同台演出，共同创造了粤剧史上辉煌的一页，红线女对马派艺术知之甚深，于是她自觉地担当起为凯明教授马派艺术的担子。《搜书院》中的谢宝，《关汉卿》中的关汉卿，《刁蛮公主戆驸马》中的驸马……都是红老师教授的。她给欧凯明讲马派艺术的精髓，她陪欧凯明演出，在舞台上实践。这在戏曲界称之为"挎刀"，是前辈对晚辈提携的一种方式。有时红线女甚至串演马师曾的角色，为欧凯明做示范演出。

红老师希望欧凯明能传承马派艺术，但她也看到欧凯明长于武打的特点，她为他讲人物，讲武打不仅仅是技艺技能的展示，好的武生演员能打出人物，打出性格，打出情境……她还为凯明从天津请来了武生大师厉慧良，为他加工武戏。这让欧凯明眼界大开，兴奋不已。

经过这些准备，红线女为欧凯明选择了《赤壁周郎》《武松》两个剧目，重新写剧本，请导演，进行唱腔设计。红线女告诉他，不要做被动演戏的演员，而是让他介入剧本、导演、音乐设计等各个创作部门的工作，参与创作的全过程，让他体验，演员进入人物创作的开始是在剧目的酝酿创作之初。

黎骏声早期在茂名粤剧团担纲主要演员，扮相、嗓音、气质等条件都非常好。红线女找到黎骏声母亲，希望她支持儿子到广州，寻求艺术上更大的发展空间。黎母是茂名粤剧团团长，剧团缺人，论公论私都不舍得儿子离开自己。红线女耐心做通他们母子的工作，将黎骏声调入红豆粤剧团，同欧凯明做了师兄弟。

红线女的良苦用心很清楚，她是在把一个有前途的青年演员引上一条宽广的戏曲创作之路。她曾经在这条路上摸索着走了过来，如今，她默默地做着"人梯""铺路石"的工作，把她的成功经验传授给年轻一代，希望他们少走一些弯路，少一份摸索的艰辛，留下更多的精力去攀登新的高度。红线女说得很少，她只是做。跟红老师学戏要边学边悟，这是需要天分和悟性的。

欧凯明、黎骏声没有辜负红老师。欧凯明说："老师的精神，影响我一辈子。我唱马派的戏，她不要求我一字一腔都按马老师的走，因为我跟马老师的嗓音条件不同。"多少年后，欧凯明、黎骏声果然是粤剧舞台上冉冉升起的耀眼明星，他们守望着粤剧，担负着"红派"艺术和"马"派艺术传承的两副担子。其实他们传承的不仅仅是红派或是马派，也不仅仅是红派马派剧目，而是红派的创作理念、创作精神，敢走前人没走过的路，大胆创新的气魄，为粤剧注入新的血液，随着时代审美的变化而变化的美学追求。欧凯明创作演出的《南越宫词》、黎骏声创作演出的《碉楼》就是例子。《南越宫词》表现的是赵佗与南粤土著之间的矛盾与融合，把一个新的赵佗形象树立在粤剧舞台上。《碉楼》讲述了侨乡开平的世界自然遗产碉楼的历史故事。这是题材、体裁的开掘，形式亦有新意。

红线女的学生们也大多成名成家，他们也在收学生，有专业的，也有非专业的。在欧凯明的学生中有一位澳门的发烧友，她在澳门创办曲艺会，倾情传"粤"，做着粤剧的传播工作，欧凯明非常赞同和支持这一做法，认为这也是对红派精神的继承与发扬。在红线女的学生中有一位新加坡票友欧阳炳文，红线女倾心相授，从不会因为是票友而对他有所保留。在红线女的学生中还有个女孩，她从初中到高中，一直在跟红老师学戏。红线女说："这个丫头书念得很好，又喜欢粤剧，我愿意教她，不是让她一定成为演员，或是票友，她可以不唱粤剧，但她懂得粤剧，将来她可以成为科学家、数学家、农业学家……这不是很好吗？"这就是红线女的心胸。红线女对学生没有门户之见，为了粤剧，大家拾柴，使粤剧之火熊熊燃烧。她在授徒的同时，也在做着培养观众的工作。

当国门打开之际，各种外来艺术形式涌入，文休日益多元化，粤剧观众锐减，红线女意识到要让更多人接触粤剧，喜欢粤剧，懂得粤剧，特别是年轻人。于是，她想到了娃娃，想到怎么让小孩子能接触到粤剧的问题。红线女想到了最受当下小孩子欢迎的动漫。于是她费心费力，筹资金，请动漫制作公司，做宣传……干着一系列她不熟悉的事，最后做出一部粤剧动画电影《刁蛮公主戆驸马》。

其实，在红线女的心里装着一个大戏曲，为戏曲发现人才，造就人才。一个偶然的机会，她看了程派青衣张火丁的《锁麟囊》，红线女眼睛一亮，这个女孩子声线好，有功力，会唱，人才难得。于是红线女找到了她，给她打电话，谈唱腔。张火丁到广州演出，她无论多忙，都会到剧场去看，第二天和张火丁谈意见和建议。在张火丁遇到挫折的时候，红线女主持出了两盒张火丁录音专辑，为她鼓劲。红线女只想让她清醒地认识自我，经得起打击。1998年，红线女演出了《祥林嫂》这折戏，张火丁很喜欢，当时，程派还没有现代戏，她想尝试一下，又有些害怕，因为自己还是青年演员。红线女对火丁说："你喜欢，可以把它移植成你们京剧，用你的程腔，这个人物具有程派的艺术特色，是个典型的悲剧人物……"红线女很快给张火丁拿来剧本。多年以后，这个年轻的程派青衣拥有了大量的观众，特别是青年观众，出现了火爆菊坛的"火丁现象"。张火丁感叹："没有红老师就没有张火丁的创作，没有张火丁的成长，没有张火丁的《祥林嫂》，没有红老师，就没有张火丁后来创作的《江姐》，没有张火丁的今天。"

红线女的学生不少，成就显著者多多，郭凤女、欧凯明、黎骏声、苏春梅、琼霞、曹秀琴、陈韵红等一批年轻的接班人脱颖而出，挑起了振兴粤剧的重担。

红线女并没有开创红派的明确意识，她只是情系红豆，心系红豆，想为粤剧多做一点事情。红派在经历了五十余年的岁月磨砺后诞生。在红线女从艺60周年的日子里，红线女率弟子同台演出。那是个粤剧之夜，是红线女之夜。演出结束，她的弟子，她的观众纷纷跑上舞台为她献花，舞台上霎时出现一座鲜花小山，景色之艳丽壮观难以形容。鲜花成山，这是弟子的爱，这是观众的爱，这是红派的艺术魅力！

红派不仅仅有红腔，也不仅仅有一大批代表性剧目，有一个无法统计的学生群体和庞大的观众群体，更为重要的是通过教学授课，她达到传道授业的目的。1998年红线女艺术中心落成，红线女和一批年轻人进入了红派、红腔的研究阶段，回顾总结红派红腔的诞生成长历程，探讨它的内涵与外延，把一个流派提升到创作规律，创作方法和创新精神等理论的高度认识。"红派"又向前迈进了一步。

红派的诞生，带着红线女精神，带着新的改革开放的时代特色，也为流派艺术注入了新的内涵。

红豆，撒向天涯竞风流

京剧被世界认可，与梅兰芳大师的努力分不开。他是最早把京剧带出国门的，梅兰芳访日、访美、访问前苏联的演出，在中国对外文化交流史上写下了重重的一笔。粤剧成为被联合国教科文组织认可，成为世界口头非物质文化遗产，与红线女带着粤剧走向世界的努力也是分不开的。

1982年6月10日至8月7日，中国广东粤剧团出访加拿大。红线女、陈笑风任艺术指导。他们走访了温哥华等七个城市，红线女演了全本大戏《搜书院》和《焚香记》，折子戏《昭君出塞》。红线女还应华盛顿等四城市邀请，进行访问和讲学。

这是新中国建立后，粤剧团第一次赴北美演出。首先，粤剧在华人圈引起极大的轰动。当红线女演出《昭君出塞》，唱到"尽把哀音诉，叹息别故乡"时，她如泣如诉、哀怨凄婉的歌声，引起海外游子强烈的思乡共鸣。一出全本大戏《搜书院》，让老华侨为之倾倒，红线女的表演让他们惊叹，他们由此看到粤剧的兴盛，看到祖国的繁荣。

粤剧同样引起美国观众与美国艺术界的震惊。美国戏剧评论家爱德华·罗斯坦撰文赞美《搜书院》是"奇异的演出，令人神往惊叹！"

美中友好协会主席罗森说："虽然我不懂红线女的唱词，但她的表演很感动人，她是一位水平很高的艺术家。"

联合国交响乐协会主任伊格对《焚香记》尤为喜欢，他说："中国粤剧的艺术性很高，演得很出色，在最后一场戏里（即"活捉王魁"），我差点哭了起来。"

美籍华裔钢琴家李献敏认为《焚香记》可以与意大利歌剧《蝴蝶夫人》媲美，她被感动得落下眼泪，连声称赞："优秀！伟大的演出！"

粤剧、红线女也在加拿大观众心中扎根，他们盛赞："南国红豆，北美飘香！"

1993年8月加拿大北美影视城为红线女拍摄《红线女粤剧戏宝》，其中包括全本戏《苦凤莺怜》《刁蛮公主戆驸马》，折子戏《昭君出塞》

《打神》《思凡》等。

在加拿大拍摄期间，红线女还参加各种公益活动，如为"国际粤剧艺术协会"筹募基金演出，在加拿大的多伦多，美国的旧金山做粤剧讲座，讲粤剧发展历史，粤剧艺术特色，她边讲边唱边表演，极为生动，吸引了许许多多听众。在旧金山，红线女率小红豆粤剧团出席中国领事馆国庆招待会，并做了精彩演出，为国庆招待会增色，同时，也向出席招待会的各国嘉宾介绍了在中国这片土地上生长出来的粤剧。京剧、昆曲已为世界认知，除此之外，在中国还有众多的地方戏曲剧种，小红豆粤剧团的演出就是向世界介绍：今晚演出的美丽粤剧就是中国地方戏曲剧种之一。这让外国友人惊叹不已。

1997年初，红线女再次应加拿大国际粤剧协会邀请，赴美国、加拿大进行艺术交流和讲学活动，在温哥华、多伦多、纽约、拉斯维加斯进行观摩、访问，与粤剧爱好者聚会，以各种不同的形式做着让世界了解粤剧的工作。

就像当年梅兰芳为了让京剧走出国门，以多种形式向世界介绍京剧，红线女也是如此。2005年12月马来西亚研艺音乐剧社社长颜叶秀珍一行访问红线女艺术中心，红线女率欧凯明、郭凤女，还有红线女的新加坡弟子欧阳炳文等人在中心的小剧场进行交流。因为是平安夜，红派弟子纷纷献艺，红线女也即兴唱了《西施喜》和《荔枝颂》两支曲子，共度平安夜。2006年3月，马来西亚研艺音乐剧社在吉隆坡举办"研艺爱心慈善夜"筹款演出，他们邀请红线女做开幕嘉宾。红线女放下手头工作，提前一个多星期来到吉隆坡，为他们的演出曲目进行加工指导。

香港、澳门地位特殊，红线女与香港、澳门有着特殊的关系，那里有她的观众，她几乎每年都会带着粤剧团去演出，许多外国友人是在香港澳门接触粤剧的。所以香港、澳门乃至东南亚一带，人们对粤剧，对红线女很是熟悉，红线女在美国，加拿大的一些城市影响也很大。

红线女抓住机会，创造机会，把粤剧的美丽展现在世界大舞台上，尽显南国红豆的风流。

红线女——中国戏曲的骄傲

红线女，人们把她定位于粤剧大师，红腔红派的创始人，著名粤剧表演艺术家。无疑，这一定位是准确的。就像梅兰芳的定位是京剧表演大师，梅派创始人，著名京剧表演艺术家一样。

上个世纪，当梅兰芳把京剧带到美国，美国人是看"梅剧"，也就是看"中国戏"，从此他们了认识梅兰芳，认识了中国戏曲。在大街上，他们见到中国人，会指着那个人叫："梅兰芳！梅兰芳！"梅兰芳成了中国人的代名词。他们把梅兰芳演的京剧翻译成"北京歌剧"。

当粤剧等地方戏走出国门，外国人惊异地发现，原来中国还有与"梅剧"犹如姐妹艺术一般，另外一种"中国歌剧"，一样的艳丽多姿，一样的美妙动人。在他们眼睛里分辨不清什么是地方戏，什么是京剧，但他们知道，这是中国戏曲艺术。

中国需要世界级的艺术大师，在开放改革的今天，在二十一世纪的今天，中国更需要新的世界级戏曲大师的出现，这是时代使然。红线女属于粤剧，红线女属于中国地方戏，红线女和梅兰芳一样，他们同属于中国戏曲。梅兰芳把京剧带到了世界，红线女把地方戏——粤剧带到了世界，被国外艺术家誉为是"奇异的演出""伟大的演出""令人神往惊异"的演出，是堪与意大利歌剧媲美的艺术。粤剧也像京剧、昆曲一样，成了为世界认可的戏曲艺术。如果说梅兰芳代表的是京剧，那么红线女代表的可以说是地方戏，他们又同是中国戏曲文化的代表。红线女可以说是继梅兰芳之后，又一位世界级的中国戏曲大师。

红线女是中国戏曲的骄傲！

后　记

记得上个世纪九十年代，我住进了华侨新村红线女老师的家里，住了将近一个月。我们在一张餐桌上吃饭，饭后一起聊天，一起散步，我们一起看录像带，凡是有老师的演出，我们一起上剧场，我看她化妆，看她做着演出前的一切准备，在后台一起吃家里送来的简单饭菜。演出结束，一起回家，吃简单的夜宵……

在红老师家的二楼，我住的客房与她的卧室门对着门，中间是一个不大的起居室，我们常常坐在那里聊戏谈天，有时聊到深夜。

于是我看到、接触到一位洗去粉墨，不施任何脂粉，真真切切、实实在在的粤剧表演大师红线女。一个真诚、纯净、善良、美好的人，于是我写了《南天一抹嫣红——红线女传》。

写《南天一抹嫣红》的时候，我写一章，红老师看一章，我知道她是很认真的，还请人过目，有一种意见认为"作家以个人的感触贯穿全书，不是传的写法"。老师给我写信或者通长途电话，一直鼓励我按自己的想法写下去，不必拘泥什么。所以我写作时很松弛，有点信马由缰。这就是红线女，不拘一格，另辟蹊径，不离大谱的创新精神。她不愿意绑住我的手脚，走一条大家都走的路。于是我在写作时获得自由，我在现实与历史中穿越，我根据需要，一会儿写今天的红线女，她在做着什么，一会儿写到红线女过去的生活，创作，演出，经历……我用了一些篇幅，写我看到的、感受到的红线女，这大概是观众、"红迷"看不到的。没有红线女的大度宽容，大概就没有那本很特别的"传"，它与那种从未见过传主，在浩瀚的资料中徜徉写出的传记有些区别。

我是1960年认识舞台上的红线女，真正交谈交往是从上个世纪九十年代开始，从此，没有断过联系，红线女从艺60年、70年庆典，我都来了广州。她每一次进京，不管是演出还是开会，我们都要见一次面，吃一餐饭。有一年她因为有事，不能回广州过春节，我和我的家人陪她过除夕，她像待小孩子一样，给我压岁钱。我们相约在深圳见面……2013年红线女第六次率团进北京演出《碉楼》和"岭南一粟——欧凯明艺术专场"，《中国文化报》副主编徐涟、红老师和我做了一次粤剧发展三人谈，那是我和红老师最后的一次交谈。

她和我，两个女人说的最后的悄悄话是："我爱你！"

"从读你的第一篇文章《红线女的两个王昭君》，我就感受到了。我也一直爱你！"

不知是怎么了，两个女人突然都变得肉麻起来。这竟然成了我们最后的表达。庆幸我们都说出了口，没有留下遗憾。

此次写小传，我改弦更张，按时间顺序，写人写事。因为受篇幅所限，我集中笔墨，以"红线女—红腔—红派"为主线贯穿全文，主要写红线女的艺术生活，勾勒红腔红派的诞生轨迹和一位为世界瞩目的艺术大师的诞生。

红线女属于粤剧，红线女属于地方戏，红线女属于中国戏曲艺术，红线女的艺术也属于世界文化艺术，红线女是继梅兰芳大师之后，又一位具有世界影响的中国戏曲大师！我们应该书写一本《红线女大传》。

以一位表演艺术家的名字命名的研究机构在国内是罕见的。红线女艺术中心在广东省、广州市领导的关怀支持下，在红线女的主持下（红线女生前任中心主任），为粤剧的传承发展做了大量的实际工作，中心藏有丰富的资料，包括纸质资料和音像资料，他们做着创作实践与理论相结合的工作，他们为培养粤剧观众，为粤剧的复兴，做着种种努力……红线女是个例，通过这一典型个体的研究，带给我们的是艺术规律的认识。红线女老师不在了，红腔红派还在流传，红线女艺术的研究还在继续，红线女的精神大旗还在蓝天白云下飘扬。红线女艺术中心任重而道远。历史会证明中心存在的意义和无可替代的价值。中心是红派红腔的一个组成部分，他们的研究使之上升到理论的高度，实属难得。红线女喜欢走前人没走过的路，中心的诞生，也是红线女精神的体现。

感谢红线女艺术中心和我在广州期间下榻的酒店，为我的写作提供了良好的环境，他们给予我关心、照顾，让我产生了家的感觉。我知道，这是他们对红线女这们艺术大师的敬仰，希望我写好红线女小传，以飨红线女艺术的广大爱好者。

感谢广东人民出版社，感谢林冕同志在百忙之中看了样节，予以肯定，并提出宝贵意见。

由于时间紧，三十多天的时间里，包括采风，读材料，写作……确实紧张，疏漏、错误、不尽如人意之处太多，敬请读者指正。我只能说，我尽力了，这里有我的情，我的爱，我的敬仰，我的理解，我的责任……

谭志湘

2016年6月22日于广州

第二篇

众说红线女

红线女从艺六十年庆贺大会上的致词

周巍峙

今天，我和王昆作为与红线女相处几十年的老朋友，能同海内外的艺术界的朋友们在这里欢聚一堂，参加广州市人民政府为著名的粤剧表演艺术家红线女从艺60年举行的庆贺活动，我感到十分兴奋。在这个喜庆的日子里，我代表中国文学艺术界联合会，并以我本人和王昆同志的名义，向红线女女士表示由衷的敬意和热烈的祝贺！

红线女是我国当代成就卓著且深受广大观众爱戴的粤剧表演艺术家，她的艺术成长是同近代粤剧发展的历史紧密相连的。她崛起于抗日战争时期。几十年以来，她以优异的艺术天赋以及刻苦钻研、精心创造的敬业精神，塑造了一批独具魅力的艺术形象，促进了粤剧艺术的革新与创造。我们知道，粤剧的原始根源在于弋阳、昆腔、梆簧等腔系，而它的生长却是在南国这样一个特殊的环境之中。也就是说，它同海外世界——香港、南洋乃至美国的接触和联系，比之于其他任何剧种都要早且广。这就决定了这个剧种一方面在艺术的表演上，包括唱腔演唱，有着强大的兼容性，求新精神很强；另一方面，它吸附的东西，也不免鱼龙混杂，精华与糟粕并存。在这样一种环境中生存，红线女在长期的艺术实践中，不断地排除干扰，增强自己识别精粗美恶的审美能力；她除了向粤剧界的老一辈艺术家认真学习外，同时自觉地向新文艺、新文化学习；她在从事粤剧艺术的实践过程中也参加拍摄过不少用中外文学名著改编的电影，并担任主演；她爱看话剧及地方戏曲，从中吸取有益的经验，用来充实自己，充实粤剧艺术；她学过京剧、昆剧的演唱，研究过西洋唱法，对粤剧的唱腔不断进行改革，最终创造了独树一帜的"红腔"，对粤剧艺术的革新创造起了很好的促进作用。20世纪50年代至60年代，红线女同马师曾等粤剧名家在一起，创演了《搜书院》《刁蛮公主》《昭君出塞》《关汉卿》《李香君》《山乡风云》等富有新意，洋溢着新时代气息的粤剧名作，使粤剧艺术发生了巨大的变化，出现了崭新的面貌，受到广大观众的热烈欢迎。红线女多次率团出国和进京演出，为粤剧艺术在海内外赢得了崇高的声望。"红豆生南国，春来发几枝。愿君多采撷，此物最相思。"我们敬爱的周总理把粤剧艺术比成南国的红豆，赞誉红线女的表演艺术所显示的美的光彩。近三四十年来，马、薛二老早逝，对粤剧艺术做出贡献的仁人志士不乏其人，而红线女更以她十分突出的艺术成就，影响着整个粤剧艺术的发展，成为当代粤剧界一位最有代表性的人民艺术家。我们提到红线女，就会想到粤剧；我们提到粤剧，就会想到红线女，红线女在粤剧艺术发展史上是一个光辉的篇章。

红线女的艺术生命同共和国的命运紧密相连。1955年，红线女自香港应邀至北京参加国庆活动，在北京饭店的国宴上，受到周恩来总理的亲切接见。从周总理那平等诚挚的目光和亲切待人的风度中，红线女以艺术家的敏感，得到了一种前所未有的感受，她感到："我是一个真正的人，腰挺直了，腿硬了，不再是一个叫人瞧不起的戏子，而是国家的公民了。"由此触发了红线女回到祖国内地从艺的强烈念头。1955年底，热爱祖国的红线女毅然舍弃了在香港的优裕生活条件，回到内地发展自己的粤剧事业。自此，红线女在党的"百花齐放，推陈出新"文艺方针的指引下，更自觉地投身于为人民服务、为社会主义服务的粤剧艺术事业之中，为新中国社会主义戏剧事业做出了令人瞩目的贡献。"十年浩劫"期间，环境虽然困苦，但磨灭不了红线女发展粤剧事业的坚定信念，她始终没有放弃练功喊嗓，坚信"总有一天，我还会用艺术更好地为人民服务"。"浩劫"过后，红线女的舞台风姿又重新显现在观众面前。我们忘不了，1988年国庆前夕的首都舞台上，红线女率广州粤剧团在北京举行了"红线女艺术专场"，红线女那独领风韵的"红腔"再次以她那醇美、委婉的风姿撩拨着人们的心扉；1994年，我们又惊喜地在首都的舞台上，看到红线女在现代粤剧《白燕迎春》中塑造的外科医生沈洁的艺术形象；这以后，我们还欣喜地看到了红线女为培育新人付出的辛勤劳动成果，红豆粤剧团演出的《赤壁周郎》《武松》《春到梨园》等新编剧目处处浸透着红线女匠心独运的心机。我们在《赤壁周郎》以及《春到梨园》中倾听着红线女为青年演员演出的伴唱，不仅感受到红线女不减当年的艺术魅力，同时也深深感受到她对粤剧事业的深深挚爱，对青年演员殷切的期望。

我们今天在一起祝贺红线女从艺60年，不仅仅是为了向红线女女士表达我们对她的深深敬意，同时也把这个日子当成是我们粤剧艺术的一件大喜事来庆祝。因为我们欣喜地看到，地处祖国南大门，在邓小平同志建设有中国特色社会主义的伟大理论指引下的广州和广东全省的经济建设取得了突飞猛进的发展，在文化事业上有很大的投入，文艺创作十分繁荣；以粤剧艺术为代表的岭南戏剧也有了可喜的新发展，博得了大量新观众的热爱，在粤剧艺术的新发展中就有红线女的一份重要的贡献。红线女的艺术不只是她个人的精神财富，也是粤剧艺术的重要组成部分，是我们民族艺术的一颗绚丽的明珠。

在这大喜的日子里，在广州市委和市政府的大力支持下，红线女艺术中心正式成立。这是戏曲界值得祝贺的一件大事情。对于红线女的艺术，我们有责任把它系统地加以整理、总结，这是关系到粤剧艺术建设的十分重要的工作，红线女艺术中心的成立，必将为此做出很好的贡献。我们也希望广东戏剧界对于独具特色的粤剧发展经验，特别是对老一辈艺术家马师曾等先生长期在实践中创造的丰富而精美的艺术珍品继续加以研究和总结。让我们衷心祝愿红线女艺术永葆青春，祝愿粤剧艺术繁荣昌盛！

（原载《中国戏剧》1999年第一期。作者系著名人民音乐家，曾任文化部党组书记、代部长、中国文联主席）

红线女永垂不朽

王 蒙

我在文化部工作这个期间，红线女有几次到北京演出，其中我印象比较深的一个戏是《刁蛮公主》。《刁蛮公主》给我一个什么印象呢？我看红线女演刁蛮公主时已有六十岁了，但是她演起来仍然有一种如临天籁的感觉，有一种淘气的劲儿。她特别得意会演这个，哎哟，她刁蛮完了以后自己痛快，但其实她不是一个刁蛮的人，越不是刁蛮的人呢，她到舞台上就刁蛮一下，就可以把平常那些不能刁蛮的东西，刻画到舞台上去。我就觉得她不失青春，不失艺术青春的一种清纯。而且我想这是在改革开放后演这些东西，本来不应该有那些顾虑或其他什么的，比如说演这个《刁蛮公主》的成本，起码人家是不会在这个地方发愁的。其实红线女演得特别入戏，而且她乐在其中。对我来说，她算大姐，咱们这位大姐，不失其艺术的纯真和性格的活力。

再一个戏呢，是叫《白燕迎春》，这个我看了，而且我非常地佩服，不管在什么情况之下，不管这条道路是笔直的还是曲折的，她仍然保持着一种对新社会的歌颂。她为一出现代戏而献出热情，为演这个英雄模范先进人物而献出热情。新中国的道路不是一帆风顺的，演英雄模范的道路，也没有那么顺当，但是她还是保持住极大的热情在里边。

我1998年去参加红线女从艺60周年的活动，那次北京去的人还真不少，比如说她的好友王昆、周巍峙都去了，黄宗江也去了。我还记得黄宗江还发言了，讲他对红线女的崇拜、赞许……这次活动，给我的触动非常大。

在那里看了她在香港演出的两个电影，非常感动。我认为那时候她已经非常红了，是真正的明星啊，各方面都是前途无量的，蒸蒸日上的。而那时候新中国才刚建立，您说她图什么，非得回来不可？我觉得她是非常实干的，使我认识到红线女老师是一个理想主义者，她不是一般的明星、演员，我们还可以说得更高些，就是个艺术家。他们给人民带来了许多快乐，而且把艺术往前推进，但是红线女恰恰不满足于这些，她要求的是理想，她要求的是实现国家的富强、国家的发达，她希望自己成为历史的一个创造者，成为历史里边的一个角色，而不仅仅是屏幕上的一个角色。

　　如果仅从挣钱上说，那红线女在香港能挣多少钱啊！当然也许没有李嘉诚那么多，但以她当时的社会地位，起码比别人多。她在香港是这么红的角儿，你上哪找去？我觉得她选择的是和新中国的命运绑在一起，选择的是和新中国六亿五千万人民过一样的生活，共同建设中国的新文艺事业，她选择的是一种新的文艺生活。尽管这个新的文艺生活的道路并不是那么成熟，而且中间还磕磕绊绊，有时还出点邪招，可总的来说这是她一个重大的选择。

　　她回来时刚好三十，作为一个刚刚三十岁的女演员，她下定这个决心是决不可小看的。这和别人说"我要参加革命、我要干什么"不一样。我觉得红线女她这种理想主义精神、这种理想的情操，这种把自己交给九百六十万平方公里的土地，交给六亿五千万人民，绝不是开玩笑。三十而立呀，她不是一小孩，不是冲动，我认为她是经过缜密的前思后想，各种考量的。

　　总而言之，我觉得"红线女永垂不朽"。

　　（根据访谈录音整理。作者系我国当代著名作家、学者，文化部原部长、中国作家协会名誉主席）

在红线女追思会上的讲话

黎子流

　　首届广府人恳亲大会第一次在广州举行，海内外同胞共3000多人前来参加，海外占1700人。大会前两个月，受市委和组委会委托，我们约红老师饮茶，平常和她也有电话联系及交往，她最喜欢吃我们大良的蹦砂。所以我约了我的老伴、她及她孙子马俊一起在广州酒家饮茶、聊天。在这过程中，我专门向她叙述了这件事，目的是想请她出席这个大会，因为她已经89岁高龄了，并且如果能唱就唱一首《荔枝颂》。我说全世界人民都知道，大家都欢迎你。她欣然答允。因为她耳朵不好，她还拿出一个大而薄的笔记簿，逐样逐样问清楚，要我在她耳旁说，什么广府人，有多少人，海内海外各有多少人，她一笔一笔记录，很认真。她说："因为我记性不是很好，所以要记下来。"记下来后，她就欣然答允。我很高兴，就向市委说了，跟甘新部长也讲过，说红老师愿意答应出来参加最重要的广府文艺晚会。晚会是汇报广东文化艺术的，以粤剧粤曲为主，反映故乡情、中国情。所以，她就答允了。

　　11月2日前，接到蒙菁同志的电话，她告诉我，因为红老师腰不好，腰痛，走不了路，住进了广东省人民医院，我就专程去探望她。探望她时，在她床前跟她谈，因为我也是椎间盘突出，把我的经历告诉她，不用动手术，搞理疗，完全可以康复的。我受市委委托，把陈建华市长亲笔签名的邀请信交给她，说："你配合医生，争取恢复健康，争取参加这个大会。"当时让她保重身体最重要。她听到后说："我明天出院。"我说："听医生的话，明天不能出院。"她说："出了院只要我能站起来，我就一定参加这个大会。"她这种坚强的意志深深感动了我。不久，11月2日晚前，她亲笔写了一封信给我，我想简短读读原文，重温对红老师的怀念。

尊敬的黎老市长：

　　我现已卧床，欣闻今日开会是议关于欢迎世界居民光临一事，可惜我未能参加学习，致歉。如有可能的话，我能出席参加欢迎会，我争取能和远道而来的同胞讲几句心里话，唱一段《荔枝颂》，并送贵宾一点荔枝干，因当时已无新鲜荔枝了。可否？请支持我。

即时午夜

后来蒙菁同志把信转给了我。我觉得她太认真了，我亲笔写了几页纸回复给她，解释一点。很高兴她有这样的态度，这么珍惜、这么认真，但是最重要的是保重身体。并且解释了为什么不能送荔枝干，因为重要的文化礼物已经准备好了，3000多份，荔枝干要经过特别的处理和消毒才能带出国的，这个很困难。后来她很亲切地回复了我一封信说："有怪莫怪，细路仔唔识世界。"

她在11月13日上午8点半来到白云国际会议中心，参加世界广府人恳亲大会开幕，被评为"广府十杰"重点人物之一。经过表彰、座谈、简短的讲话，领导接见。9点30分，国内的领导人，广东省委、省政府、省政协、省人大等常委领导，广州市领导都来了，合影后开大会。大会开完后，她很高兴。晚上她参加演出，第一个表演的就是她，她讲了非常让人感动的话，她高兴到流眼泪。她一站在台前，令台下所有同胞观众、广府人代表感动得流眼泪，最后她唱的《荔枝颂》是近十年来唱得最好的，精神抖擞、声音极美。我觉她是怀着祖国情、粤剧情、乡情这样唱的，所以她唱完后，大家鼓掌不绝，而且赞颂不绝。大家都说想不到红老师80多岁唱得这么好，令他们惊奇。

12月8日晚，我当晚在湛江吴川粤剧节，10点接到信息说红老师走了。当然，人总是要死的，但是她走得太突然。距广府人大会结束才25天，最后我见她两次，一次是在粤剧学校78届学生聚会，在中山纪念堂；一次是广州粤剧院成立60周年庆贺晚会上看到她。11月30日，时间相隔8天。她走得太突然，令人难以接受。所以我内心很悲痛，因为我认识她几十年，想不到已经成为最后"大抒一曲《荔枝颂》，精神永远留人间"。我觉得，只能将哀思变为力量，要把我们粤剧照她这种精神，追求、执着、坚定、爱国，真正将艺术交给人民，人民会吸取力量来推动我们粤剧艺术，让粤剧艺术能够继承、创新、发展，红老师是永不停步、永不保守的。我们应该向这种精神学习，化悲痛为力量，把我们粤剧搞得更好，让粤剧立足广东、走向全国、面向世界，继续与时俱进，这是我自己的心愿，我相信这也是大家的心愿。

（摘自《怀念艺术大师红线女》，花城出版社2016年版，第19—21页。本文作者系广州市原市长、广州振兴粤剧基金会会长）

诗赠红线女

田 汉

看《搜书院》赠红线女（外一首）

五羊城看搜书院，故事来从五指山。

暗把风筝寄飘泊，不因铁甲屈贞娴。

歌倾南国刘三妹，舞妙唐宫谢阿蛮。

争及摩登红线女，佳章一出动人寰。

菩萨蛮（送《关汉卿》赴朝）

马红妙技真奇绝，恼人一曲双飞蝶！

顾曲尽周郎，周郎也断肠。

卢沟波浪咽，似送南行客。

何必惜分襟？千秋共此心。

（摘自《论红线女舞台艺术》，奥林匹克出版社1996年版，第4页。
作者系著名剧作家、戏曲作家、小说家、词作家、诗人和文艺活动家）

散论红线女的艺术表演

李 凌

红线女的最大成就和特色

一，在于她肯于深入研究和分析她所表演的角色的时代背景、社会地位、人物的思想和性格，准确地掌握人物的特性和风貌。

二，她在声音上，虽得天独厚，但肯下苦功，辛勤锻炼。能向各派的优秀传统学习，也热衷对新的唱法钻研，博取众长，独树一格。

三，她拥有优异的音质和丰富的音色，又能融情歌唱，并善于通过歌唱中的力度、速度和语法上的变化，特别是音色上的变化，来表现人物的遭遇和情思，同时能运用抑、扬、顿、挫的表现手法，使人物的声音个性化、典型化。

她的表演，在歌唱上造诣特高，音乐形象异常鲜明，人们可以离开她的舞台形象而单听她的歌音，也能具体地体会到她所表演的人物的具体心思、个性和风度，被她的艺术所融化。这是很不容易的，只有卓越的演员，才能创造出这美妙的境界。

她为使自己的歌音能惟妙惟肖地体现出每个具体人物的情思和性格，反复探索适当的唱腔，改造各种类型的唱调、语句，甚至自己写作或请人创作小曲，来刻画这些人物的品格和性情。如蔡文姬、朱帝秀等某些曲腔，不知费了多少心血。这在她的艺术创造中，是最使她操心的，为追求更完美、更高的形象，她永无止境地探索着。红线女在艺术实践中的经验和品格，是值得我们的后辈珍视和发扬的。

"红腔"的艺术魅力在哪里?

看了红线女在《关汉卿》一剧中的音乐创造,引起我许多感想。

她在歌唱艺术上的造诣,达到了相当高度,可以说是把粤剧声乐艺术水平推向一个新的高度。而她却还不断兢兢业业地进行磨练、探索,决心取得更高的成就。

许多人都知道,红腔"歌音圆润",有"龙头凤尾"(即真假嗓音结合得很好)之称,这只是说红线女的歌喉得天独厚,天赋很好而已,还没有接触到她那歌唱艺术最可贵的本质。

红线女的歌音自然很好,但是,在《关汉卿》剧中的《凉州词》《蝶双飞》以及最后一幕的《沉醉东风》中,她的歌声所以使得所有的观众,好像被一种不可抗拒的魅力所摄住,使人"竟夕意难平",绝不是单纯依靠声音的嘹亮所能达到的。

她在《蝶双飞》一曲中,沉迷得这样深,她推开一切常有的不必要的戏曲程式的约束,直截了当地投入感情的深处,唱到"俺与你,发不同青心同热,生不同床死同穴"处真是完全投入深沉的忧伤之中了。此时此刻,朱帘秀(红线女扮演的角色)的心怀有着多少悲愁、愤恨,在红线女的歌声里就蕴藏着这样复杂的感情。

红线女的艺术分析力是很强的,我们有几位独唱演员,曾经听过她在《打神告庙》中的歌唱,觉得她的歌唱的层次安排那么分明得体,意境的创造那么深刻,对歌曲内容、感情的分析,解释那么细致,是很少人能做得到的。听过她唱《昭君出塞》的人,恐怕也会同意这种论断。在《蝶双飞》的演唱中这种分析力表现得异常突出,每句词意,每段的情绪,都琢磨得比较透彻、深刻,她的歌声包含着柔情、悲切、感激、愤慨、犹豫、果断,感情越来越强烈,即使不看她在台上的表情动作,只听她的歌声,而她所刻画的心情也一样感动听众的心怀。

有了声音,有了真情,有了艺术分析力,如果选曲不恰当,有时也影响到歌唱的魅力。应该说,红线女在选曲上是很讲究的,并且带有革新的精神。粤剧中有许多唱腔,自然也能很好表现每首曲子的内容,像她的《昭君出塞》,就多半是选【乙反二簧】、【乙反中板】、【二流】等原有唱腔（但已有改革）；她唱的小曲，像《子规啼》《塞外吟》等，也多是原有小曲或从旧曲中切取一段；而《关汉卿》中的几首标题曲，特别是《蝶双飞》则偏重于沿着广东小曲与唱腔的风格特点发展出来的新曲，有点像西洋歌剧中的咏叹调，这些能独立的曲腔，初步做到了"曲随情变"，听起来亲切而新鲜。

红线女的声乐技巧相当到家，音域很广，运用自如，这也是刻苦锻炼的结果。

红线女和她的继承者

说到粤剧女歌者发展成为有深度而又有创造性，把粤剧女声声乐艺术提到一个新的高度，应该说是从红线女开始的。

人们常说，红线女是得天独厚，刻苦努力，肯动心思，并善于旁收博取，集前人经验于一身的艺术精湛的歌者，在粤剧女声中，成为承先启后的"一代艺人"，影响国内外，在我国民族声乐艺术上独树一帜，并占有重要的位置。

我记得在五十年代后期，红线女随粤剧院来京演出，有一次，陈毅同志听了她的朱帘秀和《昭君出塞》后对我说："我对川戏是迷恋的，也喜听京、昆，但对广东戏是陌生的，听了红线女的歌唱，她的确是一个出色的人才，我是赞服的。"陈毅同志对戏曲歌唱艺术有着极高的鉴别力，得到他的赞许是很不容易的。

总的来说，红线女的艺术是炉火纯青，功力扎实，又富有创造性，即使如今已到了五六十岁的年龄，她的演唱依然不减当年。她在几十年中从事粤剧女声歌唱所达到的境界，是前人所未曾达到的，这位"一代歌手"是我国戏剧界声称的杰出人才。从这一角度来要求和衡量后进的演员，特别是经过十年动乱的破坏以后，就会感到接班的人才不易。

环顾粤剧女声演员中，中青年歌者，接近于红线女这样造就的，能有多少呢？我曾把这个问题征询粤剧前辈，大家都感到着急和遗憾。目前，稍微有条件的中年演员，大概要推红虹和林锦屏这两位了，但其成熟的程度，还是有一定的距离的。无疑这两三年来，省、市粤剧团都涌现一些新秀，声音不坏，功力也不错，但也需要她们把自己的思想、精力全部投入粤剧艺术之中，不怕辛苦地努力追求，才能逐步达到佳境。

（摘自《论红线女舞台艺术》，奥林匹克出版社1996年版，第21—38页。本文作者系著名音乐评论家，曾任中央音乐学院副教务主任、中央歌舞团副团长等职）

红线女永远年轻

于是之

为了筹备拍摄一部电影，把我调到上海，住在上海电影厂招待所。一天早上，同志们都不在，来了两位客人。男的上了些年纪，女的看上去才不过二十，服饰都不算讲究，但很得体。女子很美，很淡雅。我们说了些什么，现在都不记得了。只记得那时我和同志们描述起刚才见到的那两位客人时，人们都说我是"有眼不识泰山"。原来，那位年近花甲的先生就是大名鼎鼎的粤剧演员马师曾；而那位女士，则是在20世纪40年代以来就在两广、港澳和东南亚一带极有影响的粤剧演员红线女。啊，真是失敬了。此后，关于红线女，几位南方的同志，还给我介绍了许多，许多……

听说红线女是在1955年从香港回到广州，回到刚刚开始建设的新中国。她所以毅然放弃了那里优越的条件，是因为她感到在这里不再被人看不起，腰挺直了，是"真正的人"，是"国家的公民"了，她要用她精湛的艺术为人民服务。在人们的介绍中，以及后来看到的种种材料，我对我的这位"同行"、同为"演员"这一行的她，很钦佩。

她经得多，见得广，会的戏多，演出实践多。这对一个演员来说，是极宝贵的财富。据说，在抗战期间及抗战胜利后的一段时间，他们的剧团在内地演出，"几乎是天天换演新戏"，"一年内演出的戏往往逾百部之多"。她不仅演粤剧，还拍电影。只是1950年至1955年，就拍摄过六十多部粤语影片。一个演员只有在实践中，才能积累更丰富的经验，博中方能求精。演出多也意味着和观众的关系密切，看来是我们热心为观众服务，其实，也是观众培养了演员。观众告诉我们什么是优秀的、应发扬的，什么是值得注意的。只有不断地与那些可爱的"鉴赏家"在一起，才会使自己的艺术更臻完善。

我佩服她那种勇于革新、不断学习、锐意进取的精神。不记得是哪年开"人大"时，红线女曾带来一盒她演出的《李香君》的录像带，在北京饭店代表的驻地，请大家看并征求意见。在座的不少是北方人，其实粤语并不都懂，然而她的艺术魅力，却深深感染了观众。大家被她那细腻的表演，真切的感情，优美圆润、跌宕多姿的唱腔所吸引，只觉韵味十足，仿佛此刻又什么都听懂了，人们陶醉了。一曲歌罢，仍觉余音袅袅。我这才真正领略了一直被人们称道的"龙头凤尾""独树一帜"的"女腔"。果然不凡！没有深厚的功力，那是绝对达不到的。

红线女的勤奋好学，也是出了名的。姊妹艺术，她几乎是无所不学，除了认真继承前辈粤剧名旦的特长外，更吸收了京剧、昆曲、各地方剧种以及曲艺、歌剧的精华；她还研究西洋的发声法、观摩话剧的表演；为了加强艺术修养，她学习了古今中外的文学名著……总之，她不放过任何的学习机会以充实自己，真正是博采众长。这才能是常演常新，屡演不衰。在1980年，当她再次去新加坡演出时，那里的老知音发出"红线女到底是红线女"的赞扬。报刊评说她的表演："一双眼睛，像会说话的嘴巴"，"独具一格的'女腔'，似乎比以前来得更厚更圆更感人"。称赞她的艺术才华、艺术魅力，"阔别20年，有增无减"。

红线女好像和我是同年生人，我嫉妒那时光为什么对她如此厚爱，而对我却这样无情。今年她来我家看我，当年上海谋面的影子依稀可见。人们赞她"宝刀不老"，我说她是"永远年轻"。

（摘自《论红线女舞台艺术》，奥林匹克出版社1996年版，第75—76页。本文作者系中国话剧代表人物，曾成功塑造一系列经典的舞台艺术形象）

红线女·红派·红腔

郭汉城

　　四十年前，我看过红线女的《搜书院》，后来这出戏拍成戏曲艺术片，我又看了一次。那时给我的感觉，丫环翠莲是个妙龄少女，演员似乎也是个妙龄女子，但从演技看，这是个相当成熟的演员。六十年代，我又看了红线女与马师曾联合主演的《关汉卿》，应该说这出戏的主角是关汉卿，而红线女饰演的朱帘秀很有光彩，又不抢戏，起到了烘云托月的作用，一曲《蝶双飞》唱得回肠荡气，让人久久不忘，成了生、旦并重的双主角戏。粉碎"四人帮"以后，经过"文革"磨难的红线女又进京，演出了《昭君出塞》《昭君公主》《刁蛮公主》等戏，其中还有现代戏《白燕迎春》。"红线女独唱音乐会"创造了一个奇迹，她一人支撑起一台两个多小时的晚会，一次又一次出场，根据不同的曲目，还要抢着换装，几乎是喘口气的时间都没有。她似乎是忘记了自己的年龄，观众也忘了演员的年龄，在这一刻年龄完完全全被淡化了。她是那么光彩照人，洋溢青春的气息。

　　经历了岁月的风霜雪雨，走过了坎坎坷坷的生活之路和艺术之路，红线女依然活跃在舞台上，她依旧年轻，只是艺术上显得更成熟，更老练，更自由，也更加得心应手，这其中的奥妙何在呢？有人说红线女会保养，留住了青春。从我和她的接触中，我感到是艺术理想支撑着她的精神大厦，是对艺术孜孜不倦的追求，使她忘记了疲惫。她真是视戏如命，粤剧是她生命组成中的重要部分。红线女的身体并不好，常常生病，有人告诉我，她白天还躺在医院里打吊针，那样子是很虚弱的，谁也不相信她在晚上能够登台演戏。可到了台上，白天躺在病床上的红线女已是踪影皆无，出现在观众面前的是个神采奕奕、精神充沛的红线女。这成了不可思议的事。人总是要有一点精神的，我想正是这一点精神支撑着红线女创造出一个个奇迹，让人惊叹，让人叫绝，让人赞佩。

红线女创造了"红腔""红派"。"红派""红腔"是如何诞生的呢？中国的戏曲流派艺术甚是发达，但不是每一个好演员都能创造流派的，有的名演员可以称之为表演艺术家，但不一定能够独创流派。可以称之为"一派"需要一定的条件，最起码的是艺术上有独特独到之处，有自己的代表剧目，为观众认可，有继承、师法者。梅兰芳、尚小云、荀慧生、程砚秋被称为"中国四大名旦"，他们各成一派，是经过了岁月的淘洗、观众的筛选后诞生的，在流派诞生的过程之中走过曲曲折折的创作之路，创作了传之于后世的代表剧目，从这些代表剧目中观众可以领略到流派艺术的特色。如果用这样一些标准来衡量红线女的表演艺术，"红派"是当之无愧的。先说观众的认可，粤剧是广东、广西、海南等地的地方剧种，红线女在南国拥有大批的观众不足为奇，在香港、东南亚一带有"红迷"也不足为怪，让人称奇的是在中国的北方，在美国，很多人都知道"红线女"这个名字，特别是在一些青年之中，知道红线女的人不少，很多人认识广东粤剧是始自红线女，喜爱粤剧也是始自红线女。红线女的观众面很广，有知识分子，有一般的工人、农民、市民，还有旅居于世界各地的华侨及外籍华人，他们是"红派"赖以生存、发展的土壤。

从红线女的代表剧目中，我们能感受到"红派""红腔"的艺术特色，特别是"红腔"。我听到不少粤剧演员反映"红派""红腔"难学难唱，这种感觉有一定道理。看红线女的戏，不管是哭哭啼啼的王昭君，还是自愿请行、笑嘻嘻的王昭君，虽然人物心境完全不同，但一听唱，就知道这是"红腔"。那如行云流水般的顺畅，似高天闲云般的舒展，像七彩云霞般的美妙……都是为塑造人物服务的，表现了人物感情之变化，观众感受到的是艺术之美，为之动情，与人物同哭，同笑，为之心醉。"红腔"确有自己的风格。红线女十三岁师从舅母何芙莲学艺，成名较早。抗日战争时期，与粤剧名演员、马派创始人马师曾合作，在广东、广西一带演出。马师曾是位粤剧革新家，颇有艺术成就，比马师曾小二十五岁的红线女与之合作，红线女的唱、做、念、舞能得到观众的认可，是很不容易的。红线女的革新精神在一定程度上是受到了马师曾的影响。她与马师曾合作时间较长，红线女的代表剧目《苦凤莺怜》《搜书院》《关汉卿》等亦是马师曾的代表剧目，红线女与马师曾分别饰演男女主角，达到了珠联璧合的程度。对红线女来说，每一次创作都是一次挑战，稍有不慎，就会失衡。马师曾独创"乞儿喉"，半唱半白，如说似唱，顿挫分明，邈远悠扬，是很有味的。红线女的唱腔则多变调，她擅长于吸收借鉴，从地方戏、曲艺乃至西洋歌剧中吸收，幻化成"红腔"，与马派的独特演唱媲美。她能不用过门，以装饰滑音过渡，不着痕迹，使人耳目一新。她的唱中花腔、小腔较多，因此有人称她是粤剧中的"花腔女高音"，她的花腔确实是很漂亮，很动听，但她又是很"吝啬"的，并不以自己独有的花腔取悦于观众，而是根据人物情感的需要，当用则用，不当用则不用。粤语多闭口音、喉音和鼻音，红线女研究粤语发音的规律，研究粤剧的传统唱腔，寻找适合于粤剧又适合于自己的演唱方法、演唱技巧，在香港时她请声乐老师教她唱歌，感到收获很大。红线女敢于用唱歌的声音唱粤剧，又不失粤剧的风味，原因是吸收了它有用的部分，并不是完全照搬。她排粤剧《蝴蝶夫人》，反反复复地听歌剧唱片，她发现西洋唱法并不把嗓音完全放开，而是有所控制，于是她拿了过来，把"一年又一年，燕子都到了，我的丈夫还没回来……"改写成粤剧的词，把歌剧的唱法，放在粤剧之中，感情得到了很好的表达，她唱得又很舒服。很多人惊讶，红线女的歌唱归韵清正，即使是遇到归入鼻腔的闭口音，她也能唱得跌宕有致，余音袅袅，因此红线女的唱有"龙头凤尾"之称，引得不少人效仿，"红腔"成了当代粤坛上流传最广的一个流派。"红腔"确实是奥妙无穷。

　　"红腔"的风格特色不是三言两语可以说得清楚的，这其中的奥妙也是难以一言以蔽之，但有一点却是十分明了的，那就是为了"红腔"，红线女付出的是毕生的心血，她时时刻刻在寻觅，在"悟"。这种寻觅，不是为了标新立异，不是为了与马师曾"乞儿腔"媲美，也不是为了独创一家一派，而是源于对人物的塑造，情感表达的需要。旧有的传统已不够用了，新的时代需要新的艺术美，红线女的表演艺术是随着时代的步伐而前进的，是为一个时代的观众所欣赏的，"红腔"的诞生是时代的必然。

红线女在粤剧舞台上塑造了两个昭君形象，不管是哭哭啼啼的王昭君，还是自愿请行下嫁的王昭君，都与传统戏中的昭君形象有很大的不同。传统戏剧中的《昭君出塞》写的是一个恋家恋国、重"气节"、难舍帝王恩爱的汉宫佳丽，红线女的两个昭君，不管是《出塞》中的昭君还是《昭君公主》中的昭君，都是民族友好的使者，与匈奴单于相见后，渐渐地理解了一个民族，对单于也是由理解而后产生爱慕，与传统戏剧中跳水或是跳崖而亡的美人从思想境界、心理心态到性格上拉开了距离，难得的是红线女竟然能用同一粤剧板式，同一旋律唱出同一人物的两种不同心绪。同一个【乙反二簧】，在《出塞》中有"一回头处一心伤"一段，在《昭君公主》中有"遍地杜鹃花，群山错落青天外"一段，同是王昭君，同是在和番北去的路途之中，因为一个是被迫和番，一个是把和番视为逃离"后宫白发人"的惨剧，从人物需要出发，红线女把前一段唱得悲凉、沉重、伤感，后一段则是从容、恬静，于平和之中显示出人物的思索与喟叹。同一板式，通过演员的处理，唱出不同的情绪，这表现了一个成熟的演员驾驭音乐的能力。红线女的体会是："旋律本来是没有生命的，重要的是演员能够驾驭旋律。"红线女是深懂旋律之奥妙的。一般演员是按音乐设计者的设计演唱，好的演员能够唱出情，富于创作力的演员能够根据音乐设计者的设计小做改动，以适应自己的嗓音等自然条件，更好地传达出人物的思想情感，红线女则是在使用旋律、驾驭旋律的同时，赋予旋律生命。这就构成了"红腔"注重内容，从人物出发，主观能动地运用曲牌、板式，使之成为塑造形象的重要手段。重要的是"主观能动"。

同是【南音】，出现在《香君守楼》与《昭君公主·出塞》中效果就大不一样。《香君守楼》中的"望断盈盈秋水"表现的是李香君在侯方域被迫出走、李贞丽代嫁后独守空楼的凄清冷寂，有无奈，有感伤，有忧愤；王昭君的《塞上行》之"走过了离离青草"一段，表现的是一个中原女子来到漠北的诸多感触，面对大漠黄沙，面对一望无际的大草原，她有惊，有惧，有喜，有忧，有对故国家园的思念，有对乡亲父母的思念……同一【南音】，出现在不同的剧目中，红线女唱的韵味却大不相同，观众的感触也自是不同。原因是红线女对曲牌进行了大胆的改造。原有的【南音】提供了一个很好的音乐基础，但它承载不了那么复杂、深沉、厚重又很含蓄的情感。她的改造是很大胆的，但又不是蛮干，她是在清醒的、理智的分析和认识的基础上进行改革。红线女说："前人创造了板式、声腔、曲牌，那是前人根据内容和人物的需要创造出来的，后人仅仅是使用，跟着前人走，那就很不够了。一般的创作者根据内容选择形式，对于已经形成并为观众认可的曲牌就不大动了，这是没错的，但我们后人为什么不能根据我们创作的新戏、新人进行一些必要的改造呢？不是让内容去迁就形式，而是改造形式使它更好地担负起反映新内容、新人物的任务。"红线女的这种改造、改革是符合艺术发展规律的。板式、曲牌等音乐形式一经形成后就具有了"稳定性"，后人不断地使用，观众也就熟悉了，形成了一个创作规律——形式的稳定性与内容的可变性，长此以往，难免产生"陈陈相因"现象，甚至是内容迁就形式。红线女看到了形式的稳定是相对的这一面，于是她触动了这一"稳定性"。她的这一"触动"是慎重的，是有理由有分寸的，不是推倒重来，而是尊重传统，不脱离传统，又赋予传统形式以新的生命，因此红线女的改革也好，称之为改良也可以，视为创作也无不可，总而言之，她取得了成功。她的演唱能给观众以新鲜感，又不失粤剧的风韵。古之大家，有能有识者，大抵都是敢于破除前人窠臼，自成家法。我想红线女是得到古之大家的精髓的，也可能开始她是无意识，是在实践之中摸索而得，但与古之大家所为一脉相通，她对前人之增删是得当的，艺术效果也是好的。红线女当是有胆有识有能之人，因此"红腔"是自成家法的。有人说"红腔"无定，从表面看，"红腔"确实是富于变化，奥妙无穷，使后学者感到困难的是摸不准，抓不住。如果真正掌握了"红腔"的创作规律，也就是"红腔"的家法，变与不变的辩证法则，着眼于人物，着眼于剧目，与当代人的审美情趣接轨，"红派""红腔"是可以掌握的。

"红派"的艺术风格是鲜明的。看"红派"戏，我有一种感觉——

极新，却又极熟；极奇，却又极稳；雅不伤俗，俗不失雅；初听，有新奇之感，悦耳、动听，但不失粤剧传统格局，有些唱段甚至是很传统的，难怪新观众喜欢"红派"，老观众也喜欢"红派"，不似有的所谓创新，新得没谱，奇得没边，随心所欲，主观随意性太强，没了章法。红线女所以能够自创流派，其中有一点就是对极不易把握的创作分寸她把握得极好。创新需要学习、借鉴、吸收，学习、借鉴并不十分困难，难就难在一个吸收，也就是"化"的功夫，化作自身肌肤，全然不见焊接的疤痕，达到和谐统一的高度。红线女的吸收可以说是极杂的，从东方艺术到西方艺术，从民间的"下里巴人"艺术到红氍毹上的"阳春白雪"，但她做到了一般人难以做到的杂多之中的统一，杂多之中的和谐，各种各样的因素在她那里都能化作粤剧因素，这是一个艺术家成熟的标志。程砚秋曾经说过，即使是唱歌曲，他也能唱出程派的味儿来。程砚秋不会在吸收之中失落了程派自我，红线女亦是如此。红线女在艺术上是很谦虚的，她虚怀若谷，向一切人、一切艺术学习；她在艺术上又是很"固执"的，她不趋时，不媚俗，不去赶时髦，迷失方向，失落了自我。她始终坚持在粤剧这艺术的土壤之上耕耘，虽然她在香港演过了不少电影，她也很喜欢电影艺术，但一九五六年回大陆后，陶铸希望她以演粤剧为主，每年可以拍一部电影，从此她除了拍摄粤剧艺术片之外，就是在舞台上演出粤剧。各种各样的艺术爱好，使她眼界大开，多方面的艺术修养，造就了她的艺术鉴赏力，这一切化作了红线女艺术创作的营养。博与大，精与深，是造就"红派"的两块基石。

一个艺术流派的诞生与其创始人的生活经历、艺术爱好、审美情趣、精神世界，乃至性格等有极大的关系。红线女生于一个殷实的小商人之家，母亲吃苦耐劳，一大家人的饭菜都由母亲一人来煮，她一天忙到晚，家庭地位却很低。幼小的红线女对母亲充满同情，这形成了她对妇女命运特别关注，对于下层的劳动妇女尤为关心的特点。她塑造了不少社会地位低下的女性形象。如《关汉卿》中的朱帘秀，身为歌妓却很有些丈夫气概，她敢作敢为，充满正义感，一曲《蝶双飞》表现了一个出身"低贱"女子的凛凛正气，那荡气回肠的唱，不仅仅是音色音质之美、技术技巧之高超所造成，更重要的是对人物思想境界的深层展示；

"将碧血写忠烈，化厉鬼除逆贼，这血儿啊化作长江扬子浪千叠，长与英雄共魂魄……"红线女对田汉这段词推崇备至，她提出重新作曲，原词一字不动。她反对迁就粤剧音乐改写唱词的做法，打破了一般创作的常规，这种变革是很需要一点胆识的，也不是所有的人都能接受的。谦虚的红线女这时显得"固执"而"任性"起来，她有点"不管不顾，一意孤行"了，结果是一段流传甚广、脍炙人口的精彩唱段诞生了，虽然也有人以为粤剧味不够浓，但却为广大观众所喜爱。《关汉卿》成了红线女的代表作，《蝶双飞》成了"红腔"的经典唱段。当初创作《蝶双飞》的"任性""固执"逐渐为大家所理解，那是"自信"与"执着"的另一表现形式。

红线女是个弱女子，她的妈妈也是个弱女子，她渐渐发现，弱女子，特别是中国的弱女子，在柔弱的外表下却包裹着一颗坚强不屈的心，她们善解人意，极富同情心，虽然自己的处境不佳，却乐于助人。在《打神告庙》之中她塑造了焦桂英的形象。近年来戏剧舞台上出现了不少精彩的《打神告庙》，红线女塑造的焦桂英却有些与众不同之处，她以唱为主，着重展现焦氏的善良，从焦桂英到海神庙烧香，祈祷海神爷保佑王郎平安始，到接书信，始知王魁变心，遗弃了自己，这时红线女饰演的焦桂英表现出的是惊与疑，她不相信王魁会写休书，她不相信王魁会变心……把一好心的女子在铁的事实面前仍以一片善良看待对方，乃至心存希望，要挽回这一事实的情怀表现得很清楚，于是她哭诉，求助于海神爷："跪对海神哀叫，跪对海神哭表……"焦桂英回忆往事，那是幸福而甜蜜的，她和王魁曾在海神爷面前盟誓，海神是他们恩爱相依的见证人……往事的叙述，表现了一个烟花女子的美好与善良，她付出的实在是太多太多了，这不仅仅是用身体、血泪换来的银两帮助那个贫病的王魁，使他免死于风雪之中，也不仅仅是羹汤侍奉、红袖添香深夜伴读，助他步入青云，更重要的是她的一片真情使得两个沦落于逆境之中的人萌生了希望……泥塑木雕的海神爷无动于衷，这引起了她的愤怒："骂一声海神爷装聋作哑……"她骂，她打，打过之后又去哀求……把一个弱女子的哀告无门、孤苦无助、希望破灭、心灵破碎乃至于失态表现得非常强烈突出。她在《打神告庙》中的表演可以说是怒不失柔，骂不失美，打不失弱，在这里她不强调人物的复仇心理，着重表现焦桂英的爱，一种很深、很真、很痴的爱，爱到不知指责，不懂报复，哭过、诉过、打过神、求过神后，她变得清醒了，知道自己已是无路可走，唯有"死"于她是一条"生路"，于是她悲哀地道出："王魁，不能与你同生共寝……生前没法找到王魁，死也要和他辩是非。"应该说这个焦桂英更为真实，她可爱亦可怜，可叹亦可悲，虽有一颗能够忍受苦难、坚贞不屈的心，但到处都是不平，以强凌弱，以大压小的社会，她是无法抗争，也无从抗争的，没有一个人能为她这个烟花女子做主，去惩恶扬善，因此批判的矛头不仅仅指向王魁个人的品格，更重要的是她控诉了一个社会，一个时代，发出的是弱者的呐喊之声。从表面上看，红线女的《打神告庙》不那么火爆过瘾，但细细思来，却是很有味道的。为弱女子画像，为弱女子呐喊，为弱女子鸣不平是红线女的创作初衷，因此她塑造了一个弱、悲、美的焦桂英，她说过："我是很喜欢焦桂英这个人物的！"在众多的焦桂英中，红线女的焦桂英是别具一格的，体现了她对人物的理解和对美的追求。

从表面看很文气的红线女，骨子里是很顽皮的，从小父亲就叫她"马骝仔"，意思是像猴子一样顽皮的孩子，她聪明智慧，因此对一些充满机趣、智慧的戏她是极其喜欢的。红线女擅长演正剧、悲剧，对喜剧她又是情有独钟，这就构成红线女表演风格的多样性。在《苦凤莺怜》中，她又塑造了另一类型的妓女形象。被欺压、被达官贵人视为玩物的妓女也是有人格、有尊严的，她们有自己独特的反抗方式，以表达自己的不满、不平。崔莺娘的嬉笑怒骂、擅于调侃是很有典型意义的，其中一段广东音乐小曲《平湖秋月》很有名："很平常，哼哼唱唱大众开心，你别忙……"把一个开朗热情、玩世不恭、视权贵如粪土的风尘女子独有的风采勾勒得十分清晰，与她塑造的另一妓女形象李香君迥然不同。正气凛然、洁身自好、名节自重则是她塑造的又一类型的被压迫妇女的形象。红线女塑造了十几个沦落风尘的女子形象，她们的出身经历不同，生存环境不同，气质性格也不同，因此行为方式，语言方式也自是不同，这诸多的不同，构成了表演的不同。试想没有多方面的艺术修养，没有对人物的深刻理解认识，没有丰富的表演表现手段的把握，如何能做到一人千面呢？唯有"弱水三千，只取其中一瓢"，创作才能做到如此游刃有余。

作为一个艺术流派，还有一个不可忽视的条件，那就是要有流派传人。红线女的学生不少，其中成就显著者不少，但似乎没有一个学生是真正磕头拜师的。在粤剧界颇负盛名的倪惠英说："我没拜红老师，可我是她的学生，她教我很认真，我向她请教，她讲得很细很透，绝没有留点什么不传授。对于我的创作，她很关心，也很支持。我感觉这样好处不少，我可以向红老师学习，也可以向其他的粤剧前辈学习，老师们都乐于教我。红老师是很大度的，她也认为这么做是好的，她反对打着红线女学生的招牌，一字一句都像她，以模仿替代了创作，她希望她的学生不要亦步亦趋，个个是小红线女，而是要不断地创作，超越前人。红老师公开说希望她的学生超过她，创造新的粤剧流派……正是因为红老师不保守，我才能既向她学习，吸收运用'红派''红腔'，又不受流派的限制、约束。"

在红线女的弟子中不仅仅是旦角一个行当，其他行当中也有她的学生，"小武"行当中的欧凯明就是其中成绩卓著者之一。欧凯明的自然条件很好，气质、扮相、嗓音都不错，他的《武松大闹狮子楼》《罗成写书》，论唱、论打都算得上精彩，红线女为他加工时着重抠人物，要求他唱出情，打出性格，演出情境来，这实际上是形象创作方法的传授。红线女与他同台演出，用自己的表演激情刺激他，与他进行交流，这是给欧凯明上的"表演交流课"。红线女还为他选择适合于他演出的剧目，《赤壁周郎》《武松》等，并让他介入剧本、导演、音乐各个部门的创作，参与创作的过程就是演员投入角色的创作过程，不是被动地演戏，一招一式都靠导演，一字一腔都依赖音乐设计。了解了红线女，我们就很容易看明白这其中用心之良苦，她是把一个有前途的青年演员引上一条宽广的创作之路，她曾经是在这条路上摸索着走过来的，如今她又默默无言地做着"人梯""铺路石"的工作，把她的成功经验传给后人，希望他们少走一些弯路，少一分"摸索"的艰难，留下更多的精力攀登新的高度，使粤剧随着时代前进的步伐而前进。欧凯明是个有灵气的演员，他懂得举一反三，知道学习"红派"应从创作方法入手，他探索"红派"的精髓和红线女创造"红派"的艺术原则。他说："红老师创造了'红派'艺术，她是吃了很多人吃不起的苦，想了许多人没有想的艺术创作中的问题，她几乎是没有娱乐生活，不打扑克，不搓麻将，整个身心都扑在粤剧上，扑在我们小红豆粤剧团上，我明白学习红老师首先要学习她的精神，学习她为了艺术能吃大苦的劲头。一次演出《武松大闹狮子楼》，我一个翻扑失误受了伤，脚上疼痛难忍，怎么办？停下来不演？想想红老师一个女人能吃那么大的苦，这是为艺术！我一个堂堂男子汉哪儿忍不得这么一点疼痛？我什么话也没说，坚持把一出戏演完，下装脱靴子时，才知道是脚趾受伤，大脚趾的指甲掀起来了，靴子里满是血……红老师平时对我们要求很严格，甚至有些严厉，有些人有些怕她，这时我发现她是那么急，仿佛是自己受了伤一般，我感到这种爱像是母亲的爱……"

红线女在粤剧不景气的状况下创办了"小红豆粤剧团"，把一批有为的青年演员吸收到粤剧中来。她为当家花旦苏春梅说戏，教身段，说唱腔，练眼神……费了很多心血，使一个二十多岁的姑娘挑起了大梁。张雄平学的是马派，他已无缘得到马师曾的亲授，红线女与马师曾多年同台，他们共同创造了粤剧辉煌的一页，她对马师曾的表演艺术知之甚多，她给这个青年演员讲马派艺术的精妙，甚至反串马师曾的戏为张雄平作示范，使张雄平成了为观众承认的马师曾第三代传人。小红豆中的每一个演员，几乎人人能说一段故事，讲述他们是如何学习"红派"的，小新马学的是新马师曾的唱腔，红线女曾经亲自为他配戏，给他讲学习流派要不囿于流派、每个人都能创造流派的道理，重要的是找到适合于自身特点发挥的途径，形成个人的表演风格。

有的人创流派的意识很强，处处强调自我的表演特色，忘记了剧目，忘记了人物，结果并未形成一派。红线女无心创"红派"，她老老实实地演戏，认认真真地继承，她从人物出发，从粤剧剧种出发，从时代出发，从观众新的审美要求出发，她感到了传统的不足之处，或是难以表现新的内容、新的人物，或是形式、节奏与当代观众产生了距离感，于是她做了一个演员该做的增、删、修补、创新等一系列工作。为了粤剧的发展，她又在和小红豆粤剧团的青年人一起进行艺术创造，这使她跨出了"超越行当"这一步，把"红派"艺术创作所遵循的规律授予更多演员，不仅仅是与她同唱旦角行当的演员。红线女以她艺术大家的胸襟把流派的意义拓宽了，为流派注入了新的内涵，"红派"成了一个大写的流派，不仅仅是"红腔"，也不仅仅是红线女的表演艺术、风格特色、代表剧目所能囊括的，更为重要的是"红派"所遵循的创作规律、创作方法和"红派"不拘一格的创新精神。

红线女说："我不是只演我的红派，只唱我的红腔。"这说明她仍在寻求，仍在发现，仍在探索。她很爱小红豆粤剧团，虽然她对年轻人要求很高，很严格，有时近似苛刻，青年们理解这是一种严师之爱。对于"小红豆"她既是严师又是慈母，真是心系红豆。一九九六年初，正是她百事缠身、最忙最累之时，她在北京进行着一项有意义的工程运作，春节前，她抽空回了一趟广州，与"小红豆"们团聚。这是一位母亲的情怀，她有许许多多的叮嘱，有许许多多的艺事安排，有许许多多的放心不下……这就是红线女的爱。青年们团聚在她的身边，抵御着形形色色的诱惑。说真的，"小红豆"们都是一些很现代的、很可爱的小青年，唱歌、演电影、演电视、当经理做老板，他们都能干，干哪一行他们都将是很优秀的，成名成家发大财也是情理之中的事，但他们留在了粤剧这块清贫的土地上，不时也遭到冷落，被同龄人小看了。红线女是以她的人格力量和艺术魅力将青年们吸引在粤剧这个并不走红的演艺圈内。红线女把希望寄托于年轻的一代，她说："我还有许许多多想做而没有做到的事……"

红线女已是功成名就，"红派""红腔"已经形成，但她还在不知辛苦、不知疲劳地干着，忘了体弱多病。她仍在奔波，仍在努力，做那些她"还没有做到的事"。"红派"没有打句号，"红腔"还在创，"红派"还在流……

一九九六年四月

（摘自《论红线女舞台艺术》，奥林匹克出版社1996年版，第42—54页。本文作者系戏曲评论家，建国后历任中国戏曲研究院剧目研究室主任、文化部艺术研究院副院长兼戏曲研究所所长）

红线女表演风格小论

刘厚生

在距今40多年的1956年，青年红线女同粤剧前辈马师曾等第一次从南国来到祖国首都北京，合作演出了粤剧名作《搜书院》。当时京剧大师梅兰芳看了戏十分高兴。梅大师待人宽厚，但并不轻易对青年演员给以溢美之词；然而看了红线女的表演，却热情地写了一篇剧评，称赞红线女的表演艺术。说她塑造了"一个刚烈而又腼腆可爱的少女形象"，即《搜书院》中女主人公翠莲。说她演得"细致深刻""优美精炼"，赞扬她"在柴房一场的独唱，表面上好像没有一个身段，其实处处是身段，时时有'脆头'""唱腔运用着正确的发音方法，并且也富有感情"……我是在这篇文章收入《梅兰芳文集》之后才读到，戏已演出多年，未多注意。直到1996年，在我有了观摩红线女的若干代表作品的积累并着重思考她的艺术成就之后，再读梅大师的文章，才深感他的真知灼见和恰如其分。我揣想红线女当时是很可能受到前辈品评的影响、启示，在艺术创造上由自发逐渐转向自觉，由此沿着自己创出的这条路走了过来。直到现在，她在表演上更成熟、更精炼，而道路不变，说明梅大师对她的论证、分析，仍然是准确的。

梅兰芳为什么如此欣赏比他要年轻30多岁的红线女？我想，这是因为，虽然一是京剧，一是粤剧，相距千里，但他和她在艺术风格、艺术方法上是有声气相通之处的。梅兰芳的艺术风格，过去人们常说是"雍容华贵，端庄大方"，固然不错，但如果深入探讨，联系到他的许多代表性剧目，比如《宇宙锋》中的赵艳容，《生死恨》中的韩玉娘，《打渔杀家》中的萧桂英，《击鼓抗金兵》中的梁红玉，《霸王别姬》中的虞姬，直到他晚年挂帅的穆桂英等等，不难发现，这些艺术形象，显然都不能仅仅用这八个字所能概括。我以为是不是加上有如"英气袭人，外柔内刚"这类意思的词句，方可比较全面。而红线女，看她的精华剧目，比如《搜书院》（翠莲）、《关汉卿》（朱帘秀）、《昭君出塞》和《昭君公主》（王昭君）、《山乡风云》（刘琴）、《桃花扇》（李香君）一直到她于古稀之年在《赤壁周郎》中串场独唱《大江东去》等等，都很鲜明地显示出一种不仅雍容华贵、端庄大方，更英气袭人、外柔内刚的风格和气质。在这次红线女从艺60周年庆贺活动中的两台晚会上，我看了她本人演唱的和她的学生们演唱的各个节目，更感到她确实称得起这十六个字的赞语。即使像《昭君出塞》《打神告庙》《蔡文姬》等戏中许多悲痛场景中的演唱，一般表演很容易流于哀怨哭泣，以引得观众一掬同情之泪，但红线女和她的学生们演来，则大都不止于哀怨而更强调其悲愤、抗争之情。京剧和粤剧各有其性格特点，很难简单类比，但不同剧种的演员在塑造自己的角色形象时的创作心态和审美追求是可以相通的。这种相通的前提或基础是要有对角色和角色所处的社会环境（规定情境）的正确理解。这正是表演艺术上现实主义思想和方法所要求的。梅兰芳、红线女以及其他许多大演员，成就各有不同，在这一根本点上则都是会相互莫逆于心的。

在这次庆贺活动中，我还看到红线女在40年代初主演的一部现代题材故事片《家家户户》，使我大为惊喜。惊喜之一是没有想到半个世纪之前在香港就曾出现过如此相当优秀的影片；二是更不知道红线女那么年轻时就如此游刃有余地在银幕上成功地塑造了这么一个精彩的妇女形象。影片写的是自《孔雀东南飞》以来的老故事：市民家庭中婆媳之间琐屑而紧张的冲突。婆婆和搬弄是非的邻居愚昧落后，媳妇（红线女）较有文化又温顺善良，儿子则夹在当中。媳妇对婆婆的无理高压百般忍受，最后终于忍无可忍愤而出走。也只是通过出走的坚决抗争，才迫使婆婆有所悔悟。这部电影故事有些落套，也不够精炼，然而却在一定程度上显示了一种要求家庭民主以抗争封建专制，要求以现代科学（把婴儿送去医院看病）抵制愚昧落后（请巫婆看病）的精神。红线女演媳妇，细声细气，大动作很少，却显得内心充实，有感情有性格，毫无锋芒而刚强自在，诚于中而形于外。这里少有雍容华贵，但有端庄大方，更有外柔内刚的袭人英气。我不知道这部影片是否能算红线女的代表作之一，但我以为它最少可以同她的那些舞台戏代表作同样，体现了"女姐"（这次在广州才知道那里对她有这么一个亲切的称呼）的艺术风格。

（原载《中国戏剧》1999年第一期。作者系戏曲评论家、活动家、曾任中国剧协副主席，现为中国剧协顾问）

红线女的艺术观

郭汉城

我认识红线女比较早，50年代初至60年代初就有了了解，以后陆续有所接触。因为地处南北，工作没有固定的关系，见面的机会不多，理解不够深。虽然如此，但红线女给我留下的印象非常鲜明。她的艺术成就很高，创造了"红腔"，形成了"红派"，塑造了一系列深入人心的、有社会意义的人物形象，不仅南方的观众对她印象深，而且影响到全国，影响到海外。她有高尚的艺术道德，特别是敬业精神和她对艺术理想的执著追求，遇到困难也不怕。

我对她的理解还很肤浅，这次参加红线女从艺60年庆祝活动，对我来讲是一次很好的学习机会，看了红线女和她的学生们的演出，读了一些有关红线女的书，使我对她有了较为系统的了解。

红线女的成就是多方面的，是非常突出的，她的艺术有着漫长、曲折的奋斗过程。她在自己写的书中有一句话很深刻："我的粤剧艺术观是：艺术良心、继往开来。""艺术良心、继往开来"这八个字概括得很广泛、很深刻。没有漫长、曲折的奋斗过程，就没有这样的总结。这里面包含着文艺工作者的使命感，以及她与广大群众的关系，她的艺术追求理想等等，有着很丰富的内容在里面。

为什么红线女在艺术上取得了很高的成就？没有这样一种艺术观是不可能达到这样的追求的。对人民、对艺术、对时代的态度，对理想的追求，这是艺术家取得成功的根本所在。这是红线女最宝贵的东西。特别是她从香港回到祖国内地之后，这种思想境界比以前就更自觉、更明确了。这种追求并非容易，艺术创造是最复杂、最细腻的，如红线女这样高的成就，我们可以想象她是全身心地投入了。我们的艺术创作环境提供得好，但也有困难、曲折，但她没有动摇过。在最困难的时候，在失去自由的情况下，她没有对粤剧动摇。她相信，她的艺术人民是需要的，"总有一天我还要为人民服务"。粉碎"四人帮"以后，红线女没有计较个人的得失，继续全身心地投入到她所钟爱的艺术事业上，特别是现代戏这个十分困难的工作，她一直是知难而上，创作了不少优秀的作品，如《白燕迎春》《祥林嫂》等。戏曲事业碰到许多困难，大家的思想很复杂，红线女坚信戏曲的前途。记得上次剧代会期间，红线女由于家里有事提早回去了。她委托我转达她的意见："戏曲决不会灭亡，她是有前途的。现在的主要问题是领导问题。"我把她的意见在剧代会上做了转达。我认为，她的信心是来自于人民。有一次，红线女来北京，对我说："我不叫你郭老，虽然你的年纪大，但你对事业的态度并没有老。"我受到很大的教育，在以后的工作中，她的话对我有很大的鼓励。红线女对艺术创作的态度是非常严格的，"女腔"的创作不是纯技术性的问题，她是在理解人民的感情上从事创作的。现在商业化在影响着艺术，红线女的艺术观便显得尤为重要。这次庆祝会的召开是十分必要的。我们相信，戏曲不会灭亡，但我们也要为之奋斗。红线女的精神对我们克服困难非常重要，这种精神不仅仅限于红线女一个人，也不仅仅限于粤剧一个剧种，而是对整个文艺都有很大的作用。我们会继续前进，迎接戏曲最光辉的发展。

（原载《中国戏剧》1999年第一期。作者系戏曲评论家，建国后历任中国戏曲研究院剧目研究室主任，文化部艺术研究院副院长兼戏曲研究所所长等职）

红线女的挑战自我

曲六乙

80年代初，红线女率团到香港，"红迷"奔走相告，如醉如痴，演出盛况空前。当地一家报纸说："港人有不知英国女皇者，但没有人不知道红线女。"

作为当代岭南文化的杰出代表，粤剧艺术大师红线女以精湛的艺术征服了香港，也征服了海内外难以数计的观众。在60年的艺术生涯里，拍摄了98多部电影，演出了近200个剧目，既有传统戏、新编历史剧，又编演外国名剧和现代戏。作为民间"艺术大使"，多次向东南亚和美洲的广大观众传播中国戏曲文化，以优美的乡音、乡情滋润着无数华侨的心田。而至今仍能登台一展歌喉使听众疯魔者，唯红线女一人，这是中国现代戏曲史上的一个奇迹。

探索红线女的艺术道路，人们不难发现，不断挑战自我，超越自我，是她在艺术上不断精进，并形成独特艺术个性和审美品格的动力。

40年代在香港从艺期间，她已是红得发紫的双栖明星。但她羞于做资本家、"班蛇"的摇钱树，决心与靡靡之音决裂，用私房钱组建真善美剧团。这反映了她对真善美艺术境界的自觉追求：在纸醉金迷的殖民文化市场上，为健康的艺术争得一方净土。挑战自我使她走向艺术的"涅槃"。

1952年，她在演出《一代天娇》《王昭君》，改编《蝴蝶夫人》和莎翁名著的实践中，根据自己的天赋、嗓音条件，在传统旦角唱腔基础上，融入西洋美声技法，创造了使观众疯魔的"红腔"，把粤剧旦角唱腔发展到一个崭新阶段。挑战自我是她攀登艺术高峰的阶梯。

1955年，她面临着改变人生道路的考验。她勇敢地抛弃了在香港演艺界的显赫位置和极其优越的物质生活，回国参加广东粤剧团工作之后，如饥似渴地学习。学后而知不足，拜梅兰芳为师，请教梅派唱法；请程砚秋帮她设计身段、水袖；请俞振飞指点《桂枝告状》；请周小燕为她丰富《思凡》的唱腔；还有昆曲名家朱传茗，歌唱家郭兰英、王昆等她都虚心请教。正如古典画论所说："旁通曲引，以观其变；泛滥诸家，以资其用。"她把所学、所识和所获，化为艺术血液，丰富了自己的艺术素养，在《搜书院》《关汉卿》的人物形象塑造中，最终完成了红派艺术的创造。

　　她的审美观念也是在上述几次超越自我中发生了新的变化。正确的反思使她产生了足够的勇气："过去在香港，我演的多是少女戏，唱腔太嗲。""太嗲"两字，表明她对过去审美品味低下的演唱的彻底否定。自我挑战的结果，才换来高品味的"红腔"艺术。

　　在和一位记者的谈话中她说："我们决不能把自己变成摇钱树。我们奉献给观众的是美的艺术。这个美是真善美的'美'，不是靡靡之音的'靡'，也不是媚俗的'媚'。"这是说，演员表演艺术是一种特殊的精神商品，但决不能商品化。不能以低品味的媚俗（媚美），讨好观众，而应以真善美的艺术奉献给观众。她演出的剧目，除了少数的风情喜剧，多为"苦情戏"和悲剧。她塑造的王春娥、焦桂英、李香君、王昭君、翠莲等一系列妇女形象里，不论小家碧玉、大家闺秀、宫庭贵人或青楼妓女，都能荡尽艳丽的铅华，清除庸俗的珠光宝气，展现出东方女性清秀淡雅的气质，高洁端庄的风韵以及在抗拒苦难或悲剧命运中磨砺出的富于韧性的品格。而在《关汉卿》的朱帘秀形象里，则又透露出敢爱敢恨、藐视豪强的侠肝义胆和凛然正气。正如田汉所吟，"壮似长江浪，愁如秋月光，一歌一荡气，一唱一回肠"，形象地概括出红线女创造的悲壮美之意境。

　　抛弃媚美，经过长期的实践，逐渐形成在秀美（婉约美）中兼容悲壮美的艺术风格，这是红线女审美理想的飞跃。

　　1988年国庆前夕，63岁的红线女在粤剧独唱晚会上向自己的高龄挑战，人们惊喜地发现，她的歌喉还是那么清脆、圆润，"红腔"还是那么醇美、委婉，沁人心脾。

艺术青春的魅力，使这令人难忘的奇迹，在10年后重新出现。这就是在纪念她从艺60周年的演唱晚会上，73岁的红线女再次向自己的高龄挑战。除了在《苦凤莺怜》片断中，惟妙惟肖地饰演了一个机智活泼的青楼妙龄少女，还独唱了《昭君出塞》的《塞外吟》，当她哽咽地唱到"烦把哀音寄我爹娘，莫惜王嫱，莫挂王嫱"时，一些听众已眼含泪水，而她自己还处在忘我心境，完全沉浸在悲伤氛围之中。我感到她是在用整个生命来歌唱。在60年的艺术生涯里，她始终把生命溶解到艺术之中，用天才的艺术创造出自己的人生价值。

（原载《中国戏剧》1999年第一期。作者系戏曲评论家、活动家，1980年后历任中国戏剧出版社总编辑、中国戏剧家协会研究室主任等职）

她把粤剧和美带给了全世界

谭志湘

一般来讲，戏曲是以演员为代表的，红线女就是粤剧的代表，当年的马师曾、红线女是粤剧的代表，而且，我觉得他们的贡献啊，不仅只是对广东粤剧的贡献，是对整个中国戏曲的贡献，他们把粤剧带到了美国，带到了东南亚，带到了国外的一些地方，被国外的观众看到了……很多人原来以为中国只有京剧，他们不知道中国还有那么多美妙的地方戏曲，所以他们也认为粤剧是"南国红豆"。

梅兰芳把京剧带到了美国，带到了苏联，带到了日本，带到了世界；红线女是把粤剧，或者说把地方戏带到了美国，带到了世界……我觉得京剧是梅兰芳，地方戏应该是红线女，如果说梅兰芳他是京剧代表的话，红线女就是地方戏的代表之一。对！我觉得红线女应该是像梅兰芳那样的世界级大师。

（摘自《红线女从艺七十年访谈录》，第49—58页。本文作者系中国艺术研究院研究员、中国艺术研究院宗教戏剧中心秘书长，中国少数民族戏剧学会会长）

| 动人的喜剧《搜书院》

梅兰芳

广东粤剧团这次来到首都，第一天演《搜书院》。我特地向首都的观众介绍这出戏。当然，粤剧对于北京的观众来说是不算熟悉的，但是虽然言语不同，却能令人一看就懂，这就说明它的表现力是很强的。

《搜书院》是海南岛流传的故事，据说故事中的书院遗址尚在。广东粤剧团到当地演出的时候把它加以改编和整理，成为一个优秀的剧目。这个故事叙述海南镇台府的一个丫环翠莲，不甘受人糟踏，得到琼台书院一个书生张逸民的同情，并且又得到谢宝老师的帮助，终于获得了幸福。故事情节委婉动人，人物性格非常鲜明，内容也有比较强烈的人民性。这段爱情故事采取了一个婢女和书生相恋的题材，打破了一些才子佳人式的格套，歌颂了受封建势力压迫的一个劳动女性的斗争精神；也歌颂了主持正义、扶弱抗强的正义行为。从戏的开始——翠莲发现断线风筝上的题诗而对张生发生爱慕，一直到镇台带兵搜索她，都描写了正义和封建势力之间的斗争。善良的翠莲，谢老师、张生的机智和勇敢的行为，使人感到剧中充满乐观的情绪。

剧作者描写翠莲和张生相爱的过程，很成功地掌握了故事构造的技巧尤其是细微地表现了二人相爱过程中的思想矛盾。例如翠莲扮作男装在书房和张生见面，在未说破的时候，先试探他对于风筝题诗的事是否发于衷心，又试探他对于自己这样一个人究竟是怎么看法，之后，才露出自己就是翠莲。她这时候虽然已经了解张生确是一个很热诚的人，但又怕张生犹豫不定，并且怀疑他看不起自己是个婢女，或者把自己看成是淫奔之流。在张生一方面，他虽然很热诚地帮助她，但害怕自己背上一个拐带的罪名，又考虑到书院中无法安置翠莲。这些顾虑就使翠莲误会他是看不起婢女。这一段描写，通过对两个人内心矛盾的深刻的发掘，集中地表现了翠莲和张生的性格。

广东粤剧团主要演员红线女扮演的翠莲，表现出一个刚烈而又腼腆可爱的少女形象。在体现剧本所揭示两人思想矛盾的发展上，更是细致深刻。她在柴房一场的独唱，表面上好像没有一个身段，其实处处是身段，时时有"脆头"（脆头就是舞台上表演节奏鲜明的地方）。书房和最后一场两人合扇的身段（就是二人在一起同做身段）都很优美精炼，唱腔运用着正确的发音方法，并且也富有情感。

（摘自《论红线女舞台艺术》，奥林匹克出版社1996年版，第1—3页。本文作者系中国京剧表演艺术大师，京剧"梅派"创始人，1950年起历任中国京剧院院长、中国戏曲研究院院长、中国戏剧家协会副主席）

红线女是中国艺坛的一颗璀璨明星

尚长荣

红线女是我们中国艺坛的一颗璀璨的明星！

红老师不仅有她精湛美妙的唱腔和表演艺术，她的为人更是我们学习的榜样。难忘的是四五年前，当时任广东省委书记的张德江同志和省长黄华华同志举办《中华之声》演唱会，请戏曲界各个剧种的领军人物来讴歌、来歌唱、来为广大的民众献艺和服务，主要的目标就是要讴歌时代大繁荣大发展，建立和谐社会。第一次的《中华之声》活动在中山纪念堂，进行彩排时，红线女老师也参加了，当时我们以为只是走台啊，不是正式演出，以为红老师那么大年纪了（那时大概就有80岁了），可能就是对对口型啦，或者是对对台步的走一走，保存精力，到晚间再放声歌唱。不其然，红老师这位八旬的长者拿起话筒，放声高唱："卖荔枝……"哎呀！全场我们所有参加排练的中青年艺友们都震惊了！我们热情、纵情地给老人鼓掌啊……这一段唱得极其美妙、漂亮，我们为红线女老师精湛的艺术所折服，为她敬业的道德所折服……这是一位永远不老的老人，永远是我们艺坛上的不老松，她的光辉永远不会消退，正如我一开始说的，红线女是我们中国艺坛的一颗永不落的璀璨的明星！

（摘自《红线女从艺七十年访谈录》，第17—19页。本文作者系中国戏剧家协会原主席，著名京剧表演艺术家，中国戏剧梅花奖首位获奖者，国家级非物质遗产首批继承人）

我认识的红线女

袁雪芬

初识红线女，记得是1955年，在田汉同志家里。田汉同志向我介绍了她，说她不顾有些人的阻挠，毅然决定从香港回来，很可贵。那时，她还年轻，只有二十八岁吧，不过已经有了十五六年的演出经历，足迹遍及港、澳和东南亚地区，拍过不少电影。对于这样一位历经坎坷、不断奋斗的女演员，我有着一种亲切感。

我和红线女有比较密切的接触是在1960年。这年春天，中国戏曲学院办了一个戏曲表演艺术研究班，由梅兰芳先生亲自担任班主任，俞振飞、徐凌云等作示范，我和红线女都是这个班上的研究员，班上还有豫剧的常香玉，汉剧的陈伯华，粤剧的马师曾，京剧的关肃霜、李蔷华，蒲剧的王秀兰，湘剧的彭俐侬等。在研究班我和红线女一起生活了三个月，大家同吃同住，朝夕相处，相互有了较深的了解。这三个月是很有意思的，我们一起学习毛主席的《讲话》，一起观摩、研讨、总结经验、听专题讲座，互相切磋，生活过得很充实。梅兰芳先生经常来，他谦逊、随和的态度，高超的艺术，使我们钦慕不已。记得梅先生专门为我们示范演出《游园惊梦》时，红线女坐在我的后面。那次，看的人不多，梅先生特别放松，一个眼神，一个动作，都出神入化，似神来之笔，把我们倾倒了。我情不自禁地向后仰，红线女也忘情地向前倾，我们不约而同地发出赞叹："太好了！"在平时交谈中，我们也有共同的感受、共同的语言，都觉得梅先生取得这样的艺术成就，除了天赋条件之外，离不开长期的艺术积累和高度的艺术素养，这值得我们好好学习。

在和红线女的接触中，我感到她好强、好学，在艺术上是有追求的。她身体不大好，晚上常失眠，有时还会休克，但她的上进心很强，除了学戏曲之外还学习英语。我曾对她说："你有多少精力呢？"在评论研讨会上，在生活中很多方面，红线女有自己一定的见解；在艺术上，她有自己的特色和长处。当时我们几个研究员分别演了拿手的剧目，相互交流，红线女的唱尤为突出，我觉得宛如杜鹃啼血，尽管广东话不易听懂，但依然声声入耳，动人心弦。同窗三个月，她对我很信任，经常讲讲心里话，不是一般同行见面客气一番，而是坦诚相见，相当融洽。我非常珍惜这份情分。

研究班结束后，我们各自回到原来的剧团，我和红线女一直保持着通信联系。直到1966年"文化大革命"开始后，一场劫难降临在我们头上。那年初冬，周总理、邓大姐托陈丕显同志的夫人谢志诚捎话来，说红线女被剪了头发，还没有灰心，要我经受住考验。我这才知道，红线女在这场浩劫中受到多大折磨。由于环境的关系，我们不能再通信了，但我一直记挂着她。尽管历史有过曲折，人的生活道路会有坎坷，红线女毕竟顶过来了，这是不容易的。

这些年，红线女身体不好，生活上也不很如意，她还是顶过来了。她好强的性格没有改变，她仍然要做一个强者。在艺术上，她热心培养下一代，"红豆剧团"在她的一手培养下，出了人才，出了新戏。前年我看了她演出的《李香君》的录像，对她一直坚持在广东粤剧的土地上耕耘深表钦佩。红线女功不可没，值得称赞。

如今，我和红线女都年老了。我们都把希望寄托在青年一代身上。尽管由于种种原因，各戏曲剧种都不同程度地面临困难和挑战，但民族戏曲依然有着生命力、存在价值和生存空间。我希望青年一代不仅要学习红线女的艺术，更要学习她那种可贵的事业心、对戏曲艺术的执着，那种好学、好强的精神。人总要有点精神。自信、自强，戏曲才会有美好的未来。

（摘自《论红线女舞台艺术》，奥林匹克出版社1996年版，第72—74页。本文作者系著名越剧表演艺术家，原上海越剧院院长）

▌ 只有不断追求，艺术青春才会永驻

张火丁

　　我记得1999年，就是红老师舞台生涯六十周年的时候，我专程从北京到广州去参加这个活动，去祝贺观摩。我记得有一天是红老师折子戏专场，有一折戏就是她演的现代戏《祥林嫂》，给了我很大的震撼。我是听不懂广东粤剧的，但是红老师那种独特的红腔，还有她那种感人至深的表演，深深地打动了我，我是泪流满面，完全被她所塑造的悲惨的人物所吸引，所震撼……演出后我就把我的观后感跟红老师讲了，红老师就说："火丁，如果你喜欢这个戏，你可以把她移植成你们京剧，用你的程腔，用程派艺术来演绎这个人物。因为这个人物她非常符合你们程派的艺术风格，因为她是一个典型的悲剧人物……"当时我挺有顾虑的，因为那个时候我才刚走向舞台，年头还不是很多，还是一个青年演员，我觉得创造一个新的角色离我还很远，这个想法我一直都不敢想……红老师就鼓励我，她说你千万不要有这个顾虑，你去尝试，你只有尝试了你才知道你是行还是不行，然后再总结经验。我是抱着一个对自己非常怀疑的态度，说我不知道行不行……后来红老师就给我拿来一个剧本，就是她的演出本，她说你回去试一下吧。

　　因为程派没有现代戏，所以我想这对我来讲是一个太新的课题，我也是抱着一种尝试的心态，先是请了一个老师，把唱腔给谱曲……唱腔写出来以后，我就觉得挺好，这个唱腔无论是在京剧旦角的唱腔史上，还是我们程派唱腔史上都是一个巨大的突破，因为整整六十八句的唱腔，在我们京剧里面是没有这么长的唱段的。广东粤剧可以，因为它的腔很少的，都是唱的字多，我们京剧是行腔很多，所以没有这么长的唱词，对于程派艺术的唱腔，真是一个突破。

写完的唱腔给了我一个特别大的信心，我觉得这个唱腔非常好听，并且我学会了之后我自己在那儿唱，都觉得非常感动。后来我自己就尝试着回忆着红老师的那种舞台表演，把她的动作按照我们京剧的程式去演绎……我记得红老师表演时她拿着一个篮子，拄了一根棍，我们这次就把篮子去掉了……就那么一点一点地弄成了一个小戏，很快就跟北京观众见面……一经演出，反响还挺强烈的，并且后来我也是凭借此剧获得了第十七届梅花奖，这些都是我不能预料的。得奖对于一个演员来讲，就是得到了对她创作的肯定，还有认可，也给自己增加了很多信心，但我觉得更重要的，就是我能在继承程派艺术，发展程派艺术的道路上迈出了一步。这是红老师给了我的启发，启迪，给了我一个非常正确的引领，使我可以在日后排演很多现代戏，像《江姐》，后来我又移植了《白蛇传》等等，我觉得都是通过《祥林嫂》的这个小小的成功，给了我很多信心，让我涉足了创新之路。

（摘自《红线女从艺七十年访谈录》，第27—30页。本文作者系中国戏曲学院教授、著名京剧表演艺术家）

为粤剧贡献一切的红线女

陈笑风

　　女姐进了我这个团，排的第一个戏就是《昭君公主》，那时候和她接触比较多一些，我觉得女姐是很认真的一个人，又很追求"美"的一个人，作为演员的那种美德，她是具备的，而且她很忠于艺术。她的唱腔这个不用说了，她的表演是很丰富的，我想是因为她曾经拍过很多电影的缘故，电影的表演手法跟我们粤剧的表演手法不一样，我们是比较夸张一些的，电影是比较细致的。我觉得女姐的表演是细致很多的，因为她有经验，所以我很欣赏她这方面的。同时她又很认真，对于台词、动作和音乐等等，都不厌其烦地很认真地去排，我觉得这一点是值得我们认真学习的。

　　我想说女姐对粤剧的贡献是很大的。首先，她是从外面回来的，那个时候她已经很红了，拍电影又多，演戏又多，所以外面对她都很欢迎的。但是在这个时候，她回到祖国，这是很不简单的。回来之后，她又很认真地去发展粤剧，她对新生演员都很关心。到后期，她比较少演戏了，但对于后辈还是很关心，她很希望后辈成长的。所以在这方面，我觉得她的贡献是很大的。另外，很多现代戏，是她提出来的，比如说医生的《白燕迎春》，她想到一个题材，就找秦中英去做。她有这样的智慧，有这样的心肠跟着党的要求去做，所以她对粤剧的发展贡献了很多力量。

　　我记得《焚香记》在出国之前就演出过，在国内就听到一些关于这个戏的意见。有一天女姐打电话给我，她也很关心，她问我："彩排之后听到什么意见？"我就说："第四场，王魁转变的那一场，有些人觉得这一场写王魁转变的过程写得不够。"她说："是的，我也觉得是这样。这样吧，我约杨子静，戏是他写的嘛，我找上他一起谈谈。"之后等了一天，我们已经收拾好了东西准备要出国了，忽然杨子静给了一张纸条我，就把里面的一段白榄改为小曲，这其实就没有什么大的变化。我当时就疑惑，为什么会这样？我想你要么就不改嘛，只改这一点是没有什么用的。但是我现在回想起来，很可能是静公（杨子静），他是老人家嘛，你叫他急促地做事情是不容易的。现在回想起这事来，我觉得女姐还是很关心整部戏的。

现在女姐去世了，虽然她人不在了，但目前我们还有一些人唱红腔的，我觉得红腔还是需要继续发展下去。红腔的要点是什么，我所认识的红腔是听起来很舒服，吐字、咬字很清晰，以及唱带感情，听起来比较自然。其实不单止红腔需要字正腔圆，什么腔都要字正腔圆，什么腔都要听得舒服，能够有感情，使人物活灵活现，总的来说这一点任何腔都是一样的。

女姐很重视演出，她对于演出是绝不会马虎的，她总是会千方百计地让自己上台时保持着精神饱满的状态。我记得有一次我们去美国演出，最后那一场是演《宝莲灯》，她演后母桂英，这个人物是很迟才出场的。那天当地的主会请我们去玩，招呼我们去参观迪士尼乐园，那个时候我们都没有去过，大家都很高兴地蜂拥而去了。迪士尼乐园里有很多不同的馆可以参观，但那天女姐为了好好休息，保证演出，她宁可放弃去看她身边周围的很多有趣的东西，然后只是看了一个馆就马上回去了。女姐哪怕只有一场、两场的戏，她都要做到最好，我觉得她这种精神很值得我们学习。现在有些人不是这样的，他们演出是很马虎的，但是女姐对于演出这件事情，不管在哪里演出，她都要保证自己精神饱满，自己知道自己的事情，不会因为有这样的机会就拼命地玩。我觉得我们现在的年轻演员，应该认真地想一想这个问题，怎么保持自己每一场的演出都是交足功课的，功夫不够是一回事，比如说我的功夫到这里了，我已交足了，那么别人就没有什么责怪了，否则观众慢慢就会舍弃你。这一点我记住了，希望我们的后辈也要特别注意这一点。

（根据访谈录音整理。作者系著名粤剧表演艺术家，粤剧"凤腔"创始人）

▌ 博大精深，点滴汇成

莫汝城

到今天为止，粤剧旦行的高峰就是红线女，还没有第二个高峰可以跟她比肩，对粤剧旦行影响最大的也是她。

我认为，形成一个戏剧的艺术流派，至少要具备三个条件。一个是有她的表演的艺术特色。第二要有她的代表剧目，这个是红派的可以流传下来的。第三要有她的传人，就是她的徒弟，而且可以承接她的艺术的，这样才能形成一个流派。一个孤家寡人是不能成为一个流派的。起码要有一个小集体，有它的特色，有它的代表剧。如果说红派艺术真正形成在（20世纪）80年代后，但是她的艺术特色开始出现的话，我觉得在50年代末60年代初的《关汉卿》就有了。《搜书院》的翠莲很有名，但是翠莲在当时来说跟朱帘秀是有差别的……她有的传人要在80年代后才能出现，比如郭凤女啊，红虹啊，苏春梅啊，曹秀琴这些人都在70年代的学习班就跟红线女学习的了，但都是80年代后才出现的，这才能达成了这三个条件，而形成了一个流派。不过它的萌芽却是在50年代就有了，从《关汉卿》起，红线女演的朱帘秀，到《焚香记》的焦桂英，《李香君》的李香君，《山乡风云》的刘琴，都是体现和体验的高度结合的产物。

（摘自《红线女从艺七十年访谈录》，第59—72页。本文作者系著名粤剧编剧，国家一级编剧）

▍她真是一个很值得敬佩的人

秦中英

第一个非常难得

先说女姐1955年从香港回来，当时有很多香港的粤剧艺人回来广州。

这当中唯一的是红线女，她在香港的时候就已经是大红大紫了，又漂亮，又年轻，声音又好，在香港红得发紫了，她能回来是非常难得的。老实说，她在香港是红极一时，甚至是红霸一时了。这一点非常可贵，她是对我们新中国，对共产党有十足的信心！

第二个非常难得

红线女第二个非常难得呢，就是由于在"文化大革命"的时候，我们粤剧艺人受到了很大的摧残。一打倒"四人帮"后，改革开放，凡是有些名气的演员就都走出去了，真的走尽了，留下的都是一些二三线的演员，就是红线女没走，我真的非常佩服她，那个时候她也不是很老，也就四十多岁吧，最多不过五十岁，如果她走出去的话，她大好的天地，不愁没有机会赚钱。

红线女不走，就是粤剧的种还在，在滚滚洪流之中成了中流砥柱！你试想一下，如果连红线女都走了，我们的粤剧就不堪设想了，真的。所以我一直非常敬重女姐这种高度的爱国主义精神，一直以来我对她都是很尊敬的。

（摘自《红线女从艺七十年访谈录》，第73—81页。本文作者系著名粤剧编剧）

缅怀红线女老师

黄壮谋

　　红老师非常热爱粤剧，为了振兴粤剧，经常不辞劳苦进学校、入社团弘扬粤剧艺术，她尊重前辈，爱护同辈，扶掖后辈，经她赏识的弟子和学生，在艺术上无不长足长进，多为名角，她是梨园的好伯乐。

　　红老师是善歌者，对与她在艺术上合作的同事，都非常尊重和关怀，我们父子和他共事数十年都有此体会。如我父亲为她创作的《思凡》及在《关汉卿》《搜书院》的音乐唱腔，都经常得到她的关心和问候。又如她举办"红线女独唱会"，在演唱会中，她曾对着观众说："我的红腔形成，也有黄继谋老师的一份功劳。"另外我和妹妹英谋在《红线女艺术研究》第五期刊稿中，曾为她的唱腔成就写了一篇文章，后在刊稿出版之时，红老师在文章上面亲笔写了一段感谢之词："壮谋兄，您好！您在艺术上一直支持着我，还不断鼓励我，黄家父子音乐名家，都和我的粤剧艺术合作有着唇齿关系的，您说是吗？我是这样认为的，谢谢您！"

　　我们和她数十年的合作中，做了一些应做的事，而受到她的尊敬和关怀，正如她在文章阐述音乐和她在艺术上是唇齿相依的关系，因而写出她内心的好意，也正是她的美好艺德情怀。

　　她对艺术一丝不苟、精益求精。在唱腔上吸收西洋唱法，博采众长，创造了家喻户晓的"以声传情，以情带声"的红腔艺术。如在纪念粤剧大师马师曾诞辰100周年时，红老师在南方戏院以《关汉卿》之《沉醉东风》一曲倾倒了全场观众，整首曲红老师以清丽的声韵，尽诉心中情怀，唱得荡气回肠，低回婉转，唱出了怀念马大哥昔日深厚情谊，又唱出了关汉卿刚正不阿的高贵品格，唱至"舍不得，舍——不——得"，唱得凄然动人，声情融为一体，具有穿透之功力，打动每个观众的心灵，使人为之动容，听来声声如泣诉，句句动人情，唱出了红腔之精髓，她不愧为驰名中外的歌唱家及红腔创造者，听她的演唱真是余音绕梁，永不忘怀。

（摘自《怀念艺术大师红线女》，花城出版社2016年版，第146—147页。本文作者系著名粤剧乐师）

红线女和粤剧艺术血肉相连

谢彬筹

参观红线女艺术中心，最突出的感受是，红线女艺术中心实质上展示的是粤剧艺术的博大精深，是红线女和粤剧艺术的那种血肉相连的关系。在这里不但可以观赏红线女卓越的艺术创造，并且可以认识粤剧艺术的发展进程。红线女和粤剧血肉相连，因为存在着粤剧艺术，才产生了红线女这位艺术大师，粤剧也因为有着红线女，所以增添了无限的光彩。

权威的戏曲史著《当代中国戏曲》，在论述新中国成立后中国戏曲改革和发展的历史时，当中的每一段历史所积累的经验，几乎都留下了粤剧和红线女的足印和业绩。由红线女用她的粤剧表演艺术写成的煌煌史册，成为这部当代中国戏曲史著的不可或缺的有机组成部分。比如论述中国戏曲舞台艺术的发展和提高时，反复强调红线女等参与主演的那些"在编导构思和舞台艺术上卓具特色"的剧目所做出的贡献。一方面指出这些"演员的高超表演与高质量的剧本、高水平的舞台艺术相结合的'三高'的演出，给广大观众留下难以磨灭的印象，在表演艺术上至今仍堪称典范。他们正值盛年，表演技巧、舞台经验与艺术修养的结合，也处于最佳状态。他们的演出，既各展其才，各具特色，又相互辉映，相得益彰，在戏曲表演史上写下了流光溢彩的一页"。另一方面又说明他们"跨越了新旧两个时代，虽早已声名鹊起，显现出鲜明而独特的表演风格，但在新中国成立以后，他们时值英年，恰逢盛世，在排演大量的新戏中，更使其表演艺术自树一帜，卓然成家"。粤剧在发展过程中出现不少唱腔流派，"其中最突出的是红线女。红线女嗓音条件优越，在继承粤剧传统唱腔的基础上，吸收其他剧种以及曲艺、西洋音乐的演唱技巧，形成新的唱腔流派——'红腔'。她的唱腔若'游龙之飞太空'，千变万化，更能深刻挖掘人物感情。她的演唱，声圆腔满，贯注始终，被人们誉为'龙头凤尾'。由于她勇于革新，突破以往男旦的局限，发展了粤剧旦角唱腔，因此人们又把她的唱腔称为'女腔'。红线女的代表剧目有《搜书院》《关汉卿》《昭君公主》等"。

　　红线女主演的剧目，充实了粤剧剧目的宝库，她的成功演出，使粤剧表演艺术变得更加丰富多彩，她创立的红腔、红派，推进了当代戏曲艺术的发展和提高。红线女离不开粤剧，粤剧因为红线女而增添风采！

　　（摘自《永远的红线女》，花城出版社2016年版，第41—42页。本文作者曾任广东省艺术研究所所长，现为广东省艺术研究所顾问，在戏曲史论、戏剧批评等领域颇有建树）

以诚相见，我和她共事了十四年

谢友良

李凌（著名音乐理论家）说过一段话，他说："当代粤剧女歌者，发展成为有深度的、有创造性的声乐水平的新高度，应该是从红线女开始。在粤剧女声中，红线女已成为承前启后的一代艺人，影响国内外。在祖国民族声乐艺术中，独树一帜，而且占有很重要的地位。"

对于红腔艺术怎么形成？我认为有五个条件才能形成红腔。第一，红线女有一副好嗓子，她的爹妈给的，天生一副好嗓子。第二，她钻研出一种新的发声方法，这种科学的发声方法，是在粤剧演唱的基础上融合了民歌演唱艺术，融合了兄弟剧种的演唱艺术，融合了西方美声唱法的演唱技巧。这些都是融会贯通，才诞生出了这么科学的发声法。第三个条件，从人物出发，从情感出发，以情带声。她这个红腔是以情带声的。第四，独具一格的艺术处理。不要说别的，仅仅是拖腔一项她都是千变万化、与众不同的。第五，是要具有一定数量的、高水准的、令人信服的代表作，如果只有一两首曲子，也构不成气候，有了一定数量的经典剧目之后，她就能形成一种派了。五个条件，这是我个人看法。

我认为红腔还不是红派艺术的全部，只是一个组成部分。红腔在红派艺术里面具有主导性的意义，但是红派艺术还包括其他，唱做念打舞啊，手眼身法步啊，这些红线女都独具一格。这也是要有几个条件的：好形象，好嗓子，好气质，好悟性，这些她都比别人好啊。长得又漂亮啊，气质又好啊，人又聪明啊，又勤奋刻苦……

她还有一个跟别的戏曲演员不同的前提，就是她演过九十多部电影！这九十多部电影的艺术实践，使她把电影的表现方法融会到粤剧的表演程式当中，使她的表演更真实，更亲切，更有说服力。我查过，不管再有名的戏曲演员，在中国没有第二例，就是红线女独一无二的。她的电影据说超百部，我在做这方面的研究工作时查到了96部，肯定有一些漏了记载的，因为当时香港拍电影很快的。然后她又演了一百多个舞台戏，这个"双百"很不简单！红派艺术就是靠这种艺术实践磨炼出来的，独特的经历产生独特的艺术，使她的表演达到体验与体现高度统一的完美境界，所以红派艺术了不起就在这个地方。

（摘自《红线女从艺七十年访谈录》，第91—100页。本文作者长期从事戏剧创作和理论研究工作，曾任中共红线女艺术中心党支部书记）

红线女是谆谆善诱、一丝不苟的老师

黄霑

去年九月，我们开始预备工作。就带了《长恨歌》的初稿，和红线女大姐谈合作，作第一次沟通。对粤剧粤曲，我只是半个门外汉，懂的很少。虽然自小喜爱，也曾非常努力地不停看书看了四五年，实际上对粤剧唱腔、曲牌的种种学识，有限得很。幸而有女姐这本粤剧的有脚书橱在。她知无不言，言无不尽地教导，谆谆善诱，执我之手，逐步启我茅塞，开我脑窍。

我每天和她讨论、商量、研究。早上便到她家里，和她相对到深夜。写完一句，就让她修订试唱再修订。她的认真严谨，令我肃然起敬。半生人和不少艺人合作过，我从没有遇上过一位要求如此高的。一首歌，最高纪录，改写了二十七次。其他的，五六次是等闲。真正一丝不苟，字字推敲。

从十五岁开始，我已是收专业酬劳的音乐人。在音乐圈干了多年，从来未有试过用这样的心血去这样制作张唱片出来。到昨夜，终于完成了最后一步的混音工作。听着Play back，我心中忍不住泛起一丝儿骄傲。我完全无愧于心。我终于完成了一件接近完善的艺术工作了。唱片下个月可以面世了。此际，我满心喜悦与感激之情，感谢女姐和一群和我在录音间艰苦奋斗了九个月的音乐家。

（摘自报纸。作者系香港著名作家，词曲创作人）

▌ 红线女在粤剧历史上占有重大的篇幅

汪明荃

女姐是一位我很尊敬的前辈，她在粤剧上的成就令我对她非常崇拜。

其实我们的关系是亦师亦友的。虽然大家分隔两地，但是我们都拥有同样的目标，希望我们都可以为粤剧界尽自己的力量吧。特别是女姐，她的一生都贡献在了粤剧方面，她在推动粤剧、栽培新人方面做了很多的工作，这在粤剧的历史上也占了很大的一个篇幅，很重要的记录。

我觉得女姐很多地方都会比别人走快一步，比如搞这个粤剧的动画电影，我说，是啊，为什么我们就没有想到过呢？她现在年纪大了，但她可以透过动画这么新的概念，让她的声音透过动画让人回想起当年的样子……还可以向小朋友们传播粤剧，告诉他们，其实粤剧不是这么古老的，我们可以用动画这种这么新颖的方式表达出来的，我对她很佩服。她这个年龄了还继续在艺术中心工作，我问候她，她总是说，我还在上班呢，很勤快的……

（摘自《红线女从艺七十年访谈录》，第31—32页。本文作者系香港著名演艺人、歌手、节目主持人，全国人大第七、第八届港澳区代表）

她真的是与时并进

刘德华

有一样东西我很佩服的，就是女姐真的是与时并进的！比如我们大戏（粤剧）现在来到了这样的阶段，可能会比较辛苦一点，但是她会将大戏变化，比如说做粤剧动画电影。

她也曾经看过我的演唱会，说你应该这样，你可以加点大戏方面的东西……她很希望将大戏这个东西变成年轻人都能接受的活动。

我觉得她这几年推广粤剧做得很好，我看到她的很多学生也很年轻的，我希望大家也都来一起支持大戏，也希望能将女姐的这种精神一直延续下去。

（摘自《红线女从艺七十年访谈录》，第33页。本文作者系香港知名演员、歌手、电影人）

儿子眼中的母亲

马鼎盛

幼年时的记忆

我在别人的眼里看到的她，就绝对是漂亮的，甚至绝色！这个就是和她先天和后天有关。先天来说她是属于清秀型的，但是如果配合了她的艺术内涵的话，就会很经看了……这种美，是舞台上的一种光环，和她的艺术生涯离不开的，粤剧就是她的生命。所以有时候看到她虽然在家里，也都经常是盛装打扮的，经常说走就走，要去日本了，或者新加坡了，或者回来了，带了大包小包一大堆的礼物，我们小孩子当然喜欢一些好吃好玩的东西啦……从我幼年，四五岁的时候开始就知道，第一，她是一个光环人物，也就是所谓大家说的追星的偶像吧；还有就是她非常的忙，很忙，能够在家里过家庭生活的机会非常少。

可能也有一些基因或者潜移默化吧，受了她的影响，对文学艺术有一些亲和力，虽然不专业，但也是一种喜好，这一点可以作为母子的话题聊不少。直到最近（我经常在电视中出镜），她还跟我提起，说我上镜头前的发型啊，衣着啊，表情啊，举止啊，给了非常专业非常炉火纯青的意见。她对我的关怀是在这方面的，就是注意着你的成长，注意着儿女的道路……特别是近几十年，因为我父亲去世很早，她就集严父慈母于一身了。

当年送我到北京读书是有想法的

他们没有可能在北京生活，他们的观众和空间是在广州，送子女到北京读书是他们的一种心态：我的儿子，有我的DNA，将他送去首都，也都是清华、北大这些国家一流的学府，希望可以走一条这样的路，一个是能够事业有成，另一个就是可以促进革命……因为相比之下广东的政治气氛总是不一样的，革命化的程度也不一样。但是人生有很多种道路，我觉得父母走这种路有他们的执着，对于子女来说，帮我们引路也是他们的执着。这种影响，是正面的方面多。

"文革"对母亲是一个重大考验

"文革"那时候我已经是青年了，上高中二年级，已经懂事了。第一件事就是打倒这个打倒那个，我们在文化部亲眼看到斗那"四条汉子"周扬、田汉……听到信息说在广州就斗红线女，大字报批马师曾，就想回来看看，就借串联回来看看……

一个艺术家，一个女艺人，在这七十年从艺的生活当中真的是遭受了很多的政治介入，她还被吸入了这样的漩涡当中，也是很难的。所以到了我现在六十岁，回看毛泽东当年给她的一些话，为什么要红线女活着，要更活着，为什么呢？就是知道当女艺人之难，知道让她活下去都需要很大的勇气。我想红线女到今天还是这么硬朗，能够这么乐观地生活，和粤剧一起渡过难关，就是因为这个信念，这个业务，这个工作，这个艺术，还有群众基础，观众给她的支撑力。我想这个就是她的生命中最大的原始动力。

她的第二个辉煌期，也是她第二大探索期

从1977年到1989年，我回到香港定居前的这十几年，我和她生活在一起，叫做同一屋檐下，和她接触比较多。这是她第二次的大探索期，因为大家都知道粤剧开始不景气了。现代化，这么多新的玩意儿，最重要的是这么多新的观众，交流成了问题。但是我妈妈在这十几年，我看到她在逆境求存！怎样求存呢？她真的花了很多心思，你看《昭

君出塞》，众所周知是红腔马调的代表作了，她居然下决心改！并不是因为周恩来一句话："要一个欢欢喜喜的王昭君"，而是她的思考，老实说，如果老的《昭君出塞》拿去内蒙古演的话，那肯定会被人拆台，说你大汉族主义。她就会思考，求变！变了之后成不成，就像奥巴马一样，变了之后行不行，没有人知道，但是不变一定死。所以粤剧这种传统的舞台艺术是受到了很大的挑战，全面的挑战，比我妈妈在（20世纪）30年代受到的挑战还要厉害。所以红线女在这十几二十年一直在探索。

在红线女艺术中心建成以来，她仍然一直在探索，政府也有很大的支持，也都很想弘扬岭南文化，弘扬这个文化大省，但是这个东西最重要不是一个政府的推广或者是命令或者将钱扔下去就行了，这是一个社会文化活动，红线女在这里做了很大的努力，个人甚至做出很大的牺牲，效果不说，但是这个执着和坚持让她的生活内涵很丰富，心境是很正面乐观。

她是个完美主义者

我想凡是接触过她的人都会有四个共同的文字——紧张大师！什么事情都非常的紧张……从她登台之前的五个小时，她就要进化妆间，一丝不苟将妆化好，整理好戏服，然后打她的腹稿，这也让她才二十多岁就要吃安眠药睡觉。她平时也是很紧张的，是个完美主义者。这个作为艺术家来说也是必不可少的，但是在近年来我们很多接近她的人都发现，步入老年之后，她的心就软了，和她接近很容易了，甚至压抑已久的幽默感也有一点露出来了……这个很不容易。因为她作为粤剧的大阿姐，是说了算的，编导演一手抓，权威是必要的。但是现在也可以看到她轻松的一面，半退休状态了嘛。人生也要享受的，最大的享受针对紧张大师而言，就是两个字——放松，或者说放下。我想她也慢慢体会到了，有些东西强求不到的就别强求，暂时做不到的就不急求，这些按照广州话来说就是看"化"（看透）啦，但也不是消极的那种"化"，而是比较积极的那种"化"，我们很开心地看到我们的老人家可以看通很多东西，可以包容很多东西。我们以前和她说话是不平等的，见到她说话就跟见领导似的，她吃饭如果不出声都没有人敢说话；但是近年就不是了，我们可以跟她说笑，她也可以接受，甚至来一些自嘲，很开心，人活着就舒服了。不过她从来没有停止过对艺术的追求，她是个与生俱来的完美主义者！

（摘自《红线女从艺七十年访谈录》，第104—113页。本文作者系红线女幼子，著名电视主持人，节目主编、评论员）

她真正做到了 "我的生命属于艺术，我的艺术属于人民"

邓　原

永远"逼迫"自己前进！

除了天赋之外，其实她是很勤奋的，这种刻苦和悟性是一般人很难体会到的。我看了很多材料，她最初学戏的时候，她跟着何芙莲学戏的时候，在生活上照顾何老师，何老师带她演很多戏，但是从没教过她一句，她完全是在旁边看着学的。这个需要悟性和刻苦去模仿。她跟马师曾的一段合作，可能是她出道登上更高层次的阶段，从一个宫女到一个正印花旦，这是一个飞跃。但是马老师亦没教过她具体怎样演的，她都是从两个人的配合，从马老师的舞台感觉、台风、表演中去悟到很多东西，形成自己的风格。我觉得这种学习，背后是非常艰辛的，要付出很多辛勤的努力和靠悟性才能够达到的。到她成了名之后，她反而更加注重学习，那时她有条件了，她可以自己掏钱，她可以请好的老师来教她各种戏曲和文化来提高自己，这种学习精神我觉得她到现在还一直保持着，甚至她到了高龄转向影视之后，她曾经同我讲过几次，"你现场拍戏之时能不能够让我去看一下……"甚至我们拍《红线女心路之桥》时，她讲过几次"你做后期是怎样做的啊？我都想去看一看，去学习一下……"她不放过任何的细节去学习，这种精神，使我们很惭愧，有时候我们稍微有点成绩就忘乎所以。我经常拿这一点来警醒自己，我想这也是她从艺七十年来都能够保持不断前进，保持自己创新的动力所在。

除了学习之外，她好像有一条无形的鞭子在抽她，很自觉地要求自己"我要突破，我要突破"，我想一般的人有这种心态很容易被压垮，她反而不断前进，而且一定要前进。《昭君出塞》那么出名，她偏要搞一个《昭君公主》来挑战自己，无论台前幕后，她都要尝试，都要去做。而且她很严格、很挑剔，她的审美是比较高的，我们和她合作下来也有亲身的感受，在拍《红线女心路之桥》时我们搭了一个布景，一个布景船，我比较满意，已经搭好了，她来到一看，觉得不行，要重新来。当时我们心里面也是有点不舒服，但还是重新推倒、重新再搭，出来之后，我觉得她指出的是对的，确实比原来好多了，可见她要求之严格。她的审美和情趣是相当高的，是很有追求的一个人。正是这种追求，她才能够将粤剧从一个地方剧种提升到一个比较高档、高层次的水平。就拿《荔枝颂》来说，原来是一个小调，本来叫《卖荔枝》，后来她将"卖"字去掉，变成了《荔枝颂》，她经过加工处理，变成了很有艺术品位、很有代表性的一支粤曲，在全国都已经唱响，很多北方人也可以来一句两句，提升到一个很高的艺术档次，这是她很大的一个贡献。

融生活于艺术之中

很多人都想问她的私生活，想知道她在生活中有没有正常人的情趣。其实她是有生活情趣的，她喜欢小朋友，近来喜欢养鱼、养花，以前喜欢摄影，但是我觉得所有的情趣都是围绕她的艺术创作服务的。她学过画画、书法，这些全部与她的艺术创作是分不开的。她无时无刻不在生活中汲取养分，又将自己艺术的感觉散发在生活之中，艺术成了她生命的主导，已经不可分离，剥离不开。

她的艺术已经成为比天大的事情了，这是老艺术家的风范。常香玉说"戏比天大"，我觉得红老师的"我的生命属于艺术，我的艺术属于人民"也一样，都不是随口说的，确实是这样。最典型的是毛主席请她吃晚饭，她居然说晚上我要演出，已经是无心去吃，毛主席说，快、吃快点赶紧走……于是她扒了几口赶紧就走，而且她赶到剧场还是迟了几分钟，她就觉得压力很大。对艺术负责任，对观众负责任，已成为她生命的第一要素，融入了她的灵魂。

到了晚年之后，她好像更加注重亲情，因为她经常讲，当时她十几个姐妹、兄弟，现在已经陆续过世，只剩下我妈妈……她越来越重亲情，她开始出来喝喝茶，叙叙旧，慢慢变成一种规定，每个星期聚一次，雷打不动。对这个聚会，她非常重视，推掉了很多我们看来比这个聚会更重要的事情，而且参加的时候非常开心。这也是我们比较放肆的场合，可以和她开玩笑，比较融洽，特别是她有了曾孙以后，给她很大的安慰，与他一起玩，变成小孩子一样。我觉得她很大的乐趣，就在与亲人的聚会之中，她甚至有时都会讲讲玩笑话，很开心的。

永远站在时代的前列！

我在网上查过，一个女演员能够从艺七十周年，有几人？真的是没有多少，全世界也没几个！我没料到在庆祝她从艺七十年的晚会上，她唱的第一首曲是《水乡桥韵》。这首曲本身就是讴歌改革开放三十周年的一个伟大的变化，她用【雨打芭蕉】这个曲牌谱写了这个曲来唱，她是很用心的，我觉得她不是赶政治的时髦、时尚，她完全是出自内心、由衷地去做这件事的。联想起她曾经用过很多这样的粤曲去演绎了很多现代的情怀，包括赞美羊城的《珠江礼赞》，包括歌唱解放军抗洪的《豪唱大江东》，还有《小平与奥运》，香港回归的《还珠赋》，澳门回归的《莲花颂》，她都会及时推出她的粤曲去歌颂。我觉得有些人是看不上这些，觉得一个艺术家的艺术作品应该是大型的、应该是有分量的，你的身份没必要去演唱这些迎合政治时尚的东西。我就不这样看，因为一个艺术大师能够成为大家，一定是要和时代接轨的，是永远站在时代的前列的。在抗日战争时期，她主要的艺术活动就是在抗日战争的背景之下进行的，都是一些爱国的剧目。到她回归祖国又是她人生的选择，她完全是站在时代的前列……一个人的一生能够同大时代的命运相结合，这是艺术家最好最黄金的结合！大时代才能产生大师，大师是永远属于大时代的！

（摘自《红线女从艺七十年访谈录》，第120—129页。本文作者系红线女七姐邝健明之子，国家一级编剧，影视导演）

▌ 上天赐给我一个好老师

郭凤女

我自己觉得，在我人生里面，上天赐给我一个好老师，这是我一生最大的幸福！我在老师身边，跟了她三十多年了，这三十多年的路程，有很多难忘的事情。

从广东"五七粤剧训练班"开始，我的启蒙老师就是红线女老师。这六年的训练，的确是很难忘的，从一个什么都不懂的小孩子开始，老师手把手地教我们练功，学正音，由番禺方言改正发音，然后又要学发声啦。我印象最深就是红线女每天都跟我们在一起，她很关心我们，无论是衣食住行，还是我们的艺术，她都关心着我们的点点滴滴。到了周日，还会有糖水喝，红老师亲手在饭堂做的，我们大家就围起来，老师和我们讲故事，然后又说一下这一周的收获如何，很开心的，所以我们都期待周日的到来。

老师有一个特别好的地方，就是对我们有信心，对自己更有信心，看准一样东西，认定了让我们去实践的话，就真的会有很好的效果。比如演《家》这个戏，一开始我是有抵触情绪的，但是通过她朝夕跟我们排练，去磨练每一个动作，体会角色的内心世界，我感受到现代戏和古装戏是两码事，她教会我们演现代戏要演出不同的气质，对此我收获很大。

由于有老师的鞭策，我时时刻刻都会要求自己，以老师为榜样，时时刻刻以她教导我的基准去做人做事。因为有了她的多年指导，我不论在什么时候什么地方演出，都会时刻想着她的身影，她的唱腔艺术特点。

现在我到全世界哪一个角落演出时，都是以她为荣的，希望将红腔发扬光大。我自己也有学生，我也很希望能将老师的艺术一代一代地传下去。近年来，我经常都会出国表演，或者去港澳，和他们一起唱曲，一起研究，有时候去上课什么的，反正我觉得要将自己所学的粤剧艺术发扬光大，特别要将红线女老师的艺术广泛传播，传播给世界上所有爱好粤剧艺术的人！

（摘自《红线女从艺七十年访谈录》，第142—147页。本文作者系国家一级演员，著名粤剧花旦，红派艺术传人）

她将艺术作为一种人生的终极目标

欧凯明

她很开明，更偏向让我去"悟"

我不知道老师对其他人如凤姐（郭凤女）、春梅（苏春梅）那些正式学红派的学生是手把手教还是怎么样的，对于我来说，她更偏向让我去"悟"。比如排《家》的时候，她就先将巴金的原著拿给我看，先看小说，再看剧本，上舞台。无形之中我觉得演员的创作并不是完全在排练场上去完成他们的角色，他们在下台之后还要做很多关于文学方面的阅读，大量的阅读，去寻找角色的定位，性格的定位，性格的基调，我觉得这方面老师对我的培养是不同的。比如说有时候她要我唱，那个时候我正在创作"周瑜"，当时有一段首板《心似长江》，她说，你要有一种感觉，就是你要唱出那种翻腾巨浪的气势（要有一种视觉的效果）。事实上后来我听了她很多曲子也是一样，比如她的新剧《昭君公主》里面，"走过了茫茫青草……"她就真的能唱出那种"茫茫"的视觉感觉来。所以我觉得她在这方面真的让我"悟"出了很多。

不是什么表面的设计，而是走向角色心灵的感受，心似长江，翻腾巨浪，你唱的要真有翻腾的感觉起来。比如说排一个戏，她会要求你先去理解这个人物的文学性，也就是说先要走进人物的内心世界，还会提供人物的资料给我。包括当时演的《关汉卿》，先看看马院长，看看剧本，看看有关方面的资料，这是一方面；当然有时候具体指导我去唱哪一段的时候，她说你必须要有那样的视觉，那样的心境，比方你唱周瑜，他要以弱胜强，站在江边，面对着曹操的八十多万军队，他作为三军主帅，能下这么个决定要跟他较量，唱出那个长江巨浪翻腾，他的心中是多么的矛盾，所以你要唱出他的这种心境。老师更多是从理论上给予我指导。

排《关汉卿》和《刁蛮公主戆驸马》的时候我也有问过老师我需不需要唱马腔什么的，（她就说）你可以唱他的腔，但你不能完全照搬他的唱法。你要按照你自己的声音和唱法，不能将你的喉咙压得这么紧，你得按照自己的声音来唱……我觉得她很开明。当时我跟她合作的时候我还很担心，还以为她会要我完全地模仿马院长的马腔，她总是说你去看马院长的表演，他的腔法和腔调你可以去用，但是唱法你要按照你自己的声音条件来唱。所以我觉得老师在这方面很开明。

她的精神直接影响了我

这个话题其实每一次采访我都会谈到的，就是老师对艺术的执着、认真，对舞台的敬畏，都直接影响了我。她的那种认真，那种执着，我觉得她简直就是我们粤剧的一种榜样。我们经常都会聊到这个问题，就是说我们对艺术要执着，要认真，要像前辈一样，其实老师在这一方面真是让你感觉得到她简直认真得让你无法相信的。

在她的身上我经常会想到这么句话，红老师是将艺术作为一种人生的终极目标，绝对不是手段，是她生命的一种终极，"我就是属于艺术的，其他的什么都不是了！" 在她身上我有这么个感觉，她的认真度就达到这样，所以有时候我觉得我们真的很难做到她这样专注。有时候我只能对老师说："老师，我是凡人，我永远也不能做到你这样的境界。"但我会终生朝着这个方向努力的！

（摘自《红线女从艺七十年访谈录》，第148—153页。本文作者系国家一级演员，中国戏剧梅花奖"二度梅"得主，广州粤剧院总经理、广州红豆粤剧团当家文武生）

▌ 榜样力量，催我前行

丁 凡

我在2005年搞了个人专场演出（"今夜不平凡"），由于时间比较仓促，加上我的准备不是很充足，所以彩排的时候我也不敢请红老师来。但她听闻之后主动打电话给我，很不高兴地说："你怎么彩排都不告诉我啊？" 我说，因为我还不是很成熟，不敢劳驾你。她说，就是因为不成熟，你叫我来才有好处，我可以提出你的缺点，结果她自己跑过来了，将全部戏都看完了，看完之后很晚了，我已经觉得很感动，因为平时她看戏，很多时候都会提早回家，她的身体需要早睡觉，可那天晚上，她十二点多还打电话给我，指出我的缺点和需要提高的地方，还提出各种改进的建议，哪里做得不好啊，灯光啊布景啊，化妆啊什么的，讲了很多，让我更加感动……我想，她看完这次彩排就不会再看了，谁知道，后面的两场演出她都有来，而且叫我快点开个座谈会，还专门在红线女艺术中心召开座谈会，又提出了不少很好的意见。她对培养我们花了很多时间和精力，在我们粤剧界起了一个很好的模范作用。她不像某些人只是口头上说关心年轻人，没有实际行动，她真的对我是嘴上关心，行动关心，心里关心……虽然我不是她的弟子，不过我相信，当她弟子的话也不外如是吧？

红线女老师是一位粤剧的大师，别说全中国了，在全世界你一说粤剧，别人都会问，是不是红线女的那个粤剧？都是这么问的，真的。比如在北京的时候我曾经跟很多剧种同行交流，都这么说的。所以说她的影响力不是靠我们说出，已经摆在这里了。她这么一位有影响力的大师，这么关心我们，我觉得真的很幸运，其实我能有今天的成绩，我觉得也是离不开她对我的关心的……

（摘自《红线女从艺七十年访谈录》，第134—138页。本文作者系国家一级演员，1980年至今先后担任广东粤剧院演出团主演、一团团长、副院长，现任广东粤剧艺术大剧院院长）

▌ 感谢她的鼓励，让我永不放弃

曹秀琴

　　红老师她不止对自己的学生这么关心，她对粤剧界的后辈都是无比关怀的。红老师的胸怀很宽大，很广阔，虽然我自小跟红老师学了很多很多演唱的技巧和为人，但老师好像觉得我的声音不像她，声音的声质对于流派来说很重要，我很着急地说，我能不能学到像你一样呢？但是红老师对我说："你学我的东西不一定要唱我的腔，你可以按照自己的特点去发展。"我觉得这样很难得，如果不是对粤剧有如此胸怀的话，她是不会这样让我们去选择自己发展道路的。她说，你可以自己去选择自己的方向，给了我这么宽广的领域去创作，我觉得这个胸怀是艺术家少有的！

　　（摘自《红线女从艺七十年访谈录》，第139—141页。本文作者系国家一级演员，著名粤剧表演艺术家）

▎融入社会，融入群众

林 墉

有几次我怂恿她写毛笔字，她说她不能写，因为写得不好。我说你不是能不能写的问题，现在问题是你肯写就行，你肯写它就会变成一件一定可以的事。不是说你写得好，别人就喜欢的。你写得不好那才好，写得太好那就搞不好了，如果写得不好那就很有风格，立刻让人觉得很厉害。我就这样一直怂恿她写，然后她就答应了。

我一辈子都没有见过她发脾气，只有在最后那两次见面，她发脾气了。她不高兴，而且她的不高兴是很明显的不高兴，但是这种不高兴不会持续很久，她走过来时就不高兴，一转身之后的几分钟，她知道自己失控了，不应该这样，于是她立刻又高兴回来，这就是她的状态。我为什么要说这个问题？我觉得她是一个很了不起的人，为什么？因为她有自控能力，一辈子都在控制着自己。她这一辈子，有人曾经说她是铁石心肠的一个人，其实不是的，她是一个自控能力很强的人，她对人是很尊重的。她的经历使她自己一辈子都控制着自己，控制得很严格，所以我觉得从这个角度来看，一个人对于自己控制得很严格，这不是为了自己，而是为了积极向上，应该这么做，不应该放松。她很有自控能力，做到这一点不是这么容易的，我很佩服她这一点。

她这一辈子越做越接近老百姓，这一点我觉得很不简单。有很多人很容易变得奇奇怪怪，穿奇怪的衣服，说奇怪的话，但她没有，她这一辈子很平实，就是现在我们所看到的那样，她不是奇奇怪怪的，而是进入了一个更加高、更加大的境界。我一直觉得她完全可以做到很有风格，令大家都不接受的，但不是的，她一辈子融入社会，融入老百姓当中，她一辈子都热心做这样一个工作，做到这一点并不是那么容易的。我觉得她的个人艺术是很明智的，如果离开了群众，离开了政治，她的艺术可能就有点问题了，但是她不是，她一直很明确，很希望自己一直走进群众里面，我觉得这一点并不是每个艺术家都做得到的，但她做到了，而且她的艺术也很有她自己的风格，很了不起。为什么红线女晚年对于剧本看得这么重？是因为她很希望粤剧更加能够让老百姓接受。

（根据访谈录音整理。本文作者系国家一级美术师，历任中国美术家协会主席、广东省文联副主席、广东省美术家协会主席等职）

第三篇

红线女作品

I 粤剧

I 一代天娇

一、剧目简介

编剧：陈冠卿

首演时间：1951年

演出剧团：宝丰剧团

剧情简介：这出戏不知表现何朝何代，描写朝廷被奸相篡位，两位太子和一位公主各自被人收养，彼此不明身世，三人演出了一出三角恋的悲剧。一旦真相大白，感情波涛跌宕纷繁⋯⋯

《一代天娇》一曲让红线女突破、发展了自己原来的唱法，创造出新声，不久便流行于港澳和东南亚，观众开始称她的唱腔为"女腔"，后来风靡海内外的"红腔"即始创于此。

演员表：

韩娇娇——红线女

司马铜琶——燕子

贾云龙——陆飞鸿

武飞燕——任冰儿

韩　铎——汤伯明

秦皇后——柳鸣莺

晋皇后——高影云

韩英杰——郭非愚

西辽王——萧仲坤

武林虎——叶超奇

◎ 粤剧《一代天娇》剧照

二、曲词欣赏

一代天娇

【雪底游魂】身飘摇，似风飘。珠泪摇，似江潮。悲悲悄悄，魄散魂摇。铜琶旧调，一笔勾销。我惨问情天，我是否生来苦命招？人似鲜花毁了，一似厉鬼飘零，对着寒山惨啸。

【反线中板】叹此一代天娇，变作一地残红，幸福已随风消逝了。呢一朵晋宫花，竟种在秦宫地。惹出一段恨海情潮。当日一页铜琶歌，今日都变了断肠词，试问有谁知晓？哀哀哀，个一页糊涂惨剧，竟落在呢个苦命娇娆。悲莫悲，骨肉伤残，遍野嘅刀鸣剑啸。两王争位，不应把那阴谋拨弄，迫要额裂头焦。

【二簧慢板】个一页秦仇晋恨，真系笔画难描，呢一朵憔悴嘅宫花，已是皆非啼笑。一个是我亲胞兄，我竟把情哥叫，一个是我亲胞弟，偏偏要与我结情苗，正是哥不哥兮姐不姐，也只天知晓，试问我有何颜面，再生在于人海狂潮。

【饿马摇铃】唉呀悲声呼叫似鬼调，悲声呼叫我过峡上山行桥，临崖远眺，野岭悄悄，徒获得一片寂寥。心惊哥哥佢有不妙，心惊哥哥中计，佢中伏葬山腰，不死都也难疗。金瓯永缺，百姓沉沦葬魔潮。

（白）铜琶大哥！你在哪里？你出来见下我啦！

（续唱）倘若吾兄命殒了，我就算虽生虽生都也是无聊。更哀我东晋亡国，恨迢迢。

【七字清中板】愿我山河常永耀，愿哥能保晋王朝。何以峭寒山，人影杳，只有荒林月，照娇娆。

【滚花】莫不是天妒英雄，我阿哥已魂归太庙。倘若铜琶遭粉碎，我天娇唯有，追伴到奈何桥。

◎　粤剧《一代天娇》剧照

三、名家评论

天娇一曲传红腔

——评《一代天娇》

一　知

红线女于1939年以扮演宫女、梅香的角色登上粤剧舞台，至1951年应何贤先生的邀请参加宝丰剧团的演出，这十多年间，她经过勤奋学艺、用心演戏、博采众长、革新创造，已经从一个娇俏伶俐的小学徒，成为红透省港的剧影双栖大明星。在宝丰剧团的活动和演出，使红线女的艺术创造进入了一个新的发展阶段，显著的标志是她以演唱《一代天娇》的主题曲而始创"女腔"。"女腔"经过往后不断的丰富发展，进而形成风靡海内外的"红腔"。

红线女能够创立"女腔"，绝非一蹴而就，也不是一朝偶得，其中既有客观环境提供的有利条件，更主要的原因，是她自己付出的艰苦卓绝的努力和超越时人的创造。首先，红线女参加宝丰剧团之后，获得了一个与同仁和谐合作以及艺术创作相对宽松从容的有利环境。当时宝丰剧团的主要演员有红线女、陈锦棠、欧阳俭、李海泉、任剑辉、白雪仙、张醒非，撰曲有陈冠卿，头架有冯华等等，真可说是名角荟萃、人才济济，形成了一个既有创作实力又具表演功底的和谐群体，周围是一个允许并提倡艺术创造的新环境。红线女在参加宝丰剧团之前，大多数时间是在马师曾领衔的剧团同马师曾合作演出，因为马师曾是第一台柱，所以从剧本选择到唱腔安排到表演风格，大家基本上都是跟着马师曾的路子走。虽然也能从"马大哥"的身上学到不少表演的方法和技艺，但是久而久之也会逐渐消磨演出的新鲜感和艺术创造的欲望。红线女后来说道："过去在太平剧团从来没有主题曲唱，演出《一代天娇》唱主题曲是一种新的尝试，心里又紧张又高兴。"这番话多少道出了红线女转换工作环境后的喜悦之情。更令红线女高兴的是，宝丰剧团的剧目演出安排，能给演员提供比较充裕的时间，在演出前进行严肃认真的准备。它不像有些剧团那样，在头一天甚至是当天下午才把新戏的台词发下去，晚上八点钟就要上台演出。而是在演出之前许多天，就把完整的剧本交到演员手上，使他们有时间了解剧情，揣摩人物，领会剧旨，研究唱腔音乐的安排和表演技艺的运用，力求准确而又细致地把人物演出来。这无疑是给红线女提供了较之以前更加广阔的创造天地。

其次，红线女在粤剧舞台和电影银幕双双驰名之后，对自己的艺术创造有了新的追求和奋斗目标，并且从充实知识、加强修养、纵向继承粤剧传统、横向吸收兄弟剧种和其他艺术形式的艺术营养等各个方面，做了必要而又充分的准备。红线女在《谈粤剧的唱工》这篇文章里，谈到自己要向多方面学习，其中有这样一段话："很久以前看过《老残游记》，有段讲王小玉说书的，这给我很深的印象。那王小玉唱的梨花大鼓是那么动听，她的好处好到'说不出'，好到人家'学不到'，其中的原因，据说是她把什么西皮、二簧、梆子腔以及南方的昆腔、小曲等调子，都拿来放进大鼓书里面，尽吸他人的精华，所以达到如此境界。"她从中得到很大的启发，于是聘请家庭教师教习古典文学，教学英文，开始留心学习各种戏曲，尤其是京剧、昆腔的演唱艺术。她聘请京剧老师王福卿到家中教了三年戏，学会全本《花田错》《穆柯寨》《虹霓关》和《阴阳河》等剧目。为了学好京剧和昆曲，她和京、昆艺人交朋友，还努力学讲普通话。此外，还向两位西洋歌唱老师学习美声唱法。红线女通过各种途径努力充实自己，为跃上更高的艺术台阶而做好充分的准备。

再次，红线女在《一代天娇》中演唱主题曲而创立了"女腔"，是受到粤剧前辈的鼓励、嘱托而做出的非凡努力，也是广大粤剧观众对她在艺术创造中取得更高成就的殷切期望。1951年春节期间，红线女参加以马师曾为首的红星剧团在广州作贺岁演出，粤剧老前辈黄超武看过他们演出的《天女散花》后对红线女说："阿女，你的声线这么好听，应该唱出自己的特点来啊！唱得好听还不够，还要有自己的特点。特点的形成不是一日两日的事，多用心思，多下功夫吧！"红线女十分感激黄超武先生的这番指教，认为很有道理，很有见地，为她指出了今后奋斗的方向。黄超武的点拨，在红线女心头播下了创立"红腔"的种子，后来红线女曾经深情地说："'红腔'得益于斯人！"除了前辈的指点和要求之外，粤剧观众的期望和其他同行的帮助，也是促使"红腔"形成产生的重要原因。著名粤剧编剧家陈冠卿先生说道："'红腔'确实是从《一代天娇》的演出开始形成的。当时许多观众都知道，红线女演戏的戏路很广，唱曲的路子也很宽，认为红线女的唱腔完全应该有进一步的发展。我对红线女的戏路和曲路都比较熟悉，也觉得她不应该只停留于唱快慢板、快中板一类的板腔，可以运用多种多样的板式曲调，更充分更准确地抒发人物的思想感情。所以我在设计写作《一代天娇》的主题曲时，用新创作的小曲【雪底游魂】开头，接下去转【反线中板】、【长句二簧】，这样的唱腔安排，可以帮助红线女用更加丰富、更加饱满的歌音，去演绎人物复杂的情感。后来，她在演唱每首曲子时，便都认真注意这个问题。"红线女自己回忆这一段的创作过程，也十分感激音乐师傅冯华的支持和合作。在练唱这支主题曲时，她同冯华一字一句地斟酌，一叮一板地切磋，唱句之中有些是以前唱过的，有些略加变化，有些完全是新的创造。演出之后观众表示了热烈的支持和欢迎。

《一代天娇》的戏剧情节，假托古代秦、晋两国王子因争夺继承皇位和美女韩娇娇而交恶的故事去编排，故事情节曲折，人物纠葛复杂，戏剧冲突十分紧张。红线女扮演的主要人物韩娇娇，既经历战火连天、国破家亡、生死搏斗的惨痛，又遭遇骨肉相残、情人猜忌、夫妻反目的哀伤，中间还穿插了忠孝节义、伦理道德的种种矛盾冲突。韩娇娇处于冲突漩涡的中心，是一个饱受劫难的柔弱女子，她的所见所闻，所思所虑，或喜或怒，或哀或乐，大抵都要在末场她所唱的主题曲中有所表现。

如此坎坷的命运，如此复杂的性格，如此纷繁的思绪，如此波澜起伏的内心活动和情感变化，怎样按照词曲的要求，运用歌音色调和音乐旋律歌唱出来，使之高亢低回，婉转跌宕，顿断连续，无所不至呢？红线女和音乐师傅琢磨设计这支主题曲的时候，在准确刻画人物性格和细致表达思想感情的前提下，很好地把握着唱腔程式所包含的严谨和宽松的两个方面，既充分尊重它的规范性，又合理利用它的灵活性。在板眼、节拍、声腔、音韵、旋律、板式运用和曲牌、锣鼓经谱等方面，严格遵守唱腔程式的格律，但又依照人物角色和演员创造的心理活动，对其或分或合，加以拆卸，重新组接，使之可浓可淡，可长可短，这其中的筛选、打破、增减、重建，是对唱腔程式的灵活自由的运用。红线女在这两个方面都做得很好。至于具体是怎样运筹和操作的，红线女、莫汝城、何杰章合写的《红线女从艺纪事(1938—1955年)》做了这样的叙述：

> 她用心对剧中的'主题曲'（粤剧称剧中主角最大的一个独唱唱段为主题曲）仔细琢磨，从她理解的人物感情去处理这段曲的腔调和旋律。有的曲调是她过去没有唱过的，如【雪底游魂】是一首有固定曲谱的小曲，她通过音色、力度、语气的掌握，使它更准确地去表现人物的感情。【反线中板】过去在她演的马派保留剧目中也没有使用过，她在基本按照正线【梆子中板】的板式处理时，注意用"底板""挑搭"使节奏灵活多变，在行腔吐字中注意力度强弱的掌握和装饰音的运用，在拖腔时按照人物感情的发展而伸延、顿挫，在一些对偶句中使用了强弱对比的手法，把感情的抑扬起伏表现得更鲜明。对于过去常唱的曲调，如【八字二簧】、【十字二簧】等也做了新的处理，使曲调与曲调之间的衔接更融为一体，并通过装饰音和过渡音的增减变化，使这些曲调的旋律更加丰富。这段曲的设计，可以说是动用了她从艺以来的全部经验，包括当年靓少凤的教导（如叮板的"挑搭"）和对前辈名家揣摩的体会（如千里驹、张月儿腔调的丰富变化和起伏），而这几年学习京剧、昆腔的演唱艺术和学习美声唱法的心得，使她掌握了更为丰富的歌音风格和演唱技巧，对自己原来的唱法能够突破、发展而创出新声。她逐句逐段与剧团的乐师反复研究，不断修改。演出后反应强烈，认为她新创的唱腔表现人物感情深刻，对粤剧的梆子、二簧有所丰富和发展，并增加了一种妩媚、明丽的韵味。

红线女在《一代天娇》中演唱的主题曲，不久便流行于港澳和东南亚，香港的报刊开始称之为"女腔"，后来也很快地在广大观众中流传开来。现今我们所喜爱的"红腔"，便始创于此时的"女腔"。

（摘自《永远的红线女》，花城出版社2016年版。略有删改）

刁蛮公主戆驸马

一、剧目简介

编剧：马师曾　卢有容

首演时间：20世纪40年代

演出剧团：香港太平剧团

剧情简介：西戎、北狄两国借口凤霞公主嘲笑他们驼背跛足的两使臣而兴兵侵犯中原，三关元帅孟飞雄破敌擒将，但因公主嘲辱使臣招来外患，班师回朝后乃请旨治罪。凤霞公主聪明秀丽，深得帝后宠爱，金殿上唇枪舌剑，使孟飞雄倾心，公主亦爱孟飞雄智勇轩昂，帝后于是许婚。成亲之日，孟飞雄使气，公主刁蛮，遂使良宵虚度，驸马还被逐出家。了空禅师是个有心人，在他的摆布下，这对冤家终成恩爱夫妻。

该剧是一出历演不衰的传统粤剧，是马师曾、红线女的优秀代表剧目之一。剧本原著为马师曾、卢有容，20世纪90年代红线女、秦中英对剧本做了重新整理与改编。围绕邦邻、父女、夫妻之情展开，倡导以和为贵。2004年红线女将该剧改编为世界首部粤剧动画电影，并亲自配音配唱，荣获第10届中国电影华表奖优秀美术片奖。

演员表：

凤霞公主——红线女

孟飞雄——马师曾

二、曲词欣赏

和睦邻邦

【梆子中板】若是邻邦须尊重，就不该派的阿跛阿驼，来做出使大臣。你若要人尊重，首先要尊重人，什么受辱蒙羞，全是他自己招引。他用阿跛阿驼做使臣，我用阿跛阿驼为陪客，不过礼尚往来，他却小题大做，兴师动众把我来侵。

（趋快）分明有心，预谋挑衅。如今兵败，主将被擒。固然是，我邦元帅英雄，三军勇敢。岂不因，他们无义之战，不得人心。谁是谁非，请付朝堂公论。

三、名家评论

蕴涵深刻人民性的粤剧戏宝
——评《刁蛮公主戆驸马》
郭铭志

很小很小的时候就看粤剧《刁蛮公主》了。那是在粤西的一座小城唯一的一间戏院里，那是我们小时候一群剧团家属孩子的乐园，天天晚上功课也不做，就在那里疯。各地的粤剧团像走马灯一样地巡回到这小城来演出，什么戏都有演，但几乎每个剧团都演过这《刁蛮公主》。我们也什么戏都看，但一般是什么戏的剧名都不去记也记不得，甚至还常常张冠李戴，有时，一群孩子各自为了证明自己说得对，常争得脸红脖子粗，结果是越争越乱，不亦乐乎。只有这《刁蛮公主》大家不会记错，虽然仍然说不出剧名来，但那公主的"刁蛮"是谁也忘不了的。不但眼熟、耳熟，岂止能详，而且还能唱。什么

◎　粤剧《刁蛮公主戆驸马》剧照

"麻雀仔，叼树枝"，什么"张床张床兜正北风尾"，一天到晚的齐声疯喊，确实挺好玩的。那时，还不知道这戏是红线女的经典艺术作品，看的也不是红线女的演出，当然也不知道有个粤剧表演大艺术家红线女。后来听父亲说，这个戏在我还没出世的时候就已经演出了，是红线女的"首本戏"，算来已超过了半个世纪，除了"文革"时期，最少也应有五十年的光阴。时至今日，粤剧舞台上仍有这一剧目的演出，前后最少有三代的粤剧演员和大多数的粤剧团体演过这个戏，而它的观众就更不可估算了。

是什么样的原因使一个戏具有这么强的生命力，至令我们一群小孩一个个到了长大成人以后还记得它？是极强的艺术性？不少经世之作都具有极强的艺术性，但都不见得能经常上演；是深刻的思想性？深刻的思想从来不是戏剧盛演不衰的理由；是最能迎合观众流行的审美情趣？但类似这样商业化的轰动都是短寿的。这个问题一直萦绕在脑际，一直都试图能就这一问题，写一篇有关粤剧文化方面的探讨文章，以此来就教于专家学者们，更希望通过这一问题的探讨，以提高自己戏剧创作的能力和水平。及至与红线女一起共事一段时间之后，红线女对艺术追求的方方面面常常让我产生许多新的思考，使我慢慢对这一问题有了一些朦胧的认识。终于有一天，我从红线女手中看到了当年毛泽东给她的亲笔题词：活着再活着更活着，变成了劳动人民的红线女。我才恍然大悟——原来《刁蛮公主》连同红线女的"红派"艺术一道，之所以具有如此强大的艺术生命力，长久地受到人们的欢迎与热爱，原因正在于她那深深地植根在这片土地上的人民性！

在人类文明史的几千年间，无论是东方还是西方，不管是衰落了的还是仍在生长的文明，其文化主流无一例外地是统治阶级的文化，或说是权贵文化，或说是精英文化。在这一文化的生态环境下，作为弱势群体的人民大众的话语权是从来不可能占据主导地位的。因此，大众文化充其量只能作为社会的支流文化而存在。当然，这两种文化并不是从来都是水火不相容的。有时，二者处于抗衡状态；有时，二者却并行不悖；更多的时候，二者之间是相互渗透，相互交织，相互补充。支流文化通常借助主流文化的地位去争取自己的话语权，而主流文化则常以宽容的姿态以图把支流文化纳入自己的控制范围，特别当支流文化在社会上处于显形状态的时候。不过，会是一种什么样的状态，这不但要取决于这一文明其时所处的历史环境（外因），更取决于这一文明生成的气候土壤（内因）。但不管怎样，作为主流文化，从来都是控制着社会主要的"话语工具"的，而支流文化欲想用"自己的声音"去"说话"的时候，得想办法找到自己的"话语工具"。所谓的民间艺术就是大众文化的"话语工具"。中国的戏曲本来就是这样一种民间艺术。而远离京城，远离汉文化发源地的岭南粤剧，在这方面表现得尤为明显。更何况作为地域文化而言，岭南文化本来的原生态就是一种带有强烈的商业味的世俗文化，而且在历史上更多的时候是处在一种显形的状态。这也是粤剧与京剧同属皮黄体系的剧种，在某种意义上可以说同宗同源，而二者的呈现状态会有那么大差异的主要原因。

因此，作为粤剧演员的红线女而言，她的表演艺术无疑天然地具有极强的人民性。但是，这并不是说每一个粤剧表演艺术家，都因此必然地可以成为一位人民艺术家。红线女原来也不是。红线女之所以成为今天在广州的红线女而不是昨天在香港的红线女，是与她解放后从香港回到祖国，在思想和艺术上由下意识到有意识的主动追求是有关系的。红线女在大陆几十年的艺术道路最能说明这问题。我则更多是从红线女在表演艺术上的追求发现她这一艺术本质的，特别是在她的《刁蛮公主》的表演上。红线女也以其塑造的众多艺术形象向人们宣示了她的这一追求，而在这众多的艺术形象里，窃以为"刁蛮公主"是最鲜明的。如果借用当代哲学的一个概念来作界定的话，可以说她在《刁蛮公主》的演出，简直就是对主流艺术完全彻底的"解构"。

首先，她把一位金枝玉叶皇帝女来个彻底的平民化，把政治权力中心的皇宫金銮殿和重大的政治事件变成了平民百姓的家和习以为常的生活。当然，我们不否定剧本的规定性，正如我们不否定粤剧固有的平民性。但我们知道，一千个人演《白蛇传》，就会有一千个不同的"白娘子"。红线女的表演，决定了《刁蛮公主》这个戏的艺术定位。

戏一开场，就是"五凤楼我为什么去不得？"红线女在这里表演的感觉不是说我是公主我哪里不能去？而是说我也是人，别人能去的地方我都可以去！同理，别人看着好笑的事情我同样可以笑，那些宫女随员只要是人都可以去可以笑，哪怕笑出个大祸来。于是乎在她的带领和怂恿下，所有的人面对那些又跛又丑的外邦使臣笑了个不亦乐乎。这一笑，果然引发了重大的政治事件——战争。这当然是要追究责任的大事。三军统帅孟飞雄因此要审讯公主。

这位刁蛮公主又是怎样接受审讯的呢？她问"法官"说：你长这么大笑过没有？如果没笑过，你只能算是半个人，因为人有智慧同样有感情，你要是不缺感情，见了可笑的事情自然也会发笑。至于那些邻国，他们派来这么丑的使臣来我们的国家，难道是他们国家没人了吗？不是的，他们这样做分明是看不起我们，存心借此挑衅。我不笑，战争同样不可避免。就这样，这么大的事情让她这样一调侃，变成了人之常情的事，自然也谈不上定罪了。但这位刁蛮公主并不因此而罢休，反而要以诬告罪审起"法官"来。在这里，红线女拿起惊堂木一拍，玩了起来：嘻，想不到审人会是这么的好玩！把一座至高无上、象征皇权的金銮大殿变成了孩子的玩乐场。最后，又把法官的判决变成了自己的提亲决定："判"孟飞雄做了她的丈夫。这是何等痛快的事情啊！这不但是剧中人的痛快，而且是观众的痛快，不是皇帝女儿的痛快，是老百姓的痛快。这位刁蛮公主分明就是老百姓的替身，她替代老百姓在神圣不可侵犯的王权面前，痛快淋漓地获得了一次感情上的宣泄和满足。

这还不够，红线女在表演上的人物塑造方面牢牢地把握住人物性格的同时，索性把一个高高在上的堂堂公主来个完全彻底的平民化处理。

大喜之夜，还没入洞房的孟飞雄，高举着封建社会神圣王权以及至高夫权的象征物——先皇御赐的黄金锏，要新婚的妻子三步一叩跪进洞房。

我们来看看红线女在刁蛮公主也不能抗拒的这一权力象征面前，怎样进行她的"平民化"表演。

首先是三步的处理。她把腿高高地抬了起来，往前极大地跨了一步。无论从形体上还是从戏曲表演程式来看，这一步都是相当不规范的。公主不可能迈出这样有失身份的步子，尽管她是想尽快地走完前面的距离；这种步子也绝不是戏曲里任何一种行当所应有的程式动作，哪怕它再怎样符合人物在规定情境中的心理动作。说句不好听的，这纯粹是一种自然主义的表演。但正是这"自然主义"的表演，却赢得了观众热烈的喝彩。大步不能走，那就走小步。可这小步却是一步一扭身，一扭就是一个一百八十度，整个用背脊对着高举金铜的孟飞雄。再来一个三步，则是双脚并拢，干脆就来个三跳。这三跳，跳得观众开怀大笑。至于叩头，不过是拿个巴掌拍了三下地板应付了事。谁也不质疑红线女演的是不是个公主。其实，红线女在这确实把个刁蛮公主的刁蛮劲演得入木三分，正因为她是个刁蛮的公主，她才敢于这么任性，这么随意，这么目无王法，这么目无夫权，才敢说出："嫁得这么辛苦我不嫁！""这样的丈夫有没有也无所谓！""这样的男人早就该让他去当和尚！"这样的话来。红线女正是充分地把握住这一切，才能这么神奇地把一位公主演成了一个"平民"，而让观众仍然觉得她是公主，而且是一位更真实更可爱的公主。她的真实在于人物性格的准确细腻，她的可爱却恰好在她的平民意识。待到她进到房中，关起新房的大门，把丈夫拒在门外时，观众看着红线女关门的那几下调皮得像个村姑一样的动作，都忍不住会心地笑了。这场戏是该剧的精华，也是红线女平民化表演的精华。全剧尽管没有一大段足以让她一展"红腔"的咏叹调，但"红腔"在人物塑造方面的功力，恰好让人明白无误地认识到："红腔"毕竟不是曲艺的粤曲演唱，"红派"艺术毕竟不止是"红腔"而已。

　　纵观全剧，上述闪亮的"珍珠"俯拾皆是，范例举不胜举，但仍有一笔不能不再说一下：在对王权、夫权进行彻底的"解构"后，红线女在最后一场是对神权的恣意嘲弄：刁蛮公主拿着一绺头发追逐着老和尚，边追边骂"秃奴"，非要他把剃掉的头发重新给驸马栽上去不可！至此，红线女的艺术表演不但对戏曲的程式规范进行了"解构"，对主流艺术进行了"解构"，而且还对主流文化完成了颠覆性的"解构"。

　　或许有人会说：《刁蛮公主》这戏红线女在解放前就演了，用这个戏来论述红线女从香港回国后才逐步形成和成熟的艺术上的人民性，这不是很牵强吗？不错，这戏是红线女几十年前的作品，而且毋庸讳言，红线女在数十年前的表演与后来也没有面目全非的差别。但是，正因为这个戏是几十年前的作品，但红线女却仍然那么钟爱它、偏爱它，而且一次又一次地对它进行修改提高，到了20世纪90年代还亲自演出这个戏并录了像。今天，红线女又再一次把这个戏拿出来，不辞辛苦地亲自参与把它改编成电影动画片，希望新一代的观众也能欣赏它。凡此种种，更能说明红线女在这方面的追求与自觉。

还有一个不为一般人所知的"秘密"：当年红线女任红豆粤剧团团长的时候，为了培养新一代粤剧新秀，特意请来行家为一位青年演员赴京演出"量身定做"了一出新戏，戏排出来后，尽管好评不少，但红线女仍感到不尽如人意，最终带什么剧目上京演出成了她天天思虑的事情。最后，经过团领导研究，红线女终于决定把《刁蛮公主》送上北京。当时，很有一些人对红线女的这一决定不以为然，他们认为：都老掉牙了，这样的戏能代表粤剧上京吗？时值隆冬，北京的寒冷是几十年罕见的，但演出的盛况却是空前的，各大报纸杂志的大块文章足可说明当年的演出是怎样的成功。那位青年演员后来也拿了梅花奖。不少在京从事戏剧工作几十年的专家学者们看过戏后在文化部和中国剧协举办的座谈会上说：真没想到，戏曲还能这么个演法，而且是那么的好！

艺术永远只属于人民，艺术家只有与人民同呼吸共命运，才可能成就为人民的艺术家。一方水土养一方人。极富平民意识的岭南粤剧造就了粤剧的艺术大师红线女。红线女是属于粤剧的。但红线女却不单是属于粤剧。红线女既是个粤剧艺术家，更是一位人民艺术家！

人民的艺术家必然青春常存！

（原载《红线女艺术研究》第九、十期，题目为编者所加）

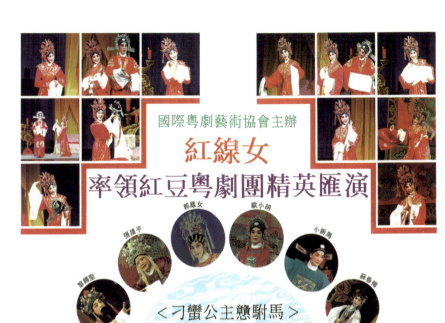

◎　1993年粤剧《刁蛮公主戆驸马》海报

▌苦凤莺怜

一、剧目简介

原编剧：骆锦卿

改编：马师曾

首演时间：1924年

演出剧团：人寿年班

剧情简介：贫民余侠魂，清明前夕往冯大户家向在冯家为佣之姐借银拜山，偶然发现冯二奶与奸夫巫实学密谋诬陷侄女冯彩凤。彩凤乃三关总镇马元钧之妻，竟蒙冤被逐。余侠魂出于义愤，到马家报信，反遭毒打。马元钧逐妻后，应知县李世勋之约，到栖凤楼赴宴，赏识该楼名歌姬崔莺娘，欲纳为继室。莺娘久历风尘，虽感元钧属意而未允。翌日，莺娘到观音庙上香，偶遇元钧妻女，悉其情而悯之，决意相助。适余侠魂亦至，将真相告知彩凤，并挺身作证，带彩凤至县衙告状。莺娘亦借锦乡侯名义来到公堂，迫使知县李世勋受理此案，余侠魂作证，据理力争，终捕奸夫淫妇归案法办。最终冯彩凤沉冤得雪，与马元钧破镜重圆。

红线女在上世纪40年代起参加该剧演出，在饰演崔莺娘前，还先后饰演过剧中的马素英、冯彩凤两个角色。

演员表：

余侠魂——马师曾

崔莺娘——红线女

◎ 1943年粤剧《苦凤莺怜》海报

◎ 粤剧《苦凤莺怜》戏桥

二、曲词欣赏

世间未必少李郎

【中板】那些走马王孙，与堕鞭公子，一般都是形骸放荡嘅。在这烟花地，难得遇见风尘知己，来者都是混世轻狂。说什么，一见钟情，说什么多艺多才，美胜天仙，无非换取一时欢畅。试问谁，谁甘愿，以三书和六礼，枇杷巷里迎娶我呢一个小莺娘。只有一天过一天，以诗酒应酬，自乐天真无苦况。但只愿，红拂留身求伉俪，世间都未必会少李郎。

栖凤楼

【梆子慢板】说什么风流福薄相，人笑我是个贱妓崔莺娘，偏偏是达官贵人敬重我会吹弹打唱。终日于人前度曲和卖笑，暗自里酸泪灌愁肠。几曾见过花丛有佳子弟，教我何处觅有情郎？我方应酬还花酒账，归来又只见车马塞门巷，一般都是假意虚情，那管他是谁人到访。

庙遇

【中板】我叫做崔莺娘，身在平康里中，以诗酒供人使命。讲起你哋马将军，刚从昨天晚上，与他有一面交情。就系在于栖凤楼，开琼筵以坐花，东道主是个巫山县令。为你尊夫来设席，我忝主持觞政，在

樽前奔走趋承。那时你嘅夫君，欲脱我出污泥，许我主持家政。他还说道，因为妻亡还未娶，

【二簧】择吉许以百辆相迎。方才听你禀神，知道了你夫君嘅名姓。更知夫人你蒙冤枉，我能不深表同情。

【七字清中板】谨奉刍言求俯听。寒闺屈驾你作居停去把你尊夫来相请。你夫妻见面可诉衷情。把是非，来断正。可以讲明白，你嘅冤情。那时你夫妻重相认，拖带我莺娘得个侠义之名。

高山流水觅知音

（白）樽前度曲寻常事，高山流水觅知音。

【平湖秋月】很寻常，哼哼唱唱大众开心你别忙，哼哼唱唱大众开心你别忙，你莫谓我轻狂。今日良辰逢贱降，与亲友谈笑乐得多欢畅，花开富贵呈浓艳，绿柳媚人，时时自惹园内晚风共舞翠袖长。请看檐前上挂鹦鹉，它会歌唱，我闲睡觉便逗它开心唱。

（浪里白）唱啦！啊，它怕你们两个嘅！怕乜嘢啫？他们做官的都是人呀？不要怕，有我喺处，唱啦！唱呀！

（续唱）你若再不歌唱，我就完全唔共你换的水和浆。畜牲懒惰你唱住两三声，我唔入数，你欺总镇是外行。

◎　粤剧《苦凤莺怜》剧照

三、名家评论

热情讴歌高贵的卑贱者
——评《苦凤莺怜》
莫汝城

红线女塑造的崔莺娘，在三场戏里以三种不同的面貌出现，使舞台形象活灵活现，多彩多姿，富有传奇人物色彩。

《苦凤莺怜》是20世纪20年代粤剧新编的戏，后来经过马师曾多年在舞台实践中加工提高，成为"马派"最有代表性的剧目之一。红线女在20世纪40年代开始与马师曾合作，此剧是他们历演不衰的保留剧目。

这个戏歌颂了两个生活在社会最底层的"卑贱者"——乞丐余侠魂和妓女崔莺娘的侠义行为。他们知道冯彩凤蒙冤受屈，被家姑和丈夫逐出家门，颠连无告，就挺身而出去救助她。他们经历种种困难，甚至挨打挨骂，终于为冯彩凤洗雪冤情，讨回清白。剧中虽然以冯彩凤的蒙冤到洗雪作为情节的主线，但没有着重表现如何惩治伪造情书陷害别人的巫实学和冯二奶，而是着力对一群"高贵者"——如三关总镇马元钧和他的母亲一品夫人马老太的糊涂轻信，自以为是，做出"出妻逐女"的蠢事；巫山知县李世勋"见高就拜，见低就踩"，以及那个没有出场的老侯爷的"老尚多情"等等，进行了辛辣的讽刺，使这个戏具有浓郁的喜剧性。

这个戏的第一主角是马师曾饰演的余侠魂，红线女饰演的崔莺娘只在《访莺》《庙遇》和《审官》三场里有她的戏。在《访莺》一场戏里，红线女就刻画出莺娘是个绝顶聪明，又由于身落风尘日子较长，懂得在这个浑浊、险恶的环境里，如何腾挪闪避，应对周旋，练出了自我保护能力的女子。李世勋带着马元钧夜访栖凤楼，马元钧刚把冯彩凤休弃了，李世勋就想借莺娘这朵"花"，献给马元钧这尊"佛"，好使她为自己的"升迁"出力。马元钧对莺娘自然是一见倾心，但看到莺娘的"干爹"老侯爷送来丰富的生日礼物，心里就像打翻了醋瓶子。因为在那时的社会里，有财有势的男人认一些年轻貌美的女子作"干女儿"是常见的事，他们的"司马昭之心"又是"路人皆知"的。而聪明的莺娘却巧妙地利用这层关系作她的"护身符"。马元钧先是含蓄地想用侯爷的"老"，凸显自己的"少"，哪知莺娘却在他的"醋"上再添"梅子汁"，说侯爷"老当益壮，能开六钧之弓"。这一下马元钧再含蓄不下去了，出了个"侯爷老尚多情，可怜鬓边涂粉迹"的上联要莺娘对下联，莺娘却用李世勋的"口角脂痕"去对侯爷的"鬓边粉迹"："县尊生来轻薄，难怪口角印脂痕！"把这位县太爷调侃了一番，巧妙地把议论老侯爷的话题引开了。莺娘之所以敢于开县太爷的玩笑，正是看透了他"借花献佛"的居心，料定他这时不敢恼怒。果然李世勋只尴尬了片刻，又嬉皮笑脸地要莺娘唱曲助兴了。

莺娘在这场戏里，满面春风，言笑晏晏；有时又旁敲侧击，语带机锋。你要我吹弹打唱，我欣然应命，不会扫你的兴；你要进一步打什么坏主意，我给你碰个软钉子。真是纵横捭阖，挥洒自如，又处处掌握分寸，使你亵渎不得，又恼怒不得。马元钧问及她可有当意之人，李世勋自任月老，说马元钧发妻亡故，要她嫁给马元钧时，她的表现是既使你不会觉得没有希望，又不作出任何的承诺，机智地应付过去。

《庙遇》是余侠魂的重场戏，莺娘的戏比较简单——莺娘到观音庙进香，听到冯彩凤在神前诉说自己蒙受的冤枉，对她深表同情，并答应要帮他把冤情申雪。就是在一段这么简单的戏中，红线女演出了莺娘这个人物更真实的一面：热情、豪爽，待人真诚。《访莺》里的莺娘，是在花酒筵前蒙上了一层"风尘"面纱的莺娘；《庙遇》里的莺娘才是这个人物的本色。红线女在两场戏中，不但待人接物的态度，言谈举止的风度有所不同，连唱腔也有差别：《访莺》中的唱腔，使人感受到是一种柔媚的美，在【平湖秋月】中还带一些"哆"，是为应酬宾客，使"大众开心"而"哼哼唱唱"的逢场作戏。《庙遇》中莺娘唱的只有一段【梆子中板】"我叫崔莺娘"，使人感受到的则是一种英秀的美，明快爽朗，透露出莺娘的"侠气"。

莺娘本以为马元钧因一封伪造的情书，以致产生误会，只要约请他们夫妻会面，让冯彩凤说明真相，就会使误会消除，夫妇重归于好。哪知莺娘派人去请马元钧时，连大门也不许进，还挨了一顿臭骂。马家母子声称不许别人过问他们的"家事"，李世勋自然更不敢受理这宗冤案了。莺娘要"为人为到底",实践她对冯彩凤许下的诺言,就只好借用那位老侯爷的权力。莺娘借得动侯爷的权力,戏里没有明场表现。但观众不难想象:马元钧看了侯爷给莺娘的礼物,心里就打翻了醋瓶,反过来那位"老尚多情"的老侯爷知道马元钧夜访栖凤楼,李世勋卖力"扯皮条",心里又是什么滋味呢?如果帮助莺娘,使冯彩凤夫妻复合,马元钧就不再是他有力的竞争对手;同时杀杀马元钧、李世勋的威风,也是对所有敢在"太岁头上动土"的人的一个警告。于是观众们在《审官》一场中,就看到老侯爷为了加大对莺娘的"感情投资",把代表至高皇权的"上方宝剑"都交由中军、校尉捧着去为"干小姐"压阵助威了。

《审官》里的莺娘,是个戴上"干小姐"面具的莺娘。居高临下,发号施令,不但李世勋俯首帖耳,奉命唯谨;马元钧母子也不得不"屈尊"到公堂听审。由于伪造情书陷害别人的案情实在简单,加上人证有余侠魂,物证有那封伪造的情书,三言两语就审清了。因此这场戏的戏剧性不在于审罪犯而在于"审官"。崔莺娘抖起"干小姐"的威风,把马元钧、李世勋都变成被告:一个是无故出妻逐女,为夫不义,为父不仁;一个是为了巴结高官,谎称马元钧发妻亡故,做媒骗婚,使两人狼狈不堪,而台下观众则捧腹不已。当然莺娘并不以这个"干小姐"的身份为荣,只是面对这些惯以权势压人的人,"即以其人之道,还治其人之身"而已。

红线女塑造的崔莺娘,在三场戏里用三种不同的面貌出现,活灵活现,多彩多姿,富有传奇人物色彩。而这三种的面貌,又统一在她"路见不平,拔刀相助"的侠义性格之中;统一在她善于利用那些"高贵者"的矛盾和弱点的聪明才智之上,表现得自然合理,令人信服。

（原载《红线女艺术研究》第七期,题目为编者所加）

▌ 昭君出塞

一、剧目简介

编剧：马师曾

整理：杨子静

首演时间：1953年

演出剧团：真善美剧团

剧情简介：粤剧《王昭君》据明曲《和戎记》及民间传说撮撰而成，《昭君出塞》是其中一折。王昭君名嫱，以良家子选入掖庭。画师毛延寿索金不遂，故而点破丹青，入宫多年，不得见帝。值匈奴呼韩邪单于来朝求亲，帝遂遣昭君远嫁，终于塞外。本折演王昭君辞朝上路，愤君主昏懦，痛乡邦难返，黄沙漫漫，故国遥遥，马上琵琶，长歌当哭，倾诉悲愤，然后车驾风沙，出关入塞。

1957年8月，红线女随"中国青年艺术团"赴莫斯科参加第六届世界青年与学生联欢节，在联欢节中红线女以一曲《昭君出塞》参加东方古典歌曲比赛，获得联欢节艺术比赛金质奖章。

演员表：

王昭君——红线女

呼韩邪——马师曾

◎ 粤剧《昭君出塞》剧照

二、曲词欣赏

昭君出塞

【子规啼】（清唱）我今独抱琵琶望……

（入乐）尽把哀音诉，叹息别故乡。尽把哀音诉，叹息别故乡！唉，悲歌一曲寄声入汉邦。话短却情长，家国最难忘悲复怆。此身入朔方，唉！悲声低诉汉女念汉邦。

【乙反二簧】一回头处一心伤，身在胡边心在汉，只有那彤云白雪，比得我皎洁心肠，此后君等莫朝关外看，白云浮恨影，黄土竟埋香，莫问我呢一个王嫱生死况，最是耐人凭吊，就是塞外嘅一抹斜阳。怕听那鹃鸟悲鸣，一笛胡笳掩却了琵琶声浪。

【塞外吟】一阵阵胡笳声响，一缕缕荒烟迷惘，伤心不忍回头望，惊心不敢向前往。马上凄凉，马下凄凉，烦把哀音寄我爹娘。

（清唱）莫惜王嫱，莫挂王嫱。

【乙反中板】未报勚劳恩，我有未了心头愿，谁知我思故国，更恨我

◎　1982年中国广东粤剧团的演出海报

◎　粤剧《昭君出塞》剧照

地君王。手抱琵琶，经已泣不成声，难把哀弦震响。今日去天涯，他朝请谁收我嘅白骨。怕难似苏武还乡。烦劳寄语我双亲，莫垂老泪望天涯，当少把我呢个王嫱生养。寄语汉宫廷，为我拜上贤皇帝。

【正线二簧】此后莫再挑民女，再误了蚕桑。应该爱惜黎民，更应顾念民生痛痒。

【二流】回首汉关徒惜别，梦魂难望到家乡。待王嫱跪尘埃，拜别爹娘教养，拜别了汉家姐妹，拜别了护送官韩昌。忽听得一阵阵胡笳。

【二簧滚花】不由人心弦震荡。

【煞板】王昭君心惶意乱，前路茫茫。

三、名家评论

"红腔"的典范剧目
——评《昭君出塞》
郭铭志

汉昭君和番的历史，除了史书上的记载，该是民间流传最广的故事之一了，而且也是最多地通过各种艺术手段传播的民间故事之一。无论是诗、书、画，还是琴、歌、戏，从古到今，不管你在中国民间的任何艺术样式上，都可以找到以其为题材的各种各样的艺术创作，百态千姿，美不胜收。特别是在戏文上，单是剧目的名称就有半天也数不过来的一大串，什么《汉宫秋》《和戎记》，还有什么《王昭君》《汉明妃》……从号称国剧的京剧到边陲之地的小戏，几乎没有一个地方剧种没演过这一故事题材的戏，甚至从西洋引进的话剧，也由中国最著名的大剧作家曹禺先生执笔写成话剧，搬上中国的话剧舞台；从名声如雷贯耳的大剧种大牌老倌到小剧种名不见经传的小演员，谁也不知道有多少演员饰演过王昭君这一角色。也不知道在中国的舞台土，有多少个个性迥异的王昭君。

红线女在《昭君出塞》里扮演的王昭君是个令人惋惜和哀怨的王昭君。

该剧是红线女的经典剧目，其主题唱段《昭君出塞》曲，更是红派艺术——"红腔"的最高典范之一。凡是知道红线女的，没人不知道

《昭君出塞》。早在20世纪50年代，红线女就把该剧唱遍了大江南北，并在莫斯科拿回了国际金奖。五十年过去了，到了新世纪的今天，广州市最近搞了个大型的粤剧交响乐，红线女亲自登台演唱的《昭君出塞》，还是整台晚会的压轴之作。该曲曲牌的设置，唱腔的运用，几乎成了粤剧这一类哀怨唱段创作和演唱的范例。这也是红线女的王昭君成为粤剧观众喜闻乐见、家喻户晓的艺术形象的主要原因之一。不少对粤剧不是很熟悉的人，在谈起红线女的时候，甚至就把她等同于那位悲悲切切、哀哀怨怨的王昭君。这是红线女创造的辉煌的艺术形象，是一个只属于红线女的艺术形象，是一个早就定格在红线女身上的艺术形象。历史的东西是不能变更的，而既是历史又始终活在人们心目中的东西更是不能改变的，何况是观众先入为主地认可了并十分熟悉和热爱的艺术形象。

（原载《红线女艺术研究》第七期，题目为编者所加）

▍搜书院

一、剧目简介

编剧：杨子静　莫汝城　林仙根

首演时间：1956年

演出剧团：广东粤剧团

剧情简介：琼台书院掌教谢宝，生平严正不阿，不畏权势，为人所敬重。重阳节日，学生张逸民登高游览，拾得断线风筝一只，抒怀寄兴，题词一首于风筝之上。镇台府婢女翠莲，奉命寻回失落风筝。镇台和夫人发现题词，竟咬定是翠莲勾引情夫，严拷毒打后还要送予道台为妾。翠莲改装潜逃，路遇谢宝，随归书院，得会张生，诉说遭遇。两人愿同患难，互订终身。镇台闻讯，带兵围搜书院。谢宝得知详情，既怜翠莲悲惨身世，又感两人相爱真诚，毅然挺身而出，设法营救。他巧施妙计，挫折了镇台威风，解救了翠莲危难。张逸民与翠莲脱离险境，奔回故里，终成眷属。

1956年，该剧被拍摄为彩色粤剧电影，全国放映，同年在香港放映时观众达60万人次。1957年6月7日，《南方日报》举办"最受欢迎的粤剧和演员"投票活动揭晓，观众从1956年6月至1957年3月在广州上演的粤剧中，选出最受欢迎的五个剧目。《搜书院》位居榜首。最受欢迎的十名演员，红线女名列第一。《搜书院》被称为粤剧改革的第一座里程碑。

演员表：

翠　莲——红线女

张逸民——李飞龙

谢　宝——马师曾

镇　台——何剑秋

夫　人——李翠芳

林　伯——尹伯权

二、曲词欣赏

柴房自叹

【哭相思】千悲万怨!

【南音】情惨惨，泪涓涓。钢刀绳索，迫我死在眼前。我似地狱游魂，难将天日见；更似釜中鱼肉，一味受熬煎。苦煞我肉绽皮开，鲜血红点点；我似寒梅遭暴雨，我似寒梅遭暴雨，片片落阶前。

◎　1980年《搜书院》戏桥

【快流水南音】不信奴婢生成，偏命蹇，任人拷打任笞鞭。不信你富我贫，便分贵贱，试问谁无父母，养育多年? 我哭句爹娘，你无眼见。

【乙反二簧】若见女儿今日，定更心酸。我自问磊落光明，并未有行差半点。夫人她严拷毒打，只为一首诗篇。镇台他恃势恃权，我真是无从分辩。【正线二簧】我含冤无告，死难瞑目，到黄泉。我已经饱受灾磨，生也灰心，无可恋。

【恋弹】我纵使轻生，冤枉有谁知? 苦处有谁怜。心不忍，冤屈招承累了张生，且忍度日如年。但得拨开层云，便把青天见。

【二簧滚花】怎得把牢笼冲破，可跳出深渊。若得展翅腾云，可作出笼飞燕。长空自在，舞翩跹。

三、名家评论

粤剧改革的里程碑——《搜书院》

吴树明

红线女和马师曾主演的《搜书院》被誉为"粤剧改革的里程碑"，周总理、梅兰芳等对红线女的精湛表演给予高度的评价。

《搜书院》是马师曾、红线女从香港回广州后演出的第一个新戏。红线女在剧中饰演一个聪明、勇敢、具有坚强性格的婢女翠莲。她不屈服于暴力的压迫，敢于争取自由幸福，在书院掌教谢宝（马师曾饰）的帮助下，得以逃脱镇台的魔掌，与曾经共同患难的书院学生张逸民终成眷属。

翠莲的第一次出场是在镇台府花园里侍候小姐放风筝。戏剧家欧阳予倩和阿甲都在他们的文章中称赞了这段放风筝的小歌舞，认为它使这个戏一开幕就吸引住观众。在翠莲和小姐两人边唱边舞的眼神、手势、身段中，不但使人仿佛看到风筝在天上的升降沉浮，而且清楚地表现了两人不同的感情和性格：身受压迫渴望自由的翠莲，要把风筝放得更高，更远，任它在海阔天空中自由飞翔。而骄纵横蛮的小姐却要把世间一切事物都操纵在她手上。正是她不会操纵风筝而乱拉乱扯，线被扯断了，风筝飞走了，她反而怪罪翠莲不好。镇台夫人不由分说，狠狠一巴掌把翠莲打得跌在地上，还命令她非把风筝找回来不可。翠莲倔强地站起来想要申辩，但想到申辩也没有用，愤然一顿足找风筝去了。红线女就是通过这小小的一段戏，便把翠莲的性格和处境向观众介绍清楚了。

风筝跌落在一个山坡上，被重阳登高的书院学生张逸民拾得。这位书生诗兴大发，把风筝身似飘蓬，命薄如纸，一朝断线便身陷泥涂的意思做成一首词写在风筝上。翠莲寻找到来，听张生念出风筝上的词句，觉得自己的命运就和风筝一样，不禁悲从中来，在张生的安慰和询问下，诉说了父母都因租债迫煎而死去，她自幼便被卖到镇台府当婢女的悲惨身世。红线女这段表演感情是纯朴的，对这个善良、厚道并能同情自己苦难的书生怀有好感。不料她把风筝带回镇台府便招来一场天大的灾难。镇台夫妇硬说风筝上题的是一首"淫词"，是她"勾引情夫"，把她严拷毒打，要她供出"情夫"是谁。红线女在这场戏里充分表现了翠莲的坚强性格，她无所畏惧地据理力争，申说自己行为绝无差错，风筝上题的绝非"淫词"。任凭镇台夫妇来硬的，来软的，她都不肯说出题词的人。她下定决心，即使自己被打死也不能牵累无辜而善良的张生。镇台夫妇无法使她屈服，只好把她锁在柴房里慢慢再折磨她。

《柴房自叹》是剧中最大的一个唱段。翠莲在黑沉沉的柴房里，浑身伤痛，身边摆着镇台威吓要她用来自尽的钢刀绳索，觉得自己就像

"釜中鱼肉"那样任凭主家烹炮煎煮；她愤恨世道不公，为什么富贵的人就可以欺压奴役贫贱的人；她对这个暗无天日的世界感到绝望，想到以死来抗争。红线女把翠莲这些感情一层层地推进，唱得字字血，声声泪。当她拿起钢刀绳索想要自尽时，通过一个【长过门】的思考，她坚强的性格开始战胜了方才绝望的心情，既然自己绝无罪过，为什么要死呢？她下决心一定要活下去，只有活下去才会盼得拨开云雾见青天的日子，毅然把钢刀绳索丢在地上。红线女的行腔又从哀婉悲戚转为沉着刚毅。最后想到"怎把囚牢冲破，跳出深渊"，就为她改装出走的行为奠定了思想基础。戏剧家张庚和曲六乙都对红线女这个唱段十分赞赏。张庚在一篇文章里说："'柴房'一场，唱得虽然比《昭君出塞》要短，但更富于感染力，我又被感动了。"曲六乙的文章说："欣赏这声情并茂、楚楚动人的唱腔，丝毫没有杂糅的感受，而是一种新颖别致、自然流畅、和谐统一的审美体验。"

翠莲改扮男装出走，到书院去找张生，但不知张生对她是什么态度，只好从试探入手。她以一个局外人的身份，把"听来的"关于镇台府一个婢女因风筝上的题词而遭受一场灾难的事告诉张生，张生十分难过，及听到那婢女宁死也不说出题词的人，心里更是感动，表示要尽自己的力量去救助她，可惜见不到她了。翠莲这时才显露自己真正的面目；红线女这段表演，用的是小生身段。阿甲评论她这段演出时说："红线女表演翠莲的女扮男装，形体动作很漂亮，她时常担心被别人发觉，在态度上总有些不自然，有时下意识地地显出女儿体态，忽而又警惕起来，这种冲突，也产生了戏剧效果。"红线女在这段女声唱男腔，当时有些人认为改扮男装就应该用男声（平喉）来唱。红线女认为如果翠莲用男声唱，这段生旦对手戏就会出现声部单一的缺陷，失去了生旦对唱丰富多姿的艺术魅力。用女声就保留了两个声部，唱男腔即词曲里的每顿以及上下句的结束音和拖腔都按男腔唱出，就有了男性的特征。粤剧在唱官话时期，小生本来就是和旦行一样唱假嗓的。因此女扮男装是唱男声还是唱女声，不妨百花齐放，在舞台并存。经过演出的实践证明，红线女用女声唱男腔的处理，观众是完全接受的。

镇台气势汹汹，带兵要搜查书院，捉拿人犯。掌教谢宝了解事情真相后，虽然对张生和翠莲有所责备，但为两人誓同生死的情谊所感动，决心保护两个好青年，巧妙地把翠莲放走，使这个原来充满了悲剧矛盾的戏却以喜剧结局。

1956年5月，广东粤剧团到北京作汇报演出。首都文艺界对《搜书院》这个戏和马、红等演员的表演艺术，都给予很高的评价，《搜书院》被誉为"粤剧改革的里程碑"，周恩来总理在一个座谈会上说"粤剧是南国红豆"，从此，粤剧有了"南国红豆"的美称。

梅兰芳先生在《北京日报》发表《动人的喜剧〈搜书院〉》一文，在谈到红线女的表演时说："红线女扮演的翠莲，表现出一个刚烈而又腼腆可爱的少女形象，在体现剧本所揭示的人物思想矛盾的发展上，更是细致深刻。她在柴房一场的独唱，表面上好像没有一个身段，其实处处是身段，时时有'脆头'（脆头就是舞台上表演节奏鲜明的地方），书房和最后一场两人合扇的身段（就是二人一起同作身段）都很优美精炼，唱腔运用着正确的发音方法，并且也富有情感。"许多人都说，梅先生这样称赞一个青年演员（红线女当时28岁）的表演，是极为少见的。

红线女并没有陶醉在一片赞扬声中，她清醒地知道自己的不足。周恩来总理看戏后曾对她说："你是拍电影的吧？看得出来，你唱得不错，你的表演内心活动很细致，这是电影演员的所长，你使用了很好，可是你现在是戏曲演员，是在表演舞台艺术……舞台表演艺术是夸张的，你要注意用戏曲的表演手段，在舞台上把内心活动表现出来。"红线女此后几十年都牢牢记着周总理这番话，把它作为指导自己在艺术实践上的努力方向。

（《红线女艺术研究》第七期，题目为编者所加）

◎　1992年《联合早报》报道32年前的《搜　　◎　粤剧《搜书院》剧照
书院》戏桥

◎　粤剧《搜书院》剧照

▌关汉卿

一、剧目简介

编剧：马师曾　杨子静　莫志勤

首演时间：1958年

演出剧团：广东粤剧团

剧情简介：元代大戏剧家关汉卿为同情一含冤被斩的弱女子，挺身仗义，执笔写下《窦娥冤》一剧，控诉残酷的元朝统治者，因此触怒了权贵阿合马，关汉卿与演《窦娥冤》的女主角朱帘秀双双被判死刑，演蔡婆婆的赛帘秀则惨遭挖目酷刑……《窦娥冤》一剧的演出使群情激愤，奸官阿合马终为义士王著所刺杀，元朝统治者为了平息民愤，被迫改判朱帘秀押回行院，而关汉卿则被逐出境。悲歌相送，彩蝶分飞，长亭怅别，天地动容。

演员表：

关汉卿——马师曾

朱帘秀——红线女

叶和甫——文觉非

王　著——靓少佳

赛帘秀——林小群

王和卿——区少基

阿合马——黎国荣

二、曲词欣赏

蝶双飞

（白）铁笔横挥，写尽英雄气；壮词浅出，激发女儿心。

（唱）将碧血，写忠烈，化厉鬼，除逆贼。这血儿呀！化作黄河扬子浪千叠，长与英雄共魂魄！强似写佳人绣户描花叶，学士锦袍趋殿阙，浪子朱窗弄风月。虽留得绮词丽语满江湖，怎及得傲干奇枝斗霜雪？念我汉卿啊！

（白）读诗书，破万册；写杂剧，过半百。

（唱）这些年，风云改变山河色，珠帘卷处人愁绝。只为了一曲《窦娥冤》，俺与他双沥苌弘血；嗟胜那孤月自圆缺，孤灯自明灭，坐时节共对半窗云，行时节相应一身铁。各有这气比长虹壮，哪有那泪似寒波咽？提什么黄泉无店宿忠魂，争说道青山有幸埋芳洁。俺与你发不同青心同热，生不同床死同穴。

（清唱）待来年遍地杜鹃花，看风前汉卿四姐，双飞蝶，相永好，不言别！

沉醉东风

咫尺天南地北，霎时间月缺花飞。手执着饯行杯，眼搁着别离泪，刚道得声保重将息，保重将息，痛煞了教人舍不得，教人舍不得，好去者，望前程，望前程万里。

三、名家评论

红线女表演艺术的飞跃
——评《关汉卿》
莫汝城

《关汉卿》根据田汉同名话剧改编，马师曾、红线女1958年开始演出。红线女继《搜书院》之后，又一次更为成功的艺术创作，更使人看到她回到新中国三年后，整个表演艺术都有了很大的飞跃。

红线女塑造的朱帘秀，鲜明而深刻地刻画了这个"身落风尘不记年"的行院歌妓，为了编演《窦娥冤》，与关汉卿（马师曾饰）并肩战斗，面对元朝统治者的残酷迫害，无惧无悔，以演剧为武器，以生命作斗争的女中豪杰的高贵品格。

对朱帘秀这个人物，红线女是融合了她在生活中的切身感受去演的。她说："这个剧本好像是艺人的回忆录。"像关汉卿、朱帘秀为编演歌颂正义，抨击邪恶的戏，而遭受反动统治者压制和迫害的事，马师曾和红线女在旧社会里都有类似的经历。1946年，马、红演出揭露伪君子丑恶嘴脸的时装戏《野花香》，被广州当局认为是"影射、诋毁"当时的某位高官而严令禁演。1950年，他们带剧团从香港回到解放后的广州演出，在华南文联的帮助下，编演了反映珠江三角洲农民反抗官僚恶霸的迫害和剥削，反对国民党拉壮丁打内战的现代剧《珠江泪》；参加了"抗美援朝粤剧大集会义演"，演出了批判崇美思想的短剧《牛仔裤》。返回香港后，八和会馆召开大会，申斥马、红在广州"赤化"，警告要开除他们的会籍，接着港英政府的"政治部"，对他们"传讯"，追查他们在广州的活动。至于在旧社会里，作为一个戏曲艺人所受的屈辱、辛酸，就更是说之不尽了。

《关汉卿》在舞台演出，每次演到关汉卿和朱帘秀决定要编演《窦娥冤》时，一个说"我写"，一个说"我演"；演到他们拒绝修改词曲时，一个说"一句也不能改"，一个说"只字也不能改"，剧场便响起了热烈的掌声。正是马师曾、红线女把多年蕴蓄在心的对反动统治者的愤怒、仇恨，凝聚为这几句简短的"战斗宣言"，字字掷地有声。观众被他们深厚、真实的感情引起强烈的共鸣，情不自禁地为他们鼓掌。关、朱两人在斗争中的互相致辞，互相关怀、鼓舞，当反动统治者以泰山压顶之势，降下"恶言犯上"的罪名，两人争相出头，要独自承当，这种生死与共的战斗情谊，既有慷慨激昂，又有缠绵悱恻，表演得更是真挚动人。"生死同心彩蝶双，缠绵慷慨杂苍凉。拼将眼底千行泪，化作人间六月霜……"田汉七律《观马、红演〈关汉卿〉》中的诗句，正是马、红舞台形象的写照。

红线女既准确地掌握了朱帘秀的感情和性格，又善于动用戏曲的手段，把它转为她表演的外形节奏，往往通过一个拖腔或一个动作，就把人物的内心世界展示出来，使人物的形象鲜明，并有深度。朱帘秀第一次出场时有四句上场引子："身落风尘不记年，琵琶弹断几多弦，歌残玉树声声泪，湿透红毡枉自怜。"红线女在最后一句拖了一个缓慢而悠长的花腔，层层起伏，叠叠盘旋，使人听得荡气回肠，同时又深深感到她是通过一声"长长的叹息"，把郁结在她心底的辛酸、苦痛、愤懑、哀伤都倾吐了出来，使人对她的命运和处境，予以无限的同情。又如第六场，朱帘秀依然只字不改地演出《窦娥冤》，阿合马勃然大怒，把她押来审问，面对一声杀气腾腾的"跪下！"朱帘秀神态悠闲，若无其事，先慢慢地解开她演窦娥时套在颈上的锁链，轻轻地放在地上，然后回答阿合马的审问。经过一番唇枪舌剑的较量，阿合马因有所顾忌，一时还不敢杀她，又是一声虎啸狼嗥般的"押下去！"朱帘秀依然是神色自若，不慌不忙地拾起地上的锁链，仿佛她仍要用这件"砌末"回去继续演她的窦娥。这解锁链、拾锁链两个动作，是朱帘秀对这个位居"中书省平章政事"（相当于丞相）的阿合马和他的威权，给予一种无声的鄙夷和轻蔑，而表现得又那么的含蓄与深刻，令人回味无穷。

《蝶双飞》一场，马、红以诗、歌、舞高度结合的形式，把关汉卿、朱帘秀善恶分明、爱憎强烈的生活态度；为坚持共同信念，誓同生死的战斗情谊；笑迎风暴，坚信正义终要战胜邪恶的乐观主义精神，都表现得淋漓尽致。身段、造型、歌唱都给人以美的享受，成为粤剧舞台艺术的珍品。田汉的【菩萨蛮】词就热情赞美了这段表演："马红妙技真奇绝，恼人一曲双飞蝶。"田汉还说过：许多戏曲剧种改编演出的《关汉卿》，往往因迁就曲牌的格律，把【双飞蝶】这段唱词压缩或改写，粤剧却能一字不改地唱出来。其实粤剧也改动了原词一个字，就是在最后"待来年遍地杜鹃红，看风前汉卿四姐双飞蝶，相永好，不言别"那段，把"杜鹃红"改作"杜鹃花"。原因是红线女觉得应该在这里翻起一个高腔，并且用"脑后音"，以穿云裂石的力度，激射而出，表现关、朱两人以昂扬的感情，乐观的精神，看到正义终要胜利的前景。"红"字属阳平，广州方言阳平字发音特别低沉，翻不起这个腔，故而改用阴平的"花"字。后来田汉自己也把"红"字改为"花"字，1982年出版的《田汉诗选》，这一句就是已经改作"待来年遍地杜鹃花"的。

《蝶双飞》一曲（应该还有一曲《沉醉东风》）确实展现了"红腔"的艺术魅力，被称为"田词红腔，一曲难忘"。戏剧家张庚在《谈红线女表演艺术》一文中说："《蝶双飞》不只是十分动人，而且一扫柔靡之气，散发着英雄主义的气概。这首歌是刚强的，但在歌唱者的感情中间，没有一点简单化、概念化的成分，倒是非常丰富多变，有坚毅也有悲伤，有斗争精神也有充沛的爱情，这一切又都统一在作为一个战士的精神中间，像这样真挚而又有深度的演唱艺术，我们并不是能够经常听到的，而听到

◎　粤剧《关汉卿》剧照

◎　粤剧《关汉卿》剧照

它应当说是一种很好的艺术享受，又能深受感动。"音乐家李凌在一篇谈"红腔"的文章里说："在《蝶双飞》的演唱中，她的歌声包含着柔情、悲切、感激、愤慨、犹豫、果断，感情越来越强烈，即使不看她在台上的表情动作，只听她的歌声，而她所刻画的心情，也一样感动听众的心怀。"

（原载《红线女艺术研究》第七期，题目为编者所加）

焚香记

一、剧目简介

编剧：杨子静

首演时间：1960年

演出剧团：广东粤剧院

剧情简介：秀才王魁落魄莱阳，贫病交加，幸遇歌女焦桂英相救，结为夫妇。大比之年，王魁上京赴考，桂英送行，同到海神庙盟誓："男不重婚，女不再嫁，相爱终生。"岂料王魁得中状元，贪慕荣利，入赘相府，派人送信休了桂英。桂英悲痛欲绝，投诉无门，只得哭诉海神，海神默无反应，桂英悲愤之下，打毁神像，在庙自缢身亡。她的鬼魂去到京城，一再试探王魁，王魁并无悔意，反欲加害，终被桂英活捉而死。

全剧演出备受观众欢迎，剧中《打神》一折戏成为极有影响力的折子戏，后被拍成电影，《打神》一折唱段，亦曾多次灌录唱片，传唱不绝。

演员表：

焦桂英——红线女

王　魁——陈笑风

二、曲词欣赏

梨花落

【乙反南音】梨花落，杏花开。我夜夜思君和露立苍苔。到晚来我辗转在书斋外。怕见人去楼空，我怕把户打开，怕见你留下嘅衣衫，宛似郎君在，却是人何在？只落得望穿秋水，我未见你家书来，我未见你嘅家书来。

（白）郎君记得四月初旬，算来又是春闱放榜，那时奴家又到海神庙祷告，我话海神爷呀！

【流水南音】保佑我郎文章惊海内，莫使他功名事业展不开，神灵鉴领我情似海，情似海，果然是马头喝道，我地呢位状元来。

打神

【二簧首板】冤难了！恨恨恨，恨难消！跪对海神哀叫，跪对海神哭表！

【二簧】说甚么天眼昭昭，说甚么神光普照，何以王魁薄幸偏荣耀，我桂英情重却身堕在奈何桥！

【二簧板面】当日神前一炷香，两家设誓条，他说到老不相分，我说黄泉情未了；他说中途若负阿娇，天理也难饶，我说信难饶。岂料言犹在耳，他得志便身骄，盟誓都不要。

【二簧】害得我烟花女，惨似到死春蚕，解不开魂缠梦绕。

【饿马摇铃】忆当初，风雪夜，我开窗晚眺，见他丐食在市吹箫，他千里迢迢，只因应试落第无聊客心焦。我念他飘泊异乡心里苗爱苗，与他共渡鹊桥。一点情真非为恋他俏，喜得终身相依有良人，亲送他上京去求名博展翅扶摇。

◎　粤剧《焚香记》剧照　　　　◎　粤剧《焚香记》剧照

【反线中板】岂料他姓名标，博得状元高第，狠心便把旧爱，一笔咁勾销。招赘在相府中，珠围翠绕绿衣郎，他只见新人欢笑。一纸休书，染遍我嘅断肠红泪，

【乙反二簧】海神爷你怎也冷眼都不瞧。天高渺渺我诉无门，莫不是人间你管不了？

【五槌花】焦桂英倒在海神庙，哭它个海沸山摇。

三、名家评论

弱、悲、美、善的艺术形象

——评《焚香记》

莫汝城

《焚香记》是红线女1960年开始演出的剧目，红线女塑造的焦桂英，刻画了她性格中善良、纯真、痴情、富同情心等各个方面，但使人感受最深的是她的善良；使人最感动的也是她的善良。她生前做人是那么的善良；死后做"鬼"还是那么的善良。《打神》和《情探》是红线女把桂英的善良，表现得最为鲜明，最为深刻的两场戏，也是使观众最为感动的两场戏。

人们从前面两场戏里看到王魁得中状元后，为求取个人的荣华富贵，就背叛了桂英，入赘相府，并写下休书交人带去。在王魁制造的灾难即将降临桂英头上时，桂英却在海神庙里虔诚上香祷告：只要王魁平安吉祥，自己愿意替他承担任何的灾难。王魁在京城的事，她是不知道，但对眼前的事——长差送信到来时种种反常的现象，她也毫不察觉。在正常的情况下，作为替状元公送喜报的人，在状元夫人面前必然是不厌其详地述说状元公"大魁天下"的种种荣耀，但这个长差只冷冷地交了信，连茶都不喝就推说"有事在身"匆匆告辞。桂英的姐妹问他是否要接夫人进京，他只回答"看信便知"。这些都是十分反常的现象，然而桂英总是以自己善良的心去相信别人，此时她已全副身心都沉浸在幸福之中。只见她紧紧捧着那封来信，脸上堆满了甜蜜的笑容，一心只想着王郎在信中会向她说些什么知心话，长差的告辞，姐妹们的打趣都没有扰乱她的心情。但是她的心情越喜悦，越甜蜜，观众们的心情

就越沉重，越难过。因为大家都知道，她手上捧着的不是一封喜报，而是一桶火药，马上就要把她美好的愿望炸得粉碎，把她整个人从幸福的巅峰抛到灾难的深谷。果然桂英拆信一看，就像晴天霹雳，一下子把她惊呆了。她的目光、脸容都显露着困惑、迷惘惊讶的神色，双手发抖，信掉在地上。她定一定神，仿佛仍不相信刚才看到的是真的，俯身将信拾起，重读一遍，这时才像火山爆发，岩心喷涌那样，把"王魁！贼子！你好，你——好——"八个字喷了出来。

这是桂英心情由喜而悲，对王魁由爱而恨的一个大转折，也是红线女表演节奏由煦日和风到雷鸣电闪的一个大起伏。善良不是怯懦，善良人受到伤害也会奋起抗争的。这里就有一段连唱带做，长达二十多分钟的表演。红线女在这段表演中有她独特的艺术特色，戏剧家郭汉城在《红线女·红腔·红派》一文中说："近年来戏剧舞台上出现了不少精彩的《打神告庙》，红线女塑造的焦桂英却有些与众不同之处，她以唱为主，着重表现焦氏的善良。""怒不失柔，骂不失美，打不失弱。乍从表面上看，红线女的《打神告庙》不那么火爆过瘾，但细细想来却是很有味道的，为弱女子画像，为弱女子呐喊，为弱女子唱不平是红线女的创作初衷，因此她塑造了一个弱、悲、美的焦桂英……在众多的焦桂英中，红线女的焦桂英是别具一格的，体现了她对人物的理解和对美的追求。"

红线女在《打神》这个大唱段中，有甜蜜的回忆，有愤怒的控诉；有委婉的陈述，有激烈的抗辩。音乐家李凌在《散论红线女的艺术表演》一文中说："我们有几位独唱演员，曾经听过她在《打神告庙》中的歌唱，觉得她的歌唱层次安排得那么分明得体，意境的创造那么深刻，对歌曲的内容、感情的分析和解释那么的细致，是很少人能够做得到的。"

红线女塑造的桂英，以她的善良获得观众极大的同情，她的命运更紧扣着观众的心，眼看她呼天抢地，然而天地无知，鬼神不明，这个弱女子只能以死抗争。每次演到她解下红绫悬梁自尽时，剧场里都可以听到唏嘘叹息乃至啜泣之声。

"生前无地平冤气，死作鬼雄辩是非。"桂英的鬼魂内场一句【牌子头】，用【大冲头】锣鼓含怒带愤上场，再一个【阴锣】"车身"，观众们看到这种舞台气氛，以为桂英会马上把王魁捉拿，带到阴曹地府去审判，哪知桂英此时却迟疑了，犹豫了。此时此刻还用自己善良的心去猜测王魁，他是不是有不得已的苦衷？是不是有不可抗拒的压力？只要王魁"尚有良心一点在"，他仍是爱她的，入赘相府是被迫的，善良的桂英虽然含恨死去，仍然愿意饶恕他的，于是就展开了一场《情探》的戏，也是一场真善美与假恶丑强烈对比的戏。

红线女塑造的桂英完全是用自己的真情去试探，甚至想用自己的真情唤醒王魁的良心。这场戏红线女唱得不多，但一段"梨花落，杏花开"就唱得哀婉缠绵，把桂英对王魁的爱恋、盼望、祝愿的感情，表达得十分真挚、深刻。王魁做了亏心事，也有点内疚之情，但一想到乌纱、前程、荣华、富贵，就什么人间真情都无动于衷了。桂英处处引导他对往事的回忆，得来的回答是"事如春梦了无痕"；桂英仍像往日一样关心他的饮食起居，得来的回答是已有相府千金小姐的侍候；桂英牵挂着他当年在风雪中染下的"寒病"，为他带来药方，竟被他不屑一顾

◎　粤剧《焚香记》戏桥

地扔在地上。经过一层又一层的试探，才使桂英看清了王魁是真正的背义负心。最后，桂英提出能否让她在他身边当个婢妾，这是她试探王魁还有没有起码的一丝人性、半点天良，给她一条生活下去的路。然而王魁却连这带屈辱性的最低要求都不接受，要她回去"重张艳帜，再着歌衫"，竟要把救命恩人再推下火炕。到此，这场戏的真与伪，善与恶，美与丑的对比，人们的爱与憎都发展到最强烈的程度，人们无不切齿痛骂王魁"丧尽天良"。最后王魁颈上被套上绳索，像狗一样伏在地上时，人们无不拍手称快。

红线女塑造的焦桂英，不但感动了国内观众，还使语言不同，生活习惯不同，历史文化背景不同的外国人，感动得"差点哭起来了"。1982年红线女到美国演出，联合国交响乐协会主任伊洛先生看了《焚香记》后对《美洲华侨日报》的记者说："演得很出色，很美，很雅致，演员把整个感情都融化在剧中角色了，在最后一场戏里，我差点哭起来了。"

（原载《红线女艺术研究》第七期，题目为编者所加）

┃ 李香君

一、剧目简介

编剧：莫汝城

首演时间：1963年

演出剧团：广东粤剧院

剧情简介：明朝末年，秦淮河畔名妓李贞娘的养女名李香君，年轻貌美，秉情高洁，跟随名师，学习诗书，琴棋诗画，无不精通，不少高人雅士，公子王孙，皆慕名而至，但香君绝不假词色，唯独与当时复社书生侯朝宗一见钟情，香君爱慕朝宗胸怀复兴国家民族之心，更爱他对己之温柔片片，两人在朝宗书友杨龙友有心撮合下，结为夫妇，堪称天作之合。但不久，明崇祯死后，福王复位，因倚重奸臣马仕英、阮大铖等人，国势更危。朝宗为抗清，投奔史可法而去，暂别香君。马、阮权奸不顾国破家亡，仍日夕征歌选色，饱暖私囊，荒淫无耻，更以重金强迫香君改嫁其奸党首领田仰。香君宁死不屈，养母贞娘为了香君保全贞节，牺牲自己，代女出嫁，香君则隐居于山上庵堂，并得其老师苏师父相助，千里送信与朝宗。香君终得与朝宗见面，却发觉朝宗竟剃发束辫，降清变节，香君仿似晴天霹雳，万念俱灰，痛把青丝割断，遁入空门，以表心迹。

该剧于1989年拍成电影，红线女和著名演员罗家宝、阮兆辉、尹飞燕等主演，是20世纪拍摄的最后一部粤剧电影。

演员表：

李香君——红线女

侯朝宗——罗品超

李贞丽——李燕清

郑妥娘——黄洁屏

卞玉京——冯锦娟

苏昆生——王中玉

杨龙友——薛觉明

马士英——少昆仑

阮大铖——黎国荣

◎ 粤剧电影《李香君》剧照

二、曲词欣赏

新婚

【梆子慢板】洞房昨夜灯如昼，羡郎文采与风流，凭借这一刻春宵，成就了百年佳偶。人前强敛嫣然口，浓情蜜意隐心头，眉梢却把春光漏，教人对镜，也含羞。

香君守楼

【二簧首板】思缥缈，梦迢迢，空楼静悄，风寒料峭。

【长句二簧慢板】暮暮朝朝，凭栏凝眺。但见冻云残雪阻长桥。烽火弥天鸿雁杳，愁对残山剩水，怕听管笛笙箫。数载伴我空楼唯冷月，夜夜君眠斗帐听寒刁。两地凤泊鸾飘。

（清唱）只为奸贼弄权倾社庙。

【南音】望断盈盈秋水，瘦损婀娜宫腰，夜夜枕边红泪，泛春潮。楼门紧闭不许风情扰，待得侯郎归日再度花朝。

【乙反】怎奈马阮差人，似狼嗥虎啸。欺我烟花弱女，欺我烟花弱女，薄命飘摇。

（白）他窃踞朝堂，哪管家国沉沦，版图尽丢，未忘选娇娆。

【流水南音】他迫我另抱琵琶弹别调，倚仗相府威权气势骄，养母哀怜代替奴上轿。

【南音】又怕奸人晓，含悲掩面，我未敢转头瞧，我未敢转头瞧。

【乙反中板】保得白玉身，毁却如花貌，血痕一缕在眉梢，镜里朱

霞残照。点点绯红留扇上，空有个闲情写照，添上枝叶夭夭。这桃花，似我伤情，朵朵春风懒笑。这桃花，如人薄命，

【二簧慢板】片片流水浮飘。桃花薄命，扇底飘零，恰似为奴写照。

【二簧滚花】一帧薄命桃花照，万里江河血泪潮。

三、名家评论

柔情似水　烈骨如霜
——评《李香君》
吴树明

红线女既演出了李香君的柔情似水，又演出了她的烈骨如霜，使人不能不惊叹红线女掌握人物的感情性格、变现角色的气质特征是这样的准确、深刻和细致。

《李香君》是红线女1963年开始演出的剧目。

红线女演《李香君》是有感而演的。1962年她在北京养病，在她与编剧研究如何改编《桃花扇》，和她后来邀请中国京剧院总导演阿甲来执导这个戏时，都提到由于前些年的天灾人祸，现在国家经济仍很困难。她认为越是在困难时期越要有民族自尊心，民族自信心，越要讲民族气节，现在演《李香君》仍是很有现实意义的。1989年春夏之交，红线女要把《李香君》拍成电影，有人问她为什么选这个戏，她说："我喜欢李香君……李香君身上有作为一个人应有的志气，我得学。民族气节很重要，今天也应大力宣扬，作为中华民族的一员，没有骨气怎么行？"因此，红线女塑造的李香君在表现她的高洁、柔情和刚烈的同时，更突出她的民族气节。李香君是个初坠风尘，涉世未深，还带着纯真、娇憨的少女。红线女把握着人物性格发展的脉络，从最初的幼稚、单纯，经过《却奁》《守楼》《骂筵》等一系列的斗争与磨练，一步步成长、成熟。从最初朦胧的忠奸观念，升华为明晰的对国家、民族的爱，对祸国、卖国行为的恨。

红线女在表演中，紧紧地把握住香君性格中温柔与刚烈的两个方面，这两者又统一在"善恶分明，爱憎强烈"的人生态度之中。爱就爱得刻骨铭心，恨就恨得咬牙切齿。在《题扇》一场，初会侯生，题诗定

情；《辞院》一场，侯生避祸出走，香君在秦淮河边送别，红线女把香君演得柔情似水；《守楼》一场，以碰头流血的激烈行为，抗拒权奸的逼嫁；《骂筵》一场，舍死忘生，直斥马士英、阮大铖是"祸国元凶，魏家孽种"，又把香君演得烈骨如霜。有时温柔与刚烈同在一场戏中先后出现，如《却奁》一场，香君与侯生新婚燕尔，侯生陪伴着她早起晨妆，她心里充满了幸福和喜悦，眉梢眼角都显露出万种柔情。到一听说这些妆奁是用阮大铖的钱买的，她就马上"摘珠翠，脱绮罗"，刚毅地、坚决地把所有衣物都掷还杨龙友，要他退回给阮大铖。最后《掷扇》一场，南京已被清兵占领，香君逃难到深山的一间尼庵里，当她听说侯生的好友们还在浴血抵抗，有些人已壮烈殉国的消息时，想到她的侯郎"决不后人"，一定像他的好友们一样坚强勇敢，心中对侯生的一股柔情就油然而生。后来看到侯生已经剃发易服，参加了清朝的科举考试，就毅然决然地与他决裂。这温柔与刚烈，在人物身上交替出现，相互映衬，使人看到红线女塑造的李香君，心灵像冰雪一样的晶莹，骨头却像铁石那般的坚硬。

红线女理解香君之所以爱侯朝宗，是因为当时他是一个很有才华，并且敢于与祸国权奸作斗争的热血青年。她对侯生的爱，真诚、坚定，受尽千磨百折，经历九死一生也毫不动摇。那把桃花扇上有侯生的题诗，有用她鲜血画成的桃花，是她与侯生爱情的见证。香君对这把桃花扇，也就是对这段爱情的珍惜，超过对自己的生命。侯朝宗既不奋起抗清，又不归隐山林，竟然变节应试，使她十分痛心与失望，愤然把桃花扇掷在地上，不但表现了与这段曾经使她刻骨铭心的爱情决裂，更表现了她大义凛然的民族气节。使人看到这个被马、阮等权贵骂为"小娼妇"的人，却具有"富贵不能淫，贫贱不能移，威武不能屈"，人们称之为"大丈夫"的品格。一个"女中丈夫"的艺术形象就在舞台上树立起来了。

正因为香君的性格有柔情似水和烈骨如霜的两个方面，红线女塑造香君的音乐形象时，就把她音域特别宽阔、高低起伏舒卷自如的优势发挥得淋漓尽致。人们普遍称赞她在这个戏中的演唱，用气、发声、吐字、行腔都表现了很高的技巧，尤其赞美她在《香君守楼》一曲中长腔的使用。红线女自己说：她每唱到《却奁》一曲时，"激动的心情是无法抑制的"。"《香君守楼》……无论何时何地唱这段曲，我都能立即投入人物之中，并且常常越唱越动情。"红线女之所以唱得如此激动，越唱越动情，正是因为她演《李香君》是有感而演的，她要表现香君对国家、民族的爱，突出她的民族气节。在《香君守楼》这段曲中，她就把香君的命运与国家、民族的命运连结在一起。香君的薄命并不是什么"红颜多薄命"，而是当时国家、民族正遭受外敌入侵，权奸祸国巨大的灾难在她身上的反映。明朝的江山只剩下江南一片"残山剩水"，南京城里仍是处处"管笛笙箫"，当权者仍然过着征歌逐舞、醉生梦死的生活。他们不但不抗清，还破坏抗清的力量，迫害爱国人士，她和侯生"两地凤泊鸾飘"正是"奸贼弄权倾社庙"所造成的。因此她"一帧薄命桃花照"的个人悲剧，是与"万里江河血泪潮"的整个国家、民族的大悲剧紧密相连，不可分割的。红线女在曲中抒发的就是这种感情，是这种感情使她激动，而人们称赞的她歌音的优势和歌唱的技巧，则使她的感情抒发得更充分、更深刻、更细致，她越唱越动情，自然观众就越听越动情了。

李香君是红线女1956年以后塑造的四个风尘女子中最后的一个，如果和她前面塑造的焦桂英、崔莺娘、朱帘秀作比较，就更能见到她塑造人物的高超技巧。这四个风尘女子性格都很可爱，形象都很美，但各人的可爱和美却有鲜明的区别：焦桂英和李香君对爱情都是真诚、坚定的，桂英对王魁的负心，只要他"尚有良心一点在"还打算饶恕他；香君对侯朝宗的变节却丝毫不能饶恕。桂英愤怒到要"打神"时还是"怒不失柔，骂不失美，打不失弱"；香君愤怒起来时，即使面对丞相马士英，兵部侍郎阮大铖，也有"舍得一身剐，敢把皇帝拉下马"的气概。桂英的可爱在善良，香君的可爱在刚烈。四个风尘女子中，崔莺娘是最善于应酬宾客和自我保护的；李香君却是最不会应酬宾客和自我保护的。莺娘的"栖凤楼"座上客常满，不管是她喜欢和不喜欢的，都应酬得妥贴、周到，挥洒自如，她也看透老侯爷的居心，乃巧妙地借他作"护身符"。香君"媚香楼"的楼门却是"从不许客人轻叩"，对那些来寻欢买笑的纨绔子弟连理都不想理。她也从来不寻求别人保护，尽管杨龙友在客观上做过一些掩护她的事，如暗通消息使侯生逃出马、阮的魔掌；贞娘代嫁，他也能严守秘密，在马、阮面前称香君为李贞丽，遮掩她的真实身份。但香君却讨厌他八面玲珑，两头讨好，常常当面使他难堪。莺娘像天边的彩霞，色彩缤纷并时有变化；香君像一幅洁白的绢纱，容不得半点尘污。朱帘秀和李香君对邪恶势力的斗争都是坚决、勇敢的，并且都斗到了反动统治者的最高阶层、相当于丞相职位的阿合马和马士英的面前。朱帘秀对阿合马的鄙夷、轻蔑是无声的、含蓄的，巧妙地使用颈上的一条锁链把这种感情表达出来；李香君对马士英的仇恨和愤怒却是毫不掩饰的、强烈的，也巧妙地使用手上的琵琶表达出来。在《骂筵》一场里，她把琵琶拨弄得发出一种有如雷霆霹雳之声，把她心中的悲愤都通过琵琶的声音迸发出来，真有"渔阳参挝，击鼓骂曹"

◎　粤剧电影《李香君》海报

的气势。朱帘秀表现的是外柔和内刚；李香君表现的是锋芒毕露。如果把红线女塑造的四个风尘女子艺术形象的美，各用一个词概括：则焦桂英是"柔美"；崔莺娘是"华美"；朱帘秀是"壮美"；李香君是"刚美"。这些都使人不能不惊叹红线女掌握人物的感情性格，表现角色的气质特征是这样的准确、深刻和细致；不能不佩服她塑造人物艺术手段的丰富和功力的深厚。

（原载《红线女艺术研究》第七期，题目为编者所加）

山乡风云

一、剧目简介

编剧：吴有恒　杨子静　莫汝城

首演时间：1965年

演出剧团：广东粤剧院

剧情简介：1947年秋，华南地区的一支人民游击队，为了配合解放大军南下，奉命进驻山区。桃园堡是山区里地主阶级的一个最反动的堡垒，刘、关、张三姓土豪控制着一支上千人的反动武装，欺压百姓，游击队进山后，决定攻打桃园堡，政委派遣女连长刘琴化装进堡，在桃园中学担任教员，发动群众里应外合，配合主力进攻。刘琴进堡前，在六女潭救了一个被害投水名叫春花的姑娘，她是桃园堡外奴才村里老农奴何奉的女儿。刘琴访贫问苦，发动了何奉父女，进堡后，在何奉父女的帮助下，又发动了贫农刘三保等人，并且把堡主刘立人的护兵黑牛争取过来。桃园堡联防大队长万选之是个恶毒的家伙，一直对刘琴存有怀疑，多方试探，刘琴利用敌人内部矛盾机智应付，取得刘立人和他女儿四小姐的信任，更有地方党同志的掩护，使得万选之处处碰钉，刘琴不久即与地方党组织取得联系，并接到部队指示，定期中秋破堡。中秋节前夕，一部分游击队员化装成八音班锣鼓手，把军火运进堡中。拜月之夜，敌人严加戒备，刘琴与游击队员撞开堡门，升起红灯，政委亲率主力攻入堡内，一举解放了桃园堡。

该剧曾在1965年参加中南区戏剧观摩演出大会，其后又得到周总理、陈毅副总理及首都文艺界的好评，是粤剧改革的第二个里程碑。

演员表：

刘　琴——红线女

政　委——黎国荣

何　奉——罗家宝

黑　牛——罗品超

春　花——郑培英

四小姐——红　虹

万选之——文觉非

关天爵——梁国雄

林可倚——黄超全

◎　粤剧电影《山乡风云》剧照

二、曲词欣赏

刘琴抒怀

（白）心事浩茫连广宇，于无声处听惊雷。

【士工慢板】初更夜已近静，闪烁满天星，银河淡淡月微明，爽飒秋风秋风劲。我本是个女兵，奉命深入敌营，掩住刀光剑影，装成淡定娉婷。惯从杀气学刀兵，哪有闲心爱夜静。

（白）时间过得真快，进堡以来，不觉半月，一个人独立工作真不容易呀！幸得有群众支持。

◎　粤剧《山乡风云》剧照

（续唱）老奉叔忠厚老诚，小春花坚定机灵，刘黑牛为人直性，贫下户个个有不平。

【中板】我计划闹花灯，箫管声中，来个外攻，内应。曾派三保叔，上山请示，中秋破堡，用奇兵。

【十字清】半月来，等候回音，教我心难安静。愿今宵，三保叔带回命令，莫辜负佳节月华明。此后破堡攻城，我便重着军装，海北天南又在沙场驰骋。直到那人间改换，天地澄清。

三、名家评论

红线女在现代戏中成功的艺术创造
——评《山乡风云》
莫汝城

红线女在《山乡风云》中饰刘琴，细致准确地掌握了人物的性格和对待不同对手的各种变化，运用戏曲艺术手段去塑造当代英雄人物形象，是继《刘胡兰》之后又一次更为成功的艺术创造。

《山乡风云》是红线女1965年开始演出的现代戏。反映解放战争时期，我党领导的游击队，为开辟新的根据地，决定先夺取某山区由恶霸地主和反动武装盘据的封建堡垒桃园堡。派遣女连长刘琴以教师的身份入堡，进行发动群众做好里应外合的工作。刘琴原是当地一个侨胞的女儿，入堡后以同乡同宗的关系，取得联防主任刘立人(番鬼王)及其女儿四小姐、乡长关天爵（烟屎爵）的信任，使有"特工"身份的联防大队长万选之（斩尾蛇）对刘琴身份的多方侦查均告失败。刘琴通过世代为奴的何奉和他的女儿春花，串连发动堡内贫苦农民，并把被欺骗而当了番鬼王护兵的刘黑牛争取过来。中秋之夜，利用四小姐举办拜月会的机会，打开堡门，迎接游击队攻下桃园堡。红线女饰演女连长刘琴，是她继《刘胡兰》之后，运用戏曲艺术手段表现现代生活，塑造当代英雄人物形象的又一次更为成功的艺术创造。

红线女掌握刘琴这个人物：首先她是个有多年部队生活，经过严格锻炼和战斗考验的革命军人。同时她又是学生出身的女青年，还具有一些知识分子的气质和少女纤细的感情。性格刚中有柔，粗中有细，刚与柔，粗与细在一条长河中交错出现。在头场领兵入山乡，枪击斩尾蛇，二场进军六女潭，跳崖救春花；尾场大闹拜月场，攻占桃园堡中，刘琴的动作矫捷、迅猛，令人可以想象出她在战场上定然是一只小老虎。当政委派她化装入堡，刘琴对要她"脱下军装当个大姑娘"有点想不通，政委说："你本来就是个大姑娘嘛！"这时她又露出少女的腼腆。入堡以后，"掩住刀光剑影，装成淡定娉婷"，言谈举止一派温文尔雅，但看到恶霸地主残害贫苦农民时，不禁怒火冲天，露出军人的刚烈粗豪。

　　红线女更准确地掌握了刘琴在不同场合对待不同人物的各种表现。对何奉父女，贯注了深厚的阶级感情，有耐心的启发，婉转的说理，热情的鼓动，使这对受尽折磨凌辱，对生活已经濒于绝望的父女觉醒起来，积极串连发动堡内群众。刘琴与黑牛初次相遇，有过强烈的冲突，后来知道他出身贫苦，并与何奉父女有很深的关系，决心把他争取过来，黑牛性格刚强、直率、暴躁，一言不合便暴跳如雷，刘琴总是一次又一次地以静制动，以理伏"蛮"，终使黑牛明白了自己只重个人恩怨，不分邪正是非的错误，与番鬼王决裂，投到革命一边。对斩尾蛇这个反动势力中最阴险毒辣的家伙，刘琴则是充分利用敌人的内部矛盾，利用四小姐和烟屎爵对他牵制打击。到了无可避免地要和他正面交锋时，刘琴表面彬彬有礼，暗地绵里藏针，在口角锋芒之中，抓住他的"失言"和"失态"进行反击，使他狼狈不堪。

　　红线女就是这样从多个侧面展现人物性格：对人民有深沉的爱，对敌人有强烈的恨；在斗争中有刚强勇敢的一面，又有沉着镇定以及权谋机变的一面；在生活形态上，有时英姿飒爽，豪气干云，有时温文娴静，应对从容。这就使得人物形象鲜明、丰富，栩栩如生。红线女还对刘琴每一个身段动作，手、眼、身、步都做了精心的设计，动时有鲜明的节奏，静时有优美的造型，使她演的女连长不但演得"像"，而且演得"美"。

　　关于红线女使用的舞台动作，当时一些内行人说："刘琴穿军装时是用小武身段，穿便装时是用小生身段。"大体说来是这样，但具体分析起来，又很难说她用了传统戏中哪个人物的哪个程式。红线女善于把许多传统程式分解、拆开，根据表现人物，表现剧情的需要，经过选择、改造，又重新组合，作为这个人物的身段动作。以她领兵进山乡的第一次出场为例：她用了"锣边花"的鼓点和步法，取其雄壮威武，却没有使用这个程式中的"拉山""踢甲""耍翎子"动作。她整理腰间的皮带、手枪，扶正头上的军帽，有点近似传统戏中出场亮相的"正冠""端带"，但她又加了叉腰、卷衣袖的动作，结合起来又很清楚的是这个女战士有行军途中随时准备打仗的生活内容。她的那个"车身"，似乎来自小武出场"跳架"的程式，但和她的眼神、手势结合，使观众领会到她在了望地形地势，观察四周敌情。红线女把原来的程式加以改造，注入了新的生活内容，就使得她的外形动作与内心感情有比较完美的统一，一出场就给人以明丽、豪放、神采飞扬的形象。

在这个戏里，红线女的"红腔"又有新的突破和发展。由于在当时的政治气候影响下，粤剧有许多曲调都不能使用，剧本提供给刘琴的唱段，几乎是清一色的【梆子】腔。但是经过红线女的创造，用她丰富而多变的歌唱音色，克服了曲调单一的缺陷，同时又巧妙地、造性地把一些【二簧】腔、【乱弹】腔以至【粤讴】腔融合在【梆子】腔中，唱得新声迭出，异彩纷呈。第三场与何奉父女的对唱，行腔委婉曲折，本是一段说理的曲，唱得情理交融，以情动人，以理服人。第六场在书房里的独唱，以清峭、豪放的风格为主，而中间随着感情的起伏，行腔变化摇曳多姿，流光溢彩。唱出了刘琴身入虎穴、韬光养晦的心情；唱出她捕捉战机胜利在望的喜悦和等待战斗命令的焦灼；唱出她破堡的信心和重着军装继续战斗、革命到底的豪情。这一曲《刘琴抒怀》已成为"红腔"的保留曲目之一。

由于红线女与罗品超（饰黑牛）、文觉非（饰斩尾蛇）、罗家宝（饰何奉）、郑培英（饰春花）、少昆仑（饰番鬼王）等，在剧中都有精彩的表演，演出满台生辉。1965年7月参加中南区戏剧观摩演出大会、得到很高的评价，被誉为"革命化与戏曲化结合的榜样"，是"革命的粤剧，粤剧的革命！"先后有十多个兄弟剧种移植演出。当时广东省委宣传部已决定交由珠江电影制片厂，继《搜书院》《关汉卿》之后。拍成戏曲艺术片，电影本的初稿也已经写了出来。1966年2月，江青和张春桥在上海看了这个戏，提出种种刁难，江青要剧团负责人回广州后向中南局书记陶铸汇报她的意见，不要急于拍电影。不久就开始"文化大革命"，拍电影只好作罢了。

（原载《红线女艺术研究》第七期，题目为编者所加）

◎ 粤剧电影《山乡风云》海报

◎ 粤剧《山乡风云》戏桥

◎ 周恩来总理接见《山乡风云》演员

▍ 昭君公主

一、剧目简介

原著：曹禺

改编：红线女　秦中英（执笔）

首演时间：1980年

演出剧团：广州粤剧一团

剧情简介：公元前33年（汉元帝竟宁元年），匈奴呼韩邪单于亲到长安求婚。呼韩邪的求婚，得到汉元帝及臣子们的嘉许。后宫待诏的良家子王昭君，既悲于白发宫人的不幸，又记着父亲"边民愿修好"的遗言，毅然应诏。汉庭备选，王昭君一曲《长相知》打动了单于和汉帝，被选定为单于阏氏，晋封昭君公主。王昭君抱着临深履薄的兢兢心情，手抱琵琶，出了雁门紫塞，走过那荒烟蔓草、黄沙白骨的古战场，触目惊心，使她更深切地体会到民族和睦团结的重要。匈奴左大将温敦，阴谋反汉篡权，暗中破坏和亲，陷害王昭君。汉国舅王龙的大汉族主义，从中起了推波助澜的作用，温敦偷割缰绳，下毒王子，假报军情，实施离间。呼韩邪陷入迷茫苦恼，王昭君蒙受不白之冤。王昭君以惊人的毅力，顶住了逆浪横风，割取身上鲜血，救活了婴鹿王子，终于以她皎洁的襟怀，宽宏的量度，扫清了呼韩邪心上的疑云。老侯爷大义灭亲，审出了凶徒休勒，为王昭君洗净了冤枉，温敦狗急跳墙，实行逞兵叛乱，但人心思治，叛乱迅速为呼韩邪荡平。民族和睦共同繁荣，是各民族人民盼望已久的盛事，在广大牧民的欢呼歌舞声中，呼韩邪为王昭君举行隆重的晋封大典。

演员表：

王昭君——红线女

呼韩邪——陈笑风

阿婷洁——红　虹

乌禅幕——梁金城

温　敦——叶伟雄

婴　鹿——吴绮梅

汉元帝——吕雁声

韩　昌——罗敏宁

◎ 粤剧《昭君公主》剧照

二、曲词欣赏

塞上曲

【南音板面】走过了离离青草，望不尽莽莽黄沙，雕鞍危坐，轻拨琵琶。记着汉宫姐妹，多少叮咛话，想到故园慈母，痴立在竹篱笆。篱边野菊，上有葡萄架，是我幼年常玩耍嘅，妈教我日理蚕桑夜织麻。

【乙反南音】岂料选进深宫，复向胡边嫁，何日见秾归春雨后，何日见秾归春雨后。

【二簧慢板】遍地杜鹃花。云山错落青天外，孤城隐约白云间，未知何处关山，先父当年曾饮马。漫道西出玉门无亲故，远望云山深处是我家。寄语亲娘，莫把女儿牵挂。眼看红日无言悄悄下，只剩得魂销紫塞，梦断京华。

【阳关三弄】我岂是辛酸泪向胡边洒，我岂是儿女情多恋故家。更不为千秋功过人评价，只觉得马蹄声碎，心乱如麻。大漠连衰草，长空映雪花。穹庐帐底人，可亲抑可怕。我难答话，只觉得马蹄声碎，心乱如麻。

（快）和亲百年欢，成败一霎那，建章宫唱长相知，鸡鹿塞飞焚劫马。休说月明无犬吠黄昏，应信暗里有人存险诈。我怎担下，只觉得马蹄声碎，心乱如麻。

【乙反中板】盼只盼，春到龙廷冰雪化。盼只盼，载得祥和入汉家。盼只盼，再无战祸添孤寡，老爹爹，安息泉台下，带笑拈花。

长相知（古代民歌）

上邪！我欲与君长相知，长命毋绝衰。山无陵江水为竭，冬雷震震夏雨雪。天地合，乃敢与君绝。长相知，长相知，不相疑。不相疑，长相知！

奶茶香

【古调南音板面】奶茶香，半盏甘泉，一片冰心，几叶龙牙，满凝着我昭君心意。向杯中，注来酪浆，春花流芳，秋月流光；汉苑名茶，龙廷甜奶，相交水乳无间，同与天地绵长；区区情意，单于请领尝。

◎　粤剧《昭君公主》剧照

三、名家评论

超越程式表演的艺术创造
——评《昭君公主》
郭铭志

红线女在《昭君出塞》里扮演的王昭君是个令人婉惜和哀怨的王昭君。不少对粤剧不是很熟悉的人，在谈起红线女的时候，甚至就把她等同于那位悲悲切切、哀哀怨怨的王昭君。这是红线女创造的辉煌的艺术形象，是一个只属于红线女的艺术形象，是一个早就定格在红线女身上的艺术形象。历史的东西是不能变更的，而既是历史又始终活在人们心目中的东西更是不能改变的，何况是观众先入为主地认可了并十分熟悉和热爱的艺术形象。

谁改谁倒霉！

红线女改！

她在《昭君公主》里把一个哀哀怨怨、悲悲切切的王昭君，"改"成了个坦坦荡荡、大义凛然的王昭君，一个和平吉祥的象征，一个让人感动和感激的艺术形象。

两个王昭君一样光彩照人。

红线女塑造的两个王昭君，说其达到了典型人物塑造的高度是一点也不言过其实的。两个王昭君，尽管在人物造型上很接近，但各自都只属于"这一个"，绝不雷同，是两个活生生的、各自的个性鲜明独特，生命质感绝然不同的人。从粤剧本的改编取向来说，"出塞"一场戏是全剧的主旨所在。特别是从人物塑造而言，正是红线女要塑造一个完全有别于原来的王昭君的核心所在。同是"出塞"所提供的表演空间，前者就一个"悲怨"来作文章。王昭君"怨君王，误了蚕桑"；怨"文官济济何中用，武官森森不自惭"；怨偌大一个汉帝国，居然"保国仗红颜"。这是个"马下凄凉，马上凄凉"的王昭君，是个"前路茫茫"，"梦魂难望到家乡"的大漠流魂——原初的戏王昭君是跳崖告终的，而在《昭君塞上曲》中的王昭君，就复杂得多了。这个王昭君是个宁可远嫁大漠也不愿封为"美人"的王昭君；是个盼望"鹊桥不向天河架，架向阴山下"，"愿以后汉、匈一家"而自愿请行的和平天使。这一巨大的反差，正是红线女在艺术上所追求的目的。她是要塑造一个在思想上和艺术上都完全有别于原来的王昭君。

作为一个出色的演员有这样的愿望不足为奇，但要实现这一愿望，几乎谁都知道这只是个梦想；即令是梦想也无可厚非，但要奇迹的出现却不是有了梦想就可以发生的。

红线女是怎样做到的？奇迹是怎样产生的？

要全面而精确地阐明这个问题，是个戏曲研究，特别是粤剧表演艺术的学术大课题。这课题的开掘和研究，是个价值不可估量的系统工程。不过，我们也可以通过红线女在两个王昭君表演上的一些细微处，用比较的方法来观照这两个人物在艺术创作上的成功所在，以此去具体地触摸一下红线女在人物塑造上一些很有质感的地方，这或许能更清楚地看到红线女在表演上是如何游刃有余地把握和处理"情"与"法"的关系，透过窥一斑以见全豹。

粤剧《昭君公主》是据曹禺的话剧《王昭君》改编的，红线女亲自参与了剧本的创作和导演。连曹禺先生看了后也叫好，特别是那场原作里没有，红线女刻意加进去的《昭君塞上曲》，曹禺更是由衷地赞赏。它弥补了原作在人物内心描写上的不足，给戏曲表演的程式化提供了更大的空间。对应于红线女原来的"昭君出塞"，这场戏作为红线女自我挑战的参照，人们不难看到她的表演艺术在人物塑造上的超凡卓越。同一场"出塞"的戏，同一规定情境，同一历史人物，同一个演员以同一种艺术风格——红派艺术去表演，竟让她演出两个既一样又截然不同的王昭君来。在这样鲜活的艺术形象面前，在这种绝无仅有的艺术奇迹面前，即令是妙笔生花的理论评价，也会显得苍白、干枯。

戏曲演员在表演上讲究程式技法，所谓的"四功五法——唱、做、念、打和手、眼、身、法、步，还有老祖宗传下来的一套一套的套路，就看你的功底有多厚、多深。十岁左右便开始学艺，一辈子学的就是这些东西。"童子功"扎实，平时坚持练功的演员，舞台上一招一式都规矩方圆，无可挑剔，而在人物塑造的方面，戏曲人物基本上是一些类型化的平面人物，各演员所专长的"行当"表演，足可以规范地来，功底好的，更可事半功倍。所以过去的"大老倌"从来就不屑于导演的介入。而对于叙事艺术上"这一个"的"典型人物"的塑造，单凭"行当"的表演，即令是功力深厚的大牌演员，则往往难免有捉襟见肘的感觉，始终不能跳离类型化的窠臼。有人认为，典型人物的塑造，关键是"这一个"的感情投入，戏曲演员在这方面的不足，主要原因是程式化的局限，类型化的程式抹平了典型的个性。只要演员一旦"进入"了人物，感情上成了"这一个"，问题就迎刃而解了。这是个"放诸四海而皆准"的道理，但在实践中却行不通。戏曲演员要的就是那一套程式化的表演，如果"抹平"了这一套，表演也就无从说起。这是在一些不懂戏曲程式的话剧导演执导戏曲剧目时经常遇到的难题，也是一些功夫极佳，却突然感到手足无措的演员不知如何应对的问题。如何运用"四功五法"这一套去塑造典型，这是个抽象与具象的关系问题，是个"情"与"法"的问题。

"红腔"动听是众所周知的，"红腔"在人物塑造上力透纸背的功力也是公认的，但作为戏曲表演而言，唱只是戏曲表演程式中一个重要的组成部分，而并非全部，更不是人物塑造的全部。正如将红线女的粤剧表演艺术——"红派"艺术只局限在"红腔"上的研究是不科学的一样。当然，这跟广东把粤曲演唱也归到曲艺表演上去这一全国绝无仅有的独特艺术现象有很大的关系。但是，"红腔"绝不是曲艺表演意义上的演唱艺术，它跟戏曲表演的"四功五法"是密不可分的，它的目的不单是叙事、抒情，而是人物塑造。笔者也曾跟红线女探讨过这一问题，结论是：粤剧演员可以演唱曲艺的粤曲，但唱粤曲的曲艺演员绝不可能演粤剧。红线女是深谙此道的。因此，在她表演的很多剧目中，许多唱腔都是她亲自设计的。而所有的唱腔设计，无不与戏曲的"做功"有关，无不与戏剧的规定情境有关，无不与"这一个"人物的塑造有关，而且是水与乳的关系。

我们来看看这"情"与"法"是如何水乳交融的。

在《昭君出塞》中，整个表演的节奏是缓慢的，这与人物的心态有关。这个王昭君是被迫出塞的，在出塞的路途上，她当然希望这路是没有尽头的，她宁可一直在走，也不愿走到塞外去。但她却深知这终究是"回首汉关徒惜别，梦魂难望到家乡"。面对为她送行而专设的果、酒，她难免百感交织："几盘果酒遣送王嫱，悲难下咽。"随着这句极具"红腔"特色的【滚花】的唱出，红线女在这里设置了几个程式化极强的身段：惊颤地趋前，身体向果酒处斜倾，水袖作玉人照镜造型，斜看一眼果酒，转身飞袖离去，身体向另一方面倾侧，双搭袖，不忍看。这是一组常见的极美的身段，但这样了无痕迹地用在这里，却出现了震憾人心的悲美色彩。待来到分关，马儿不前，昭君问是何故？送行官说：南马不过北关！一句南马不过北关，把个本欲举鞭策马的王昭君一下震住，高举的马鞭一下停住，一手握鞭，一手抓住鞭梢，在头顶弯成一个半弧型，低头望着令人不可思议的马儿，半天说不出话来。红线女在这里鬼斧神工地借用了话剧表演的"停顿"。这一"停顿"，给人以极强的雕塑感，加上她的那句"漫说人有思乡之念，这马儿也有恋国之情啊"的【滚花】，以及她刻意不采用人们所熟悉并被一贯叫好的"花腔"，甚至一反常规地把这个"啊"字的拖腔演变成因巨大痛苦的压抑而断续、因极度悲哀而欲哭无泪的几下哽咽——一座仿似立在边塞大漠茫茫荒烟之中、满含悲怨、欲诉无声的王昭君雕像，一下就恒久地立在了观众的心目中。

同是骑马出塞，上马前，悲怨的王昭君抚摸马儿与自愿请行的王昭君抚摸马儿是完全不同的感觉，尽管是几乎同一的程式动作。红线女除了情感的不同投入，在速律上处理了完全不同的节奏。一个是缓慢而略带弧度的，一个是平直而顺畅的。到扬鞭上马的动作更明显看出差别，一个表现了极不情愿，对未来有莫测的茫然，骑在马上面对荒漠感到"前路茫茫"；一个则是"雕鞍危坐"，极目风吹草低见牛羊的大草原，对此行充满了信心，寄予了无限的希望。相对前者，整场戏的节奏也是明快的，虽然唱段的设置不乏舒缓之处，但人物的心理动作始终是向上的。也有惜别，一个是欲哭无泪，慨叹"最耐人凭吊，就是塞外的一抹斜阳"；一个则怀着坚定的信念，洒泪凭吊边塞因战祸而枯的白骨。同是怀抱琵琶，弹拨的手势也不同，一个曲难尽虽轻抚而弦断，"一笛胡笳掩盖了琵琶声浪"；一个则"记住汉宫姐妹多少叮咛话"，琵琶声寄使命感，怀豪情抒铿锵而激越。也有迷惘，一个是"心惶意乱"，"伤心不忍回头望，惊心不敢向前往"；一个虽亦觉"马蹄声碎，心乱如麻"，但为了"春到龙廷冰雪化"，为了"载得祥和入汉家"，为了"再无战祸添孤寡"，为了"老爹安息泉台下，带笑拈花"，充满信心地一往无前。

在这场戏里，红线女刻意创作了一段新曲《新阳关三叠》，三次反复出现"马蹄声碎，心乱如麻"的乐句，这在充分展示"红腔"艺术的魅力、戏曲程式动作的表演、鞭辟入里的人物刻画、让"情"与"法"得到水乳般的交融上，提供了最有利的艺术时空。

唱第一个"马蹄声碎，心乱如麻"时，红线女单手做了个轻轻的

"云手"，因为"我岂是辛酸泪向胡边洒，我岂是儿女情多恋故家，更不为千秋功过人评价"。小小的儿女情长，小小的身后功名，是不会让肩负重大历史使命的王昭君怯步不前的。唱第二个"马蹄声碎，心乱如麻"时，单手的云手变成了双手，幅度比上一个明显加大。心乱的原因是："穹庐帐底人，可亲抑可怕？"红线女在这里的表演是：双手伸出两个若即若离的小指头，大眼睛调皮地转动了几下，眼神充满了猜想与期待，突然，两根手指变成双掌，捂住了一脸的羞怯。红线女没有忘记，这个王昭君尽管是个充满了政治理想的王昭君，但毕竟是个即将嫁为人妇的少女啊。唱第三个"马蹄声碎，心乱如麻"的时候，原先充满柔情的双手突然变得复杂起来，十指颤抖着，在胸前大幅度地云手。愿

◎　广州粤剧一团到司前影院演出特辑海报

望尽管是美好的，但"休说月明无犬吠黄昏，应信暗里有人存险诈"。相对一切而言，出塞联姻谛结和平才是最重要的，为此王昭君可以牺牲一切甚至生命。三次"云手"的重复，三次"心乱如麻"的重复，这在程式表演通常是大忌，但大师做来却"大象无形"。唱腔与做功，表演与人物，天设地造似的浑然一体，而这一切，又只能属于"这一个"王昭君。你能说这不是让人叹为观止的艺术奇迹吗？！

有不少评论说："红腔"是粤剧唱腔中登峰造极的演唱艺术。我说："红派"艺术是自成一体的戏曲表演艺术，是集天下之精髓、海纳百川融会贯通而大成的、只属于红线女"这一个"的粤剧表演艺术。研究"红派"艺术，能让人更清晰地看到当今粤剧舞台上一些商业化的"唱戏"与"做戏"的矫情，有利于从理论上澄清粤曲与粤剧的差异，重新确立"演员中心制"在戏曲表演中的主导地位，以及进一步明确戏曲表演的终极目的不是表现"四功五法"，而是"表演文学"中的人物塑造。

红线女两个王昭君的成功塑造，最能证明这一简朴的道理。

（原载《红线女艺术研究》第七期，题目为编者所加）

▎ 白燕迎春

一、剧目简介

编剧：红线女　秦中英（执笔）

首演时间：1991年

演出剧团：广州小红豆粤剧团

剧情简介：十年动乱中，在我国南方一间大医院里，院长刘英扬，正直、热情、风趣。虽然他也和许多医生一样，在风暴中受着折磨，但对年轻一辈医生的科研工作，一直悉心支持，暗中鼓励。青年医生沈洁，对心血管病科研究颇有基础，在刘院长的关怀鼓励下，顶着灾难，刻苦钻研。党的阳光扫净阴霾，沈洁得到平反，被送到国外深造，她的优异成绩，在心血管病科创出了新水平。归国之后，又克服了许多困难，为曾经抢去自己丈夫的何爱东，成功地做了一次不寻常的心脏手术。

1994年红线女率红豆粤剧团晋京演出，李铁映、王光美、雷洁琼、刘忠德、陈昌本、高占祥等领导同志观看了演出并接见了红线女及小红豆粤剧团全体演职人员。本剧曾荣获中宣部"五个一工程奖"提名、广东省"五个一工程"入选奖。

◎　现代粤剧《白燕迎春》剧照

演员表：

沈　洁——红线女

黄　立——欧凯明

沈　兰——何宇清

何爱东——苏春梅

刘英扬——梁玉城

何卫东——白庆贤

苏　志——张雄平

梁　明——小新马

二、曲词欣赏

梦破情断

【反线二簧板面】梦破情断，八载火里苦煎熬！心已焦枯，影也模糊，怎么一旦百般恨，千般苦，如叠浪猛涌到。

【反线二簧】风雷之下，黄立呀，你竟是个懦弱之夫。

【反线二簧尺字序】温馨家庭向来是美好，你能舍数载情深夫妇，也不该，尽抛开亲生儿女，到底要争取什么样的前途，你不会用点心，还是没有一点脑。

◎　现代粤剧《白燕迎春》剧照

【反线二簧】悲莫悲，命运由人摆布。明知我腹有胎儿，你竟忍心不顾。可怜小女儿，只知有娘不知有父。可怜你手扶亲女，不敢把孩子一呼。过去怕重提，眼前不忍睹，八载光阴，历尽艰辛，还不知有多少凄凉要苦度。

【快打慢二流】无端飞来一罪状，谁能为我把冤呼。刘院长有意栽培，可惜他自身难保。

（吊慢）茫茫雾海沉沉夜，破舟危舣，我又怎生操呢。

红棉碧树映珠江

【反线中板】红棉碧树映珠江，欢歌喜报满花城，白燕重归风华初展。二十载撑持，多少番拼搏，又见春回大地，不负壮志英年。

三、名家评论

表演程式的变化与创造

——评《白燕迎春》

郭铭志

有一次，红线女谈论中国戏曲传统的继承与创造时，谈到戏曲的程式在表演上的运用，很自信地说：在传统的继承方面，我一向是比较"忤逆"的，对于戏曲程式的运用，在舞台上我是从来没有什么完整套路的，也就是说我绝不生搬硬套地去套用传统的程式动作。因为我知道，作为一个演员，他虽然是在舞台上演戏，但他毕竟演的是人物的命运，他必须要"演生活，演人物"，不管是现代的生活还是古代的生活，是现代的人物还是古代的人物。特别是在现代戏的表演上，我更不会为了让观众在现代戏的表演里也能明显地感觉到表演的戏曲化，而刻意去套用任何传统的表演程式——尽管那些程式很精彩，很美。我对程式这东西采取的是"化用"的态度。

好一个"化用"，这使我想起了上海滩当年曾经对周信芳京剧表演艺术的一些评价：据有心人的统计，在当年上海的报纸杂志上发表谈及周信芳舞台表演艺术的文章中，居然有百分之三十的篇幅说他不会演戏。这当然大多是从京剧表演艺术中有关程式的运用这一角度而言的。想想也是，先不说昆曲，更不说昆曲以前中国戏曲在表演上程式的流变与成熟，单说徽班进京后到了周信芳的年头也快二百年了。这二百年的成就，这二百年的辉煌，这二百年的显赫，谁也不敢怀疑它表演程式基本不变的合理性和权威性。像上海"海派"这样的"乱臣贼子"（当年"海派"这一名词是带有明显的贬义的），竟然敢在舞台上有"大逆不道"的表演，这能不引来非议吗？

我不知道，红线女当年成名前后，是否也曾带来过类似的非议，但时到今日，我仍不时听到一些人对她的粤剧表演艺术颇有微词。因为与他们缺乏深入的探讨和公开的论争，我无法判断这是学术上的批评还是什么。不过，联想到上述红线女对戏曲表演程式的运用上独特的艺术观，以及她在粤剧表演舞台上就这一艺术观点努力的"身体力行"，就难免让人找到一些否定她的"口实"。但奇怪的是，在持否定意见的各式人等里，都一致地持有一个共同的肯定，那就是对"红腔"的高度评价。殊不知，"红腔"之所以有今日的成就，正是红线女的艺术观及其"身体力行"的必然。单就她的"红腔"而言，早已经不是粤剧传统的唱腔了，这种"腔"，在粤剧里是从来没有唱过的，也从来没有人这么个唱法。但奇怪的是，谁也不否定她是地地道道的粤剧唱腔，是粤剧唱腔里最好的唱腔，最值得学习和继承的唱腔。连对红线女粤剧表演艺术一向并不恭维的人，也会充分地肯定"红腔"的成就。在这一悖论里，我们发现了艺术在其传统的继承与创造的发展中，存在着一种健康的关系，那就是"流"与"变"的关系。这种关系充满美的动感，是一种生命的传承与繁衍的进化，是一种否定之否定的螺旋式升格，是艺术传统得以传下去和"统"起来的活的保障。

红线女在论及戏曲表演程式的"化用"这一艺术观点时，特别强调了戏曲现代戏的表演。谁都知道，中国戏曲的表演程式是中国古代戏剧表演的精粹，它形成于古代，辉煌于表现古代的人物与故事，这是全世界都叹为观止的事实。但这一类似唐诗宋词一样，接近了美的终极的艺术样式，用以表现现代生活及现代人，就难免出现形式与内容的尴尬，因为美的艺术形式它本身就包涵着丰富的内容，它本来就是一个活的有机体，但一旦你把它作为工具，无疑等于抽掉了它的生命，如果你再生硬地"塞"给它一个本不属于它的生命，它的样子能不显得怪诞吗？

红线女还经常强调，戏曲的未来应该属于现代戏。所以她不但强烈地呼吁要大搞现代戏，而且还呕心沥血地亲自参与现代戏的创作和演出。因此，她对戏曲表演程式的现代化表演的问题，是有最切身的体会的。就她的观点而言，戏曲如果不能很好地表现现代人的生活，戏曲无疑是不可能有所发展的，更谈不上它的未来。因此，如何"化用"戏曲的表演程式去表现现代生活，成了她"自找"的历史责任。她是个表演艺术家，她知道在这方面该做什么和能做什么——她把理论留给了理论家，更把无数次探索的失败和成功的实践，给理论家留下了充分的论据。她认为，只有"化用"，才是唯一的出路。她更清醒地认识到，程式不等于是公式，公式不属于艺术，任何公式都无法挽救一种走向衰败的艺术。程式也绝不是公式，它是活的生命，要让它继续活下去，就得赋予它传统的基因，但又绝不是"克隆"的新生命。

有幸曾与红线女一起合作过现代粤剧的创作，更多次见过她如何排演粤剧现代戏。她艺术追求的精神真可谓感天地泣鬼神，尽管也有痛苦的失败，但难得的成功更弥足珍贵。她用她的失败去校正她的探索，她用她的成功印证她的追求。

令我最为感动的是她在《白燕迎春》里沈洁这一人物的表演。

戏曲程式在现代戏里运用的可能性与运用的程度，除却表演、导演的主动性不谈，很大程度上依赖剧本的创作及所选的题材。这方面做得好，就能给程式化的表演带来更多的可能；反之，则只能是"话剧加唱"。《白燕迎春》是一出反映医务人员生活的现代粤剧，而医务人员所生活的时间空间和他们职业的动作性，对戏曲表演的程式化运用来说，是最"没戏"的了。像"打虎上山"可以有一段精彩的骑马动作，"抗洪抢险"也可以来一段集体舞蹈，两军对垒还能把现代武器扔掉来一场你死我活的徒手搏斗……但外科医生能做什么？总不能拿着巨大的手术刀在病人面前挥舞吧？！红线女表演的正好是一名外科医生，而且先是被作为"牛鬼蛇神"监控起来，后来"解放"了大有作为的外科医生。她的对立面是因懦弱而与她离婚的丈夫和他续娶的老婆。全是文场戏，最大的动作就是她不顾女儿的反对，为了救人，在被女儿关着的房间里爬到窗外，然后沿排水管爬下来，去给前夫的老婆做只有她才能完成的心脏手术，为此还摔伤了腿。不知是红线女有意还是无意，她就是选了这么个最"没戏"的戏来演，而且还亲自参加了编导，多次到医院去体验生活，反复征求医务工作者的意见。

戏一开场，就是病人求医，医生无措的一片混乱，身穿医院清洁工蓝大褂的"牛鬼蛇神"沈洁出场了，没有大的戏剧冲突，没有大的亮相，一切恰如其分——一位清洁工出来了。场面更像话剧的表演，人物的动作基本上也是生活化的，很真实，一点也没有戏曲的程式痕迹。这时的红线女，以她演了几十部电影的表演功力把握住人物，却用戏曲表演的节奏踩着锣鼓点在舞台上行动，但二者结合得天衣无缝，滴水不漏。渐渐地戏往前发展，人物的冲突展开了，红线女的"红腔"也唱起来了，程式中摇船的动作，水袖遮头的动作，甚至大的舞蹈动作都用上了，看得观众鼓起掌来。可被完全带进戏里的观众一点也没觉察到，红线女在人们不知不觉中大量地运用了传统的戏曲表演程式，从而把他们的感情煽了起来。别说看不到整套程式的套用，就连"拆散来用"的一招一式也成了人物的天然动作，根本就分不清哪是生活的，哪是舞台的，哪是话剧的，哪是戏曲的，哪是说的，哪是唱的，反正都是沈洁的，只有她会这样，只要是她就必然会这样做，不管怎么样都是合理的，顺眼的。果然是大象无形，大音希声啊！像春雨润物，像檐水穿石，无声，无息，无影，无形，就这么给她全"化用"进去了，就这么给她化腐朽为神奇般地全"化"活起来了。我一点也不奇怪戏曲界对红线女在现代戏表演中程式化运用为什么引不起轰动，因为她根本就没给人感觉到她在运用程式。是的，她没有运用程式，她是在"化用"。既然是"化"掉了的东西，谁能那么轻易地分辨出来呢？！谁见过滴滴细流是怎样把石头滴穿的吗？谁见过江河是怎样把崇山劈开夺路向海的吗？人们面对这一切的时候，只在意于它们所形成的美，这时谁还会去留意这美是怎样形成的呢！国画大师齐白石老人有这样一句话：似我者死！学我者生！这确实是传统艺术的继承与发展的至理名言。似，无疑是继承，但再怎么似，到头来也是个死字。但说到学，那又该如何呢？学什么呢？还有学与用又该是一种什么样的关系呢？这就不是谁都能悟得到的了。特别是在中国戏曲表演上有着极其规范的程式化这么一个文化范畴里，怎样才可以既能很好地继承优秀的艺术传统，在严格的程式规范中又不失艺术个性的创造，这是戏曲演员终生的大课题，更是戏曲艺术生生不息之所在。

流水不腐，但有流就会有变，这是一种辩证关系。无论是涓涓细流还是滔滔大江，只要源不断，它都会因势利导，迂回曲折，舒缓湍急，最终汇进大海。这种变化就是生命！任何富有生命力的物种，都是在这样的流变中奔向未来的。

粤剧的传统就是在这样的一种流变之中，使其在中国戏曲众多的地方剧种里取得它曾经的辉煌。稍通一点粤剧史的人，无不知在薛、马争雄的年代，粤剧经历了怎样巨大的变革。这种变革，又怎样使粤剧走上了它的巅峰状态。红线女就是在那个年代成就的一代宗师。而她的"红派"艺术，也打上了那个时代的鲜明烙印：变化与创造。

从戏曲表演极讲究的程式规范而言，红线女确实是相当野的，用她的话说确实有点"忤逆"。然而，凭着她对传统艺术深刻的了解和娴熟的把握及前卫的时代精神，用发展的目光看待艺术，以博大的胸怀容纳不同的艺术门类，牢牢地把握着戏曲表演艺术流与变的本质关系，为粤剧"化用"出了独树一帜，深受观众喜闻乐见的"红派"艺术来。

今天，又是一个新的时代，如何让粤剧走进这新时代并打上鲜明的时代烙印，红线女的"化用"，确实为我们提供了极好的借鉴。

（原载《红线女艺术研究》第九、十期，题目为编者所加）

▎祥林嫂

一、剧目简介

编剧：蔡衍棻

首演时间：1998年

演出剧团：红线女艺术中心

剧情简介：祥林嫂是鲁迅小说《祝福》中的人物，是旧中国农村中勤劳、善良、质朴、顽强的劳动妇女的典型。她屡遭不幸，走投无路，最后在"年年如此，家家如此，今年也如此"的豪富人家欢天喜地的

◎ 粤剧《祥林嫂》剧照

"祝福"声中悲惨地死去，这与封建地主阶级杀鸡宰鹅，大放鞭炮，乞求天神赐福形成了鲜明的对照，使故事的悲剧性更加深刻地揭示了地主阶级、封建礼教对劳动妇女的摧残和迫害，从而揭示了旧中国劳动妇女悲惨命运的社会根源。

红线女的《祥林嫂》，是她唯一的一出老旦戏。这个独角戏是红线女艺术生涯的又一个里程碑，再一次展示了她对粤剧艺术锐意进取探索创新的敬业精神。

演员表：

祥林嫂——红线女

二、曲词欣赏

祥林嫂

（引子）雪添哀愁风添恨。

【江河水】一天素白地暗昏寒风吹呀，衣衫单薄冷透心，四下无人问。路滑夜更深，鲁镇一片静，真似野外坟，真似野外坟，听身后那座破庙，隐隐钟声送旧岁，祝新春，这钟声，声声刺在我心痛楚阵阵。

【反线二簧】明日是新年，新年不属我。只恐鸡声唱罢，便成野鬼孤魂。黄土掩瘦骨残躯，掩不尽绵绵长恨。我家贫自小啊便嫁了初生的小祥林，佢从摇篮到学行我劳心，痛苦谁怜悯。既是妻来又是姐，十数载茹苦含辛。成亲半载他身亡，新寡家贫眼泪浸。骗卖比贺家老六，还幸他是个厚道好人。

（清唱）好人世上总难留。

【续唱乙反二簧】佢病染伤寒，一命殒咯。

【子规啼】骂句天公你太狠心，害我一世有苦都未有甘。独居破茅寮，抚养我孩儿，多苦困。相依盼苦渐变甘，唉怎知得到顷刻祸变生。

【乙反南音序】破家近野林出没多狼群，有日乞讨回来不见孩儿身，使我惊心。

【木鱼】寻到山头见鲜血印，我儿已被野狼吞，苍天苍天苍天啊，你夺我嘅心头肉。

【乙反二簧】心头永留下伤痕。从此举目无亲，从此无依无凭，人说守得云开能见日，我是头顶尽乌云。夫死儿亡，哀伤能忍。最难忍是冷言白眼，躲不开来，逃不脱，好一比恶鬼缠身。

【新腔二流】都说我克子克夫多罪孽，都说我是灾星降世呀害他人，都说我死落黄泉还多罪问，都说我来生再世受苦更深。

【直转流水行云】神欺我，我已尽心竭力难消厄运，在东家里，一样嫌憎我命苦不许我敬神，说我罪孽深。有辱祖辈与乡亲，怕我是妖怪托生，天地虽广阔却未许我做人。似是无巢雀鸟，没一枝庇荫。独在我这苦海里，暴风急雨叹浮沉。拜祷天公你开恩，祝福声声敬诸神。掏尽我心，花尽咗大半生血汗银，百恳千求也难动你心。怜我助我不见半点恩，风霜白了双鬓，始终我未转运。神恩与天恩，尽化烟尘。再世今生，再世今生，我受冤屈，受苦困；我未得伸，空自愤。回头望鲁镇，寒云凛凛。似饿虎凶恶，大口张开要食人。弱小似我难逃厄运。

三、名家评论

红线女表演艺术的新发展
——评《祥林嫂》
解 山

我不知道在那个动人的夜晚，《祥林嫂》是否第一次演出，但是响彻剧场的经久不息的掌声和赞叹，说明这次演出确实是成功了。红线女在舞台上呕心沥血、精细入微地创造的祥林嫂这个旧中国苦难农村妇女的典型艺术形象，对所有临场的观众，都真诚地送上了一次沁人心脾的美的享受；对她这位年逾花甲的艺术家而言，则是成功攀登了舞台艺术创造的又一座高峰。

成功带来了喜悦，谢幕的时候，红线女的脸上露出了灿烂的笑容，她委实笑得十分开心。《祥林嫂》演出之后，有论者认为：通过《祥林嫂》的演出，红线女不仅又一次突破和超越了自己，在塑造舞台人物的艺术长廊中增添了一个新的类型的艺术形象，而且使"红派"表演艺术拓展了新的领域，增加了新的风采。（见吴树明《晚霞似锦，霜叶正红——喜听"红腔"又创新声》）红线女在台前扮演的别人——祥林嫂获得了成功，在台后的红线女也因实践了"生命不息，工作不止"的诺言而获得了成功。殊不知她为了圆这个多年苦涩的"梦"，付出了多少才智和灵感，拼洒了多少心血和汗水，尝遍甜酸苦辣，经历寒暑春秋！

自从看过红线女演出的《祥林嫂》之后，内心就产生了一个强烈的愿望：探究红线女成功饰演祥林嫂背后的奥秘。她对鲁迅先生笔下的祥林嫂，是从怎样的视角进行认识和理解的，又是通过怎样的话语去诉述祥林嫂隐秘的心声；她如何运用卓越的演艺本领和非凡的艺术才华，把小说文本的祥林嫂衍化为可以视听和感知的舞台人物形象；她在创造祥林嫂的舞台艺术形象的时候，是怎样发挥红派表演艺术的创作规律、创作方法和创新精神，并且在原来的基础上有所发展和超越……

一、红线女与鲁迅精神、鲁迅小说《祝福》

就在20世纪末期关于"保卫鲁迅"和"颠覆鲁迅"的思想理论的激烈斗争中，红线女把根据鲁迅小说《祝福》改编的粤剧《祥林嫂》搬上舞台，于此可见红线女对鲁迅先生无限崇敬和认真学习的心情，也可发现红线女在艺术创作中令人钦佩的胆识和勇气。

红线女是怎样"接近"和认识鲁迅先生的呢？从有限的资料中，我们可以找到一点线索。

红线女在《难忘的回忆——记国家领导人对我和粤剧艺术的关怀》这篇文章中写下了这样一段话：

> 一次（作者注：时间是1958年11月），他（作者注：指毛泽东主席）看完戏，离开观众席，走到大门口时，我对他说："主席，您不是答应写一个座右铭给我吗？"主席好像恍然记起似地说："好！"第二天，他就派人送来了一封信，并将亲笔书写的鲁迅先生的"横眉冷对千夫指，俯首甘为孺子牛"的条幅送给我。在信中他写道："……活着，再活着，更活着，变成了劳动人民的红线女。"他信中的这些话一直鼓舞着我，支持着我。在"文化大革命"十年的苦日子里，主席的信及亲书的座右铭给了我活下去的勇气与力量。

在旁人记述这同一件事情的文章中，还写下了红线女对这件事的深刻的感想：

> 毛主席是很推崇鲁迅先生的。我虽然对鲁迅精神理解肤

浅，但仍要努力遵循毛主席题赠给我的座右铭去身体力行。我以为经常翻阅毛主席的题词和认真思考鲁迅的诗句，是大有裨益的。我虽然只有微薄的艺术才能，但我要把它全部贡献给祖国和人民。（《人民日报》载唐天然《毛主席书鲁迅诗句》）

是一代伟人毛泽东"介绍"红线女去"接近"和认识鲁迅的，并且搭起了红线女与鲁迅作品、鲁迅精神心灵沟通的桥梁。红线女向毛泽东主席索赠指导自己工作生活努力前进的座右铭，毛泽东主席就题赠了鲁迅《自嘲》诗两句"横眉冷对千夫指，俯首甘为孺子牛"给红线女。关于鲁迅先生写的这两句诗，1946年10月在上海举行的"鲁迅逝世十周年祭"的隆重纪念活动中，当时正在上海的中国共产党代表团团长周恩来出席致词曾作过精辟的阐发：

鲁迅先生曾说：横眉冷对千夫指，俯首甘为孺子牛。这是鲁迅先生的方向，也是鲁迅先生之立场。在人民面前，鲁迅先生痛恨的是反动派，对于反动派，所谓千夫指，我们是只有横眉冷对的，不怕的。我们要以眼还眼，以牙还牙；假如是对人民，我们要如对孺子一样地为他们做牛的。要诚诚恳恳、老老实实为人民服务。我们要有所恨，有所怒，有所爱，有所为……过去历史上有多少暴君、皇帝、独裁者，都一个个地倒下去了。但是历史上的多少奴隶、被压迫者、农民还是牢牢地站住的，而且长大下去。人民的世纪到了，所以应该像头牛一样努力奋斗，团结一致，为人民服务而死。（《周恩来选集》上卷，人民出版社1997年版，第240—241页）

红线女没有听到周恩来的这次讲话，但是她对鲁迅那两句诗句的精神实质的理解，我认为是同周恩来的阐发相一致的。

红线女真心实意地把鲁迅这两句诗作为自己的座右铭，认真思考，身体力行，从中获得勇气和力量，成为鼓舞着、支持着她努力前进的精神支柱。红线女在她家中的书房里、案头上，都存放着许多鲁迅先生的作品集，她也说过她会经常阅读鲁迅先生的作品。真是"心有灵犀一点通"啊！晚年的红线女积累了丰富的人生阅历和生活体验，蓄养了卓越的艺术才能和演艺本领，对鲁迅精神、鲁迅方向有了透彻的理解，对鲁迅的作品和鲁迅笔下的人物产生了独到的见解，于是她胸有成竹、水到渠成地把鲁迅的小说《祝福》搬上了粤剧的舞台，十分深刻、十分鲜活地演绎了"这一个"祥林嫂的生动形象。事实也果真如此："红线女对祥林嫂就是情有独钟，她说：'我想演祥林嫂想了几十年了！'她曾在不少场合讲过，她特别能体会过去妇女饱受夫权、族权、神权三重大山压迫的苦难，对旧时社会底层妇女地位低下感受颇深。也许正因为如此，她才能把一个命运不济、多灾多难、老弱枯朽、濒临死亡的祥林嫂，演绎得如此生动、悲惨。"（易红霞《再谈〈祥林嫂〉——兼议红线女的艺术精神》）红线女凭着她对"横眉冷对千夫指，俯首甘为孺子牛"的感性体悟和理性认识，在祥林嫂这个舞台艺术形象身上，全副身心地倾注了她对"千夫指"的所恨和所怒，对"孺子牛"的所爱和所为，终于在粤剧舞台、在戏曲艺术的人物长廊中，成功地增添了一个与众不同的新的艺术形象，用她的艺术才能酿造成一瓣芬芳的心香，虔诚地奉献给她的祖国和人民。

二、红线女改编鲁迅小说《祝福》为粤剧

红线女之所以能够与众不同地成功塑造祥林嫂的舞台艺术形象。首先是因为她与剧词作者蔡衍棻煞费苦心地对鲁迅小说《祝福》进行了成功的改编再创作。

要把《祝福》这篇流传于世、又曾为多种艺术样式改编演出过的小说名著搬上舞台，困难实在很大。首先，必须忠实于原著，无损、无逊于原著的精神实质和艺术风采，才能取得广大观众的认可。其次，必须把小说的语言叙述转化为戏曲的舞台再现，并且呈现鲜明的"以歌舞演故事"的艺术特点，才能得到广大观众的欢迎。再次，必须具有超越前人的勇气和实力，通过独特的性格刻画和鲜明的人物创造，才能征服广大的观众。

下面我们就从对《祝福》的文本改编方面，看看红线女是如何成功地进行了改编再创作。为了易于说明问题，我们先从情节结构方面，对小说《祝福》和粤剧《祥林嫂》进行比较。

小说《祝福》的情节结构：

（一）"我"（作者）初识祥林嫂。

"我"回到故乡鲁镇过春节；

祥林嫂向"我"提问人之生死和灵魂有无的问题；

祥林嫂在临近过年祝福时"穷死"。

（二）"我"由祥林嫂之死联想她首次到鲁家做佣工的经过。

卫老婆子带祥林嫂到鲁家佣工；

祥林嫂因为丧夫守寡才外出打工；

祥林嫂被婆家劫持归回迫其改嫁。

（三）卫老婆子到鲁家讲述祥林嫂改嫁的经过。

祥林嫂改嫁贺老六；

祥林嫂拜天地时头撞香案流血；

祥林嫂产下儿子阿毛。

（四）卫老婆子再次带祥林嫂到鲁家佣工。

贺老六因伤寒病死，阿毛被野狼咬死，祥林嫂再次到鲁家佣工；

祥林嫂反复向人们讲说阿毛被狼吃的悲惨故事，最后被人"唾弃"；

祥林嫂到土地庙捐门槛赎罪；

祥林嫂被鲁家辞退。

（五）"我"在鲁镇过年的"祝福"声中，"只觉得天地圣众歆享了牲醴和香烟，都醉醺醺地在空中蹒跚"。

粤剧《祥林嫂》的情节结构：

（一）祥林嫂登场呼冤诉恨，由迷茫风雪、辞岁钟声而引发黄土掩骨、野鬼孤魂的绵绵长恨。

（二）祥林嫂感伤身世，因初嫁丧夫及再嫁失夫亡儿，痛骂苍天狠心，心头永留伤痕。

（三）祥林嫂直抒内心郁结，痛斥世间冷言白眼如恶鬼缠身，严诘"天地虽广阔却未许我做人"。

（四）祥林嫂含恨辞世，虽掏尽半生心血，祈求天恩神恩，终难免受冤屈受苦困，空怀悲愤难逃厄运。

通过小说《祝福》和粤剧《祥林嫂》在情节结构方面的比较，可以看出红线女在改编再创作的过程中是确实下苦功、花大力气的，文本改编的成功，为舞台二度创作的成功打下了扎实的基础，这主要表现在以下几个方面：

第一，删繁就简，精炼情节，立主脑，减头绪，集中笔墨写好祥林嫂的一人一事。

前文已经介绍，《祝福》这篇小说讲述了"祥林嫂与鲁镇""我与鲁镇""我与祥林嫂"三者之间复杂关系的故事，改编成为粤剧《祥林嫂》的剧本之后，只留下了"祥林嫂与鲁镇"的故事，即祥林嫂的悲惨身世及祥林嫂在鲁镇中人的冷言与白眼中凄凉地死去的故事。这种改编，真正做到了确立主脑，减少枝蔓，符合戏曲剧本创作的原则，保持了小说原著的精髓和特色，处处流露对祥林嫂惨痛遭遇的同情和悲悯，随时可见对剥夺祥林嫂生存权利的恶势力的鞭挞和否定，没有削弱小说原著的思想锋芒和精神力量。在祥林嫂的悲愤控诉之中，我们分明看到了"我"（作者）的鲜明的身影，洞察到"我"对祥林嫂"哀其不幸，怒其不争"的人文情怀；从祥林嫂的极力抗争之中，我们也明显感受到鲁镇一切恶势力的丑陋以及"我"对其猛烈的嘲讽和抨击。尤其可贵的，是改编成剧本时，把小说最精彩、最深刻的情节冲突，作为戏剧的高潮来处理。小说最为震撼人心的地方，是"被看"的祥林嫂被"看客"看得厌倦而成为渣滓被抛弃。有研究者指出，这是极其深刻地揭示了所谓"看客"现象的本质的：

> 症结并不主要在于人们由于缺乏现代觉醒所特有的愚昧、麻木及感觉思维的迟纯，而恰恰在于对不幸的兴趣和对痛苦的敏感，别人的不幸和痛苦成为他们用以慰藉乃至娱乐自己的东西……

> "看客"现象的实质正是把实际生活过程艺术化，把理应引起正常伦理情感的自然反应扭曲为一种审美的反应。在"看客"效应中，除自身以外的任何痛苦和灾难都能成为一种赏心悦目的对象和体验……

> 祥林嫂的痛苦被人漠视乃至赏玩的文化现象，十足地反映了这种人生态度的残酷性。也正是这种在现实的人际关系和日常生活中寻求审美满足的含混价值取向，才塑造了表面上麻木、混沌，实际上精明、残忍的情感与行为方式。它使得人不

仅可以欣赏喜剧、悲剧，还可以心安理得地欣赏丑恶、残忍。

（高远东《祝福：儒释道"吃人"的寓言》，载《鲁迅研究动态》1989年第2期）

粤剧《祥林嫂》的剧本，以此作为全剧的高潮，学习继承了中国传统戏曲创作的优秀经验："传中紧要处，须重著精神，极力发挥使透。"（王骥德《曲律》）通过对祥林嫂痛彻肺腑的切身感受，浓墨重笔地进行大力渲染，引起了观众强烈的感情共鸣，也使观众接受了严峻的情操熏陶。

为了将这场高潮戏"发挥使透"，使戏剧情节承上启下，血脉相连，自然顺利，戏剧高潮的到来水到渠成，剧本十分注意"埋伏"和"照应"这两种写作方法的运用。

剧本在戏剧高潮前的"埋伏"，是笔酣墨饱地描述祥林嫂对夫丧子亡的血泪诉说，让人伤心落泪，肝肠寸断，充分调动了观众的同情心和注意力。紧接着笔锋一转，急转直下，直书祥林嫂内心深处的最痛："人说守得云开能见日，我是头顶尽乌云。夫死儿亡哀伤能忍，最难忍是冷言白眼躲不开来逃不脱，好一比恶鬼缠身。"灾难与痛苦齐集于一身、求生不得求死又不能的祥林嫂，此时如火山喷发一般倾诉了满腔的悲愤：

都说我克子克夫多罪孽；都说我是灾星降世害他人；都说我死落黄泉还多罪问；都说我来生再世受苦更深。

这四句叠用的"都说我"，概括了祥林嫂的身世，刻画了祥林嫂的性格，也形成了戏剧的高潮，给予观众醍醐灌顶般的震撼。

为了符合人物的性格，保持情节发展的连贯性，最终塑造真实感人的人物形象，剧本终篇的"呼应"也写得十分饱满和有力：

风霜白了双鬓始终我未转运，神恩与天恩尽化烟尘。再世今生再世今生我受冤屈受苦困，我未得申空自愤。回头望鲁镇寒云凛凛，似饿虎凶恶大口张开要食人。弱小似我难逃恶运。

舞台帷幕降下的时候，颤巍巍、眼睁睁、身虽僵而行不止、脑已死却心还热的祥林嫂，便活生生地树立在观众面前。她警醒观众不要忘记"吃人"旧社会的黑暗和丑恶，不要沾染"看客"的那种国民性的畸型和自私，让人咀嚼不尽，长留脑海。

第二，突出重点，浓缩情感，因情见性，会景生情，充分抒发祥林嫂复杂的情感世界和心理活动。

中国戏曲文学又称剧诗，长于抒发人物的复杂情感和心理活动，并且把抒情引向叙事和戏剧化，把抒发情感作为塑造人物性格的重要手段，竭力展示人物的内心意志，充分再现人物灵魂深处的内心流动。粤剧《祥林嫂》的剧本，也十分鲜明地表现了传统戏曲创作的这个方面的特点。剧本的登场人物只有祥林嫂一个人，她只代表着情理相悖、是非对立、生死搏斗的一个方面；与之对立的另一方，是一种环境、一些观念、一个时代，它们并没有相应的代表人物上场同祥林嫂展开激烈的矛盾冲突，而是一批隐藏于幕后的没有出场的人物。粤剧《祥林嫂》就是在这种隐没型冲突形态（或称单方性冲突形态）之中去塑造祥林嫂的典型形象。我们在祥林嫂激烈的内心冲突和情感喷发的话语里，可以明显地感受到她之所以忧郁、悲愤直到惨死，是由于有一个强大的封建宗法势力和悖理的伦理情感重重地压在她的心头，她好像身处密不透风使人窒息的精神监狱之中，为了求得起码的做人尊严和生存权利，她在这个精神牢狱中拼尽全力地呼号、控诉和抗争，从而展开了一场要求人性、人道、人权和固守封建宗法伦常的冲突和搏斗。这种形诸情感和心理的冲突和搏斗感人至深，又更能用情感来显示其哲理的思辨深度，使人经久难忘。

为了充分抒发祥林嫂的强烈情感和细致描绘祥林嫂的内心活动，我们注意到作者使用了"含情而写性"的笔法。处处着笔于人物内在情感描写和心理剖析，通过人物内心情感的细腻剖析，达到生动刻画人物性格的目的。比如"明日是新年，新年不属我，只恐鸡声唱罢，便成野鬼孤魂"这几句，从伤感的言词中透露出祥林嫂油尽灯灭、人生末路的哀伤。"夫死儿亡哀伤能忍，最难忍是冷言白眼，躲不开来逃不脱，好一比恶鬼缠身。"这些曲尽心灵隐秘的悲愤话语，显示出祥林嫂虽无力抗争但要申冤诉屈，濒临末路也要奋力抗辩的独特性格。把人物的个性看作是人物情感的特殊表现方式，是情感个性，这就更能刻画人物性格的内在和深沉。

我们还注意到作者也使用了"会景而生心"的笔法，即通过"寓情于景"的对人物情感的描写，刻画人物个性，塑造人物形象。戏曲对情感的描写是借助无情的景物去抒发剧中人物丰富的情感，借景抒情，物我一体，情景交融，从而达到刻画人物性格的目的。要做到借景抒情，以景写人，就要根据人物当时的境遇和心情，选择其周围可以抒发她的内心情感的自然景物来大力渲染。祥林嫂是在鲁镇过年的"祝福"声中孤苦无依地凄凉死去的，此时此地，此情此景，祥林嫂唱出了这样的唱段："鲁镇一片静，真似野外坟，真似野外坟。听身后那座破庙隐隐钟声送旧岁祝新春，这钟声声声刺在我心痛楚阵阵。"祥林嫂到鲁家佣工，曾在过年祝福的钟声中，一度得到慰藉和偷生，如今她在宛如野外坟地的鲁镇里，却在送旧迎新的隐隐钟声之中，走到了生命的尽头。作者借景抒情，意与境浑，把客观的事物赋予浓郁的主观色彩，抒写出人物内心的"痛楚阵阵"，真是刺人肺腑，令人眼热心酸。又如作品的开头写道："雪添哀愁风添恨，一天素白地暗昏。寒风吹呀衣衫单薄冷透心，四下无人问，路滑夜更深。"作品的结尾是："回头望鲁镇寒云凛凛，似饿虎凶恶大口张开要食人，弱小似我难逃恶运。"这两段描写，除了在情节结构上有首尾呼应，前瞻后顾，使作品浑然天成的好处之外，更成为就情写景，以景写人，传情、写景、叙事三者融为一体的佳章。在《祥林嫂》这出粤剧的规定情境之中，寒风凛凛，白雪森森，天昏地暗，路滑更深的环境、景物描写是典型的；饿虎张口，羔羊丧生，哀愁怨恨，心冷神伤的心理、情感抒发也是典型的，通过真实的典型环境和心理情感的描绘，让人联想回味祥林嫂苦难深重的一生。一石三鸟，真可谓佳构美文。

第三，作者对小说原著的主观体悟同原著作品的客观实际相一致，并在小说原著的基础上进一步张扬了强烈的生命精神。

红线女从艺六十多年所创作的成功作品，几乎都洋溢着难得的生命精神。有论者指出："红线女以自己作为艺术家的敏感心灵，一次次地穿越重重屏障，将生命的狂喜和悲哀，壮美和凄惨，挣扎和解脱，毁灭和新生，以赞美与嘲讽，肯定与否定交织的奇妙形式，表达自己对生命理解的不断深入和开掘。""红线女挖掘着形形色色的女性生命故事，集中展现陷于生命困境中的女性所经历的苦难和痛苦，以及她们对抗困境的努力和绝望中的希望，使得这些女性形象在生命的空间上得到了审美的拓展。"（胡小云《透视红线女现象》）如果细心阅读《祥林嫂》的剧本，可以发现作者对小说原著的一些理念和观点，对祥林嫂的一些行为和心态，是适当地进行了必要的削弱和删减的。比如对祥林嫂"怒其不争"的态度，对祥林嫂麻木不仁、啰嗦诉说的描写等等。一方面是为了舞台演出的需要，有利于二度创作时创造可视、可听、可感、可亲的舞台艺术形象；另一方面是为了充分体现作者对祥林嫂这个人物形象所感悟的主体意识，强调难能可贵的生命精神，寄寓作者对个性反抗、独立人格、自我价值的追寻和憧憬，这应该说是合理和可取的。

作者在祥林嫂这个人物形象身上所张扬的生命精神，首先表现于祥林嫂对生存的强烈渴望和对死亡的剧烈抗拒。祥林嫂苦难的一生，无论是肉体和心灵，都经历了最难堪的折磨和摧残。初嫁祥林，她是妻又是姐茹苦含辛，她挺住了；祥林死后她被骗卖给贺老六，贺老六病死加之爱儿被野狼吞吃，她心头永留伤痕，她捱过来了；夫死儿亡的哀伤，冷言白眼的攻击，她也忍受住了；最后她如无巢雀鸟，在苦海风暴中浮沉的时候，仍然花尽半生心血银去恳求神恩怜助，她坚持住了。虽然祥林嫂终于"难逃厄运"，但她面对苦难困厄所采取的挺、捱、忍受、坚持的各种行动，无时不发出生命的呼唤，无处不体现着对生存的渴求。在祥林嫂对生命的呼唤和渴求的背后，在祥林嫂抗拒苦难和悲剧命运的行动中，始终贯串着韧性的对死亡的抗拒。她忍受哀伤，她盼苦变甘，她期望云开见日，她求助神恩天恩，目的只有一个，就是避过"天地虽广阔却未许我做人"的厄运，就是顽强地拒绝死亡的降临。祥林嫂虽然死了，但她的死却激发人们对生命价值、生存权利等的积极思索和进取。

其次是表现于对屡受冤屈的申诉和对世道不公的抗辩。对于新年的到来，人人都盼望这是一个好日子，得到好命运，可是孤苦无依的祥林嫂，最怕听的就是新年的钟声，因为"新年不属我，只恐鸡声唱罢，便成野鬼孤魂"，祥林嫂只觉得新年的钟声刺在心头痛楚阵阵，为此她"掩不尽绵绵长恨"。历经两次丧夫、痛失爱儿的人生劫难，无依无凭、举目无亲的祥林嫂仍然逃不脱冷言白眼"好一比恶鬼缠身"，她一变内心的长恨为口头的痛骂，"骂句天公你太狠心""心头永留下伤痕"。最后，命如游丝的祥林嫂，拜祷天公开恩，敬请神灵动心，给她留下一线生机，但是得来的却是"神恩与天恩尽化灰尘，再世今生我受冤屈受苦困，我未得申空自愤"。祥林嫂从长恨到痛骂到悲愤，是封建社会一个最底层的农村劳动妇女，对不合理的社会制度、对不公平的生存权利的抗辩和申诉，这就把祥林嫂的人物形象升华到更深刻的审美层面，让观众从中获得抵抗生活中种种苦难困厄的启示。

正如曲六乙在《红线女的挑战自我》一文中所说："我感到她是在用整个生命来歌唱，在六十年的艺术生涯里，她始终把生命融解到艺术之中，用天才的艺术创造出自己的人生价值。"也正如胡小云在《透视红线女现象》一文所说："她是站在某种理想的制高点观照人生，体验着人生的种种矛盾和不完满，她塑造的那一大群受难或抗争、狂热或沉静、脆弱或刚烈的女性人物形象，像一条热气蒸腾的生命河，流在里面的，也有红线女自己灼热的生命追求。"

三、红线女成功演出粤剧《祥林嫂》

成功的改编再创作，为红线女在粤剧舞台上超卓不凡地塑造祥林嫂的艺术形象打下了坚实的基础。虽然本人对粤剧唱、念、做、打的表演技艺和方法的知识只是门外汉的水平，但是确实受到红线女创造的祥林嫂舞台艺术形象的深刻感染和震撼，受感动的程度就像白居易在《琵琶行》中所咏叹的听众感动的程度那样："凄凄不似向前声，满座重闻皆掩泣。座中泣下谁最多，江州司马青衫湿。"因此不揣浅陋地写下以下一些粗疏浅薄的观感。

粤剧《祥林嫂》演出之后，曾经有人产生"这是一出戏吗"的疑问：出场只有祥林嫂一个人物，没有其他对手，场上看不到祥林嫂同对立面展开矛盾冲突的戏剧动作；全场二十分钟的演出，只有祥林嫂一个人在唱，并且是从头唱到尾，中间没有一句念白……在我看来，粤剧《祥林嫂》不仅是一出完全意义上的折子戏，而且是一出选材精简、结构精巧、语言精粹、表演精彩的堪称"精美"的现代戏的折子戏。原因在于：第一，该剧通过祥林嫂临死前的忆述身世和抒发感情，概括地再现了祥林嫂一生的悲剧命运，刻画了祥林嫂的独特性格，塑造了祥林嫂的鲜明的人物形象。第二，该剧通过祥林嫂在舞台上的戏剧行动，在真

实的生活基础之上，结构了既真又新兼有情、有头有腹有尾的完整故事
情节，并且做到虚实相生、冷热相剂和曲折变化，看来生动感人。第
三，该剧采用隐没型冲突型态的剧作法，场上没有对立双方展开冲突的
戏剧行动，但从祥林嫂的诉说、申辩和抗争之中，观众分明感受到一场
生与死、爱与恨之间的无比剧烈的戏剧冲突。第四，该剧根据所反映的
生活内容和作者对人物的评价，采用了悲剧的题材，以其崇高的深刻社
会内容，阴柔之美的审美品格，巨大的伦理道德力量，对观众产生摇撼
心灵的艺术感染力。第五，最为重要的是，红线女把她的生命融注到艺
术创造之中，在舞台上一切从塑造人物性格、表达角色感情出发，歌唱
时充分发挥了"红腔"超群的艺术魅力，既唱出词情，又唱出曲情和声
情，唱出人物情感的细微变化，赋予演唱鲜明的形象性，唱来形神毕
出，声情并茂，字字千钧，声声血泪；表演中贯串着形神兼备的美学追
求，形神合一的造型功力，情动于衷而形于外的表情寓意，一行一立，
动静结合，一颦一蹙，张弛有致，真正做到曾经教导过她的梅兰芳、程
砚秋两位戏剧大师所要求的那样："在舞台上是要处处照顾到美的条件
的"（梅兰芳语），"给观众一种美的感觉的艺术"（程砚秋语）。

　　开创了中国戏曲学研究先河的王国维，在他的著作《宋元戏曲史》
中指出，戏曲"必含言语、动作、歌唱，以演一故事"，人们又简称戏
曲是"以歌舞演故事"。戏曲艺术的唱、念、做、打"四功"，大而分
之是歌和舞两个部分。唱腔是形象化的乐音，念白是音乐化的语言，唱
和念都可称之为歌；手、眼、身、法、步一类的做功，是在生活动作
的基础上经过艺术加工的舞蹈化动作，武打的技艺也是对武功进行舞蹈
化提炼的结果，做和打便可称之为舞。粤剧《祥林嫂》的演出，有美妙
的唱腔音乐，有精彩的做功表演，载歌载舞，浓缩地再现了祥林嫂悲惨
的一生遭遇，所以完全应该把它看作粤剧现代折子戏的精品剧目。何谓
"精品剧目"？文化部副部长陈晓光《在2002年全国艺术创作工作会议
上的讲话》中指出："既要突出时代精神，用健康向上的思想内容提高
人们的精神境界；又要格外尊重艺术规律，使之具有较高艺术水准，从
而产生强烈的艺术感染力，使之为人乐于接受，深入人心。"

　　红线女是海内外公认的当代粤剧艺术大师，她的艺术功力老而弥

坚，她的探索精神与时俱进，她在运用"红腔""红派"表演艺术塑造祥林嫂舞台形象的过程中，从人物出发，从粤剧剧种出发，从时代出发，从观众新的审美要求出发，她"又一次突破自己，超越自己，在她塑造舞台人物的艺术长廊中，新添了一个属于老旦类型的艺术形象，对她的'红腔''红派'艺术，又有了新的发展"。（吴树明《晚霞似锦，霜叶正红——喜听"红腔"又创新声》）红线女在创作过程中，使"红腔"拓展了新的领域，使"红派"增添了新的风采，但她又是紧紧地把握着"移步不换形"这个"脉门"，并且精确地掌握了"移步"和"不换形"的尺度，从而使她塑造的祥林嫂舞台形象，既是粤剧舞台上崭新的现代人物形象，又是极富戏曲表演艺术张力的人物形象；既是运用戏曲"四功五法"创造的人物形象，又是具有情感意志剧烈冲突的鲜活人物形象；既是可以视听可以感知的人物形象，又是形式美和内容美同在的人物形象。

具体分析红线女在粤剧舞台上成功塑造祥林嫂这个人物形象的创作过程，我们获得以下几点突出的印象：

第一，《祥林嫂》全剧的音乐结构，采取板式变化中嵌入曲牌体曲调的方式，唱腔设计充分发挥了戏曲音乐的抒情性与叙事性。

粤剧《祥林嫂》的唱腔设计是这样安排的：【江河水】→【反线二簧慢板】→【乙反二簧慢板】→【子规啼】→【乙反南音序）→【木鱼】→【乙反二簧流水】→【新腔二流】→【流水行云】。

唱腔设计者就是红线女本人，这样的设计安排具有以下的优点：首先，它是广大粤剧观众耳熟能详、喜闻乐听的粤剧腔调，又是经过创新发展的独具艺术魅力的"红腔"，可以满足当代观众新的审美需求。红线女在这个戏的唱腔设计和其他戏一样，都是遵循着粤剧唱腔创作的规律和法则，绝不为了标新立异而脱离剧种唱腔设计格律的规范。为了表现戏剧内容和塑造人物形象的需要，对传统唱腔在不完全离开它的基本旋律的框格之下，进行必要的增、删、修补、创新的工作，尽管唱腔旋律大同小异，但是唱腔的性能和作用却会发生变化。这种为了尽情发挥唱腔的声情功能而进行的再创造，既有利于表达人物思想感情、塑造人物形象，又合乎戏曲音乐规律，产生和谐悦耳的美感。

其次，唱腔曲调的多种多样，增加了唱腔旋律的丰富性和感染力。欣赏粤剧《祥林嫂》的唱腔，几乎可以听到粤剧源自不同声腔系统的各种曲调，其中有来自梆、簧系统的婉转华丽的二簧唱腔和新创作的【新腔二流】，有属于曲牌体的流传很广的【江河水】、【流水行云】，有吸收于广东民间曲调的【木鱼】、【南音】，等等。这些原本出处不同的曲调，原来各有其不同的方言和音调、不同的调式、旋法和节奏，不同的表现形式与表现方法，但是都在粤方言的基础上，在粤剧唱腔设计规律的制约之下，和谐地统一成为粤剧《祥林嫂》的唱腔。因为唱腔的丰富多彩、变化多端，使得广大观众更加感到熟悉、亲切和易于理解。

再次，突出了粤剧唱腔善于对各种曲调进行连接融合的优势，把各种曲调综合运用、各展所长，并且做到分工明确、浑然天成，为祥林嫂的粤剧音乐形象的成功创造发挥了重要的作用。在粤剧《祥林嫂》的唱腔设计中，我们看到了板式的变化、曲牌的变化、声腔的变化，调式调性的变化、音色的变化，这些变化手段的综合运用，使我们在整个戏的唱腔舒展过程之中，深切地感受祥林嫂繁杂的情感、心理和意志；在由节奏、旋律、和声、调性、调式、音色、速度、力度等多种因素构成的听觉欣赏过程中，明确地感知祥林嫂圆满的粤剧音乐形象。

最后，板式体与曲牌体的唱腔交替使用，抒情性与叙事性的功能叠次发挥，使粤剧《祥林嫂》的唱腔呈现出丰富的戏剧性。唱腔是戏曲艺术塑造人物形象最为重要的艺术手段，唱腔也是推进戏剧情节完成戏剧冲突必不可少的艺术手段。【反线二簧慢板】、【乙反二簧慢板】一类"声情多而词情少"的唱腔，速度较慢，节奏舒缓，字少声多，字与字之间间隔较长，往往一字多音甚至延伸数拍数十拍，把唱词的情感内涵通过婉转曲折的旋律作了尽情的抒发，充分展现了祥林嫂内心深处的感情世界和内心冲突。【江河水】、【流水行云】一类"词情多而声情少"的唱腔，一般速度较快，节奏短促，字多声少，字与字的衔接较紧，往往一字一音，通过较为平直简朴的旋律，叙述祥林嫂的生平遭遇，揭示戏剧性的纠葛冲突。由于抒情性与叙事性两类不同性能的唱腔交替运用，相互衬托，就能以戏剧性的音乐形态，表现错综复杂的戏剧矛盾，并在此基础上塑造出祥林嫂丰富的音乐形象。

第二，红线女在粤剧《祥林嫂》中的演唱，通过气、声、字、情四个方面专业技巧的娴熟运用，使"红腔"演唱生动准确地体现了祥林嫂的思想和感情的活动。

一个戏曲剧目的优劣成败，很大程度上取决于演员的演唱艺术。"红派"的经典保留剧目《刁蛮公主戆驸马》《昭君出塞》《搜书院》《关汉卿》《李香君》《打神》《山乡风云》等，在很大程度上是因为红线女演唱了动人的"红腔"，借助"红腔"的迷人魅力，把刁蛮公主、王昭君、翠莲、朱帘秀、李香君、焦桂英、刘琴等人物形象在舞台上树立起来，使得这些剧目长期流传，影响海内外。从红线女在这些剧目的演唱艺术上，可以领略她的精湛独到的唱工和卓越不凡的艺术造诣，从中发现她的艺术才能、艺术修养和创造精神。红线女演唱艺术在气、声、字、情四个方面所达到的高度，在粤剧《祥林嫂》的演唱中同样得到了体现，并且有所超越和发展。

我们先来看看红线女演唱艺术中用气的高超技巧。传统戏曲的演唱经验十分重视用气，把气作为戏曲演唱的根本，认为演员只有掌握气息的运用，才能获得正确的发声，优美的音色，以及自如地控制音量的大小及力度的强弱。红线女在她的多篇文章中，反复强调她学戏之初就用土办法苦练丹田之气，力求气沉丹田，以气托腔，从而使气息畅通，发声圆润明亮。她还经常谈及从表情达意的目的出发，为了传情入微，演唱生辉，十分注意对包括偷气、取气、换气、歇气、就气等所谓气口的恰当运用。有人撰写专文赞美红线女在"红腔"中的气息运用，认为其特点是超乎寻常之长气息的运用，灵巧敏捷的偷气技巧，连贯流畅一气呵成的唱腔处理，并因此得出结论："'红腔'的形成，与红线女很早便具有惊人的气息控制能力，在技术上起着极大的支持作用，是不无关系的。""她除了有着极其深厚的普通功力之外，必定还找到了很科学、很经济、很合算——即是有很高效率的用气带声的窍门，才能唱得这么响亮，这么轻松，这么持久，还这么感情充沛。"（崔德銮《从〈香君守楼〉看"红腔"的气息运用——略谈曲中"气口"的处理》）红线女在粤剧《祥林嫂》中的演唱，得心应手地运用气息控制的技巧，使全剧唱腔的演唱始终饱满酣畅，淋漓尽致，首尾连贯，一气呵成，令人陶醉其中。

我们再来看看红线女演唱艺术中发声方面的非凡本领。戏曲演唱艺术为了加强音量，丰富声音的表现力，要求演员发声时取得口腔、鼻腔、胸腔、颅腔等各个部位的共鸣，以求得声音的圆润响亮；并且在此基础上，要求声音适应各种节奏、各种旋律的变化，给以圆满的体现。戏曲的演唱还运用不同的发声方法去取得不同的音色，借以表现各种类型人物的性格特征。红线女在演唱粤剧《祥林嫂》时，在发声方面"反复吟唱""冥思苦想"，实实在在花了一番苦功夫。她说过这样一段话："我对跳音、滑音、顿音、挫音的运用是很重视的，以不同的人物情绪去处理、去唱，声音轻一点或重一点，其效果就不一样了。"谈到【反线二簧】"明日是新年"这段唱腔时，更具体地指出："在唱222这三个音时，我加重了力量，用较重的气息唱出，反映惨痛和悲愤一直伴随着祥林嫂的命运，厄运一直围绕、纠缠着她，使她无从摆脱，但她却很不愿意接受这种命运的摆布。"（文通、彬筹记录整理《红线女谈"红腔""红派"和红线女艺术研究》）由此可见红线女是如何细致而又准确地运用她的声音轻重和歌音色彩，去表达人物的思想感情和刻画人物的心理性格。有专家还撰文指出："红线女为准确表现祥林嫂这个人物的年龄、身份和内心感情，在剧中很多地方都采用了一种突出骨干音，淡化、简化过渡音的唱法。……红线女突出字，淡化、简化过渡音（腔）的唱法，正是要把原来字少腔多的曲改造成为字多腔少，使它从婉转变作遒劲，华丽变为质朴，从而在塑造祥林嫂这个人物时，发展出一种质朴、苍劲风格的'红腔'"。（吴树明《晚霞似锦，霜叶正红——喜听"红腔"又创新声》）这种做法，也是为了通过声音准确地表现人物的性格特征，最终达到以歌音去创造人物形象的最高目的。

戏曲演唱把字音清晰作为唱曲的第一要义，用"字正腔圆"四字去概括说明字音清晰准确与唱腔圆润动听的辩证统一关系，并把它作为演唱艺术的总要求。对演唱中的字音提出如此严格的要求，是由于歌唱不仅要传情，还要达意。清代歌唱家徐大椿对此作了很有说服力的论述："况字真则义理切实。所谈何事，所说何人，悲欢喜怒，神情毕出；

若字不清，则音调虽和，而动人不易，譬如禽兽之悲鸣喜舞，虽情有可相通，终与人类不能亲切相感也。"（《乐府传声》）红线女回顾总结《祥林嫂》的唱腔设计和演唱时，举出"从此举目无亲，从此无依无凭"这两句来说明她对字音处理的严谨科学。她说："我在唱的时候把字和音拖后，有人误以为我唱得慢了，其实这正是我对唱腔收放、声音渐出快出和把声音控制着慢出的创作方法。有人说这种唱法很有韵味，我觉得主要是咬字的特殊运用，其实一板三叮的格律并没有改变。这两句唱腔所表现的词句内容，如果一成不变地按照原来【长句二簧】的曲谱来唱，是不可能达到现在的效果的，很难表达人物当时的情感，身世悲凉的况味也基本消失了。"（文通、彬筹记录整理《红线女谈"红腔""红派"和红线女艺术研究》）从红线女所说的这段话中，我们知道她是真正领会了"字正腔圆"的内涵和要求的，她对于咬字技巧的运用一是要使唱腔传情，好听；二是要使唱腔达意，明白；三是准确体现人物的情感身世，塑造性格化的人物音乐形象。红线女演唱时对字音的处理，还有被人称道的突破和创造，莫汝城在《"红腔"【中板】吐字位置的变化》一文对此有详细的论述。莫文指出，红线女唱【中板】时对【中板】板式的运用和突破，"则在原来板式大的规范下，常常突破原来十个字固定位置的成规，其中出现最多的，是把第二和第九个字位置推前到前面那个底板处唱出，扩展了这两个字的拖腔"。"红线女吐字位置作上述的那些变化，总的来说就是要充分利用第一和第二个字之间，第八和第九个字之间的两个底板来扩展拖腔……按照每句16拍，叮起板收的规范去唱。但是她利用了两个底板，就把每句用作唱的由9拍扩展为11拍，用作停顿和过门的由7拍压缩为5拍。两拍的扩展就使【中板】的旋律性大大加强，经过她的精心设计，着意琢磨，她唱的【中板】更能鲜明地表现人物的内心感情，行腔也更曲折委婉，优美动听"。红线女对语言字音的高度重视，审五音，正四呼，了解四声的不同调值而行腔，掌握了出字、归韵、收声的方法，注意交代清楚字与字之间的衔接，使得她在演唱时不论声音长短，不管唱腔变化，都能在字音准确不变的前提下做到字正腔圆，娓娓动听。

戏曲演唱讲究气、声、字三个方面技巧的运用，其目的是为了更好地表达感情与创造人物，通过这三个方面技巧的全面运用，真正做到以声传情，以情动人，才能达到戏曲演唱艺术的最高境界。清代歌唱家徐大椿在《乐府传声》中早就提出了这样的见解："唱曲之法，不但声之宜讲，而得曲之情为尤其。""必一唱而形神毕出，隔垣听之，其人之装束形容，颜色气象，及举止瞻顾，宛然如见，方是曲之尽境。"红线女在总结《祥林嫂》唱腔设计和演唱的体会时，时时刻刻都把表达人物情感、创造人物形象作为创作的指导思想，务求达到"形神毕出"的"曲之尽境"。比如她在谈到【反线二簧】"明日是新年"的四句唱时说："这同我在传统戏《仕林祭塔》所唱的【反线二簧】是差不多相同的旋律，因为要表现不同人物的不同感情，我使用了经过修改的旋律和唱法，所以就产生了不同的效果……我觉得运用这样的唱腔，才能把祥林嫂此时的心态表现出来。因为此时的祥林嫂不想去死，虽然有点死的恐惧，但她在挣扎；她也知道挣扎是徒劳的。在这里我改变了原来的旋律，我是经过反复吟唱才这样改的。"又如谈到【反线二簧】转【乙反二簧】的"从此举目无亲，从此无依无凭"这两句唱腔时说："我花了六七天的时间去冥思苦想，不断吟唱，从此时祥林嫂这个人物的思想性格和内心情感出发，我安排了两句【长句二簧】的旋律和唱法，这在我以往的唱腔中是从来没有这样安排的。我认为旋律是唱腔的基础，声音和唱法是给予这个基础以活力，这是我从20世纪50年代开始唱腔设计实践所总结出来的一种认识，如果说我的唱腔创作有什么特点的话，这可能也算是其中的一点吧！"再如谈到【流水行云】的过渡部分，红线女说："我们也研究斟酌了很长的时间，最后在录音棚里又排练了半天才确定下来。【新腔二流】这一段，是角色悲愤交加带着控诉的情感，用快速、高亢的旋律唱出来的。唱到'更深'两个字的时候，我有意识使用了花腔，这里是一个重要的铺垫，后面就势转调唱【流水行云】，这样一来，才能产生人物角色对黑暗势力悲愤控诉的强烈效果。"（以上引文均见文通、彬筹记录整理《红线女谈"红腔""红派"和红线女艺术研究》）红线女上述的心得体会，说明她不单纯倚傍极好的演唱基本功，也不故意卖弄高超的声音技巧，而是尽其心血、毕其功力去追求达到以声传情、以情动人的戏曲声乐艺术的最高审美标准。

第三，红线女把祥林嫂的听觉形象音乐化的同时，把祥林嫂的视觉形象舞蹈化，并且使音乐化和舞蹈化二者达到有机的和谐统一，从而成功塑造了形神兼备的祥林嫂的舞台形象。

戏曲艺术把创造舞台上的人物形象作为最终的目的，塑造形神兼备的舞台形象是戏曲表演最高的美学追求。古人认为把人物的思想性格、精神面貌和内在气质，通过戏曲的歌舞手段，形诸人物"性情言笑之姿"，以形写神，形神合一，便可得舞台形象"形神兼备"之妙。当代著名川剧前辈表演艺术家张德成对"形神兼备"更做出全面的描述："饰其衣冠，假其口吻，传其神情，肖其肌肤，仿其气质，神乎其技。"大凡企盼艺有所成的戏曲演员，都会努力争取在舞台上塑造形神兼备的人物形象，当代粤剧艺术大师红线女在《祥林嫂》的表演中，自然也把塑造形神兼备的祥林嫂的舞台形象作为自己的美学追求。从戏曲行当表演的角度来说，祥林嫂这个角色应属老旦类型的角色。可是在近现代的粤剧中，"老旦"这个行当已经基本消失。现代戏的表演当然不必拘囿于行当的程式，但行当表演的特性和经验还是可以借鉴运用的。红线女在几十年的粤剧演出实践中，从未扮演过像祥林嫂这种属于老旦类型的角色，她要演好祥林嫂，无疑等于迎接一场十分困难的挑战。但是红线女迎难而上，排除万难，勇于超越，开拓进取，为塑造形神兼备的祥林嫂的舞台形象，做出了令人赞叹的探索和努力。

第一，通过准确而富于美感的动作造型，密切配合苍劲质朴的唱腔演唱，使观众同时获得听觉和视觉的美感享受。

红线女在《祥林嫂》中的动作造型，是从复杂的现实生活中提炼出足以表现人物性格特征的动作和姿态，用十分简练的手法去表现丰富的性格内涵。红线女扮演的祥林嫂背面出场时那僵直颤抖的身躯，那褴褛衣衫掩盖下的瘦弱身形；与观众照面时那似乎凝固的亮相，那凝重的步法，那呆滞的目光，那幅度很小的手足活动，都直观地告诉观众，这是一位孤苦无依、濒临死亡的贫困老妇。祥林嫂命运转折的几个关键时刻，红线女运用了几次动作幅度较大的造型。演到再嫁夫亡时，她由立而坐，坐在门槛上无奈地洒泪悲吟；演到爱儿被狼吞吃时，她踉跄倒下，拍地呼天；演到冷言白眼如恶鬼缠身时，她双手挥斥，侧身抱头，握拳屈臂掩护蜷缩的上身；最后一切希望都破灭了，她跪地拜天，膝行祈祷，这一切不但准确地表现了人物的身份和气质，而且深入到人物灵魂的深处，把她的精神状态鲜明地揭示出来。

第二，通过丰富而具有欣赏价值的表演，让观众洞察人物的内心感情，使观众受到深刻感染而引起强烈的共鸣。

戏曲的表演，几乎把任何一种情感和心态，都外化为具有视觉形象的表演形态。比如通过眼神，透过这双"心灵的窗户"，可以看到人物的神韵气质、心理活动和感情变化。红线女扮演的祥林嫂，其眼睛或张开、或闭合、或微敛、或圆睁，便从眼神中透露出哀愁、苦痛、怨恨、悲愤等各种心绪意态。戏曲表情达意的手段还十分丰富，比如手的动作就有许多作用和功能。祥林嫂的手在一般情况下都是曲置胸前，很少下垂，也不直指前方，说明她是孤苦无依、衰老病弱的贫困老妇；当她要申冤、要诉恨、要抵御、要抗争的时候，她的颤抖的双手就会左右摇摆、前后挥挡、抱拳在胸、戟指向天。再如祥林嫂的步法，通常见到的是双膝微弯的缓步，悲愤万分时是膝行跪步，求助无门时是踉跄的碎步。通观祥林嫂的表演，确是达到了动静相宜、张弛得体的程度。出场、亮相的姿势和神态，具有静态的美，一站一坐做到"站有站相，坐有坐相"；手眼身法步的联系和协调运用，使举手投足，一招一式，都在线条、姿态和动律上呈现动态的美，这就使得观众在审美愉悦之中，情不自禁地和祥林嫂同哭同恨，产生强烈的共鸣。

第三，通过鲜明而又具有美的形式的寓意，让舞台形象洋溢着热烈的生命精神，使观众在情操和品格上得到有益的洗礼和陶冶。

戏曲艺术所创造的舞台形象，既是实际社会生活在演员头脑中反应的产物，又带有演员对社会生活进行评价的主观意识，加之受到民间古已有之的"别善恶、分美丑、寓褒贬"的美学原则的影响，演员在创造舞台形象的时候，总是寄寓着自己对人物品格和道德的评价，善恶分明，是非有别。我们从红线女扮演的祥林嫂那些直截了当的痛苦回忆和悲愤控诉之中，在听觉和视觉双重感受到"鲁镇"吃人的可恶，冷言白眼的可憎的同时，更深深受到红线女在表演中所张扬的生命精神的强烈感染，眼热心酸，唏嘘坠泪。戏曲演员对舞台形象的抑扬褒贬，不仅体现在对人物神情意态的刻画之中，在服饰、道具的设置使用上也有鲜明的体现。红线女场上表演的道具，只有一根破竹竿，这破竹竿似乎成了祥林嫂生命的一部分。平时她倚持这破竹竿，支撑病残的身躯、生活的重压；当遭遇野狼吃儿的剜心之痛时，她把破竹竿远远扔去一旁，悲痛得就像连命也不要了；祥林嫂绝望地走到生命尽头的时候，时时伴随着她的那根破竹竿也没有了。红线女就是通过舞台形象的诸如此类的寄情寓意，满怀激情地创造了形神合一、传神入微的祥林嫂这个生动感人的舞台形象。

红线女曾经在不同的年代，创作了不同的舞台形象语言、舞台艺术语言和舞台技术语言，为艺术的国家形象争得了许多荣耀。我们感谢她为艺术献身的无私奉献，我们更祝福她的艺术青春长在！

（原载《红线女艺术研究》第九、十期，有删节）

Ⅱ　电影

┃　审死官

一、影片简介

首映时间：1948年

出品公司：香港联艺影片公司

类型：黑白粤语故事片

片长：98分钟

导演：杨工良

编剧：杨工良

主演：红线女　马师曾　李　兰　刘克宣　马　缨　姚　萍

　　　贾子秋　冯应湘　梁淑卿　马笑英　蒋世勋　陈焕文

故事概要：姚家大少爷庭春（陈焕文饰）和妻子田氏（梁淑卿饰）为独吞家产，竟合谋毒害胞弟，还嫁祸弟妇杨秀珍（李兰饰）谋杀亲夫。姚家丫环倩儿得悉二人阴谋，及时通知秀珍逃走。秀珍往找兄长杨勉帮助，岂料杨勉好赌成性，既输掉秀珍所有盘川，更将她卖给同姓兄弟杨春（冯应湘饰）为妻。杨春得知秀珍的遭遇，生了怜悯之心，决意为她伸冤。但二人意外失散，秀珍又将临盆。此时，名状宋世杰（马师曾饰）的妻子唐氏（红线女饰）路过，将秀珍带回家中。世杰封笔多年，但感秀珍身世可怜，决意替她告状。

田氏兄长为布政司田能（蒋世勋饰），田能救妹心切，竟贿赂济南知府顾读（刘克宣饰），诬告秀珍谋杀亲夫。田能差遣两名差役往见顾读，二人途经世杰所开的客栈，世杰乘机将他们灌醉，并将田能的公文偷龙转凤。最后，世杰凭着这份公文，反告田能及顾读官官相卫，成功替秀珍伸冤。

◎　电影《审死官》剧照

二、影艺评论

优秀的粤语喜剧电影《审死官》
易红霞

本片改编自粤剧名戏，喜剧片的形式，红线女饰演的唐氏，是一个聪明泼辣、侠肝义胆的少妇形象，为了求丈夫帮秀珍告状，她想方设法，软硬兼施；对驳公堂时，她故意扰乱视听，一会儿绕口令，一会儿哄孩子，口齿伶俐，大胆泼辣，把一个善良的喜剧人物演得活灵活现。

这是红线女饰演的角色类型中少有的带点儿滑稽色彩的喜剧人物，和她大多数影片中的悲剧和正剧人物形象迥然不同。从这部片子的成功来看，红线女不仅能够胜任这类角色，而且能够深入角色的内心，完全把自己隐藏在角色之中。无论是形象打扮还是言行举止，从唐氏身上，我们都很难发现红线女自身的特点。她的表演，几乎不露痕迹，而且非常的生活化。这对于刚刚接触电影表演的戏曲演员来说，红线女如此放松、自在，毫不夸张、做作的表演，多少有些令人惊讶。

（原载《红线女艺术研究》第十一、十二期，题目为编者所加）

《审死官》中的唐氏

谢友良

说真的，在《审死官》之前，红线女塑造人物大体上是一种本色表演。本色演员与性格演员相比，不见得低人一等，奥黛丽·赫本就是以本色表演在电影《罗马假日》里，成功地塑造了公主一角，曾使半个世界的男女为之倾倒。当演员的形貌、气质和角色相近的前提下，本色表演侧重自身气质的挖掘，而不重视表现性格色彩的多变，依靠自身天赋和灵感来塑造人物，而不靠技巧性的表演方法。由于演员自身的气质、特征更贴近人物，不需要更多的表演，就可能使展现在银幕上的形象赢得观众的信赖。

但是，命运、时世和她自己，都选择了红线女不做本色演员。红线女不像白燕（同时代香港电影红星）。白燕太"挑剔"了——跟自己气质距离太大的角色，不演；有损自己形象的角色，不演，只演正人君子、贤妻良母。红线女就不是，她在艺术上太"贪心"了，不管是贵妇还是丫鬟，不管是圣女还是妓女……她都想一一试过。求新、求变是她从艺的原则。其他的，就不重要了。当然，由于年轻，由于时代和环境的局限，红线女拍的电影还是有一些艺术质量不高的"烂片"。

《审死官》不是烂片。《审死官》在当时的香港是一部出色的影片，更是红线女从影道路上的一座里程碑。自从塑造了"唐氏"这不寻常的艺术形象，红线女开始显露出性格演员的本相。在这里，第一自我（红线女）和第二自我（唐氏）从里到外都距离很大。唐氏——讼棍宋世杰的妻子，乡下女人，举手投足、说话声调、走路姿势、神情神态都带着浓重的乡土气息。她善良却不怯弱，朴实却不木讷，泼辣却不刁蛮，聪明却不狡猾，吃醋却不嫉妒……红线女把"这一个"个性鲜明、有血有肉的艺术形象塑造得栩栩如生。八十年代，周星驰重拍《审死官》，梅艳芳为了演好唐氏，还很认真地借鉴了红线女几十年前塑造的"唐氏"。

（原载《红线女艺术研究》第十一、十二期，题目为编者所加）

▌慈母泪

一、影片简介

首映日期：1953年

出品公司：香港红棉影业公司

类型：黑白粤语故事片

片长：110分钟

导演：秦　剑

编剧：司马才华（根据冷云的同名小说改编）

主演：红线女　张　瑛　黄楚山　李月清　杨　帆　周志诚
　　　　艾　雯　李小龙

故事概要：20岁的程纫芷（红线女饰）有两个很要好的朋友——公司职员王嘉平（张瑛饰）和医生张永生（黄楚山饰），她和嘉平相爱成婚。婚后三年内，他们有了三个儿女，生活负担越来越重，嘉平不得不日夜在外打工挣钱，纫芷则在家辛苦操劳养育儿女。为了孩子，纫芷渐渐冷落了丈夫，嘉平有了外遇。在永生的劝解下，纫芷主动认错，一家人和好如初。中秋之夜，母亲去世。紧接着，嘉平也积劳成疾，终于撒手而去。在

◎　电影《慈母泪》海报

永生的帮助下，纫芷给人缝衣，含辛茹苦把三个儿女拉扯成人。殊不知长子国基（张瑛分饰）不务正业，沉湎赌博，遭训斥竟离家出走，沦为盗匪；女儿静娴（艾雯饰）自幼虚荣，险被花花公子糟蹋；只有幼子国樑（杨帆饰）刻苦耐劳，既体谅母亲养育之苦心，又勤奋好学，终成名医，服务大众，成为纫芷的安慰。纫芷越来越老了，国基走后，静娴为了家用，到舞场做了舞女。太平洋战争爆发，毁了国樑的大学梦，和永生辗转乡下学医，临走把母亲和姐姐托付给自己的好友。好友和静娴相爱了。谁料婚礼前夕，国基被追杀至家，静娴被乱枪打死。国基被判处死刑枪毙。为了等待国樑，纫芷在回忆中艰难地打发着日子，坚强地活着。终于盼到战争结束，国樑带着媳妇、孙子和永生一起回来，一家人终得团聚。儿子已经是一名医生了，他和永生在乡下已经有了一间很好的医院，把纫芷接去，安度晚年。

《慈母泪》是香港电影的经典之作，获当年粤语片票房冠军，并一举荣获《星岛晚报》组织评选的"最佳导演"（秦剑）、"最佳女主角"（红线女）、"最佳男主角"（张瑛）三项大奖，轰动香港、东南亚。

◎　电影《慈母泪》剧照

二、影艺评论

《慈母泪》中的程纫芷
谢友良

《慈母泪》是史诗式的作品，时代背景非常广阔，展示了抗日战争前后香港普通市民艰难困苦的生活。故事情节大开大合，很有气势，矛盾冲突很扎实，很有现实意义，爱情、亲情、友情甚至婚外情都表现得很动人，人物性格、心理活动的刻画也很细腻。《慈母泪》得到当时香港舆论的一致推崇，此片提升了粤语片的品位。

红线女扮演的主人公程纫芷是个多灾多难的女人。虽然，年轻的时候，程纫芷也曾沉醉于美丽青春的花样年华，也曾领受过友情的厚泽，也曾享受过初恋的甜蜜，也曾品尝过新婚的甘露，也曾体味过初为人母的神圣和生儿育女的愉悦，但是，一切的幸福和欢乐都太短暂了，接踵而来的是不堪重负的家务劳作、越来越冷漠的夫妻感情、母亲和丈夫的相继病故、战火兵燹下的生离死别、女儿被乱枪误杀，长子因犯抢劫罪被判死刑，次子为求学远走他乡，最后，剩下她一个孤苦伶仃的老婆子在凄风苦雨中苟延残喘，可以说几乎人世间所有的痛苦、灾难、屈辱都让这位弱小的女子尝遍了。几十年过去了，残酷的命运、无情的时光把一位如花似玉的黄花闺女变成白发苍苍、弯腰驼背、步履蹒跚，油将尽、灯将枯的老婆婆。

红线女第一次扮演年龄跨度这么大、人生经历这么复杂、表演难度这么高的角色，她意识到，一个演员一生中没有多少机会能够碰上这样好的角色，她非常珍惜这次难得的艺术实践。为了演好程纫芷，她认真分析剧本、分析角色，做了大量的案头工作。更重要的是，到生活中去汲取创作素材，捕捉创作灵感，整理脑海中情绪记忆的"仓库"，调用各种有用的细节，着意观察、体验现实生活里各种老妪的体态、神态、举止和心理状态，连她的婆婆、马师曾的妈妈也成了她的揣摩对象。红线女深知，表演艺术，尤其是电影表演艺术的基础是生活，包括演员的生活和角色的生活——演员的生活阅历会潜移

◎ 凭电影《慈母泪》获奖的红线女和张瑛

默化、丝丝缕缕地渗透到你所塑造的人物身上；另一方面你还要理解角色的生活，否则，第一自我和第二自我就不能合而为一，就会出现"灵魂出窍"的情况。没有灵魂的人物不过是行尸走肉而已。总之，生活是电影表演创作的生命和根本。电影表演艺术是一门创造性的直接利用生活经验的艺术，是一门用生命本体表现生命，用生活本体反映生活的艺术，它的重要技巧在于对生活（包括人物）的积累、理解、把握、体验，以及运用生活本身的语言去反映生活。

《慈母泪》中的程纫芷只是个普普通通的家庭主妇，生活圈子很小，视野也非常狭窄，眼睛就盯着那么几个人，丈夫、孩子、妈妈，顶多再加上几个朋友。她每天的事情就是相夫教子围着锅台转，没有任何奢望，只求家庭平安，子女成才而已。程纫芷实在是很平凡、很平凡的女人，却又是当时大多数家庭妇女很真实、很真实的写照，因此极具典型性。红线女塑造这个典型形象，从年轻演到老，自始至终很平实地"生活"在影片的流程中，既没有在镜头前花里胡哨的作态，又不是不"演"，而是执着地在"这一个"的规定情境中行动着，其间蕴涵着母性的美却在悄然中化作角色的种子。《慈母泪》对神圣母性的讴歌正是通过演员，主要是通过红线女的表演来实现的。从影片故事情节的流程中，我们可以清晰地看到，红线女在不断地调整自己的表演，以求准确呈现时光和命运在角色身上留下的刀痕斧迹，准确呈现角色内部心理活动和外部形体动作的微妙变化。影片开头，随着老年程纫芷如泣如诉的诉说，我们看到艳阳下的大海上，飘着一只帆船，船上穿着泳装的一女二男，三个年轻人正在纵情戏水、嘻哈打闹。那女孩就是天真烂漫的青春玉女程纫芷，那两个男孩就是王嘉平和张永生，一个英俊，一个厚道，一个公司职员，一个医生，两人都深深爱上了小程。这个时候的程纫芷沐浴着无尽的爱，无忧无虑，满心都是幸福感，眼睛亮亮的，笑容甜甜的，皮肤白白的，穿着泳衣的她美极了，让人惊为天人。

爱情的天平很快倾向英俊的王嘉平，虽然程纫芷对自己的抉择到死也没有后悔过，但后来事实证明她"嫁错郎"了，后面的人生才那么坎坷，王嘉平的人品和体格都不如张永生，不过没办法，命运就是这样作弄人。医生张永生一直都没有得到程纫芷的爱，他却能坦然面对，大半生都和她保持着真挚的友情。在她人生的几次危难时刻，要不是张永生鼎力相助，她的命运将更加悲惨。这条友情线跟红线女的表演牵扯不多，就此一笔带过。

新婚燕尔的程纫芷仍煞是清纯、甜蜜的，但已是个"新鲜热辣"的家庭主妇了，全心全意服侍丈夫，兴致勃勃地干着各种家务事，一天到晚忙忙叨叨、欢欢喜喜的。小两口亲热之余，还常常打情骂俏、撒娇斗嘴，完全不知愁滋味。几年下来，这个小家庭接二连三地添了三张嘴，为了养育这两个儿子一个女儿，两口子的负担越来越重，每天都累得"心淡淡"，难得听到有笑声，吵架斗气的事倒是常常发生。这是正常的，小夫妻正在面对每个家庭都要经受的"七年之痒"的考验。没料想，王嘉平认为妻子心中只有孩子没有他，在损友的唆使下，竟然跑去夜总会喝酒、泡舞女。程纫芷无意中发现这事，悲愤交加，一个耳光把丈夫打出门去。丈夫一夜不归，纫芷慌神了，发疯似的到处找，直骂勾引嘉平的舞女是"狐狸精"。在张永生的开导下，纫芷慢慢冷静下来，反省自己也有过错。她寻思，为了保住这个家，为了三个孩子，再大的屈辱自己也要承受，她忐忑不安地敲开了舞女的房门，真诚地诉说内心的苦衷，恳切地请求舞女放过嘉平。纫芷的一番苦心感动了舞女，嘉平终于浪子回头。不幸的是，程母在中秋之夜去世，纫芷伤心欲绝。没过多久，积劳成疾的王嘉平也撒手西去，又使纫芷陷入痛苦的深渊。

春来秋去十几年，待到程纫芷含辛茹苦把三个孩子拉扯大的时候，皱纹早已爬上她的眼角，满头青丝也已染上白霜，一双原本清澈如水的眼睛，因为流过太多的眼泪，变得浑浊了，不过依然闪耀着一种光芒，一种执着的、坚定的、安详的、慈爱的母性光辉。有了这样眼神的母亲，可以坦然地面对任何打击，因为她无欲无求，心中只有一个念想："父母养育我们，我们养育儿女，这是做父母的责任。"不管子女是否孝顺、是否有出息，她都一样爱他们。后来，大儿子国基在战乱中沦为盗匪，被追捕时连累妹妹静娴遭乱枪误杀，他自己也被判处死刑。一次次的家庭变故，一次次的生离死别，犹如万箭穿心，使母亲痛不欲生，但母亲并没有像年轻的时候失去嘉平那样撕心裂肺地哭泣，她只是默默地流泪。

母亲没有倒下，她还有硕果仅存的小儿子国樑，国樑是很孝顺、很求上进的孩子。明天，国樑即将远走他乡去求学，母亲正在灯下为他缝制寒衣。"临行密密缝，意恐迟迟归。"一针针，一线线，都倾注了无私的母爱。送走了国樑，就剩下母亲孤零零一个人了。等啊等，等过了一天又一天，盼啊盼，盼过了一年又一年，母亲独守老屋苦等小儿子归来，就像从前苦等离家出走的不肖子国基一样。母亲已垂垂老矣，两条腿不听使唤，牙齿也没剩几颗了，可她还在等："我不死，我一定要等国樑回来。"

终于有一天，月儿那么圆，那么亮，应是中秋节吧。母亲半卧在躺椅上昏昏欲睡，无意中睁开眼睛，见身边簇拥着一班人，不是别人，正是立业成家的国樑及其妻儿回来了，还有老朋友张永生。面对这大团圆的结局，母亲只是淡淡的一笑，同时，传来母亲也是淡淡的画外音："我虽然不算是一个很好的母亲，但我已经尽了我的责任了。"红线女塑造的程纫芷并不是圣母，而是千万个普通母亲中的一个，红线女也没有刻意地表现母性的神圣，而是从平凡入手，从细节入手，准确地呈现角色在每个镜头的形貌、行动和心态，因而她的表演才显得那么真实、自然、内在，在寻常平易之中蕴含着一种真切动人的神韵，使程纫芷的母性得以如此完美的呈现。程纫芷从少女到老妪的时空距离是很大的，需要有足够的勇气去跨越，支撑红线女完成这一跨越的是真诚，真诚地去理解和感受角色的全部历程。

由于影片的年代跨度大，情节跳跃的幅度大，角色年龄的跨度大，角色喜怒哀乐大起大落的感情戏也很多，因此，准确地做到表演的连贯性是对演员功力极大的考验，这就要求演员具有总体构思能力，在总体把握人物的基础上，在每次拍摄时都能够立即进入规定情境、尽快进入情感状态、瞬间达到角色情感的高点。红线女既有纵向的、整体把握人物情绪、感情的艺术感觉，又有敏锐的一触即发的创作灵感和即兴调动身心投入表演的能力。

从《慈母泪》我们可以看到，红线女是个很真诚、很有塑造力的演员，她在创作中全身心的投入，她的积极主动的创作精神，她表演的分寸感和控制能力，都是出类拔萃的。她用自己的全部生活积累和对人生的深刻理解，以精湛的演技再现了角色的精神世界。于是之先生说："演员必须是一群真挚的人。玩世不恭的演员，大约连玩世不恭的角色也演不好的。"演员要有高尚的思想情操，要有美好的精神境界，要有良好的职业道德，才能正确地理解社会和人，才能分得清什么是真善美，什么是假恶丑，才能为艺术献身。每个银幕形象必然以各种形式表露出演员的思想品质、生活特点、个性和精神境界。不管程纫芷怎么变，怎么老态龙钟，她依旧折射出红线女的影子。银幕是魔镜，会使演员的灵魂毫发毕现。

（摘自《红线女电影艺术》中国戏剧出版社2008年版，第37页，题目为编者所加）

◎　香港百老汇大楼上张贴的电影《慈母泪》海报

▍秋

一、影片简介

首映时间：1954年

出品公司：中联电影企业公司（华达电影企业有限公司制片厂代制）

类型：黑白粤语故事片

片长：102分钟

导演：秦 剑

原著：巴 金

改编：司马才华

主演：吴楚帆 红线女 张活游 石 坚 周志诚 黄楚山

　　　李月清 黎 雯 黎灼灼 容小意 林家声 南 红

故事概要：《秋》是巴金著"激流三部曲"的最后一篇，承接《春》的发展，高家己分了家，高觉新（吴楚帆饰）自瑞珏、梅表姐、蕙表妹等亲人相继死后，再不敢惹情丝了。

蕙表妹尸骨未寒，梅表弟（林家声饰）又在父母的压迫下娶富商冯乐山之女为妻。身体孱弱的梅表弟对她毫无感情，觉新虽替他难过，却又不敢作声，只有坚强的弟弟觉民（张活游饰）及琴表妹（容小意饰）反对这封建腐败的婚姻。

一天，觉新发现案头放了鲜花，知是婢女翠环（红线女饰）所为，心中不禁泛起了涟漪。翠环是三房的丫环，温柔娴淑，对觉新暗暗爱慕，又不敢向他表示。他们的"恋情"为陈姨太所知，大造谣言；五叔高克定（周志诚饰）又早对翠环心存不轨，要强娶她为妾。懦弱的觉新不敢反对，翠环伤心欲绝，竟想一死殉爱，觉新不想再有人牺牲，及时赶到，救了翠环。

高家愈来愈多事了，梅表弟因肺病死了，高家祖铺又遭大火一把烧光，陈姨太追觉新赔款，二叔克安（黄楚山饰）更要他卖屋。觉新受着多重困迫，想到觉民及琴表妹的话"人只要有勇气，就有力量"而觉悟了，于是起来反抗。他要阻止高家散，也必要争回翠环。最后觉新带着翠环和母亲，离开这个封建的家，另觅新生。

◎　电影《秋》剧照

二、影艺评论

别有韵致的《秋》

易红霞

中联影业公司是当时香港的一个非常严肃、进步、追求艺术的电影公司，在香港艺术日益商业化、粤语电影泛歌唱化的时候，把电影当作一种事业来做。该公司聚集了一大批颇有成就的导演和演员，人才济济，大家互助互让，齐心协力，共同为振兴香港的电影事业而奋斗。红线女就是在这个时候加入中联的，直到现在，她都十分怀念中联的那种为艺术共同追求的良好氛围。中联成立后，头炮戏就是把巴金的"激流三部曲"《家》《春》《秋》改编成电影，以明星阵容精工制作，一炮打响，观众反响热烈，好评如潮。

红线女在《秋》里饰演丫头翠环，一个地位卑微的小人物。她自幼没了爹娘，沦为高家的婢女，阅尽了这个封建大家庭的罪恶和没落，自身命运的险恶和高家的一幕幕惨剧，使她拥有了太多的和年龄不相称的忧伤和痛楚。红线女在片中戏份不多而又不可或缺，她本来就拥有一双会说话的大眼睛，善于利用一颦一蹙的微妙表情来演戏，在这部影片里，她那一双善解人意、楚楚动人的大眼睛，既是这个大家庭没落衰亡的见证，又是促使觉新一跃而起、奋起反抗、走向新生的巨大动力。

翠环是高家三房里的丫环，因为三老爷是高家的家长，觉新是高家的长房长孙，一直在含辛茹苦地维护着高家的利益，所以三老爷有什么事都要请觉新去商量。这样一来，三房与大房的联系就比较多，翠环作为三房的丫环，自然少不了在两边跑来跑去，和觉新的接触便多了很多，对觉新的了解也比一般的丫鬟要深得多。影片用极其洗练的手法，把翠环对觉新的感情由同情、暗恋至希望、绝望，到最终获得幸福的过程，简洁而富有层次地表现了出来。

中秋夜，一帮年轻人听琴讲故事。琴从女英雄为天下人的幸福而牺牲的故事，批评起觉新的消极无为。翠环在一旁忍不住为觉新辩护，在她心目中，大少爷为一家人分担忧愁苦难，也像那个女英雄一样了不起，但琴并不这么认为。这时影片的镜头给了红线女一个大特写：翠环默默地听着，欲言又止。一对大眼睛闪着盈盈的泪光，楚楚动人。这是翠环第一次明显的心情流露，她无言地告诉我们：她敬仰、同情大少爷，她为他的不被人理解而感到万分难过。因此，她处处留心，处处关照觉新：见他冷，送他回家；见他苦闷，劝他想开些；见他孤独，劝他跟别人一起开心……她是那样的善解人意，觉新冰冷的心，渐渐开始融化。第一次，当觉新发现花瓶里盛开着一大束灿烂的菊花时，他的心泛起了涟漪："自从瑞珏死后，就再也没人替我安排花了。"明显地把翠环此举摆在了瑞珏的位置上。翠环感动了觉新，反过来，觉新此语又燃起了翠环的希望——她真的爱上大少爷了。影片有这样一个镜头，红线女照样不用语言，而是用眼睛表达了这份爱：翠环又在摘菊花，她手捧菊花，不由得发起呆来，一对眼睛充满了幻想、甜蜜和深情，仿佛那菊花已不再是花，而是她和大少爷爱情的象征。

美梦易碎。居心叵测的五老爷一席话，说得翠环伤心欲绝："你记不记得鸣凤是怎样死的？你要想想自己的身份，想嫁大少爷？"多少丫鬟死在了高家，前车之鉴哪，翠环不是不知道，她只是想不通："难道我们做丫鬟的就不是人么？"

又到中秋，苦命丫鬟又死了一个，推人及己，翠环无限悲伤。大少爷又在吹箫怀恋故人，箫声凄凉、哀怨，翠环忍不住走到池塘边，悄声地唱了起来：

> 忍听碧箫诉恨，比鹃声更悲，泣晚风哀怨入眉。又隐约声声鬼啸依稀似倩影，月儿乍暗断魂悄悄暗相随。肠欲断，心欲碎，暗地里抛残珠泪，朝哭夜啼。心中苦楚只天知，飘飘泛泛似柳絮，弱絮何堪朔风吹。忍见枯枝遍地，风萧萧乍起，一霎间吹到绿池。又忍见碧衣衰老因风暗泪垂，断肠寸寸夜寒悄悄更凄迷。唯怨恨身作贱婢，过尽了凄凉岁月，心枯力疲。凄凄楚楚不胜悲，哀哀叫叫似小鸟，被困笼中哪许高飞。

这是红线女的重场戏，自然也是她的拿手戏。整首歌，红线女唱得哀伤至极，她边唱边哭，边哭边唱，把翠环压抑的忧伤和苦闷唱了出来，感人至深。

红线女最后的一场重场戏，背景是三老爷死后五老爷次日就要娶翠环为妾。翠环不甘心，最后抱着一线希望去找觉新，只想问觉新一句话：我该怎么办？见觉新无能为力，始而伤心，继而绝望，镇定，决意自杀抗命。有一大段戏，红线女没有一句话，全靠眼神举止表演：充满希望地望着觉新；失望、伤心，眼里

◎ 电影《秋》海报

泛起泪花；绝望，目光渐渐坚定；缓缓转身，离开；镜头拉开，觉新房门全景：弱小的身躯失魂落魄地走出来，无助地望了望；走到池塘边，望着水中的自己的倒影；水波荡漾，音乐猛地一震，耳边响起五老爷恶狠狠的画外音："你记不记得鸣凤是怎样死的？你要想想自己的身份！

想嫁大少爷？"正欲跳水自尽，听到觉新的呼唤，一下子扑入觉新的怀抱，满怀的伤心、委屈，才爆发成为无声的哭泣。

综观全片，情节的主要线索是高家两代人之间的冲突，觉新和翠环的恋情，只是其中的一条副线。红线女的戏份虽然不算轻（她毕竟是和男主人公觉新演对手戏），但翠环的丫鬟身份决定了这个角色在大事面前的次要地位。难得的是，红线女以一个影剧双栖的红星，在影片中的表演非常收敛，不抢戏，不张扬，除了自己的情感戏，大多数时候她只是默默观望，非常贴合角色的身份。

演什么，是什么——这，就是红线女。

（原载《红线女艺术研究》第十一、十二期，题目为编者所加）

《秋》中的翠环
谢友良

翠环——粤语爱情伦理片《秋》女主人公。影片公映于1954年2月。当年香港卖座冠军。

这是红线女参加香港中联影业公司投拍的第一部影片。"中联"拥有一大批有作为、有成就的电影工作者，拥有良好的创作氛围。红线女和吴楚帆的出色表演是该影片获得巨大成功的关键。

很显然，《秋》的主题是反封建，影片中的大量情节揭示了两代人之间的冲突，还用了不少篇幅来表现二少爷觉民及其女友琴的开放与反叛。但是，这些情节并没能引起观众更多的关注，观众关注的是另外的东西。就像我们观赏一幅画，画面上充斥着嶙峋的乱石，我们对乱石只是投去一瞥，便把目光专注于乱石丛中那一根从石缝中蜿蜒而出的青藤。什么是电影《秋》的"青藤"？就是那楚楚可怜的翠环和郁郁寡欢的大少爷觉新的恋情。这是一种不般配、不可能，成功率极小的恋情，因而更具悬念，更令人怜惜。当然，电影《秋》最终成为爱的传奇很大程度上依赖了两大巨星的互相辉映。吴楚帆演活了觉新就不必说了，红线女在《秋》中的表演也达到很高的境界。

翠环的戏并不好演。她只是高家的一个使唤丫头，成日低眉顺目、不言不语的。红线女的细腻表演，使翠环的艺术形象宛若一朵莲花，散发着淡淡的、悠长的暗香。从镜头上，我们看到她自始至终总是默默地受苦，默默地受气，默默地干活，默默地想事.默默地爱一个人……

但是，我们却可以从红线女扮演的翠环的眼睛里读到台词，受到震撼。这是一双纯洁、善良的眼睛，又是一双变幻无穷的眼睛——当她面对长辈、主人时，我读到敬重、顺从；当她和姐妹们相处时，我读到友善和同病相怜；当她倾听觉民和琴讲述革命道理时，我读到

◎　报纸上对电影《秋》的报道

好奇、羡慕；当她看到四老爷、五老爷为非作歹时，我读到惊恐、厌恶；当她目睹又一个妹仔贫病交加惨死时，我读到心如刀绞；当她在觉新房间为心上人插花时，我读到含情脉脉；当她明白觉新无力拯救自己时，我读到万念俱灰……

一个角色出场，没有几句台词，没有情节交待，没有镜头处理，却让我们感受到她的内心世界，靠的就是心灵刻画。那眼神是一种艺术的辐射，辐射出的是翠环被压抑的、埋在心灵深处的爱、恨、忧、愁，传达给观众的是表情、眼神之外更多的涵义。

（摘自《红线女电影艺术》，中国戏剧出版社2008年版，第23页，题目为编者所加）

▍家家户户

一、影片简介

首映时间：1954年

出品公司：香港新联影业公司

类型：黑白粤语故事片

片长：123分钟

导演：秦　剑

编剧：李　链

主演：张　瑛　红线女　黄曼梨　叶　萍　马笑英　李月清

故事概要：售货员章仲余（张瑛饰）与母亲（黄曼梨饰）同住，孝顺非常。不久，仲余与女友马素琴（红线女饰）成婚，二人如胶似漆，章母竟渐感妒忌。加上同屋"八卦婆"陈太（马笑英饰）的挑拨，婆媳间渐生鸿沟。

◎　电影《家家户户》剧照

素琴有孕，一索得男，章母深感快慰。但婆媳养儿各执己法：章母采用旧法，素琴则用新法，二人因此常起纷争。仲余劝妻子多顺从老人家，素琴颇感委屈。一次章母又与媳妇争执，仲余责骂妻子几句，素琴大受打击，愤而离家出走。

第二天，仲余因为想妻，工作出错，被公司扣薪二百多元。此时小儿因婆婆料理不当，生起病来；章母又不慎在家跌伤，仲余无钱为两人医病，焦急万分。幸得素琴的老同学李棠夫妇相助，小孩才能就医。而素琴竟卖掉亡母送赠的金链为奶奶医脚，令章母感动不已。

不久，婆孙的病都痊愈了。经此一役，章母明白婆媳之间最紧要的是融洽相处，高兴地为孙儿取名"和祥"，表示和气致祥的意思。

二、影艺评论

《家家户户》中的马素琴
谢友良

马素琴——粤语写实伦理片《家家户户》女主人公。影片公映于1954年4月。

《家家户户》是香港电影史上一部重要的影片，也是红线女从影史上一部重要的代表作。影片故事讲的还是老话题："家家有本难念的经。"可以用"不卑不亢、不离不弃、不温不火"这几个词，来概括红线女扮演的"马素琴"。为了家庭和孩子的幸福，马素琴无可奈何地同婆婆、丈夫展开了一场场有理、有利、有节的"斗争"，这就是角色的"不卑不亢"；双方不管怎么斗，不管有理无理，不管谁输谁赢，我都是为你好、为这个家好，这就是"不离不弃"；红线女把"马素琴"刻画得入木三分，却"不温不火"，表演贴切、自然、毫不做作，看不到半点表演的痕迹。黄曼梨、张瑛的表演也很生动、真实，三个好演员演绎的故事仿佛正在我们的邻里发生着，正在我们的身边发生着，正在我们的身上发生着。

《家家户户》和《慈母泪》虽然都是反映平民生活的，但两者的主题思想、时代背景、情节架构、矛盾冲突、人物基调都大相径庭。相比而言，《家家户户》更平实，更贴近生活。影片讲的故事就像在身边发生的一样：家里两个女人即婆媳之间，触发了一场无可避免的"战争"，尽管看不见硝烟，但火药味还挺浓。"战争"愈演愈烈，却难为了两个男人。一个男人叫章仲余（张瑛饰），是妈妈的好儿子，也是妻子的好丈夫，另一个"男人"是不满周岁的婴儿。婆婆（黄曼莉饰）为何要跟媳妇打仗？当然是为了夺得家庭的控制权和两个男人更多的爱；媳妇马素琴（红线女饰）为何不服输，为何要打"自卫反击战"？当然是为了捍卫自主权，争取爱和被爱的权利。她们到底为着一些什么事争闹？无非是，谁掌管日常家用，儿子是陪老妈还是陪老婆看戏，家里银根紧，婆婆能不能老是打麻将，喂孩子是用母乳还是用奶粉，要不要听算命先生的话，把孙子当孙女养，要不要给孩子钻耳洞、戴耳环，孩子病了是请神婆还

◎　电影《家家户户》剧照

是请医生……诸如此类。除了后面两件事大一些之外，全是鸡毛蒜皮的小事。偏偏那个章仲余又要做孝子，又要做贤夫，老是和稀泥，两边讨好。结果，反而火上浇油，加剧了矛盾，逼得媳妇离家出走，害得那个婴儿因奶奶照顾不当生病发烧，差一点没了小命……最后当然是大团圆结局——婆婆因拜神不小心摔伤了腿，家里一时筹措不出医药费，关键时刻马素琴毅然拿出母亲的遗物——一条金项链去变卖，为婆婆治伤，一片真心感动了婆婆，从此，一家人和睦共处，其乐融融。

《家家户户》公映后票房非常好，还被香港舆论誉为"幸福家庭的参考书"。影片把平平常常的家务事写得这么精彩，把矛盾冲突编织得这样生动、绵密，把婆媳之间、母子之间、夫妻之间微妙的"立交"关系和情感纠葛描摹得如此细腻、真切，使我们情不自禁地与之共鸣。我们在真实生活中经常遇到剧中人相同的处境，要在自己非常在乎的人之间去取舍，要花很多精力来打理这些关系，很琐碎、很麻烦，但很真实，因为这就是生活。家家有本难念的经。

红线女、黄曼莉和张瑛配合默契，把那些看似琐细的凡人小事，精心演绎成一连串令人难忘的场景。特别是红线女，把一个新派媳妇形象刻画得入木三分。我想用"不卑不亢""不离不弃""不温不火"来概括红线女在影片《家家户户》塑造马素琴一角的表演。

"不卑不亢"——红线女把握的人物基调。

马素琴纯洁善良、通情达理、孝顺长辈、深爱丈夫，但绝不是逆来顺受、低声下气的角色。她可以做到"礼让"，却不可以"让理"，

偶尔受婆婆一点气可以忍，却不可以受太大的委屈，有理就要辩出个青红皂白，可她的婆婆偏偏是蛮不讲理的。于是，婆媳之间难免针尖对麦芒。马素琴还有一条不可动摇的原则——"谁也不能以任何名义伤害我的儿子。"为此，婆媳之间出现了两次激烈的对抗。一次，婆婆听了算命先生的话，担心孙子养不活，硬要当女孩子来养，还要给他穿耳洞、戴耳环。马素琴哀求婆婆不要这样做，婆婆不听，丈夫又不敢管，眼看着婆婆拿起烧好的针就要扎到儿子的耳朵时，马素琴忽然冲上前去抓住那根针，哪怕手被扎得流血了也不撒手。二人互不相让，马素琴情急之下不小心将婆婆推倒在地。婆婆盛怒，对儿子发威："有她没我，有我没她，你看着办！"丈夫无所适从，马素琴一气之下离家出走。还有一次，孩子病重发高烧，婆婆不找医生反而去拜神，素琴苦劝无用，为了救孩子，第二次"动粗"，果断地一把将孩子夺了过来，送到医院去。

尽管这样，红线女还是很有分寸的，她使马素琴在这场婆媳争斗中，总体上略略处于下风，只是"略略"而已，输太多就不是马素琴了。她之所以会处于下风有两个缘由，其一，马素琴骨子里应该是敬畏长辈的，何况这位长辈是孩子他爹的妈；其二，她实在不忍心让丈夫夹在中间左右为难，两头受气。因此，马素琴很大程度上是既受制于人也受制于己，她再倔强，再好胜，充其量也只能做到"不卑不亢"，这就是"性格决定命运"。

"不离不弃"——红线女把握人物的行为动机和情感底线。

马素琴心中冰雪明白："婆媳不管怎么斗，夫妻不管怎么闹，不管有理无理，不管谁赢谁输，我都是为你好，为这个家好。"即便在她负气离家出走之际，魂牵梦绕的还是这个家和这个家的人。婆婆这样对待她，她反而以德报怨，不惜舍弃母亲的遗物、自己身上唯一值钱的项链去救治婆婆，为什么？因为心中有"不离不弃"的意念在诱导她、驱使她这样做。

"不温不火"——红线女把握的表演分寸感。

"马素琴"的形象是当时香港平民阶层中很典型的"新派"贤妻良母的代表，很有个性。自然主义的、温吞水式的表演，很难实现艺术典型化对人物表演创作的内在要求，人物形象的概括力量既是时代和环境的要求，又是人物形象自身思想深度和美学深度的直接源泉。同时，银幕形象创作又必须顺应和体现人本的规律，揭示时代的形象本质，反映人性延展的必然。"马素琴"的塑造是红线女形象化的提炼概括和体现人物性格深度的一个艺术创作过程。

"不火"的含义，就是不要程式化、脸谱化、过火的表演，即指红线女自然的、真实的、不露痕迹的表演。德国电影美学家克拉考尔说："电影演员必须表演得仿佛他根本没有表演，只是一个生活中的人在其行为过程中被摄影机抓住而已，他必须跟他的人物恍若一体。"红线女在镜头面前总是能保持自然的天性和"下意识"状态。许多演员做不到这一点。要想在摄影机前恢复人的天性，达到正常人的思考和感觉绝非易事，往往顾了这一头会丢了那一头。总之，看似无表演的表演并不是真的不表演，而是蕴含着更大的技巧于其中。

（原载《红线女艺术研究》第十一、十二期，题目为编者所加）

◎　电影《家家户户》海报

┃ 一代名花

一、影片简介

首映日期：1955年

出品公司：香港玫瑰影业公司

类型：黑白粤语故事片

片长：108分钟

导演：秦　剑

编剧：陈　情（根据《茶花女》改编）

主演：红线女　吴楚帆

故事概要：白玫瑰本是一贤妻良母，不幸丈夫早逝，为了养活女儿小珠并使其得到良好的教育，只好出卖色相做了交际花，在十里洋场中供达官贵人欣赏把玩。颠倒黑

◎　电影《一代名花》海报

白、花天酒地的生活使她的身体越来越糟，在女儿面前则是一个非常慈爱的好母亲。女儿的钢琴老师张明是一个富有正义感的青年，非常敬重她。在玫瑰的生日宴会上，玫瑰被一帮大亨们簇拥着狂歌滥饮，终至肺病复发，病倒在床，一时门庭冷落。张明知道玫瑰的身世后，越发同情玫瑰。他乘机劝慰玫瑰放弃交际花的不健康的生活，两人来到借来的郊外别墅，在张明的陪伴下，玫瑰的身体渐渐恢复了健康，并被张明的深情所感动，嫁给张明重做贤妻良母。谁知女儿小珠坚决反对母亲的婚事，让玫瑰大为伤心。张明又因为娶了交际花而被学校辞退，为找工作

四处奔走，受尽白眼和奚落。张母本来就反对儿子娶交际花，这下更有了赶走媳妇的理由。玫瑰念及张明的未来，忍痛离开了张明，重新回到了交际场。张明来到交际场劝说玫瑰回家被拒，误以为玫瑰变心，遂恶言相向，玫瑰不堪羞辱，再次病发倒地。张明得知事情的真相后，赶到病床前看望玫瑰，玫瑰大喜过望，急于见到张明，终因体力不支，跌下楼梯，死在张明的怀抱里。

二、影艺评论

别具一格的《一代名花》

易红霞

这是一部描写"红颜薄命"的影片。编剧陈情对女性姐妹寄予了深切的同情。在一篇题为《我为什么写〈一代名花〉》的文章里，她曾这样说道："古往今来，男人都把女人比喻作'花'，这种比喻表面上看起来是一种过誉的尊重，因此有些无知姐妹便不觉得它实际上是一种绝大的侮辱而乐于像'花'一样供人欣赏，供人玩弄。也有些做'名花'的姐妹，想翻身自拔也无可能。其实女人也是人，为什么要像'花'一样供人玩弄、摧残？"

这段题记明确地提出了该片的主题和编导的创作倾向。红线女在影片中饰演的交际花白玫瑰，就是这样一朵"想翻身自拔也无可能"的"供人欣赏、玩弄、摧残"的"名花"，一个令人同情、怜爱、痛心的悲剧女性形象。

这是一个不同于红线女以往所塑造的任何角色的崭新的银幕形象，丰满、立体、多侧面，感情丰富，情绪变化多，性格反差巨大，表演起来会很过瘾，但有极大的难度。应该说，没有相当实力和演技的演员，是无法承担这个角色的。

白玫瑰本来有一个美好的家，她像每一个向往幸福、甜蜜的爱情、婚姻、家庭的女孩子一样，嫁给了自己所爱的青年，并生了一个可爱的女儿。丈夫的早逝，打破了她相夫教子、做一个贤妻良母的普通愿望。坚强的她，不仅想自食其力养活自己和女儿，而且希望女儿受到最好的教育。可一个单身女人，在一个男尊女卑的社会里，环境没有给她提供任何可以与男人比肩的工作和收入，女人的色相比女人的劳力值钱很多。于是，为了女儿的幸福，她把女儿托付给姐姐，自己出卖色相做了社交界的交际花，又由一个交际花做到了名女人，终于成了一个社交界屈指可数的、鼎鼎大名的"一代名花"——白玫瑰。她使出浑身解数，利用自己的美色，巧妙地周旋于形形色色的男人之间，靠着无数社交界名流——银行巨子、米业大王、地产殷商、工业大亨、政界要员……的"慷慨""供奉"，给女儿提供着一个健康、良好的生活环境和教育，这不，新近还为女儿聘请了一个有名的音乐家作钢琴教师，每天在家教女儿弹钢琴。女儿眼看已经十岁了，一天天在幸福快乐地成长，玫瑰只会每周回家看望女儿一次，在女儿的心目中，她永远是一个慈祥温柔的好妈妈，她也从来不让女儿知道自己的"工作"是做什么的。可是，长年累月花天酒地、强颜欢笑的夜生活，不仅使她越来越反感、厌烦，而且严重地影响了她的健康。她成天咳嗽，肺病越来越严重了，还不得不跟一帮"追捧""欣赏"她的红男绿女继续饮酒作乐。得不到良好的休息和调养，她的身体只有一天天恶化下去。尽管如此，在遇到音乐家张明之前，她却从来没有想过要结束这种生活，事实上，为了她的女儿，她也没有办法结束这种生活。她身边那些围着她转的男人们，没有一个是真正关心她的！红线女在这一段的表演，深刻地把握住了白玫瑰性格分裂的两面性，用张明的话来说："我怎么也不能相信，我在同一天里，遇到了两个完全不同的女人，她们竟然是同一个人。"红线女所饰演的这"两"个人，一个是浑身珠光宝气、妖艳迷人的交际花，一个是典雅端庄、温柔慈祥的好母亲；一个满口甜言蜜语、众星捧月、左右逢源，一个甜蜜温馨、文静秀美、执著亲情友情；一个手执酒杯、口含香烟、眼波

◎ 电影《一代名花》海报

流转、顾盼生辉，一个手拿玩具、怀搂爱女，眼神慈爱、轻言细语……这是多大的反差啊！由于对人物的心理把握得准，红线女竟演得丝丝入扣，毫不虚假做作，仿佛信手拈来，水到渠成。

可是，她遇到了张明。张明改变了她的生活轨迹，也改变了她的心态，改变了她的命运。而且，也是张明把"两个"玫瑰合到了一起。张明对玫瑰从敬仰、同情、深爱到与之结合、分手、产生误会、痛悔和好，一步步见证着玫瑰起伏跌宕、坎坷不平的人生。因此，和张明的对手戏，成为红线女表演的核心部分。红线女和吴楚帆已经是银幕上的老搭档了，两人的配戏，可谓珠联璧合。影片中有许多出彩的地方。

比如影片里有两个红线女病倒在床和迎接张明到来的相似的场景，红线女的表演有前后呼应，更有不同，表现了人物在感情发展的不同阶段的不同心理。红线女第一次肺病复发病倒在床，一帮狐朋狗友纷纷避之不及，作鸟兽散。偌大的房间，平日里熙熙攘攘，突然变得门庭冷落。此时的玫瑰，一个人孤零零地躺在病床上，捱着凄清孤寂的日子，每天从沉睡中醒来，便不住地问女仆：有人来看自己了没有？得到否定的回答后，异常失望、失落，神情黯然。及至知道了张明每天都送来玫瑰花，又从心生感动，到每天盼望，一个抬头，一个眼神，一两句轻轻的询问："这花又是张先生送来的么？""张先生人呢？"道出了她心中渐渐升腾起来的美好的情感和希望。等女仆下去请张明了，只见她轻轻地拿起一面小小的镜子，开始慢慢地替自己梳妆、打扮、抹口红，等张明进来，轻轻的一句"张先生"，微微一笑。那时两个人还没有正式开始恋爱，在玫瑰的心中，张明既是女儿的钢琴老师，又是一个关心自己爱恋自己的红尘知己，还是一个值得信赖的真诚的老朋友，玫瑰未必不爱恋他，只是不敢设想而已。自己在病中，他的雪中送炭，丝毫不嫌弃自己，又让玫瑰万分感动。张明鼓励玫瑰下床、走动，到阳台上呼吸新鲜空气，玫瑰久病卧床，红线女的表演是：有些害怕，又乖乖地顺从着，身子微微地靠着张明，她心里的欣喜、激动，一切都在不言中。

最后一个场景，同样的人，同样的房间，同样的病床，同样的孤寂，可物是人非。玫瑰满脸病容，苍老憔悴，已经病入膏肓。姐姐、女儿都来到了床前，女儿终于知道了母亲的苦衷和艰难，愿意去请求张明来见母亲最后一面，玫瑰点头答应了。接下来的时间是漫长难熬的等待：他会不会来？他还爱不爱我？玫瑰焦急地等着，希望，又不敢希望，一分钟变得比一年还长。久盼不来，失望极了："他不会来了。"可是突然，汽车喇叭响了起来，红线女这时的表演是陡地一惊，立刻来了精神，眼睛都放起光来，她一下子从床上坐起来，急切、兴奋地对女仆说："家姐来了，快去看看，张先生来了没有？"听说来了，边喃喃地念叨着"他来了，他还爱我"，边急急地翻身下床要下楼迎接，可她实在是病得太厉害了，身子哪里听得了使唤，红线女简直就是让她"滚"下床来的，走不了两步，就跌倒在地。女仆忙把她扶起来，劝说她别起来，她哪里听得进去，或者根本就没听见，一心只想快些见到她的阿明，都不知从哪里来的力气，在女仆的搀扶下，跌跌撞撞向门口扑过去。刚走了两步，马上想起自己连头都没梳，又赶紧向梳妆台扑去，匆匆梳了两下，再用手整理了一下发型："得了，得了。"又起身走，刚站起来，摸了摸自己的脸，还是不很满意，问女仆自己的脸色是不是太难看了，女仆微微地点了点头，她立刻又坐回镜子前，拿出口红使劲地抹了抹干燥、苍白的双唇……红线女通过这一系列慌慌张张的动作，把玫瑰终于得到心上人的理解，终于又要见到心上人时，那种大喜过望、紧张兴奋、手足无措，以及希望自己在爱人面前依然美丽、漂亮的丰富、复杂的瞬间心理活动，富有层次地表现了出来。红线女展现在我们面前的，是爱在支撑着已经垂死的玫瑰，而正是这些超负荷的努力，耗尽了她全部的生命，这段戏生动感人，催人泪下。

红线女曾经这样说过："我往往对风尘女子的命运特别关心，她们都经历了人生最苦最深的沉痛，她们是卑贱的，但心却又是高贵的……"红线女是用心在塑造玫瑰这个具有双重性格的人物形象的，总的说来，这个形象塑造得非常成功。她不是一个普通的交际花，红线女在给了她交际花妖娆、艳丽的外表之后，又赋予了她温柔、善良、美丽、多情的内心，并且把二者有机地结合起来，使玫瑰的形象丰满又统一，把一个为人不耻的交际花的母女情和夫妻爱，表现得淋漓尽致。

从某种程度上说，这是一部反映女人问题和社会偏见的社会问题的影片。玫瑰和张明的爱情悲剧，是整个社会的偏见造成的，社会不允许一个交际花做贤妻良母，也不允许一个娶了交际花的丈夫正常工作。"交际花到底是个交际花"，一代名花白玫瑰就在这种严酷的环境里香消玉殒了！

在这个时候，红线女已经是一个有着许多拍片经历、在影坛里卓有建树的著名影星了，《一代名花》的出现，标志着红线女对于表演艺术的又一个新的成就，也标志着红线女的表演艺术进一步向演技派实力派靠拢。不仅如此，在这部影片里，红线女还第一次担任监制，在拍片和演戏（粤剧）之余，以她一贯的严谨、踏实的工作作风，万事都亲历亲为，在影片的布景、摄影、灯光、服装、道具以及后期的剪辑、制作等方面她都十分认真、讲究，仅筹备拍摄都用了两年多的时间，不仅使影片能够更加完善，而且自己也学到了很多以往只当演员所学不到的东西，收获很大。

（原载《红线女艺术研究》第十一、十二期，有删节，题目为编者所加）

《一代名花》中的白玫瑰
谢友良

粤语爱情悲剧片《一代名花》也很杰出，但人物基调和《胭脂虎》完全不同。红线女主演"白玫瑰"并亲任本片监制。编剧"陈情女士"实际上是男士，即本片执导、大导演秦剑。关于这部影片，他在报上发表了一段"宏论"，道明了他的创作意图。他说："古往今来，男人都把女人比作花。这种比喻从表面看似一种过誉的尊重，因此有些无知姐妹便不知它实际上是一种侮辱，而乐于像花一样供人欣赏，供人玩弄。也有些做名花的姐妹，想翻身自拔也无可能。其实，那些女人也是人，为什么要供人玩弄、摧残！"

白玫瑰是"一代名花"。一代名花也是交际花——珠光宝气、千娇百媚、招蜂引蝶、出卖灵肉。由于不是一般的交际花，就非常"贵气"，寻常男人很难接近她，只有达官贵人才可以在她身边流连，在她身上使钱，但是，灯红酒绿，日夜笙歌，长期放浪的生活使她的身体一天不如一天，常常咳嗽不止。

她原来有个幸福的家庭，丈夫英年早逝断了家庭的生计，为生活所迫，更为了要把女儿培养成才，她硬着头皮走了这条路。在女儿面前，她是慈爱的母亲，在女儿的钢琴老师张明面前，她是贤淑的女人，白玫瑰就这样在一清一浊的两个世界里来回奔走。

其实，张明与白玫瑰第一次见面，内心已撞出电光石火，只是谁也不敢表露，或是不敢相信自己已暗生情愫。男人与女人之间爱与不爱是种缘分的抉择。冥冥中于千百人里遇见你所要遇见的人，在时光的旷野里，就在那一分钟，不早不晚，刚巧碰上了。刹那间，灵魂的碰撞激起绵长的爱欲。这就是所谓的一见钟情。有了这个前提，此后发生的事尽在情理之中——正好白玫瑰肺病发作，张明便安排白玫瑰到郊外一处僻静的院落养病。不久，白玫瑰的身体渐渐康复，应允了张明的求婚，嫁给了他，但这门亲事遭到了女儿和张母的强烈反对，张明因娶了交际花为妻而被学校辞退，造成生活拮据、体面尽失，但张明依然痴心不改，依然深深爱着白玫瑰。

白玫瑰不忍看张明前程尽毁，离家出走，重返欢场。张明找上门来，当众对白玫瑰不留情面地一番训斥后，悻悻离去。白玫瑰不堪受辱，昏厥倒地，一病不起。后来，张明理解了白玫瑰的苦衷，尽释前嫌，前去"负荆请罪"。白玫瑰闻讯喜出望外，拖着虚弱的病体要去迎接张明，不慎摔下楼梯，安详地死在爱人的怀中。

红线女曾说："我往往对风尘女子的命运特别关心，她们都经历了人生最苦最深的沉痛。她们是卑贱的，但心却又是高贵的……"红线女要演好白玫瑰并不难，她有对风尘女的同情心，认为这个角色也适合自己的戏路，只要把握好"白梨影"的双重性格就可以了。

红线女塑造的"这一个"不是一般的交际花，她是带着固有的高贵入行的，而且她是违心的、出于万般无奈入这一行的。因此，从她身上绝对看不到半点狐媚，顶多只会流露几分妩媚。妩媚和狐媚是有质的区别的。在某些瞬间，你还会看到她的脸上会掠过一丝不安、不祥，有时会掠过一丝自惭、自责，有时会掠过一丝忧愁、忧虑……总之，她的周围弥漫着一种从骨子里散发出来的淡淡的忧郁，让人心疼，让人不由自主地被她吸引。

在同她"游戏"的男人面前，白玫瑰是一个样；在尊重她、爱她的男人面前，白玫瑰又是一个样；在女儿面前，白玫瑰更完全是另外一个样子。什么样？红线女心中有数，站在什么样的"对手"面前，她就有什么样的反应。这种内心活动和外部形态的随机应变，似乎招之即来，挥之即去，一切显得那么自然、自在、自如。大概，这就是所谓的表演天赋吧。

全剧的高潮发生在最后一场戏。红线女在这场戏中显示了炉火纯青的表演功力。那是白玫瑰人生的最后时刻，她知道自己没有多少时日了，她的人生已经走到尽头。她两眼失神地望着空中，那眼光似乎已穿过墙壁，去远方探寻心爱的人所在的地方。唉，"死生契阔，与子成悦；执子之手，与子偕老"。一切已是惘然，时间哪里能凝固得住曾经的情投意合，看似真实的朝夕相处，却像一场春梦！想到这一层，白玫瑰不禁有些心灰意冷，直到女儿答应去把张明找来，她这才回过神来。这时，出现了回光返照，本来晦暗、颓丧的面容浮现出兴奋、期待而又不安的神情。在一览无余的长镜和溶镜的运用中，我们可以从近景尤其是特写镜头上看到白玫瑰（红线女）心理活动的细微变化，虽然她静默着，我们依旧可以从她的眼睛和脸上的神态清晰地读到她的每一句内心独白——"亲爱的，我知道你一定会来的""快来吧，我等着你""听，好像有汽车声，是不是你到了？""不是、不是，我听错了。可是你为什么还不来呢？""你不会那么狠心不来见我吧？不会的，不会的……可你再不来，我就快去了""不不不，我一定等你来，一定等，死了都等……""又是汽车声……是他，是他，是他的脚步声，他的脚步声烧成灰我都能听得出。别傻了，脚步声能烧成灰吗？""快快快快，我要见我的阿明！"……上述内心独白并不是一些简单话语在心中的复述，也不仅仅是观众主观的解读，而是演员心理积淀的爆发，是一种受到感染后的情绪，是一种朦胧的感觉，是一种霎那间从内心深处奔涌而出的抑制不住的情感潮流。红线女以准确而又充沛的激情，栩栩如生地呈现了一个垂死的女人、一个心里装满爱的女人、一个意乱情迷的女人的近乎癫狂的神态。我们看到，白玫瑰不知哪儿来的气力，自己翻身下床，走了几步摔倒了，又爬起来扑到门口，突然停住了脚步，想起自己这个样子怎能见人，连忙回转身蹒跚着扑到梳妆台前，察看脸色，梳理乱发，涂抹口红……白玫瑰的每一个动作，都在传递着一个信息——最后的爱是最真诚、最炽热的，以至于一个情场"熟女"像着了魔似的变成了初恋的小女孩儿。此刻她是幸福的，她体验了什么是真正的爱情。为了这次体验，白玫瑰耗尽了生命的全部能量。

白玫瑰的生死恋告诉我们——你是否爱过，有一种方法可以检验，那便是你是否痛苦过。你越是痛苦，越是痛不欲生，那么让你痛苦的人一定是你爱的人，你们的那一段感情，一定是真正的爱情。这个方法百验百灵，痛苦越深，爱情越真。蓦然间想起了张爱玲的滚滚红尘，见了胡兰成，这位旷世才女"变得很低很低，低到尘埃里，但她心里是欢喜的，从尘埃里开出花来"。能够从尘埃里开出花来的奇迹，一定是爱情创造的。爱情是盲目的，爱情是忘我的，爱情又是神圣的，是能够超越生死的。

红线女把一个风尘女子的爱诠释得尽善尽美，而且真切可信。

（摘自《红线女电影艺术》，中国戏剧出版社2008年版，第32页，题目为编者所加）

▎天长地久

一、影片简介

首映日期：1955年

出品公司：香港中联电影公司

类型：黑白粤语故事片

片长：110分钟

导演：李　铁

编剧：高　煌

主演：红线女　吴楚帆　黄曼梨　黄楚山　李月清　冯亦薇
　　　石　坚　林家声　姜中平　甘　露　梁素梅

故事概要：女郎梅嘉丽来港投靠亲友，与黄龙大酒店经理陈世华邂逅。世华谦恭有礼，愿意介绍她在该酒店做工，她喜不自胜。

嘉丽依约抵大酒店见世华，与世华小舅任卓文相遇，卓文见她青春美丽，聘为私家秘书。世华知小舅怀有歹心，劝嘉丽加以留意，盖因卓文是一个玩弄女性的花花公子，嘉丽感激，听从所劝，常与世华来往，两人情感大增。某日，嘉丽与世华有约，卓文却以公事为借口，着她即往酒店。到得酒店，她

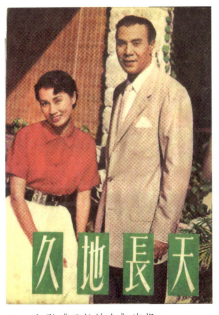

◎　电影《天长地久》海报

发觉卓文布下圈套，企图害己，急奔而出去会世华。卓文跟踪，见他俩双双而行，恼羞成怒，归家告姐姐。

世华实则是一有名无实之经理，大权操于岳父与小舅手上，妻淑娟又对他情如冰炭，且吩咐卓文每月扣他的薪水。世华有母妹，寄住岳家，常受气挨骂。世华与嘉丽游罢回家饱受斥责，淑娟且大嚷离婚，岳父任子明为顾全面子，加以拦阻。任子明老奸巨猾，企图以世华妹妹作饵，嫁给李行长公子，以向他借一笔巨款，购买大厦，扩充业务，世华反对。

卓文辞退嘉丽，且警告她勿与姐夫来往。嘉丽发觉世华为有妇之夫，大为悲愤，世华正欲解释，忽传来母亲自杀之噩耗，心胆俱丧。

世华向卓文支钱不遂，却发觉他出外未把夹万关上，呼他不理，但见夹万里放着一叠钞票。端出数之，误关上门，只得袋下，准备回家交与岳父。可是当他回到家里时，妹妹已离家出走，任子明逼他找她回来。他悲愤莫名，决心携款离家。

世华复获嘉丽谅解，共同去澳门谋生。任子明不甘失款，雇私家侦探截回世华款项，且遍告诸行家，勿用此不肖之徒。世华四出找工，累遭开除，嘉丽出而劳作，帮补家用，又不幸流产。淑娟来逼他签提她与他之银行存款，他以离婚为条件，签名予她。

嘉丽在工厂工作，将入息交夫，世华百感交集，更读报知儿子已任黄龙酒店经理，决意回港与儿合作，嘉丽失望，知他留恋过去，不愿随之回港，诿言在澳等他同来。她送夫回港后，便留书悄然离家学戏去了。

世华回港见子，为前妻淑娟与卓文所不容，颓然回澳，却惊觉已人去楼空了。此后他沦为街边乞丐。

光阴飞逝，嘉丽已成为红伶，一日世华偶遇嘉丽，两人相见悲喜交集。世华见嘉丽前途灿烂，自己已届年暮日衰，忍泪离她而去。嘉丽追出高呼，已踪迹渺然。

二、影艺评论

评粤语影片《天长地久》
谢友良

　　粤语时装悲剧片《天长地久》公映于1955年9月。影片根据美国德莱赛《嘉丽妹妹》改编，是香港电影史上一部重要的影片，曾被媒体评为中国电影百年百佳电影之一，红线女同时被评为中国电影百年百佳演员之一。

　　《天长地久》虽说是改编自西方名著，但情节、人物已完全本土化了。少女梅嘉丽从乡下到香港投亲靠友，偶遇黄龙大酒店经理陈世华（吴楚帆饰），答应她到酒店工作。酒店董事长的儿子、陈世华的小舅子任卓文见梅嘉丽貌美，遂安排她在身边做女秘书，屡屡纠缠不休。梅嘉丽不为所动，反而与陈世华互生情愫。任卓文发现后恼羞成怒，辞退梅嘉丽，还向姐姐任淑娟告了姐夫的黑状。梅嘉丽得知陈世华是有妇之夫，悲愤难抑；陈世华正要辩解时，传来其母亲自杀的噩耗。实际上，陈世华的母亲是他的妻子任淑娟逼死的。任淑娟是个悍妇，仗着其父亲财大气粗，经常在家中无理取闹，他们夫妻关系本就如同冰炭，这回更是雪上加霜。陈世华愤而离家出走，携梅嘉丽去澳门谋生。任淑娟带着律师追到澳门，以告陈世华重婚罪为名榨取其全部积蓄，这才与陈世华

　　◎　电影《天长地久》海报

办理离婚手续。"屋漏偏逢连夜雨",此时梅嘉丽又因劳累过度,不幸流产。由于任家从中作梗,陈世华在酒店行业找工作四处碰壁,别的活儿他又干不好,经常失业,梅嘉丽只好到工厂做工维持生计,二人就这样患难与共,勉强度日。

陈世华不甘就此沦落。一天,他从报上得知,自己的儿子已接管酒店大权,决意回港,以图东山再起。梅嘉丽见他留恋过去,深感失望,不愿随他返港,请求留在澳门等他。送走了陈世华,梅嘉丽悄然离家,拜师学戏去了。

陈世华回港见儿子,却为任家所不容。无可奈何之下,颓然返回澳门,谁料人去楼空,顿时呆若木鸡。此后,陈世华无力谋生,沦为街边乞丐。

光阴荏苒。几年过去了,梅嘉丽已成为粤剧名伶。一日,穷困潦倒、衣衫褴褛的陈世华与梅嘉丽在戏院门口偶遇,悲喜交加、百感交集。陈世华见梅嘉丽前程似锦,自己已日暮途穷,不愿拖累心爱的人,遂借机忍痛离去。嘉丽急追,斯人杳无踪影……

影片《天长地久》取材于《嘉丽妹妹》,竟衍化出十足的香港风骨。影片强烈地流露出一种香港人身上常有的孤岛精神气质,一种无力把握命运、如履薄冰、诚惶诚恐的情绪。这种情绪弥漫在很多香港电影中,更自始至终弥漫在《天长地久》中。红线女和吴楚帆淋漓尽致地把过去和现在大多数香港人的"惶惶不可终日"的情态袒露出来。因此,这部影片很有典型意义。

红线女以精湛的演技,非常准确地展现了梅嘉丽人生三个不同阶段的不同状态——刚刚出场的梅嘉丽怯生生地在酒店门前徘徊,像个青苹果似的,周身散发出青涩的味道,让人甚至能嗅出泥土的芬芳,一看就是来自乡下没有开过脸、没有见过世面、没有经过岁月磨砺的、羞答答的女孩;后来,经过生活的残酷洗礼,她变了,神情、举止呈现出明显的沧桑感,她时而迷惘,时而清醒,时而软弱,时而坚强。她在黑暗中摸索着,一路上跌跌撞撞,带着血,带着泪,带着累累伤痕,带着满怀的希望,在祸福难料的人生道路上执著前行;到第三阶段,梅嘉丽成为粤剧名伶之际,她像涅槃后的凤凰,成熟了,升华了,显得那样风姿绰约、气度非凡。但是，此时的梅嘉丽并非一味的春风得意。稍加留意，你会发现她的脸上仍然挂着几许忧郁、几许孤独、几许寂寞，真实地揭示了人物复杂的内心活动。把上述三个层面合在一起，红线女在《天长地久》中完成的是一个立体的、血肉丰满的新女性形象。

（摘自《红线女电影艺术》，中国戏剧出版社2008年版，第32页，题目为编者所加）

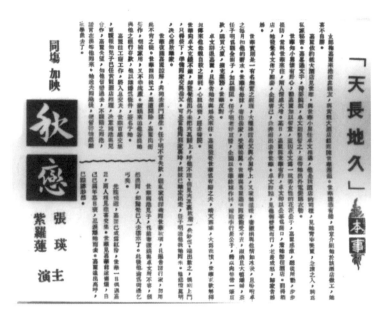

◎　报纸对电影《天长地久》的报道

▌ 我是一个女人

一、影片简介

首映时间：1955年

出品公司：香港长城电影制作有限公司

类型：黑白国语故事片

片长：112分钟

导演：李萍倩

编剧：朱 克

主演：红线女 平 凡 傅 奇 萧芳芳 黎小田 孙祖馨
　　　龚秋霞 金 沙 蓝 青 李松文 冯 琳 江 泓
　　　童 毅 吴佩蓉 张 铮 孙芷君 李次玉

故事概要：林霭玲（红线女饰）大学毕业后不久，便与许奕轩（平凡饰）结成夫妇，并育有三名子女：大女可可（萧芳芳饰）、二子咖啡（黎小田饰）、三子牛奶（孙祖馨饰），霭玲相夫教子，生活和睦。但她渐感生活太平淡，渴望重新投入社会工作。一天巧遇老同学康敏（傅奇饰），得他介绍进报馆当记者。霭玲在家的时间少了，问题渐生：儿女缺乏母亲照顾，她又不能陪同丈夫出席社交宴

◎ 国语片《我是一个女人》剧照

会；奕轩更怀疑妻子与同事康敏不轨，终闹至离婚。老太（龚秋霞饰）见儿媳不和，受不住刺激晕倒。后来幸得老太从中劝和，奕轩茅塞顿开，重新接受妻子出外工作，一家重现和睦温馨。

◎　国语片《我是一个女人》剧照

二、影艺评论

我是一个女人

易红霞

由于突然回国的原因，红线女只拍了唯一的一部国语片——《我是一个女人》。

香港本土摄制的电影，以电影所使用的语言来分，有粤语片、国语片、潮语片和厦语片四类。其中，粤语片数量最多，国语片势头强劲，二者各有千秋。潮语片和厦语片数量较少，主要市场在香港之外。

单从市场来看，红线女从影的时代，香港电影由粤语片、国语片和西片三分天下。其中，西片的收入最高，许多中上层人物只看西片。粤语片以数量取胜，国语片以制作精良见长，各有各的市场。五六十年代，粤语片和国语片曾有过激烈的较量，粤语片演员羡慕国语片演员有强大的制片公司作后盾，能够有严谨的制作和认真的艺术追求。国语片演员羡慕粤语片演员演戏多，成本低，收入高。如果说20世纪50年代是粤语片的年代，国语片逐渐强势，那么60年代则是国语片的年代，粤语片逐渐衰落，到70年代初几乎全军覆灭，以至在1972年出现零生产。

红线女主要是粤语片演员。1955年红线女已经是非常著名的粤语片明星了。"所以才会有人请我去拍国语片"，她这么告诉我们，"因为当时国语片非常有名、有地位。"回国前，红线女已经有四部国语片的片约在身了。当时为了拍好国语片，她专门请老师学国语，把所有的台词请人录好音在家一遍又一遍地练习、背诵，一踏进片场就不准大家跟她说粤语等等，足见其勇气和决心。当时，的确有很多优秀的粤语片演员被吸纳到国语片的阵营，不曾想，《我是一个女人》却成了红线女国语片的孤本和绝版。这，无论是对国语片领域还是对红线女个人，都是始料未及的。

该片为长城公司1955年出品，李萍倩导演，红线女、傅奇、平凡等人主演，讲述了一个知识女性在家庭和事业之间所遭遇的矛盾、痛苦和最后的化解。红线女所饰演的林霭玲是一个受过高等教育拿了学士学位的年轻女子，有着对未来的许多美好的理想。她和一般的少女一样，经过了甜蜜的恋爱，结了婚。她的丈夫许奕轩是一个工程师，很爱她，但很要面子，十分大男子主义。他们很快就有了三个孩子，孩子的吵闹使得好学的她一本书都永远看不到第二页。纯粹家庭主妇的生活使霭玲感到越来越烦闷、无聊。终于，经大学同学康敏的介绍，霭玲到一家报馆做了记者。记者的生活使她大开了眼界，感受到了服务社会贡献社会的活力与价值，却给她的家庭生活带来了数不清的烦恼：因为她不在家，家里一团糟；因为忙采访，误了去机场接丈夫和参加丈夫同事的宴会；因为误会，丈夫怀疑她与同事康敏关系不正……奕轩几次三

◎ 国语片《我是一个女人》海报

◎ 国语片《我是一个女人》海报

番要她在家庭与工作之间选择，霭玲无法放弃自己心爱的工作，也无法忍受丈夫的大男子主义，和奕轩大吵了一场，准备出走，急得善良的婆婆病发住院。在医院里，霭玲悉心照料婆婆，婆婆也责备儿子太自私。奕轩终究改变了自己的态度，在接母亲出院那天，用车把霭玲送到了报馆门口。

该片触及到了现代社会一个典型的社会问题：家庭和事业的矛盾和冲突。它涉及到一系列相关家庭所强烈关注的问题：两性矛盾，男权与女权，爱情和友谊，妇女的独立和解放，家庭和社会的分工等等，具有强烈的现实意义。红线女的形象青春靓丽，表演收放自如，可圈可点。该片公映后大受欢迎，后被配成了粤语。

因此，从影片的语言类型来说，红线女已涉足香港电影的两大类型：粤语片和国语片，主要是粤语片。如果我们认可她的电影是102部，那么，其中101部都是粤语片。

（摘自《红线女电影艺术》，中国戏剧出版社2008年版，第112页，题目为编者所加）

《我是一个女人》中的林霭玲

谢友良

这是红线女主演的唯一一部国语文艺片。她在片中扮演的女主人公林霭玲大学毕业不久就结婚生子，连续生了三个，繁琐的家务事搞得她很烦。丈夫许奕轩（平凡饰）很爱她，但有点大男子主义，认为女人应该待在家里相夫教子。林霭玲坚持要出去工作，经学弟康敏（傅奇饰）引荐当了记者。这份工作使她眼界大开，并重新认识了自己的价值，因此干得很投入，但却因此引起家庭的诸多矛盾，丈夫甚至怀疑她和康敏有私情。正当夫妻矛盾濒临激化的时候，开明的婆婆站在媳妇一边，批评儿子的错误观念，化解了矛盾，家庭归于和睦。

这部电影拍得中规中矩，生活气息很浓，很流畅，但稍稍有一点说教味儿。红线女扮演林霭玲这类职业妇女是轻车熟路，演员和角色之间距离很小，没有多少难度，难就难在这次要说国语（普通话）。对于旧时的广东人来说无异于叫她说外语。因此，红线女在语言上做足了功夫，专门聘请私人教师，一字一句地学，功夫不负有心人，红线女终于攻下了语言关。

（摘自《红线女电影艺术》，中国戏剧出版社2008年版，第85页，题目为编者所加）

▎原野

一、影片简介

首映时间：1956年

出品公司：香港昌兴影业公司（钻石片厂代摄）

类型：黑白粤语故事片

片长：106分钟

导演：吴　回

原著：曹　禺

编剧：亚　文

演员：红线女　吴楚帆　张　瑛　黄曼梨　吴　回　黄楚山

　　　关　仁　王　克　唐醒图　卢燕英

故事概要：仇虎（吴楚帆饰）与焦大星（张瑛饰）自幼相处，情如手足。大星之父焦阎王（关仁饰）是村中恶霸，他觊觎仇父的田地，在仇虎与其妻阿金（红线女饰）成婚之夜，到仇家强抢其财产，杀掉仇虎的父母及亲妹，更设罪诬告仇虎，使他身陷囹圄，还逼大星娶阿金为妻，致使仇虎一夜之间家破人亡。

仇虎心有不甘，待机逃狱，在丛林中遇上焦家仆人狗仔（吴回饰），得悉仇人焦阎王已赴黄泉，决心找大星报仇。仇虎沿路又碰见阿金，便与她同赴焦家。

焦大母（黄曼梨饰）双目失明，但生性凶悍。她知道仇虎与阿金私会，怕他会危害焦家，即报保安队缉拿仇虎。大星得知阿金将随仇虎远走，不忍之情诉于嗟叹声中，却被焦大母听见，误以为仇虎匿于阿金房内，即以杖击之，不料亲手打死爱儿，自食其果。

仇虎与阿金乘夜逃走，走进漆黑的原野中，却遇上保安的追捕，前路又是迷雾一片，步步为艰。仇虎向天哭诉，祈求亡父母及大星在天有灵，保佑他们脱险。天亮了，浓雾散去，仇虎果然能辨出方向，走出原野，带阿金投向光明的前路。

◎　电影《原野》剧照

二、影艺评论

原野的女儿
——红线女电影《原野》中的"阿金"形象
谢友良

在红线女的银幕形象中，《原野》的"阿金"（即原著中的"金子"）是我最心仪的角色之一。港版电影《原野》根据曹禺同名话剧改编，除了结局处加了个光明的尾巴之外，总体上是忠实于原著的。影片中几位主要演员都是香港影坛的一线明星——红线女饰演阿金，吴楚帆饰演仇虎，张瑛饰演焦大星，黄曼梨饰演焦母，黄楚山饰演常五，本片导演亲自客串白傻子，每一个演员的表演都很到位，很传神，有效地提升了影片的艺术品位。

曹禺的戏剧作品有一个突出的艺术特点，即每一个剧本的规定情境都很尖锐，每一个人物的性格都很丰富，还有就是人物与人物之间的关系很复杂。情境、性格和人物性格冲突是情节发展的三大参数，也可以比喻为三大发动机，前面铺垫时开动一台，剧情进展过程中开一台或开两台，到了关键时刻，三台一齐开动，爆发高潮。《原野》三大"发动机"的马力是很足的。因此，每个人物都置身于两难的境地，有的时候一难抵万难。

先来说男主人公。仇虎越狱是要来报仇的。五年前，本村恶霸焦阎王为了霸占他家的田地，在仇虎和阿金的新婚之夜，杀害了仇虎的父母和妹妹，害得他家破人亡，还把他关进了牢房，逼迫阿金做了阎王之子焦大星的续弦。仇虎来到这里才得知，他要杀的焦阎王早已死了，他决计杀焦大星，斩草除根方能解心头之恨。可是大星与仇虎从小就情同手足，他怎么下得了手？阿金也极力反对他杀害无辜的大星，仇虎非常为难。

焦大星也为难，但与仇虎无关。他对仇虎毫无防备之心，完全是赤诚相见。他既孝顺母亲，又很爱阿金，只能夹在中间两头受气，他的性格懦弱、温良，而母亲和媳妇都很强势地摆出非要斗个你死我活的架势来，这可难为了大星了。大星哪里知道大难正在临头，死神正悄悄地向他逼近。

焦母邪恶、阴暗、敏感、多疑、威严，虽然眼睛瞎了，却什么也瞒不过她，她是焦家大院无可争辩的统治者。但焦母的日子也不好过。她时刻要提防那个风骚的媳妇把自己乖儿子的心夺走，大星越是疼阿金，她越是恨得咬牙切齿，悄悄做了个小布人，写上阿金的生辰八字，每天用针扎，诅咒阿金早死。仇虎来了，焦母知道来者不善，这是要灭焦家的香火来着。焦母还知道仇虎和阿金原本是两口子，他俩偷偷地做苟合之事，还不是最要紧的，怕只怕这对狗男女串通一气内外夹击，就不妙了。于是，焦母绷紧神经，竖起耳朵，步步为营与仇虎、阿金周旋。她做梦也没想到，她的宝贝儿子大星竟鬼使神差地被自己误当成仇虎活活打死了。此后，她每天像孤魂野鬼似的，在山野丛林间游荡，不住地呼唤："大星，你回来吧……"

在这场生死情仇的斗争中，每个人物都感到左右为难，但最难的还数阿金，因为她处于这场斗争的"磨心"，每个人物跟她都有扯不清的关系——她和仇虎之间的爱，是一种不顾一切、灼烧着激情和肉欲的爱。她望着这个伟岸男子汉的眼神是痴迷的，甚至是崇拜的，她愿意一生一世跟着他，哪管名誉扫地，哪怕吃苦受罪，哪怕赔上性命也在所不惜。她对仇虎的情感正因为有了这份长久的驻足，才更富有人性的亮色。但是，她认为仇虎不能杀人，杀大星更不行，大星是好人，这是她和仇虎的原则分歧，她要随时提防他的鲁莽，制止他的暴行。

阿金对大星的感情是复杂的，她曾为拥有这个男人感到满足，曾为这个男人对她那么好而心生感激。大星真心爱她、疼她，她也抱着嫁鸡随鸡、嫁狗随狗的心理打算跟他过一辈子，可是大星她娘心肠也太毒了。最要命的是那个该死的仇虎的影子到现在还老是在她的脑海里晃啊晃的，叫人心痒难搔……直到仇虎真的出现在她面前时，她这才明白，为什么和大星在一起的时候，心里头没有那种烧烧的感觉。原来她对大星的感情不是爱，只是一种同情和感激。爱是很容易同这两种感情相混淆的，由同情和感激产生的爱情是一种错觉，等待它们的必定是悲剧的结果。

阿金和焦母有如冰炭不同炉，水火不相容，是势不两立的关系。这两个女人每时每刻都在勾心斗角、明争暗斗、斗智斗勇、斗生斗死。影片中关于阿金和焦母冲突的戏很多，两个女人互相仇恨，矛盾的性质很严重，斗争的手法却很原始。焦母的法宝是罚跪和用针扎小人，并没有像黄世仁的妈那样真的拿簪子往喜儿的身上扎；身为晚辈的阿金当然处于弱势，但她仗着焦母是个瞎子，就常常装傻充愣、扮鬼扮马，在背后瘪嘴做鬼脸、戳脊梁骨，这些戏还是挺好看的；阿金还要同焦母的耳目常五和白傻子斗，这两个喽啰哪里是阿金的对手，阿金略施小计，半壶美酒、一亲芳泽就叫他们败下阵来。

红线女富有想象力的表演，为我们呈现了一个性格内涵极为丰富、复杂，说不清、道不明的艺术形象——不知是妖媚妖娆，还是任性刚烈？不知是正直善良，还是亦正亦邪？不知是风骚勾引，还是撒娇发嗲？不知是敢爱敢恨，还是伤风败俗……似乎一切解读阿金的文字，都是苍白的、模糊的、似是而非的。然而，可以肯定的是，这个生活在社会底层的女人，有着刚强的叛逆者个性，有着不甘于被他人摆布的独立人格，有着不可压抑的渴求新生活的人性欲望，是个风情彻骨的女人，是个至情至性的女人。这个原野的女儿带着她的秀骨丰神、七情六欲、山野气息向我们走来，一路风风火火，热热辣辣，一颦一笑都张扬着生命的欲望。

从阿金第一段重场戏开始，红线女的表演就紧紧地抓住了我们。

那时候，焦大星要出门去收租，阿金不愿和焦母待在家里，陪着大星走到村口，小两口一路上卿卿我我、亲亲热热的。阿金来劲了，故意出了一道难题："如果我跌落塘，你阿妈也跌落塘，你先救哪个？"红线女处理这句经典台词不是用质疑或刁难的口吻来问的，而是用一种轻柔的、小心翼翼的、可怜巴巴的语气，这种语气绵里藏针，对一般的男人极具"侵略性"。可是这一招没奏效，大星太老实了，战战兢兢地讲了实话，说要先救母亲，因为母亲年纪大。阿金马上把脸拉下来，泪珠儿连串地往外冒，紧接着就是撒泼："你两个都想淹死我！"一通大哭大闹，一副真的不想活的样子。大星这才知道闯了大祸，慌忙低声下气地赔不是、安慰、劝解。等大星"哄"得差不多了，阿金猛然推开大星，跑得远远的。这时，瞠目结舌的大星看到，阿金停住了脚步，慢慢回转身来，给了他一张破涕为笑的俏脸，那笑容那样灿烂，真正是"回眸一笑百媚生"，大星顿时呆住了，傻傻地盯着那张笑脸。

事情并没有完，阿金还不想放过大星，上前亲了一口，娇滴滴、赖叽叽地要大星说："救我，淹死她！"大星吭吭哧哧说不出口。要不是焦母突然出现在眼前，这件事情还没完。这就是红线女表演的层次，一小段戏就把规定情境、人物性格、人物关系交代得清清楚楚。

阿金不是不爱大星吗，为什么对他那么亲？红线女这样把握人物关系对吗？因为此时仇虎还没有出现，阿金理所当然地把好感、同情、感激错以为爱，何况他们还是名正言顺的夫妻呢。等到仇虎一现身，阿金与大星苦心经营的姻缘即刻土崩瓦解。爱情是不讲理的。

阿金和仇虎终于不期而遇了。这一瞬间，阿金像看见鬼，像看见神，像看见梦中的白马王子，她的眼神在一瞬间变幻着掠过惊愕、惊慌、惊喜三种截然不同的神情，她愣愣地看着摄影机，不，是愣愣地看着仇虎，背景消失了，阿金的过去和未来消失了，她就如此茫然地越过芸芸众生，望着她的仇虎。银幕上只有红线女，不，是阿金的意蕴非凡的脸。

此后，我们再也没有看见阿金撒过娇，经过重拾爱情的洗礼，阿金升华了，在不知不觉中，她成了一位保护神。首先，她要保护她和仇虎的爱情，绝不能让焦母摧毁这比生命还要宝贵的东西；她要保护大星，不能让仇虎伤害他，大星是无辜的，是好人。再说，他对她是有恩的，一日夫妻百日恩嘛；她要保护仇虎，没有了他，一切一切都没有意义了。她要和他一起渡过这道难关，平平安安地离开，干干净净地离开，不能让仇虎沾上半点血污。仇虎这家伙在逃亡的路上，一会儿烦躁，一会儿沮丧，一会儿要杀常五，情绪很失常，多亏了阿金不断地安慰他、批评他、开解他，这对苦命鸳鸯才得以逃出生天。

影片《原野》给了阿金很多的特写，用来揭示这个女人内心深处不断变化的生命感受。这些特写镜头传达给我们的不单单是演员的表情本身，也不仅仅是单一的意念和信息，它常常使人感悟和读解了人物复杂的内在世界、情感、情绪以及说不清的潜意识中的隐秘感觉。这些绵延不断的面部特写，印证了红线女刻画人物心理活动的能力，将阿金灵魂深处的呼唤与细语细致入微地表现出来。演员若没有丰富的人生体验和高超的心理表演技巧，很难达到这样的艺术境界。

我们面前血肉丰满的、鲜活的艺术形象，既是曹禺笔下的"金子"，又是流淌着红线女血液的"阿金"——既妩媚又风骚，既纯朴又狡黠，深知在男人世界里女人受压抑的地位，深知如何有力地使用女性魅力这一武器来对付、征服、驾驭男人。她的脸庞流露着典雅的东方气质，妖娆中带有几分清纯，散发着不可抵挡的迷人气息。她的美不羁却不染尘俗，性感却干净如清泉。她此时是原野上饱含蜜汁的诱人的樱桃，彼时是山巅上的不可靠近的一绺凛冽寒冰。她可以是酒肆里放浪形骸的女郎，也可以是哼着小曲儿的邻家女孩。她时而楚楚可怜，时而据理力争；时而热情如火，时而翻脸不认人；时而风情万种，时而冷若冰霜……真亦假时假亦真，整个儿一个云山雾罩的，让人捉摸不透。其实真让你捉摸透了就没意思了。捉摸不透才有悬念，才有余音绕梁，才神秘，才有女人味儿。我先后看过几个"金子"：有彩色电影《原野》刘晓庆的，有话剧《原野》吕丽萍的，有川剧《金子》沈铁梅的……各有千秋，有的突出其"野性难驯"，有的突出其"风骚彻骨"，有的突出其"正直善良"……但要说哪一个最有女人味儿，非五十多年前红线女扮演的"阿金"莫属。

我很赞同香港著名电影评论家石琪的看法："红线女是一个有十足女人味的女星……时下香港女星很少像'女人'，就连中年影后肖芳芳至今也更像鬼马女仔多。"

　　"金子"的女人味儿是曹禺写出来的，红线女的女人味儿是与生俱来的（当然也有一些是后天修炼的）。曹禺写出来的女人味儿加上红线女自身的女人味儿再加上红线女创造角色时体验和体现出来的女人味儿，那是何等醇厚的韵味啊！不用搔首弄姿，无须花枝乱颤，随便往那里一站，就有了。你看那身段儿，那神情，那风姿，那气质，那明眸的一汪"桃花水"，怎能不叫"仇虎"们和"焦大星"们为之迷醉呢？

　　（摘自《红线女电影艺术》，中国戏剧出版社2008年版，第54页）

◎　电影《原野》海报

粤剧动画电影《刁蛮公主戆驸马》

一、影片简介

首映时间：2004年

出品公司：红线女艺术中心　珠江电影制片公司

动画制作：动影时代有限公司

类型：彩色数字粤剧动画电影

片长：96分钟

导演：红线女

原编剧：马师曾

改编：郭铭志　红线女

动画导演：张长亮

动画台本：丘　峰

制作策划：陈伟光

演员表（配音、配唱）：

凤霞公主——红线女

孟飞雄——欧凯明

皇　帝——梁松峰

皇　后——黎奕红

添　福——张雄平

阿　八——张雄平

鹦　鹉——陈敏红

老和尚——赵锦荣

三使臣——韦超明　陆建强　张智强

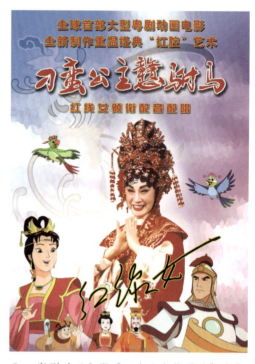

◎　粤剧动画电影《刁蛮公主戆驸马》海报

故事概要：这是一出倡导夫妻、家庭、邻邦以"和为贵"的历史传统剧目。皇帝女凤霞公主冰雪聪明刁蛮性，活泼可爱不饶人，加之父母爱若掌上明珠，诸事宠顺，所以就更为所欲为了。三关主帅孟飞雄威武刚直大义，威严不让也有情。

该剧描写的正是凤霞公主与三关主帅孟飞雄遇事分歧在殿上"互审"，却因此产生爱意，当婚礼进行时，公主要求驸马跪迎，孟飞雄为捍卫大丈夫威严而请出先皇所赐黄金锏，将公主"压服"，但矛盾并没有因此结束，经过一番新婚波折，公主与驸马终于领悟到夫妻间应互相尊重，以和为贵，家庭才能美满幸福。

◎　获奖证书

◎　红线女

二、影艺评论

漫谈红线女粤剧动画电影

谢友良

三年前，不，应该是四年前，有一天，红线女对我说："下一步我想搞粤剧动画片。"轻声细语，语气十分平和，但我听来却像耳边响了一声雷。不错，红线女喜欢书画，还经名师指点过。她还喜欢一些经典的动画片，像《白雪公主》《狮子王》《千与千寻》……一听说有好的动画片她是一定要看的。可是，喜爱归喜爱，亲身涉猎完全是另一回事。

动画电影毕竟属于高新科技领域，身为名享四海的粤剧艺术大师，在年过古稀之时进行这样的探索，是不是走了一步险棋？是不是头脑发热？

慢慢的，我终于摸清了她的思路，终于豁然开朗，终于越来越钦佩她的胆识。

红线女决定搞动画片，的确不是心血来潮，而是经过深思熟虑的。理由有很多，概括起来无非是内在的理由和外在的理由。内在的即是性格使然。红线女的性格用三个字以蔽之——"搏到尽"。几十年来，她不断探索创新，不断拓展艺术领域，生命不息，求新不止。她期许粤剧的表现形式更加丰富，她期待粤剧艺术在青少年中间传播，她甚至希望粤剧粤曲能让不同肤色的人们都能赏识。可是，她毕竟老了，她的身体已经不允许她继续在舞台上摸爬滚打。自然规律是不可抗拒的。红线女说："我在这个时候不应再演戏了，不再以艺术第一线的位置与观众接触了，可我还是一个粤剧演员，又是一个粤剧艺术的创作者，我是不能离开创作的！"怎么办？怎么办？红线女想了很久很久，于是，一个灵感从她，从搏到尽的红线女的脑海中蹦了出来——让画中人唱红腔、演红派粤剧故事，让表现手段自由灵动、拥有广泛观众群的影视动画，给粤剧插上翅膀，飞得更高更远，去寻找新的传播途径。

这件事只有红线女想得出来，这件事也只有红线女做得出来，原因是她的头脑还年轻，她的信念不动摇，她对振兴粤剧的事业不死心，重要的是，她还有一条金嗓子，她的演唱技艺依旧宝刀不老，否则她就很难担当起女主人公凤霞公主的配音任务了。

促使红线女搞粤剧动画片还有外在的原因——中国戏剧从20世纪80年代陷入的危机至今仍在持续并日益深重，"时尚"以万钧之势支配了艺术，迫使戏剧节节败退，缩于一隅，悲壮地坚守着阵地。戏剧独占鳌头的时代一去不复返了。但戏剧不会消亡，"时尚"冷落戏剧却永远离不开戏剧，戏剧自身也在想法活着，近年来探索戏剧的崛起以及音乐剧在全球的风靡，无时无刻不在证明着戏剧强大的生命力。同时，戏剧还借助"时尚"延伸并张扬自己的生命，通过载体的转化，以电视剧、网上戏剧、数码戏剧、视频戏剧等模式广泛向大众传播，这些"另类戏剧"是戏剧通过现代媒体、通过科技手段成功转化的结晶。

　　红线女创造性地使这种转化载体的戏剧又增添了一个新的品种。勿庸置疑，粤剧动画电影《刁蛮公主戆驸马》是中国戏曲史上第一部以现代动画为载体的粤剧，是世界动画史上第一部以粤剧故事为主体的动画电影。无论是粤剧史还是动画史，都应将其载入史册。

　　当红线女下了决心的时候，她马上会付诸行动，为了熟识、把握、驾驭动画，她组成了一个小组北上上海、北京，到美术电影制片厂和动画制作公司参观、学习，向专家求教，到车间了解每一道制作工序……这期间，她不知耗费了多少心血。要全面了解动画知识需要有较高的起点，即能够系统了解动画艺术概貌的视野；要学习动画技法需要正确的指导理论和训练方法；要领会动画运动的规律必须搞懂原理、深入实质问题；要想制作一部成功的动画片就应该系统掌握动画创作规律和制作工艺。长片剧情动画电影生产工艺的完善，使得这种具有多元文化特点的艺术形态更加具体——作为创作基础的文学脚本，作为影像构成主体的美术，作为动画影片中人文背景设计的建筑学依据，作为表现情境的戏剧模式、舞蹈动作（形体动作）、音乐情绪，作为叙事整体架构的节奏等等，红线女都必须去研究它。因为她是这部动画电影的编剧之一，更是艺术总监，她必须对整部电影的造型艺术、影像风格、文学内涵、戏剧叙事规律、音乐境界、电影语言结构，包括每一个艺术细节负责，总而言之，红线女必须使古老的粤剧和年轻的动画形成你中有我、我中有你的和谐、统一的整体。粤剧已有几百年的历史了，而动画片还不到一百岁，1906年，第一部动画系列影片《幻影集》在法国问世，20年后中国才出现一些像《大闹画室》等一两分钟的卡通片，直到1940年由万籁鸣、万古蟾、万超尘三兄弟设计制作的《铁扇公主》动画影片才问世。20世纪50年代《神笔马良》《乌鸦为什么是黑的》，20世纪60年代张光宇设计的《大闹天宫》《小蝌蚪找妈妈》，20世纪70年代《牧笛》和张仃设计的《哪吒闹海》，20世纪80年代《葫芦兄弟》和阿达设计的《三个和尚》等优秀动画影片在国际上获得各种奖项，并形成了蜚声国际动画界的"中国学派"。此后，中国动画电影进入十几年的低潮期，多年未见好作品问世，直到20世纪90年代，上海美术电影厂制作了《宝莲灯》才带来些许生气，但仍未改变中国动画电影的衰微景象。与此同时，漫画王国日本的动画业却蒸蒸日上，每年动画片出口收入达四五十亿美元，至于美国动画电影长期以来都在执世界动画业之牛耳。

红线女是非常敏锐的。她看到信息工程的发展使得动画成为各种文化交流的有效方式。美学思潮的每一阶段都会出现与之相应的动画作品。卡通世界早已不只是儿童的乐园了。随着人类社会的不断变化，科技发展，特别是电视的发明及电脑的普及，图像信息随着声、光、电媒体全面进入人类的生活，卡通艺术便以不可抗拒的魅力逐渐扩展到成人的领域，流行于全世界。红线女想用这个载体来承载古老的粤剧艺术，探寻一条新的传播途径，这一思路符合实际，顺应时代发展规律，同时也适应了现代观众的审美需求。

红线女的粤剧代表作不胜枚举，其中适合改编为动画片的也不只一部，而她选择了《刁蛮公主戆驸马》作为开山之作是非常合适的。这个戏几十年盛演不衰，传颂了中华民族传统美德"和为贵"这一具有历史意义和世界意义的主题。剧情跌宕起伏，一波未平一波又起，时而晴，时而阴，时而甜，时而酸，别出机杼地写了一场全世界每天都在演出的男人和女人的"战争"，虽然展示的是古代人的生活，却让现代人怦然心动，共鸣不止。是啊，两性关系的排他性曾经制造出多少生生死死的人间悲剧，而动画电影《刁蛮公主戆驸马》也处处埋藏着危机——五凤楼引发的外交风波、金殿上的互审、演兵场鏖战火麒麟、洞房内外的夫妻冷战、承恩寺削发危情……无论在哪一处错开一步，都可能带来可怕的后果。观众每时每刻都被戏中男女主人公的感情大战所吸引，有意思的是其时的审美心态并不沉重，反而时常会发出会心的微笑。凤霞公主与孟飞雄的矛盾是极具普遍意义的。两个生长环境、成长过程完全不同的男女，被婚姻捆绑到同一张床上——这张床象征着幸福时的摇篮与灾难时的方舟。可是这一对男女，一个秀骨丰神，一个俊朗雄奇，一个高贵而刁蛮，一个正直而倔强，一个是皇帝女，一个是大元帅，两个人同样争强好胜，同样壮怀激烈，同样不服输……这样的一对男女碰在一起，怎能不碰出火花，怎能不碰得叮当乱响，怎能不碰出一连串令人啼笑皆非的好戏！

随着剧情层层递进，一步步走向大团圆，这对男女最终化解了前嫌，化干戈为玉帛，化敌意为亲情，使观众得到审美愉悦，同时在不知不觉之中，心灵受到剧中呼唤理解、宽容、和睦的人文意蕴的浸润。

◎　粤剧动画电影《刁蛮公主戆驸马》剧照

中国文化人文精神是"和合"，儒、道、墨、名、法、阴、阳各家，道不同而异趣；而诸子百家"百虑而一致，殊途而同归"者，在于"和合"之道，融会和合正是贯通古今、圆通中西的"和合美学"的要旨，亦是动画电影《刁蛮公主戆驸马》审美意义之所在。看来，红线女选此剧来改编是选得很准的。

红线女经过两年多的艰难运筹，同各方面的合作者摸索到动画与粤剧融合的路子，完成了一部既保留粤剧艺术精髓又颇具动画特色的独一无二的电影。当我们在银幕上看到凤霞公主策马飞奔；看到两个宫女化成的鹦哥在宫闱内外飞来飞去，说长道短；看到孟飞雄在沙场横扫千军如卷席，在演武场勇斗火麒麟；看到两个可爱的小公仔在夸张地诉说男女主人公的心声……我们深深领略到动画的影像构成元素所具有的无穷表现力以及它所创造的动态美学奇迹。

红线女粤剧动画电影《刁蛮公主戆驸马》毕竟是一种崭新的探索，影片在艺术处理上，尤其是主场戏某些方面动画化的处理上，尚不尽如人意。但白璧微瑕，遮盖不了这部粤剧动画电影的审美价值。

（原载《红线女艺术研究》第九、十期）

好听好看　老少咸宜
——看粤剧动画电影《刁蛮公主戆驸马》
吴树明

《刁蛮公主戆驸马》是马师曾、红线女几十年来在粤剧舞台上历演不衰的保留剧目。当年观赏两位艺术家在剧中精彩的表演，对于我们这些老观众来说，有如享受了一顿丰美的艺术大餐，至今"齿颊留香"，回想起来还是那么的津津有味。没想到几十年后能看到根据该剧改编制作的粤剧动画片，它给予我一种与舞台演出不同的艺术情趣和不同的审美满足，引起我极大的兴趣。过去我们把一出戏有没有值得看的地方叫做"有没有看头"，现在我听许多人都说"看点"。"看头"也好，"看点"也好，我要说的就是这个动画片有许多地方吸引了我，使我爱看，并且看得有味、有趣，同时我还相信今天的小观众比我这种老观众会更爱看。当然，我对动画完全外行，只是这些年退休在家，有时陪着小孙女看过一些动画片。人们说："外行看热闹，内行看门道。"我说的就只能是属于"看热闹"的话了。

一、美妙传神的唱腔

《刁蛮公主戇驸马》是个喜剧，它在舞台演出时，就没有红线女在其他悲剧剧目里如《昭君出塞》《香君守楼》《桂英打神》……那一类的大唱段，但它的许多中小唱段仍然十分精彩；语言生动、风趣，节奏明快，旋律优美，多用粤剧小曲、广东音乐的曲谱填词。这些曲调，粤剧观众大都耳熟能详，易记易学。在动画电影中，原来的主要唱段都基本保留下来了，一些我听得比较熟还会哼两句的，如在"三步一拜进府堂"中，"不从命连凤冠都打烂"那段【走马英雄】；全剧结尾时"大家有错各罚酒三杯"那段【娱乐升平】保留得更为完整，使我听得特别"过瘾"。唯一略感遗憾的，是在"洞房"这场里，没有听到"我张床兜正北风尾"那段【鸟惊喧】。不过设身处地去想一想：一个在舞台上演出三个钟头的戏，改编制作成只放映一个多小时的动画电影，同时为了发挥动画的长处，增添了许多动作性强的情节和表演如"沙场大交兵""勇斗火麒麟"等等，对原有的唱段就不能不有所删减。老观众对这些唱段又各有所爱，删掉哪一段都会有人舍不得，能保留到现在这个样子，整个戏的音乐性仍然很强，这就已经非常难得了。

更加难得的是红线女能亲自为这个电影的凤霞公主配音。"红腔"的艺术魅力是无须我在这里再作饶舌的了，尤其令人惊喜的是，这位年过古稀的艺术家音质的优美，音色的清脆，音域的宽广不减当年，而她歌唱的韵味、色调，达意、传情的功力更是精纯和深厚。凤霞公主这个刁蛮任性又心地善良，聪明绝顶，能言善辩又稚气未脱的人物性格、感情、神态，在歌声中描绘得栩栩如生，令人听其声如见其人。清人徐大椿《乐府传声》说："必一唱而形神毕出，隔垣听之，其人之装束形容、颜色气象，及举止瞻顾，宛然如见，方是曲之尽境。"红线女的演唱，就如这段话说的一样，达到了"曲之尽境"这种艺术境界。

为戆驸马孟飞雄配音的是梅花奖得主、当前粤剧文武生中的佼佼者欧凯明。他没有唱"马腔"，这对于我们这些当年看过马师曾演出，有着"马腔情结"的老戏迷来说，是多少有点不够满足。但从表现戏剧内容、塑造人物形象来说，欧凯明的演唱同样是出色的。他嗓音清朗雄健，行腔刚柔并济，对孟飞雄的威武刚直和忠厚温良都表现得准确、鲜明，发挥了他文武生能文善武的所长。为皇帝、皇后、太监添福配音的梁松峰、黎奕红和张雄平，都是在粤剧舞台上经过多年历练，基础深厚、经验丰富的演员。他们唱得不多，但都能恰如其分地表现了人物。

听了别人的介绍，我才知道不但唱戏曲的动画是前所未有，连一般歌唱的动画也是前所未有，《刁蛮公主戆驸马》是世界动画史上第一部粤剧动画影片。我对所有参与这部动画电影创作的艺术家的探索创新精神，并为他们把粤剧艺术向新的领域拓展的努力而深表敬意。

二、奇趣横生的表演

表现人与猛兽的搏斗，戏曲观众最熟悉的大概要数《武松打虎》。舞台上"老虎"（套上"虎形"砌末的演员）的翻腾滚扑，武松的棍棒拳脚，身段造型，都有许多高难的动作和精妙的招式，是武术与舞蹈的结合，表演得自然而精彩。这个动画片里有一段"戆驸马制服火麒麟"的表演，动画不必受到人的体力和舞台条件的限制，人兽的搏斗就更为火爆、惊险，特别是人物动作的诙谐、幽默，更使这段表演奇趣横生。

一只身躯伟硕的麒麟，被一条长长的铁链锁在铜柱上。它怒目圆睁，随时准备扑向靠近它的人。戆驸马先是引着它转圈跑，铁链绕着铜柱越绕越短，麒麟也被铁链越勒越紧直至不能动，它发怒了，身上冒起烈火，手腕般粗的铁链一下就被烧断。这时它像一个大火球，向戆驸马猛扑过去。戆驸马跑到一堵石墙跟前故意站着不动，直到麒麟逼近并向自己直冲过来时，才纵身一跳，跳到麒麟身后，麒麟一头撞到石墙上，痛得在地上打滚。这一段表演，突出了兽的凶猛和人的机智，就已经很吸引人了，而接着下面就更精彩：麒麟吃了亏就更加疯狂，乱窜乱跳。仿佛它也懂得欺软怕硬，惹不起戆驸马就转移目

◎ 粤剧动画电影《刁蛮公主戆驸马》剧照

标，向公主所在的那个看台撞去，撞穿了看台底部并烧着了木架，众多皇宫卫士拿着兵器要救公主，又被麒麟的威势吓退。在这千钧一发的时候，戆驸马看清了麒麟身上的火焰都是向上冒的，腹部底下没有火。他主动迎向麒麟，一低身直钻到麒麟的肚皮底下，仰卧地上。麒麟把硕大的身子压下来想把他压死，他却用尽浑身气力，双脚向麒麟的肚皮一蹬，把这个庞然大物高高地弹上半空，砰的一声重重地跌在地上直喘气。戆驸马快步跑到快被烧塌的看台下，刚好把正从台上掉下来的公主接在怀中。

戏曲演员演武松打虎的动作，内行人可以告诉你：这一招叫什么拳，那一式叫什么腿，这个亮相造型又叫什么"架"。戆驸马最后制服火麒麟的双脚蹬肚皮那一下子，恐怕在哪本拳经剑谱、武林秘笈中都查不到它叫什么招式，但是人人都会觉得眼熟，因为那是小孩打架时常见的动作。小孩打架就是没有什么招式，你给我一拳，我还你一脚，然后两人抱着在地上滚，你占了上风把我压在下面，我在下面就用脚蹬你的肚皮……动画人物使用这些动作，诙谐中饱含童趣，大人看了忍俊不禁，小孩看了乐不可支。

跟在公主身边的阿八（八哥）和鹦鹦（鹦鹉）这两只顽皮又懂事、胆小又勇敢、滑稽又可爱的小精灵，也为这个动画片增添了不少的喜剧情趣。它俩头戴内宫的帽子，身上的羽毛也像一件衣服，从它俩的造型和声音（阿八用女声配音，鹦鹦用男声配音）就像是公主贴身的小宫女和小太监。公主宠着它俩，它俩护着公主，公主说什么，它俩就跟着帮腔学舌，有时又敢背地里议论公主。它俩本来胆小，公主和驸马在金殿辩论时，它俩为公主帮腔，被驸马大喝一声就吓得收毛敛翼，再也不敢说话。在火麒麟向高台冲来时，更是吓得伏在栏杆上发抖，闭着眼睛

不敢看。而当公主要从高台掉下来时，它俩用小嘴紧紧衔住公主的衣袖，拼命扇动两对小翅膀，想凭它俩这一点点气力，能把公主拖住不往下坠。当驸马高举黄金铜吓唬公主时，它俩更毫不犹豫就扑过去，四只小爪子狠狠地撑住那条沉重的金铜，想凭小小的身体抗住驸马的神力。看它俩那种"不自量力"的样子，使人觉得有点滑稽，而那种"奋不顾身"的行为，却十分可爱。我想，小观众们一定会很喜欢这对小精灵，希望它俩能从银幕上飞出来和他们一起玩。

在这部动画片里，令人看得兴味盎然的地方还很多，再说就太啰嗦了。这个戏原来就好看，现在更是锦上添花，而这新添的"花"并没有离开原来的"锦"，是为了发挥动画所长，更好地表现戏剧内容和人物而添上去的，不是离开了内容和人物去制造什么"噱头"。像加了"制服火麒麟"这段，让公主亲眼看到驸马是如何的智勇双全，更在千钧一发时救了她，公主爱上驸马这种感情的发展，就比舞台本表现得更自然、合理。两只小精灵与公主的关系这么的和谐、有趣，使人看到公主平时对她身边的小宫女、小太监是宽厚、慈和的，映衬出她心地善良这一面。人们更易理解，她的"刁蛮"是她本身的地位加上父母娇纵而形成的优越感，处处要高人一头，事事要由着她的性子办，其实对人并无恶意，公主的形象就更可爱了。

三、活灵活现的图像

原是空无一物的舞台，通过戏曲演员的表演，可以出现山河湖海，日月星辰，风云雨雪，花鸟虫鱼，轿马舟车……人物周围的景色事物，都历历如在目前。那是戏曲演员用虚拟的手法描摹客观景物的形象，激发了观众的联想。比如看到演员手上的马鞭就联想到马，马鞭是什么颜色，那匹马就是什么颜色。再经演员那套"趟马"动作的激发，眼前就出现这个人物神采飞扬地跃马扬鞭的形象。但观众能接受演员的激发并产生联想，需要具备两个条件：一是要有一定的鉴赏经验，懂得演员这些虚拟动作是描摹什么，才能受到激发；二是要有一定的生活经验，才能产生联想的形象，没有见过的东西是想象不出来的。听说齐白石作画有一条原则，没有见过的东西不画，大概也是这个道理。因此，未具备这两个条件的观众，最初去观赏戏曲表演时，都会存在一定的障碍。有一位叫做阿兰的外国人写过一篇文章，说他第一次看京剧，把演员在台上作"洗马"的表演，看成是"开门和窗，并且用力打扫房间"。经别人告诉他后，第二次看到表现一个人在庙里撞钟，却误认又是"洗马"。

现在把一个粤剧改成动画就不同了，即使是没有什么鉴赏经验和生活经验的小观众，也完全能观赏和接受。因为无须他们去联想，处处都直接给予他们鲜明、生动的图像，让他们一看就明白。像公主说的几句念白："本公主五岁上金銮，六岁驰骏马，七岁学打围，八岁巡天下……"在舞台演出时，只能见到演员踏镫上马和挽弓射箭等几个动作，小观众们对什么地方叫"金銮"，什么事情叫"打围"也不懂，在动画里却都有图像给你看。"五岁上金銮"你能见到头梳丫角髻的小公主，一手摇着"拨浪鼓"，一手牵着她父王的衣袖，一步一步走向皇帝的宝座。"六岁驰骏马"只见小公主骑在马上奔跑，人小马大，样子有点滑稽，公主却洋洋得意。"七岁学打围"又见骑在马上的小公主，弯弓搭箭，追赶一头硕大无朋、嘴边露出白森森一对獠牙的野猪。"八岁巡天下"你又可以见到坐在马车的小公主，依偎在她父王的身边，眼睛好奇地张望着车外的世界……

像上面所举的四句念白一样，配合着全剧的唱词、念白都有生动有趣，活灵活现的图像出现在小观众面前，使小观众能听懂曲词，明白曲意。而且还可以看到许多成年人都未必见过的，如千军万马沙场搏斗的雄伟场景；"皇帝女嫁人"车水马龙鼓乐仪仗那种豪华、盛大排场等等。我看让小观众更感兴趣的，是陪衬着人物表演的不但有大象、麒麟、野猪这样的巨兽、猛兽，还有浮波弄影的鸳鸯，粉翅翩翩的蝴蝶，欢蹦乱跳的鱼群，会偷看人家小两口吵嘴斗气的小松鼠。它们都那么的活泼可爱和富有生活情趣，再加上像公主唱的"迎春风彩云飘""碧水池假山倒照""挽下长虹当彩桥"……一幅幅美丽景色，伴随着美妙的粤曲歌声，把人们带进一个如诗似画的童话世界。在这个世界里，像我小孙女那样的小观众，不但可以得到欢乐，还可以学到许多生活知识和做人道理。像我这样已经做了爷爷的观众，也能享受到暂时"返老还童"的乐趣。

（原载《红线女艺术研究》第九、十期）

粤剧动画电影创新带来超越
——粤剧动画电影《刁蛮公主戆驸马》观后感
邓　天

　　猴年的大年初二，姨婆红线女邀请我们全家到红线女艺术中心观看一套尚未公开露面的粤剧动画电影《刁蛮公主戆驸马》。这也是姨婆留一头白发之后，我第一次拜会她。姨婆身着一身鲜红，映衬出鹤发童颜，精神抖擞。据说，她在大年三十还一直坚持工作。

　　我已经差不多是成年人了，但听到"卡通"还是充满了兴奋与好奇，特别是对《刁蛮公主戆驸马》这出戏特别有亲切感。

　　记得在很小的时候，我就经常跟着奶奶去看姨婆演戏。印象中，我到剧院看的第一部大戏就是《刁蛮公主戆驸马》。或许从那时候开始，我就一直深深地崇拜着姨婆，崇拜她在舞台上的形象与唱腔。

　　一晃就是十几年过去。随着年龄的增长，我对姨婆以及她所从事的粤剧艺术也有了进一步的了解，无论是她在舞台上或电影里所塑造的艺术形象，还是生活中的优雅风度和一丝不苟的认真精神，我对她的敬重都有增无减，我也曾把这份情感流露在我的作文中。

　　虽然那天广州的气温接近冰点，风雨交加，冷得要命，但姨婆的热情和对艺术的执着驱散了寒冷。我们都聚精会神地关注着这一部充满创造与激情的作品。

　　动画片一开始，我就被姨婆独特的"红腔"吸引住了，圆润而富有感染力，丝毫没有半点70多岁老人的迟缓和沙哑。接着是一位漂亮高贵的公主的卡通形象映入我的眼帘。画功之精巧简直与迪士尼的动画作品无异，我甚至觉得有超出《花木兰》的设计之处。因为"刁蛮公主"以及该动画中各种形象和布景设计更具有中国特色，加上又赋予了粤剧这一"灵魂"，无疑是一项前无古人的创造，当中包含的创意和血汗可见一斑。

　　《刁蛮公主戆驸马》这一粤剧动画还添加了许多现代的元素。例如驸马与火麒麟的角斗，就融合了西方电影《角斗士》的味道；还有公主亲吻驸马的脸颊，也是现代爱情剧的常见镜头。至于整部动画电影，就像是《我的野蛮女友》的粤剧动画版，充满了欢笑和看头。当然姨婆的配音是全剧的最大亮点，让人意犹未尽。我也只有日渐成熟，才能逐渐体会到"红腔"的意韵与高超。

现代多数的年轻人已经对粤剧不太感兴趣。我可能算是个

◎ 粤剧动画电影《刁蛮公主戆驸马》剧照

例外，但也不过是因为从小的耳濡目染。然而我相信，这一出粤剧动画电影，将会很好地向年轻人、向孩子们宣传我们的传统文化，引起他们对粤剧的兴趣。因为它的新颖独特，让我认识到，粤剧有多种多样的表现手法，不但可以和现代文明、现代科技、现代生活结合，打破某些人认为大戏"跟不上现代社会快速节奏和科技发展"的偏见，而且这种最传统与最现代的结合还相当的完美，这是让我意想不到和叹为观止的！

姨婆说之所以选择《刁蛮公主戆驸马》作为尝试，是因为它既能很好地表现粤剧及"红腔"艺术的精髓，还反映出"以和为贵"的主题。

我想，在《刁蛮公主戆驸马》中体现的"和"，不仅是人和、家和、国和、世界和、万事和的道理和希望，更体现出一种文化的"和"——古今文化的和、中西文化的和，交融与创新得如此和谐、唯美！

除此以外，我能看到的还有姨婆的敬业精神，她在不断地创新，不断地超越。在我心目中，粤剧、动画、电影，又一个新的艺术高度，在姨婆他们的努力下诞生了！

（原载《红线女艺术研究》第九、十期）

III　表演心得

▍女腔的出现——红线女谈《一代天娇》的唱腔

（一）

我第一次离开马大哥参加到另一个新班。这个班的头炮戏是《一代天娇》。我在演出《一代天娇》的时候，所唱的主题曲，整个唱段都给人以与过去迥然不同的腔口，唱法也有所改变。这和我先后两次请教过两位西洋唱歌的老师不无关系。特别是我和一位合作不久的音乐师傅共同努力，反复切磋，摸索出的结果。在演唱《一代天娇》主题曲的时候，得到观众们认可，无疑是对我极大的鼓励。其实，也是多少年来在实践中吸取各家所长，不断学习的基础上，来了一次改革的结果。

……

《一代天娇》的剧中主要唱段，是剧务提前几天送给我的，我拿到剧本后，就认真抓紧时间，和音乐师傅从早到晚地度曲，练唱，当时我的指导思想，是要努力去突破原来的唱腔，使之形成自己特有的唱腔，于是我一句一句地唱着，音乐师傅一句一句地记着谱，从无伴奏地低声唱，到有伴奏的高声唱，反复推敲，又请音乐师傅唱给我听听，让我能比较客观地去分析考虑，吸取好听的唱腔旋律，推翻一般的没有特色、特别是没有人物感情的唱腔和唱法，使唱腔的旋律，能体现出剧中人物的思想感情。我开始感到唱出味道，高低跌宕有致，这样颇能抒发人物的感情，也有点与他人不同的效果。我心里有点踏实了，那几天我在家中行又唱，站又唱，在洗手间也唱，吃饭睡觉的时候，都在念台词，记

"介口"。我几乎没有什么休息，整个人都沉浸在《一代天娇》的唱曲人物表演之中。

（摘自《红线女自传》，台湾晓园出版社有限公司1990年版）

（二）

1951年初我接受何贤先生的邀请参加宝丰剧团，演出的第一个戏是《一代天娇》。这个戏也是我离开马师曾剧团之后演出的第一出戏，我在戏中唱【反线中板】也是从这个戏开始的。这是一段由多种板腔、曲牌构成而又柔扬悦耳的主题唱段，这对我的舞台实践是一次挑战。当时在不少以后与我合作的前辈和著名演员的帮助下，我决心唱好【反线中板】，并且唱出自己的特色来。

……

《一代天娇》是1951年创作演出的剧目，人们都说，从这个戏的唱腔开始，我的唱腔逐渐形成有自己特色的"红腔"。我在这个戏中所唱的【反线中板】比较新颖突出，颇有特色，很能反映"红腔"的风格。一个人要成就一件事，机会和际遇往往是十分重要的因素。如果没有《一代天娇》的剧本，没有剧本的唱词，我就不可能根据唱词的内容，在梆簧、牌子的基础上创作合适的唱腔旋律，贴切地表露人物角色的心声，很好地显示我的演唱能力。当然，这个因素不是唯一的，设计唱腔时我也有自己的指导思想和具体做法。

（原载《红线女艺术研究》第一期）

我演《昭君出塞》中的王昭君

　　我对《昭君出塞》这个戏是很有感情的。1953年我到越南堤岸的中国大戏院首次演出这一折戏。1955年我从香港回来工作，《昭君出塞》是我第一个保留戏。时至今日，四十多年过去了，这个戏经过多次修改、雕琢，已成为粤剧的优秀剧目之一。

　　我演出的《昭君出塞》，曾数易其稿。第一稿就是1953年在越南堤岸上演的，也就是1954年我在香港"真善美剧团"演出的一稿。这一稿是：王昭君奉汉帝之命，远嫁匈奴，随匈奴主呼韩邪离开京城，出了雁门关，昭君心恋故国，怀念倚门望女的慈母，请准了单于，让她在这个地方多留片刻，以寄哀思。单于首肯了。昭君恋恋不舍这将要离开的故土，她浏览着江山景物，手抱琵琶，一曲悲歌寄声入汉邦。昭君一曲歌罢，单于便来催起行。昭君领命正欲前走，却被眼前士兵们手持的刀枪剑戟，吓得心惊胆战，不能举步。单于问其故，昭君直言害怕之情，并希望汉匈两邦今后不要再动干戈了。单于尊重昭君之意，立命众将士倒持兵器，马上登程。（幕急闭）

　　《昭君出塞》第二次修改稿，是在1956年初，我随广东粤剧团赴北京的演出本。修改本由马师曾先生执笔。与第一稿不同的地方是：匈奴单于到汉宫廷迎接昭君，出了雁门关，途经黑水河畔，昭君禀明单于，欲登高崖，拜别故国慈母，单于答允后，昭君便登上崖巅，叩谢母亲养育之恩，随即纵身投入黑水河中，单于在崖下，眼看昭君情景，束手无策。（幕紧闭）

　　《昭君出塞》第三次修改稿，是在20世纪80年代初。经过"文化大革命"苦难的历程，我有13年没有正式登上粤剧舞台演出，用我的粤剧艺术为广大观众服务了。尽管我曾被人宣布：你今后都不要再想演戏了！你这个老太婆还想演戏？其实，我当时不过刚四十出头，当时，我有一个信念：我是一个演员，终有一天我会重登舞台，演观众喜欢看的戏，演我喜欢演的戏。不让我唱戏，我就纵声唱歌；不让我在舞台演出，我就在没有人看到的地方练功，练戏！

进一步修改《昭君出塞》一直是我的一个心愿，无论我是在粤剧舞台上演出的时间里，还是在受压制着不能演戏的日子中，我都没有忘记一定要想办法，把过去《昭君出塞》这折没有什么戏剧情节的戏，修改成为一个有着唱、念、做、舞的粤剧折子戏。

有志者事竟成。1979年宣布我可以重返粤剧舞台了。我带着虔诚、兴奋的心情，拜访了杨子静先生——一位有修养的名粤剧编剧家。我向他倾诉了自己多年来的心愿，请他帮忙为我写一个有血有肉、有唱、有情的昭君戏。杨先生二话没说，就答应了。经过第三次易稿的《昭君出塞》，除了保留原来昭君的主题曲外，都是杨先生重新写的。

王昭君是我喜爱的历史人物。经过杨先生润笔的王昭君是我真正喜欢的王昭君。她虽然生长在农村，但由于进宫以后，受到宫中的教养，使她表现在观众面前的，就不是一般宫娥嫔女的动静，也不是一般小家碧玉。她那落落大方的丽质，让人感到她是受过教养的人。昭君有着柔顺端庄的大家气派，又隐透着哀婉无奈之情，也掩不尽她几分妩媚之态。

三易稿后的曲词经杨先生妙笔生花，将王昭君这个人物进行了细腻的淋漓尽致的刻画。在描写昭君此时此地此景的心态方面尤为出色。我喜欢这个剧本的曲词，它没有多少借来借去的用语；更没有粗糙使用的"水词"。所以，我认真地以我所理解的词意，用我唱、念、做、舞的功夫，去演绎昭君的悲、愁、喜、怨、惊、羞、恨之情。

在音乐唱腔设计方面我与文卓凡先生商量再三：我们的努力，是要使《昭君出塞》这一折戏的音乐，给人有跟过去不一样的新颖感。

13年惨别而得重返心爱的排练场，我更努力地把自己多年来的构想，一点一滴地落实到排练中。一个经过了生死沉浮，用心血凝结出的《昭君出塞》回到了观众的面前。

深沉、庄重而又颇有气派的《仿昭君怨》曲牌乐声中，大幕徐启，士兵、旗牌们以及韩昌，都带着哀伤、无奈的心情等候着昭君贵人的到来。王昭君头戴公主珠翠凤冠，身穿贵人蟒袍服，手扶车把，脚踩着锣鼓点，一步一步地上场了。这汉宫装的一段戏，我用的是青衣步法。青衣走路和花旦有所不同，青衣的步有点像方步，她不绕脚而行，不缕腰，但体态不失女性的娇媚。昭君此际凄然冷漠的心情，使她抬不起头来，她头微向下，眼睛凝视鼻子前，不看观众，步出侧幕前三尺左右立定。此时，昭君脸部微抬，腰部用力挺直，合着一个锣鼓点，做了一个不朝观众席而亮相的动作（这个动作，我是有意和别的戏不太相同的短暂亮相）。然后，昭君叹了一口气，仍然踩着锣鼓点步到台中，右手放开车旗，执着角带的中央，抬头朝着欢送的人群（抽象的人群）望去，这是昭君的第一个亮相，这个身段动作并不复杂，但既能把昭君当时那种将要远去异国、离乡别母的沉重哀伤表现出来，又可将这位凝重大方的古代美人展现在观众之前。

对于昭君出场的动作设计以及随着戏情发展唱、念、做、舞的表演，我是积多年的舞台实践而逐渐有所悟的。演员演戏，必须投入戏中人物及情节之中，但生活的真实，并不等于舞台艺术的真实，所以演员在全神投入角色、营造戏中人物思想感情发展所产生的唱、念、做、舞的同时，又要以一个演员的理智去掌握表演的火候，这样才能获得表演艺术的成功。我把这种表演的方法叫做"投得入，跳得出"。如果这个演员只管投入角色之中，对戏中的角色不能控制，就会出现走火入魔，反而会将戏给演砸了。在这里，在我初登舞台时，也曾有过一次教训。

在我十四五岁的时候，曾在湛江（广州湾）演过一个叫《关丽珍问吊》的戏。顾名思义，关丽珍这个角色应该是主角了。当时我在剧团只是一个第三花旦，关丽珍这个反派的戏，原应是由第二花旦扮演的，当时班中的第二花旦是小飞红。红姐很会演戏，是一个比较有名气的女演员。不过她有一个怪脾气，从来不愿当正印花旦，也从不扮演反面人物，红姐就让我代她去扮演关丽珍一角。当时的正印文武生是白玉堂三哥，他看到戏也只能这样演了，就在旁替我打气说："鸡仔红（我当时给人的感觉实在太嫩了），不要怕，有我拍硬档，放胆做戏啦。"我也真的没有什么害怕的想法，点点头，笑哈哈地走开了。我埋头去读剧本、学唱。不到两天，在没有排戏，没有合乐的情况下，我就登上了当时叫同乐戏院的舞台，演出了关丽珍这个妒妇杀妾一剧。我在演出过程中，所有和别人做的对手戏，唱情念白等事，都没有什么差错，却是在杀妾一场出了乱子：我这个关丽珍手拿菜刀，满脸杀气，冲头（快滚花）上，唱了两句，要进入妾侍房中去伺机行杀，却怕被人看见，便马上停步下来，静悄悄地向各方张望，看到其妾侍披衣蒙头伏在案上睡着了。这一下，关丽珍仇人见面，妒火中烧，立即冲上前去，手执菜刀（木道具的），向伏案而睡之人砍去。当时，我这个演员像灵魂出了窍似的，在刹那间，竟失去知觉，懵了。后来这场戏是怎样结束的，我已毫无印象了。只记得我进到后台，看到被我砍上一刀的演员（我的师父何芙莲），正在让人给她抹油，只见师父当时痛得直流眼泪，气得看也不看我一眼。旁边竟有人笑我"做得逼真"……由此可见，演员既要有投入角色的艺术技巧，也要有能够驾驭角色的演员理智，超脱于人物，也就是说在戏中"要忘我，又要有我"。

昭君在这折戏第一次开口唱，是【滚花】曲牌，这种曲牌是散板式的。一般演员会认为这个板式没有什么"唱头"，不是那么喜欢使用，有时用了，也没有认真给【滚花】以"新生命"！我认为这个【滚花】曲牌，虽然是没有叮板的散板式曲牌，但是作为演员，在唱词的安排和旋律的使用上，应该而又可以使之做到"心里有叮板"，演员用力度唱腔去控制这个"使用"，【滚花】这个比较灵活的板腔，是能够为我所用的。它比较适合于抒情诉事。我喜欢用它，而且经常会因人物情绪的不同，而使用【滚花】这个形式，去唱出我所扮演的种种不同情绪的不同人物。譬如，王昭君在《出塞》中第一句【滚花】的唱词："含泪辞朝羞打扮，伤心保国仗红颜"，这一句【滚花】的唱法处理并不复杂；我的声腔重点是放在"羞打扮"和"保国仗红颜"的字句，而这个重点的处理更多是在人物的内在和声音的力度上，不是在于旋律行腔之中。而且"红颜"二字，也是有意识地把简单的唱腔拉向下行，这种唱法，很能把昭君那种怨怼朝廷之懦弱，对汉元帝无能护国的无奈心态表现出来。王昭君这个即将要远离故国家园的断肠人，内心之苦楚，无人可告，是多么悲惨可怜啊！

当昭君听到御弟韩昌隔车相告：文武官员长亭送驾的时候，那远远传来的送驾之声，使昭君略牵帘一看，心中实在很不是滋味！她怫然地用带点不屑的语调说：不用了。王昭君此刻看到文官济济中何用，武将森森不自惭，一班不能保卫江山，素餐尸位，白吃朝廷俸禄之人，昭君不屑一顾地说：回去吧！

当王昭君听到韩昌说："臣等敬备酒桌，为贵人饯行。"这"饯行"二字，昭君心里又增加了一重痛楚。虽然，昭君早就知道此行必然是要离乡别母，戍守塞外，难望归期的了，但此刻韩昌的话，显然是一步步加深地冲击着昭君。这一句："……为贵人饯行"无疑是给昭君又一次心灵的撞击。所以，昭君在一刹那间，心房一下收缩，下意识地后退一步，随着转身而看到宫女奉上的酒果，更加剧了内心的苦楚，她又急促转身到另一边去，可是那边等待着她的，仍然是她不愿看到的酒果。昭君深知眼前的这一事实是谁也不能改变的了。她凄然地唱出："几盆酒果便遣送了王嫱，悲难下咽。"

当昭君听到韩昌促驾的时候，她更感难过。悲楚的心情使她的动作比前面动作的幅度也加大了。昭君凄然不舍地急趋几步朝着南边长安的方向望去，舍不得故国慈母，可眼下又不能不走了。昭君带着惊恐万状的心态转身趋向塞外的方向看去：她想看，又不敢看，更不愿看！昭君长叹一声，木然地唱道："不堪回头望长安，一去穹荒何日返。"昭君百般无奈凄然欲绝地随着韩昌一声"登程"而上路了！昭君以上的几句唱，都是唱的【滚花】曲牌，恰当有分寸地表现了昭君此时此刻的心态情绪。

昭君的车突然停下，听韩昌禀报已来到了雁门关，前面山路崎岖，鸾舆不便。……昭君知道此刻伤心已无济于事了，只好含泪深叹了一口气，无力地道出"吩咐备马侍候"。昭君眼下的脚儿像坠着千斤沉铅重。她虽不是一步一回头去看故国江山，可是她的心，却紧系在故国土地上，身体怎样移也移不动似的。王昭君手扶车把，泪流满面，咬着牙，猛然掉头，急步下场。

王昭君再上场的时候，已经改穿胡装。这是我在20世纪50年代演出《昭君出塞》第二稿时，专门设计的一套服装。

昭君在"急急风"的紧锣鼓点上场，这锣鼓点的处理是从慢到快，三番催促时昭君才上场。我对这段戏的处理，是从昭君此时此地的心情出发：昭君已经穿上胡服，她羞于看到自己这样的打扮，但自己毕竟将要成为匈奴人，要在异邦落叶归根了。昭君心事重重，她左手提着雪裘挡着脸，背向观众，以最慢的圆场步伐上场，慢碎步来到台前中线的刹那间，即以急促的磋步大转身地面向观众，到了台中，左右手各执着胡装的雪裘，昭君此刻看到自己的这身打扮，怎能不哀伤？她惶恐下意识地用双手交搭着遮掩了身上的胡服，这是昭君穿上胡服后的第一个亮相。同时，马童执着的马缰在抖动，马儿在嘶鸣，惊得昭君下意识地后退。她定了神，向马嘶的方向看去，意识到自己马上就要改变生活习惯了，首先第一关就是从乘坐鸾舆改为坐骑！昭君又惊又悲地道出："昭君见玉鞍，泪尽泣红血。今日汉宫人，明朝胡地妾。"

马童让昭君登上玉鞍后，手执马缰，行行重行行，不知到了什么地方了。此时风沙大作，昭君听说眼前已到分关，马儿突然停步不前。当昭君听到韩昌说："南马不过此关，故而不走"，她心中犹如万箭穿心！昭君伤心地坐在马背上，泪下如雨，哽咽难声地道出："这马儿啊也有恋国之情？！"昭君凄然下了马，带着深深的忧伤回顾汉家故土，她知道这一望之后，再望怕是无期的了。她无意地看到与自己朝夕相伴的琵琶，情不自禁地要借一曲琵琶来倾诉自己心头的伤感。这是两句【滚花】曲牌的唱词。因为下面有一段较长的唱段，让昭君抒诉她的心情，所以我采取欲扬先抑的手法去唱出这两句词，我只把"几番勒马回头望，锦绣江山再见难"作为重点加以渲染。

昭君从宫女手中取过了琵琶坐下，遥望南天，慢拨冰弦，琵琶声响，昭君唱出了"我今独抱琵琶望"，我在处理这句唱时，理解到昭君此刻的情绪是很不平静的，我极力压制着自己的激动之情，把我整个人的气力都集中在这句的"望"字上，由"望"字引发出昭君的心愿是期望能够"寄声入汉邦"。这一折【子规啼】唱段，我处理昭君此刻像一个游子坐对亲人，轻轻倾诉自己的心声。这一段唱曲，我纯粹是以真情实感去演绎词意，没有刻意在声腔上下功夫，只在"悲歌一曲寄声入汉邦"一句中，有意识地在"悲歌一曲"四字上，加重了悲咽凄凉的装饰滑音。这种装饰滑音的使用已经成为我特有的唱腔手段之一，我会在不同的人物、情绪和词句，去使用我擅长的这种艺术手段，我感到它是能够达到我预期的艺术效果的。我以声音强弱对比的方法唱出："哎悲声低诉汉女念汉邦。"前边的一句高歌寄意，后边的一句则在"哎"字感叹之后，用轻声唱出"悲声低诉汉女念汉邦"。这两个截然不同的意念，通过不同的处理唱出了迥异的效果。

昭君在唱"……汉女念汉邦"的时候，同时身渐离开座位，手抱着琵琶，被宫女接过去也不知觉。唱完"念汉邦"，她很留恋地回顾那边，心里突突地跳了起来，所以也就引发昭君唱出"一回头处一心伤"。昭君不敢冷静地回头看，但是她的心却一直留在汉家。她知道天上的彤云和白雪，都可以为她皎洁的心怀作证。

昭君这个时候的情绪十分低落：她看到天上的白云，隐约像看到那就是自己葬身之处了！昭君此时不愿别人来唠叨关心自己的生死问题，昭君对着眼前的景色："最是耐人凭吊，就是塞外一抹斜阳。"我想，昭君在这个时候的心态是痛苦的，甚至想到了要离开这个世界一死。所以，我通过不断演出这折戏的过程，也不断地在寻找一点能够描写人的一种阴暗的、无奈的声腔来表达昭君此际的思绪。当我找到了这么一个短促的唱法之后，高兴得难以用语言来表达，我马上用此唱法唱出昭君这句"一抹斜阳"，这时也有着一点特殊装饰的滑音。斜阳的出现，将是黄昏黑暗之到来时，我这样处理这句唱腔，是立意使声情并茂。

鹊鸟之声，突然向昭君袭来，使她感到惊恐，也更感凄惶！她感到要离开亲娘越来越远了！她彷徨无主地回过头来，却又不忍看；走向前去罢，又不敢看。无论是在马上或马下，都是那样凄楚难禁！下面是一段【塞外吟】。当我唱完了"一笛胡笳掩却了琵琶声浪"的唱句之后，用了两句"截都才才锣鼓点"，加速了【塞外吟】的节奏，昭君身上的动作幅度，也随之加快、加大，她边唱边走出身段。

从"一阵阵胡笳声响"到"马下凄凉"，我在这里有意识地突然压慢了唱的节奏，一字一句地唱出"烦把哀音寄我爹娘"。在"娘"字收了腔后，我让昭君在快速的时间里深深吸了一口气，马上就一口气地唱出昭君向母亲深情的寄意："莫惜王嫱，莫挂王嫱。"特别延长了这个

"嫱"字的声音，表现出了王嫱此刻的深情。这两句是无伴奏的清唱。为什么要这样处理呢？有音乐伴奏不一样好听吗？有人这样问。我觉得，可能也好听，但从这句转落下面的一句【乙反中板】的唱情中，情绪不一样，效果也不一样了。因为两句清唱转到【乙反中板】"未报劬劳恩"句唱法，一气呵成，感情既连贯，又由弱至强地突出"未报劬劳恩"一句。此句意指：昭君凄然寄语娘亲，望娘亲不要再想着这个不孝女儿了，王嫱不能再侍奉娘亲，请亲娘原谅自己这个不孝的女儿。这段曲，我是用一点一滴心思凝结而成的，唱腔里倾注了朴实的感情，不尚华丽。

昭君在【乙反中板】这段唱，开始是自言自语，细诉心曲，声音和身上的动作都不大。从"谁知我思故国怨恨君王"，这句词，她的感情开始激动了。但我处理该句的唱腔和唱法，也是在尽力控制着自己的感情。我知道，当演员的表演在迸发性激动的时刻，你却压制它，不让声音和感情显著地爆发出来，那么，很可能会增加你这个演员的身心的负担的。但是这样的表演艺术效果，会更能打动观众的心弦。譬如在"谁知我思故国怨恨君王""难把哀弦震响"，这些句子我都是用气推出又要控制着声音有一点悲咽之音来唱的。紧跟着下面一句："此去别天涯"，我则是让它成为整段【乙反中板】当中，不论是声音或是动作的最高点，也是昭君激动之情无法压制之处，下面跟着唱"他朝情谁收我白骨"的唱法和声音，我有意识用最轻的声音并带有点悲切之声。这种前后强弱、高低声音对比的处理，感情艺术效果都是很好的。此时昭君用的语音和眼神是那样的凄然无奈，其实她在向送别的宫嫔们带着一点祈求：你们会知道吗？你们会同情我吗？

有不少人说："红线女的唱很难学，没有嗓音是唱不了的。"这是一种错觉。我经常这样回答有心人问的：学红线女的唱并不难，我不过唱得力求与人物内在的思想感情一样，要不，就像一件漂亮的衣服，穿在一个木偶泥像的身上，是不能叩动观众心弦的。这就是唱功中常被人说"韵味"的一个重要组成部分，也是学唱者必须重视的一个方面。

《昭君出塞》最后一段【正线二簧】的寄语，是昭君在全段曲中情绪稍挺的深情寄意，昭君期望汉帝"此后莫再挑民女误了蚕桑。应该爱惜黎民，更应顾念民间痛痒"，后一句"更应"两个字是我加进去的。这样唱"更应顾念"四个字，是一种"挑搭"的唱法处理，我感到这样唱会表达得更有力量。在不少戏中人物的唱词中，我都会用上合乎人物当时的情况的类似字句，让唱腔的挑搭唱法会更有力动听。同时，我在"莫再挑民女误了蚕桑"一句，这"民女"二字的唱法，虽然和普通唱法没有什么分别，但是在"女"字吐出后的一点唱腔的力度和小小滑音使用，就显得不一般了。这里唱出了昭君当时的心情，她对民女们的怜惜之情。我想，古代的妇女种桑养蚕，作为她们生计的重要手段，也是国计民生的大事。这种操作劳动，也是当时家庭妇女的"衣食父母"。所以，我在昭君唱"莫再挑民女误了蚕桑"一句，有意识地在昭君平凡的唱腔中，渲染它，突出它。

昭君在唱到"民间痛痒"的拖腔中，琵琶弦突然中断了。这是象征不祥之兆！昭君的思绪还来不及反应什么，忽听报匈奴王来了，昭君的害怕，使她下意识地转过身去，她看到宫人们便直扑到她们之中，宫人为她接过琵琶她也浑然不觉。

昭君听到单于道"立刻登程"的时候，她内心的震动更甚，她重复了单于所说的："立刻登程！"她看到了这位可怕的异国巨人，惊恐得她马上退避之，她几乎摔跤跌下，她看到韩昌站在一旁无话可说……她此刻真是恐惧、悲哀、无奈集中于一身，她就在【二流】的唱情中跪拜辞别爹娘，拜别送行的姐妹，拜别了御弟护送官韩昌。忽然听到胡笳之声，更令昭君心神不定，她感到眼下自己真是前路茫茫！

昭君在悲哀沉痛的音乐声中，与宫女们泣别，与汉兵们道别，昭君此刻哭得像个泪人一般。但她还是想尽力控制着自己的悲伤，让自己可以冷静点和韩昌话别，谁料事与愿违，昭君眼见韩昌手持汉节走远了，她顾不得一切地奔上前去，几乎扑到韩昌跟前了，但当她想到君臣有别的戒条，她又突然转扑到护送她过邦的宫人怀抱之中了！韩昌走了。

昭君隐隐听得单于催她起程，并尊称她为娘娘，亲自为她执鞭带马：请娘娘上马。

昭君这个时候尽管是心慌意乱，可是眼看单于对自己是这样关心，她看着单于手中勒住的马儿，想到这是一邦之主啊，竟然能对自己这样礼重，看上去他真不像一个野蛮的人！她有点放心，也有点不好意思了。于是她战战兢兢、摇摇晃晃地踩着马镫，坐到马上，单于为她加上一鞭，迎接昭君的队伍就起程了。

昭君眼前只见一派塞外风光，和自己华夏景象截然不同，慨叹之声未落，猛然间风云突变，风沙四起，昭君勒不住马缰，跌下马来，连身上披着的雪褛也被大风刮走了。昭君在毫无思想准备的情况下，遇此剧变，惊慌万状，竟晕倒在宫女的身旁。单于眼见此情景，急忙脱下自己身上穿着的雪袍，盖在昭君身上。一股暖流触动了昭君的心房，她苏醒过来了。昭君首先醒觉自己披着的雪褛有了异样，来不及细问宫人，却又见胡兵正在把拾回的昭君的雪褛给单于穿好，昭君眼看此刻的单于是这样的怡然自得。想到他对自己关怀备至，特别是当她感到自己现在身上所得到的温暖，正是由于单于为自己披上了御寒之衣。昭君在刹那间想得很多：呵，自己身上所披戴的竟是匈奴单于的衣服，真有点害羞；刚才他冒着寒冷，脱下雪袍，给自己披衣取暖的情景又令人感到欣慰，也为此而感到太难为单于了。她不由得心如鹿撞，乱若蚕丝，昭君禁不住潸然泪下！

单于看到昭君哭了。他以为昭君在思念故乡了，他着急地劝慰昭君不要伤心，他领着昭君去看他为她营造的"塞北江南"，这是单于为迎接昭君来匈奴的见面之礼！单于粗犷的举动和声音，对昭君诚意的关怀，使昭君始而感到惊讶，继而又感到单于对她是挚诚爱护的。她真料想不到自己来到北国异域，竟然有如在家乡之中的感觉！单于告诉她说，当他知道昭君生长在南郡，家住秭归，便命人依照山川建成村落，让她闲来游览，以解乡思。昭君深感单于对自己用心的良苦，思前想后，又不禁悲从中来，苦恨反添。昭君在这里唱了一段【仿昭君怨】曲。

【仿昭君怨】仅仅是几句词："恨奸臣，他暗中伤，害我在掖庭冷处十年长，纵此际家乡在望，不见爹娘兄弟行。怕只怕今生不得见，王嫱能不断柔肠？！"上面短短的几句词，是我在多番考虑之后，和杨子静先生商量，我们一定要让《昭君出塞》这一折戏有其完整性，无论在任何一个地方，哪一章节，都不能让人有头重尾轻之感。倘若前面一段是分量很重的《昭君出塞》主题曲，后面的戏，未能产生与前一段有力呼应的唱段，这个戏还是不够完善的。我认为："没有好戏就没有好唱，没有好唱也托不出好戏。"难得杨子静先生仅用了短短的几句词，竟完全概括了王昭君进宫后的命运。也十分难得的是在得到这几句词之后，我在音乐设计文卓凡的支持下，数十次易其稿，把一段【昭君怨】谱，缩龙成寸地"用上了"。不少观众说，红线女搞粤剧唱腔就是有一点办法，小小的几句词，她能作成大曲，又都赋予其首尾相顾，以达到其完整性。

《昭君出塞》一戏的演出，每当昭君唱到【仿昭君怨】一曲，到最后一句"王嫱能不断柔肠"的时候，观众热烈的掌声，都是在支持和鼓励着我们的艺术创作。在这一阵子，我这个演员的感觉，又必定是在"王嫱能不断柔肠"这"王嫱"二字，在激动心情的拖腔出现的同时，我全身心都投入到艺术创作之中，我声音发出用的是背弓力、脑后音的部位，连整个面壳部位的震动，产生出来的声情效果，是符合王昭君此时此刻的情绪，是达到了我们的预期愿望的。

昭君对单于这样对己同情呵护，渐渐产生好感，单于对昭君多番劝慰，并希望与昭君今后同掌江山，他为昭君敬上一杯葡萄美酒。他告诉昭君说：孤的心意尽在杯中……此刻，昭君感到于情于理，都不能推却单于的诚意了。她羞怯怯地微微喝了一口酒，她想到自己应敬酒与单于才好。单于拿过她亲手敬上的酒，一饮而尽。突然，人马喧腾，原来匈奴的牧民，列队前来欢迎昭君娘娘了。百姓为此而高歌欢唱，这一段戏是很热闹的群众场面。

昭君眼见此情，开始还有点不习惯，她有意躲在单于身后。当她看到男女牧民都在载歌载舞，表示欢迎昭君娘娘时，她随着单于也被牧民簇拥着围在一起，团团共舞了。最后，一些老牧民摆开队伍，让单于和昭君一起上马并骑而行。昭君脸带羞颜，幕徐徐闭上。

（摘自《红豆英彩：我与粤剧表演艺术及其他》，广东人民出版社1998年版，第62—76页）

我第一次在舞台上演绎王昭君

1953年，我在越南西贡的粤剧舞台上演出第一个王昭君。剧本是从传统的演出本取材改编的《昭君出塞》。故事内容讲的是汉帝刘奭选美，画师毛延寿向王昭君索取贿赂，王昭君不屑顾之，毛延寿便向汉皇进谗言，极力破坏汉帝对王昭君的印象。结果，王昭君落选了，汉帝并将昭君许给匈奴王单于作阏氏。

单于上殿拜见汉帝，昭君同时被宣上金殿与单于会面，此时坐在龙椅上的汉帝，眼见昭君这个如花似玉的美人儿，却被自己亲口赐予匈奴单于为妻，真是后悔已晚矣。

王昭君被匈奴单于带离汉宫廷，出了雁门关，此时她要求单于在此让她有片刻之机回望故乡，想到从此将远离故乡，远离养育她的爹娘，远离与她朝夕为伴的汉宫姐妹时，她愁情满怀，潸然泪下。剧情发展到此，为抒发王昭君悲切的离愁，她演唱了《昭君出塞》一曲——该剧的主题唱段。

《昭君出塞》这段曲，是我在1951年演出《一代天娇》时，该戏的主题唱段获得观众赞誉，称为"女腔"之后的又一段粤曲创作，是在观众的鼓励下，我进一步努力研究、探索唱腔音乐和唱法改革的尝试，应该说这一尝试是成功的。在此之前，我在不断的演出实践中，一直在探索积累着，当时被观众称之为《一代天娇》主题曲的姐妹作有：《摇红烛化佛前灯》《仙女牧羊》《文君叹月》《采石矶前鹣鲽泪》《青衫红泪》《慈母泪》及《蝴蝶夫人》等等主题唱段。这些唱段都录制了唱片，唱片问世后受到当时香港、南洋、美国等地许多观众的欢迎，特别是受到学唱者们的青睐。应该说，我的表演唱腔艺术，是逐步在充实、稳定而趋于自成风格——使用着从人物思想感情出发而为我所用的唱、念、做、身段等表演程式，表演着不同类型的女性人物。她们既是戏曲艺术的角色，又是真实感人的舞台人物形象。我力求让观众能欣赏到这些不同人物在不同角度、不同际遇、不同心态、不同感情方面粤剧表演艺术所赋予她们的美感。

是的，我表演的人物，都有着粤剧表演艺术的共性——女性。是由红线女演出的粤剧舞台上的女性，但她们又不是千人一面的红线女，每一个根据剧本创造出来的人物，通过唱、做、念、身段等表演，都要有她们各自的特点。从那个时候起，我就在不断努力追求，不断求索，对于古今中外的文学作品，无论是高雅之作还是通俗之作，只要我有机会接触而且又能被我感到它可以为我的艺术所需要的，我都会锲而不舍地积累在我的艺术创作仓库——人脑（不是电脑）之中。在适当的时机，这些仓库中的艺术存货，就会化为我心头中的血液，随时都可以成为我表演中使用的资料了。

如果说，我走过了六十年不算短暂的艺术道路，而我在艺术实践中还算有点成绩的话，在一定程度上不能不归功于这些启迪我艺术创作灵感的"存货"。它为我提供创作营养的天地十分广阔，从岭南跨过长江、黄河，由国内涉足到世界各国，各类舞台表演艺术、电影、文学……都在帮助我充实戏中要创作的人物，在创作的实践中我不断尝到学习的成果。我艺术的成长真是和这些长期学习所得到的帮助密不可分的。

譬如，我从《一代天娇》主题唱段创新开始，以后在各个阶段出现剧中人物的主题唱段，其中的唱法和旋律的运用都在相互借鉴，却又是从具体人物不同思想心态出发而有着不同的变化。虽然有的唱腔仅仅是高低音的使用和旋律的不同，但是在情绪各异的思想要求下而唱出，它就会有明显差异的表现效果。无论是表现温柔还是表现泼辣，无论是表现婉约还是表现激情，在唱腔处理上，情绪驱动着不同的唱法，效果也就会不一样。例如：王春娥与蔡文姬这两位古代的妇女，属于家庭出身、生活环境、学识及性格迥然不同的两个人物，由此出发进行唱腔创作，通过细致地处理就会有不同的效果。同是【二簧】或【梆子中板】

的板腔，用不同唱法处理，旋律稍有不同的安排，声腔在情绪的带动下，效果就不一样了。演员在舞台上的表演，唱腔必须是以情引声，才能达到声情并茂的境界；否则，尽管声腔多么漂亮悦耳，没有人物的表演，也仅能是"千人一面"的模样。年轻的时候，我也曾经是这样走过来的，这可能也是一个演员在艺术道路上的必经阶段。我是经过不断的艺术实践，将舞台上饰演的人物相互进行比较，经过不断摸索钻研，然后才悟出了必须从人物出发去对待自己将要塑造的人物的表演——唱、做、念、身段的这一要诀。

关于《昭君出塞》剧中王昭君的表演——唱、做、念、身段的创作过程，在《我演〈昭君出塞〉中的王昭君》一文当中，我已做了比较详尽的阐述了。但是关于如何形成《昭君出塞》这段唱腔的艺术处理，这里我想扼要地阐述几点：

（一）《昭君出塞》的唱段，是在《一代天娇》主题曲这个"女腔"形成的基础上，是在长期的和近年来众多的人物唱曲实践的过程中，获得其中艺术积累的一点体现。

（二）艺海无涯，绝无捷径可登。没有长期的艺术实践的积累，没有广博的锐意学习，《昭君出塞》一曲是不会有今天的感觉的。《昭君出塞》的唱词写得非常优美，字里词间更有人性的丰富的内涵。她念故园，思念亲娘，祈求皇帝不要再选美而误了种桑养蚕的国计民生……她内心的复杂，也无遗伤情地道出。这段唱词，根据这个特定的时间、环境的人物心态，选了"乙反调"的曲牌。调性安排，完全是从这样的实情要求出发，这就决定了《昭君出塞》的整段唱腔音乐应该没有什么机会可以使用那些花腔跳跃的唱腔了。我对王昭君具体人物的处理，就是在悲怆难忍的激动之情中唱出了整个唱段最高音阶的句子："此去别天涯"，但紧接着她同时想到"他朝情谁收我白骨"时，她又用了几乎悲不成声的呜咽的声音，轻轻地对汉宫姐妹们道出了一个无奈的问号。这两句强弱对比的艺术处理，是由王昭君此时此地的沉重心情所决定的，绝不是一种廉价的艺术卖弄，它给人感到一种内在的压抑，收到引发观众揪心的同情的剧场效果。这种效果的产生是因为舞台上人物出现的那种真挚的感情，有力地打动了观众。而且，其中的唱和情是相互牵联在一起，缺一不可的，这才能给人以表演上的完美感。反之，华而不实的表演是不能真正感动观众的。

《昭君出塞》的唱腔是很平凡的"乙反调"，但是它却有着能激发观众真情实感的人情味：从"我今独抱琵琶望"第一句唱词开始，表达了这个出身于农村的纯洁少女，遭遇到一连串的不如意的事。她离乡土别父母被选进汉宫中，过着深规严矩、与世隔绝冰冷的皇宫大院的非人生活，命运已经很悲惨的了。此刻她又被汉帝作为礼物赐嫁与匈奴主呼韩邪单于。过去女子终身的命运都是在家从父，出嫁从夫，对于自己一生的欢乐生荣是无权过问的，何况是一国之君的皇帝要把她送给匈奴主，她几乎连一个不愿意的想法也无由表露，她只有内心的无奈，把一切情怀寄托于手中的琵琶。她还望着故土家乡，希望自己的悲声低诉能让家中的慈母、宫中的姐妹听到……当我每次演出时唱到"……要顾念民生痛痒"拖腔的时候，昭君由于切身体会而使她感情禁不住有点激动了，唱起来的节奏从平静轻弱而渐强。我这句【二簧】拖腔就是这样一气呵成的。最后那个稍带散板的收句唱腔所用的声音，我是用全身心的气力投入其中的。这种唱法的处理，是我通过多少场《昭君出塞》的演出，通过实践，体会到王昭君在这个时候的情绪是很不平静的，藏在她心内的感觉多少年来无从倾诉，也从不敢向任何人作丝毫的吐露，就在她将要远去他邦，更难说有复返之期时，她一句句地悲声低诉，并将一种祈求的心情注入在这个深沉的拖腔之中，在唱法上先用控制着的轻声，将无法再控制的感情表现到拖腔中直至结束（见下）。这句唱在我体力正常的情况下，都是一气呵成或不换气，最多也是"偷换"吸入一点气而不让它中断。这绝不是在卖弄什么，而是通过这种连续不断，从开始的深沉转到轻声，再逐渐进发出激动之情，这样才能描写出王昭君

611235　23132123　1　1　153532　1115　3.5676535　23.5　23563227　|

6151761　23532　727276　5.61335　|6

这个人物当时的情绪。应该说，实际上是王昭君"引导""启发"了我的艺术创作，或者说是我与王昭君已经融为一体的一种感觉，也是我这个演员经常在表演艺术上学习——实践——收获的一种金钱买不到的欣慰！

（摘自《红豆英彩：我与粤剧艺术表演及其他》，广东人民出版社1998年版，第56—64页）

谈两个"王昭君"

《昭君出塞》在粤剧舞台上诞生已有半个世纪了，它的词曲很美，唱腔又十分悦耳易学，因而能得到普及——在国内外，只要知道粤剧和喜爱这种艺术的人，大多对这首曲都能朗朗上口。《昭君公主》则于1981年诞生于粤剧舞台上，很受观众的喜爱，觉得它很新鲜、有生气，充满生命力。当王昭君被汉王册封为"昭君公主"时所表现的悲、愁、惨、乐，无不引起观众们强烈的共鸣。

《昭君公主》这个戏改编自中国戏剧大师曹禺先生的杰作，但我们在改编时也做了不少增删的工作，使之符合粤剧舞台艺术的需要。因此，它与原来的话剧是有不同的，一些人物与场次让我们删去了。《昭君公主》最重要的部分是：王昭君目睹了汉宫内那种不近人道的妇女生活，有些女子被选进了宫，即使册立为贵人，都不能见到皇帝一面，只能落得个郁郁而终。王昭君亲眼所见的孙美人就是如此，在宫中痴痴呆呆凄凉而逝。王昭君是有自己的抱负的，老死宫中绝不是她之所愿，她想到了父亲为保卫汉土而战死沙场，更想到邦交不和、战事频频，就会无辜地断送了不少家庭，使妻子失去丈夫，儿女失去父亲。她的志愿是：父亲在临上沙场前对母亲说，如生得一男儿传宗接代，就要他为保卫家国安宁，虽死也在所不辞。王昭君想到了这些，就思索应怎样用自己的女儿之躯尽忠报国。王昭君还想到，一个家庭，或是父子兄弟朋友之间，都要"长相知，不相疑"。《长相知》是一首民歌，被当时的王朝认为是犯了淫秽的大禁忌，认为它宣扬妇女不守妇德，因而禁唱。但昭君在小时候，就躺在妈妈怀里听她唱着这首歌，昭君很喜欢这首歌，也觉得很有意思：两国应和平友好地相互交往。当王昭君上殿时，汉皇要她唱一曲以悦单于，王昭君就冒着大不韪唱了《长相知》这首深入民心的歌曲。朝廷大臣都为之一震，但汉皇感到昭君很有胆识，敢于唱出自己的心愿，于是汉皇就将昭君册封为公主，并送给单于作阏氏。

谈到改编稿，有必要提一提的是，由于剧情发展的需要，增加了《昭君塞上曲》这第三场。当王昭君跟着单于上路出塞时，她沿路都是有着害怕和忧心的，因为她不知自己应怎样对待未来的日子，因而一路上唱出了自己的心声——《昭君塞上曲》。这段曲我觉得很好听，也符合人物，能调动我们的感情，曲调铺排也表现了发展的特定感情。它道出了昭君当时复杂的心态，词曲很美，板腔娓娓动听，也不难学唱。随着音乐旋律的起伏，唱词细致地描写了人物的情感，因而也引起观众共鸣。这包含了昭君挂念汉家姐妹的情，昭君思念妈妈站在竹篱笆下惦记着女儿的心情；转又想到自己起初不愿入宫，在进宫后更不忍见到那极不人道的凄惨的妇女生活。但当想到父亲是死于边疆的沙场上，自己今日还肩负汉皇交与自己的重责：促进胡汉两邦互相和好。昭君把自己看作是一个使者，在汉胡之间是一条纽带，是一座桥梁。她又想到自己的穹庐帐底人，是可亲抑可怕？特别想到在金殿面见汉皇与单于时，就听闻边关报上有一股匈奴不法分子在捣乱，自己又应怎样应付呢？心潮汹涌澎湃，真是既害怕又很担心，但想到自己的重任，她就迫使自己努力往好的方面想。她希望两邦边界永不再生战事，希望这次的汉胡和亲能达到长久和好的结果。这样，就能给一个美好的答复给汉家主上了。以后不再有战争，两国不再兴动干戈，就能使老百姓免受灾殃了，自己希望父亲泉下有知也欢笑了。

这段歌曲，我在唱时是倾注了很深的感情。我在自己的练功厅里反复练习，揣摩昭君的一言一语一动一静，根据昭君当时的心情去设计自己的声和情以及身段。我十分喜欢《昭君公主》这个戏，但为什么后来又不演呢？这是因为：后来，我的工作转为了培训，但更重要的是难找到合适的拍档。粤剧从广义来说是综合艺术，但主要的是音乐，更重要的是演员她（他）的主要搭档能做到互相默契，并配合得相得益彰，否则，就无法达到自己的艺术创作要求。《昭君公主》只演出了几十场。但它却在我心里烙下深深的烙印，这烙印当然是很美的，是我所追求的艺术之美。我觉得，虽然我在2000年7月重录了《昭君塞上曲》，并在10月又拍了只有一个人表演的《昭君塞上曲》，在这次表演中，无论是录音室里还是镜头前都自认为是对得起自己的艺术良心，我感到欣慰！

《昭君公主》这出戏虽然以前有录像，但那不是我们自己拍的，因而在技术上各方面都没有得到应有的重视，效果就不是很好。我希望将来有机会自己亲自组织拍摄。

为什么在《红线女2000音像艺术大观》里我就着重谈《昭君公主》呢？这是因为它的确是一部好戏。

当年，我已十多年没有演舞台剧了，但由于我一直坚持练功，所以自己无论各方面的表演都随时随地得心应手。《昭君塞上曲》这段唱是很好听的，虽然在一些地方有一定的难度，但俗话说"只要功夫深，铁杵磨成针"，关键是"为与不为"罢了。有些人说你是专业的，我只是业余。我觉得这种说法不够完整，我之专业，是以粤剧为终生的事业，我努力提高自己的艺术表演是我自己的责任，我是非得这样做不可。我是想利用这艺术手段为社会做点事情。一些业余爱好者也是这样想的，我见到不少业余爱好者在进步，当初他也是一窍不通，现在已经惟妙惟肖了。他是用了心血、花了时间的。只要有心，就一定会做得很好。无论是专业还是业余，只要我们对这一事业有爱好和感情，他的成绩就一定会与日俱增。这样，我们粤剧演出的层面与幅员就一定会越来越广阔。我希望大家在《红线女2000音像艺术大观》面世后，对它认真看一看，并向我提出积极的意见，从而促进我今后更加努力。我是不会停止前进的，除了我不接触粤剧，即我不再在这世界……我希望得到大家的支持！

（原载《红线女艺术研究》第三、四期）

我在《昭君公主》中的艺术探索

　　相传历史上出现过被称为"四大美人"的王昭君、杨玉环、貂蝉、西施。这四个有闭月羞花、沉鱼落雁美貌之女性都曾经出现在粤剧舞台上。我在会看连环画及一些演义小说之类的年纪，就喜欢上了王昭君这个人物，因为这四个美人中，王昭君的人生遭遇是最能打动我的心，也是给我印象最深的。想不到在我二十来岁的时候，在粤剧舞台上，自己竟然扮演了王昭君这个人物。特别是通过《昭君出塞》一曲唱出了昭君当时远适异国、离乡别母的伤怀之情，我对昭君感情日深，每场演出，我都是热泪盈眶的。

　　长达半个世纪的舞台实践，我对《昭君出塞》这段唱一往情深，观众对她的喜爱之情，亦是与日俱增的，我为此而感到无比欣慰。但是，我并没有因此而感到满足，让自己艺术的步伐停滞不前。

　　1956年，在广州的舞台上，我又上演了一个《王昭君》的粤剧。这是马师曾先生根据元代杂剧马致远的本子改编的，故事与在香港时演出的《昭君出塞》不大一样，其中最大的不同是在剧中最后一场中，把王昭君一角改为从高山跳到黑水河自杀而亡的。虽然，这个戏仍然把《昭君出塞》的主题曲保留下来了，但是我不喜欢昭君这个人物是以自杀跳崖的结局来结束这个戏的。我仍然倾向于过去演出的那个本子，昭君出了雁门关，看到身边周围的兵士都手持刀枪而感到害怕，单于了解到昭君即时的心情后，立即命令将士们都把手中的兵器倒持，表示从此两邦不再动干戈了。昭君也暂放愁怀跟随单于出塞了。我感到在这个戏中，昭君和单于两个人物都很可爱。

　　在广州，演出这个新编的《王昭君》的全剧场次不多，经常演出的是《昭君出塞》的折子戏：剧情就是王昭君与单于出塞途中，昭君独自唱了抒情一曲之后，请准单于让她登上高崖，遥望故国，单于允其所请。不料昭君登崖后遥拜父母，祷告天地之后，便跃身坠下黑水河中，单于睹状大叹无奈而剧终！这个《昭君出塞》折子戏，曾在广东省内外及北京等地演出，观众们对保留下来的主题唱段——《昭君出塞》的反响始终是很强烈的。

记得在1958年间，我们剧团又有机会到北京演出，在演出《昭君出塞》完场后，恰巧看到周总理正在和曹禺老师谈戏，当时我听到周总理对曹禺老师说，请他写一个恢复昭君历史真面貌的戏。听周总理这样说，我感到很高兴，便说："如果曹禺老师把这个昭君戏写出来，我一定会努力把它改编成粤剧上演。"周总理当时说："你还是可以演你的《昭君出塞》，这才是'百花齐放'嘛！"

时光流逝，经过了十年浩劫"文化大革命"的苦难日子，我仍未能回到心爱的粤剧舞台之上为人民服务。当我兴奋地看到曹禺老师写的话剧剧本《王昭君》的时刻，谁都不会料想到我还须与世隔绝般一个人在写着一些"莫须有"的文字。"莫须有"的东西我是写无可写的，我便反复地学着曹禺老师《王昭君》的剧本，学着改编《王昭君》的话剧成为粤剧的《昭君公主》。我的努力目标仍然是在于我的粤剧艺术。

1979年国庆节前夕的庆祝晚会，正式给了我为人民演出的新生命。在彩排的时候，一曲《昭君出塞》竟然有观众为之动容下泪。正式演出的一场，我唱的是《香君守楼》。也有人为我随时都可以接受点唱节目而感惊讶！其实那并不奇怪，因为无论在多么艰难的日子里，我始终没有放弃对艺术的追求，因为我的生命是为了艺术，我的艺术是为了人民大众的。

恢复舞台排戏之后，我将一切都作为我艺术上的新起点。

我是一个专业演员，对编剧工作有兴趣，想学习。但过去的实践经验告诉我，在讨论剧本的过程中，讲故事，出点子，给人物安排使用些什么曲牌等方面，我还是有点可取之处的。但是，要把一个戏搞好，我还是力所不及的，为了把《昭君公主》一剧搞好，我邀请了秦中英先生合作，我将自己对昭君公主这个戏的想法都向秦先生讲了，秦先生表示同意，我们对这个工作有一个共同的要求：《昭君公主》这个戏，一定要尽最大努力去营造好！

我到北京去见李紫贵导演，我对他谈了要排《昭君公主》的想法，对昭君这个人物的表演艺术的设想，特别是在改编话剧剧本之中增加了一场《昭君出塞》的戏，但这场戏又与以前《昭君出塞》的戏截然不同。我们增加这场戏的目的是着力描写昭君自我请行，是表现历史的真实，但她毕竟是一位年轻的姑娘，她在此时此地的心态，不可能没有矛盾的：要离开亲人到异域，自己的前途怎样呢？"穹庐帐底人，可亲抑可怕？我难答话，只觉得马蹄声碎，心乱如麻……"这一段《昭君塞上曲》，词很美，曲也悦耳动听，感情深刻，我是十分喜欢的。李紫贵导演也赞成我们这个改编本。

我要排《昭君公主》这个戏，不仅是为了实现自己对周恩来总理的承诺：要把曹禺老师写的话剧改编为粤剧，也是为了实现自己的一个理想——对自我表演艺术来一次再完善，再突破。

人们喜欢说我要演《昭君公主》是"自我的挑战"，是"自己和自己打擂台"，是的，几十年来，我在舞台上演出收获所得，不断使我感到欣慰及受到鼓舞，但我从来没有产生过满足的感觉，这是我历年来对艺术的态度。

说真的，十三年不演粤剧了，现在要排出一个与过去扮演过的王昭君，从人物思想内涵到性格都不同的新的王昭君，那么在表演手法的要求上也自然不会相同的了。《昭君出塞》的主题曲与《昭君塞上曲》就有明显的不同，《昭君出塞》词、曲都很好；由秦中英先生填词，黄继谋先生谱曲的《昭君塞上曲》也很见功力。观众中有认为这段《昭君塞上曲》可称为《昭君出塞》的姐妹篇。可惜这个戏我演出的场次不如《昭君出塞》多，再加上《昭君塞上曲》演唱的难度比较大，不像《出塞》一曲那样容易朗朗上口，这个普及工作是值得我去研究的问题。

曹禺老师1983年在北京看了我们《昭君公主》的演出，看完他十分兴奋，特别是看了《塞上曲》这场戏，他认为我们改编的剧本中加了这场戏，加得好，是成功的。在这场戏中我细腻地刻画了王昭君当时的心态：王昭君在内宫知道匈奴王单于过邦来求亲，她毅然地自我上表请行，当时她一方面是为了继承父亲遗愿，希望汉匈和好，永远平息边疆战祸而避免生灵涂炭。她自我请行还有着第二个原因，因为她亲眼看到了在汉宫中清守了几十年的孙美人，这个早晚盼望着有一天得君王宠幸的宫内白发美人到底"如愿以偿"了，只是她不是去侍奉当朝的君王，而是被下诏去陪伴埋葬在皇陵中的先帝，痴心等白了头的孙美人接旨后，由于过于激动而气绝身亡了。王昭君见状后十分悲痛，也十分震惊，谁人相信世间竟会有如此残酷的事情发生呢！王昭君此刻心间像波浪在翻滚：老死宫中倒不如冲出牢笼去觅枝栖生。可是前途啊，真是吉凶难料……当昭君从地上拾起孙美人走前掉在地上的玉搔头时，刹那间，她澎湃的心情变成了冷静的决定。昭君沉着、坚定地说："这里有过孙美人，再不会有王美人了。"她把最后这个"了"字的声音拖得很长，表示她此刻有着非常的力量。她冷静、沉着、坚定地道出了这句话之后，先用缓慢稳重的步伐向着宫人们手捧的凤冠霞帔的方向行进，当她由前来宣旨封她为美人的黄门官面前经过时，她表现出不屑一顾，在这决定自己终身命运的时刻，由于实在压抑不住自己内心的激情，她的步伐在情绪的促动下加快了。在场上，台下的人都在关注着昭君是何取何舍的刹那间，昭君嘎然而停，跪在了宣昭君上殿的圣旨官面前，此时她口里念着的那个"了"字也停止了。昭君此刻从心底翻起了一波复杂的涟漪，她的泪水要涌出来了。她在一眨眼的低头间，将眼泪咽到了肚子里，她仰起头来凝望着那位圣旨官，她用坚定的目光表示了自己的决心。

　　第二场王昭君被召上金殿，当她知道单于表示了自己的诚意，过邦前来朝觐汉皇，并且准备迎娶王昭君这位被册封的昭君公主时，边关突来军情告急，说汉边关有迹象表明匈奴人要持械生事。这消息传来，使满朝文武震惊，匈奴主单于扪心自问，他相信他的臣子们在胡汉和亲的大好时刻中，谁人都不会做出如此糊涂之事的，单于顿感惶惑不安。汉帝刘奭深知单于的真诚，他原来用的便是怀柔策略，现在也不愿金殿上出现如此不正常的局面。汉皇忽然很有兴致地命王昭君高歌一曲，以安群臣之心。王昭君眼看到朝廷上出现的局面，想了想，先奏请皇上免其死罪，然后唱出被官家认为要治死罪的俚语情歌——《长相知》。当时，虽有人出面拦阻，但汉帝却准其所请。昭君便把在母亲怀抱时就听熟了、唱熟了，又为乡邻们所喜爱的"情歌"《长相知》在金殿上吟唱出来。她希望在天地间存在着的君与臣、父与子、夫与妻或朋友邻里之交……都能相互信赖、相互尊重，这样才能使世道有真正的平安。

昭君全情投入这首被认为"违法而要治死罪"的《长相知》一曲：上邪（叹息之意），我欲与君长相知，长命毋绝衰，山无陵江水为竭，冬雷震震夏雨雪，天地合乃敢与君绝，长相知啊长相知，不相疑，不相疑，长相知啊！这段不知来源于远古的何年何月、由何人吟咏出来而流传到现代的剧作大师曹禺的《王昭君》本子之中的《长相知》，它精湛深刻的词意震动了我的心灵。我每次捧读剧本或背诵台词唱曲的时候，都感到心弦为如此撼山易撼情难的深切之情而颤动。我实在太喜欢这段词了，它道出了我们国家民众希望民族和睦团结，希望国泰民安的心里话。我决定把它在舞台上用粤曲一般的声腔唱出。经过无数次地试着、唱着、改着，每次练唱，我的感情都深深给印上了"长相知不相疑"的一种祈求、向往！并深藏着自己对国家、对人民的这股真挚之情！《昭君公主》剧中这《长相知》短短一曲的创作，可以说是让词和着我的心血与泪水而形成的。感谢现代科学发明了录像工具，把我这个戏的唱段录下来了，观众朋友都可以通过这个戏录像，看到我在《长相知》一曲的表演。我力求将真情实感体现在这段的创作之中，我想它同样也会震撼观众的心的。

在这里，我不妨把《长相知》一曲的词谱写出来（见下页），供大家研究、欣赏。我愿意把我通过几十年实践的体会告诉大家。粤剧有多少曲牌唱腔，过去我没有认真统计过，听说有百余种，每一种曲牌无论是段落或旋律，都有它一定的固定性。以后逐渐发展，因演员表演演唱的不同，也会在曲牌的段落和唱腔及其过门有大同小异的变化。有些唱腔旋律不错，唱的声腔也让人感到悦耳好听。但也有好听而不动情的，就是说演员演什么人物唱的都是一样的声腔，听不出具体人物思想感情起变化，如果演员没有认真去理解剧中人物的感情，这种唱的"艺术"是没有什么生命力的。演员本身没感情，要引起观众的动情而产生戏剧艺术的共鸣效果，是不可能的。所以，我经常会向一些演员提出要求：演员看剧本，首先就要通看全剧，要看懂剧中与自己有关人物的事件和

长相知（《昭君公主》选段）

1 = C

```
( 5  5  | 4 5 3 2  | 1 5 6  | 1. 6 5  | 4 5 1 6  | 5. 4 2  |
```

```
1 2 6 6  | 5  -  )  | 3 2.  3 2 3  23 21 12  67 65 6  6 5. 1 7  |
                       上              邪 我欲
```

```
1. 2 4 5  2 1 1 6  5 4 71 1 23  2 (4 2)  | 1 2 1 24. 5 1 6  5. (4 25 32)  |
与  君      长 相      知              长 命 毋 绝      衰
```

```
1 2 2  2 1 1. 2 1. 2 1. 2 1 7  | 5. 2 1 7  57 57 11  7. (5 7 1 21  |
山无陵 江水          为          竭
```

```
2. 5 1 1  7 17 1 24  1 54  24. 56 5  | 5 56 76 5  567 65 56 54  2. 32 11 23 2  |
冬雷震震夏雨    雪天 地
```

```
2 1 4 1. 2 43  2. 2 4  2. 42 1  | 7. 1 7. 17 12. 53 2  1 2 1  |
合乃敢与 君      绝          长 相
```

```
16 16 5  4. 2  4  16 76 5  4. 51 6  | 5. 2  2. 42 1  12 65  5 (1 2)  |
知      长 相    知 不 相      疑
```

清唱
```
5 5 4. 53 2 1  -  | 5 1 1 2 5  | 7 ...............
不相    疑    长相知
```

彼此的一言一语；要知道与自己同台演出的对手人物是如何的一举手一投足，然后自己才会得出一种准确的反应。有了这些艺术上的反应，在舞台上才能一字、一句、一层、一段地在表演上互相促进。人物塑造的创作过程首先就是看剧本，背台词（唱曲词），人物的台词不熟，演员凭什么去塑造他又怎样去表现他呢？兵书有云："知己知彼，百战不殆。"对舞台艺术创作来说，其道理也一样。我们做演员的不可能，也不应该对剧本有不负责任的态度。站到排练场上，一切让导演安排你怎么样去走，怎么样去动。演员是有生命的，每个演员都有他自己的责任——演好他的那一个人物。演员不是一粒棋子，任下棋者任意去摆布的。当然，导演是负责全剧的组织工作的，他要按照全剧必须达到的要求，按照预期的宗旨，去向这个综合艺术的各个部门提出要求，让全剧组齐心合力朝着一个目的去做。在排练场上，导演应该让演员们各自发表自己的见解，让他们根据剧中人物在剧情中的词曲充分发挥各自的艺术才能与天分。导演若发现演员在人物处理上有不当之处，自然会及时指出，启发演员再做恰当的处理。我是赞成戏曲剧团必须要有导演的。这是我根据多年的舞台实践而体会到的：过去的戏班演出，那些名气大些的演员，他都可以比较有本领地去把自己的角色演得有声有色，但由于是"各自为政"地完成了自己的"戏"，就不管其他了。这是不符合粤剧舞台这个综合性艺术的要求，也是不能达到粤剧舞台艺术的完整性的！

关于粤剧是门综合性的舞台艺术的说法，我是从香港回祖国来工作，在实践的过程中不断学习才接触到、才懂得综合性艺术的重要性的。由于它是综合性的艺术，所以各自都有着其本职的责任，有着其重要的位置。我认为：没有剧本，就没有可演的戏；没有演员，也就不能通过演员的粤剧的唱、做、念、身段等表演艺术，把剧本生动形象地体现在舞台之上；倘若没有导演去组织，去按照剧本的需要指导演员的表演、音乐伴奏、舞台设计、音响灯光等工作，各个部门的工作也很难协调一致地去完成。因此，从启幕到剧终，无论是排练还是正式演出，每一个部门都应该各司其职，让自己的工作能更好、更完善、更有效率地围绕着剧本的要求去完成好。在这里，我想强调一下：演员必须认识到自己要掌握剧中人物唱腔（唱情）的重要性，我不反对唱腔可根据剧中人物思想感情的变化的需要有创新的设计，但这应该是粤剧原有的板腔不能适应当前要求的情况下，根据当前剧本人物的需要而作唱腔的设计，这设计就包含着继承和创新的关系，也包含着细致的粤剧唱腔音乐研究和发展的工作。这些工作都与导演及演员有着密切的关系，应该是整个粤剧艺术继承和发展的重要组成部分。我认为作为一个演员，特别是有分量的演员，都应该有这些责任，不能拿到唱腔设计照谱宣唱！

哈哈哈……有位朋友又在笑我了，他说，在这个方面你似乎讲多了。朋友的提醒是好的。不过没关系，因为我所拟的题目，其中也有谈及艺术创作问题的，所以，只有请朋友们不要怪我还要啰嗦几句。

的确，近年来，我在剧场里看到使人兴奋的现象不少。从编剧、导演、演员、乐队到舞美等工作都表现了对艺术精益求精的态度。但在我高兴之余，也看到了一些不太妙的现象。我看到有些演员是在唱，也在演戏，可是我感到这个演员的唱、做、念等表演"艺术"并没有经过自己艰辛的创作劳动，有时连剧本也没有真正看过，只听着别人的录音带，自己听熟了，到舞台上就"照板煮碗"，人家唱错的，那个演员也跟着唱错了。这种现象的出现，已不是三几个月的短时间了。也有的演员虽然看了剧本，但对剧中人需要做些什么样的表演准备，应如何更好地处理这个人物与同场者的关系，都没有做一些演员应有的案头的准备工作，到排练场上一站，靠导演教着而进行剧本的排练……我想，这种粤剧舞台艺术的表演者，好像得了"演员表演艺术萎缩症"，若不警惕纠正"病情"，它将会严重地影响着粤剧艺术的发展！

但愿朋友们看到我对上述现象的那些意见之时，一切都已是明日黄花，我们的粤剧舞台上出现的已是新的、朝气蓬勃地争相做德艺双馨的竞赛了！

到此，我应该言归正传了。

前边我曾谈到《昭君公主》一剧王昭君在第三场《昭君出塞》的心态，她在马上以琵琶抒情的时刻，听得"马蹄声碎，心乱如麻"；她还在想着自己怎样才能使父亲在九泉之下也感到安慰呢？！这时候，剧本让王昭君有段【中板】的唱段，我在唱腔创作的过程中，也就是说在继承粤剧传统的基础上，做了一点并不大的改造工作，但这却显出这段曲子很新颖，同时也合乎昭君在此刻的心理：有着一点希望，思想上又有着点期待。我有意识地把三句"盼只盼"的台词，采用不同唱腔的处理去渲染它：第一句的"盼只盼"照一般粤剧的唱法；第二句"盼只盼"的唱腔旋律的安排，有意识地糅进了"洪湖水，浪打浪"句中音乐旋律的一点因素。记得过去周恩来总理、陈毅元帅、贺龙元帅都很喜欢听"洪湖水"这段曲，我也很喜欢学着唱。所以，在《昭君公主》的唱腔设计之中，在这段【中板】的创作中，竟然让我有机会把"浪打浪"的旋律吸收到昭君第二句"盼只盼"的唱腔之中，却又了无痕迹似的（见下页）。在那个时候，我真兴奋啊，只要有时间我都在唱着这段曲，有时在睡梦中也唱着这段曲呢！

亲爱的读者朋友，此刻，我多么想马上能发明一本能够发出声音的书，好让我现在就唱给您听。我感到这段曲真是好听！遗憾的是，到目前为止记谱再准确，还需要有唱的表情，谱子总没有我唱的好听，您相信吗（一笑）！朋友，您要相信，因为曲谱的旋律本身是没有生命的。谱，虽然记上了感情线，但这种感情是要靠人去体现的，对吗？也许我这种感觉不是唯一的，"百花齐放"嘛，大家都可以进行尝试。

昭君在唱《塞上曲》最后一句的时候，单于带着随从队伍赶来迎接昭君公主。这是昭君第二次正面的又是比较清楚地看到了单于。因为第一次在金殿面圣的时候，那特定的环境是不允许她仰起头来看着面前的男人的。在这刹那间，昭君看到了单于是带着一片诚意来接她的。

昭君沿路看到的单于，她感到他不像是一个野蛮的汉子：自己不论是在坐骑之上，或是遇着狂大的风沙袭来，单于都是那样细心地保护着她。当昭君看到沙漠之上，残留着那些多少年前在战乱中牺牲了的将士的白骨骷髅时，昭君仿佛看到了父亲的躯体，父亲就立在自己眼前，昭君伤心流泪了。单于衷心地为不幸在当年战争中牺牲了的将士们祭酒表敬意。在这一刹那之间，昭君与单于的心头上突然闪出了一点亮光，有了感情上的共同语言，他们的心灵沟通了，这是他俩共同生活的一个好开端。

万万料不到，在匈奴的土地上，有着一个怀恨胡汉和好的人，他反对单于这一主张。所以，在单于登位之后，这个人一直在伺机破坏胡汉的和睦邦交。此刻他阴谋诡计的箭头正对着王昭君。

昭君塞上曲——最后一段

1 = G

```
0 5 | 0 1̂ 3 5 6 i̇ | 5 (1̂ 3 5 6 i̇) | 6 5 1 1 | 0 7 | 6 4 . 3 2 3 | 5 |
盼　只　　盼　　　　　春 到 龙 廷　冰　雪　　化
```

```
0 2 | 0 5 4 3 2 | 1̇ 6 1̇ | 0 2 3 | 6 6 0 | 1 2 | 2̂ 7 6 5 |
盼　只　　盼　　　载 得 祥 和　入　　汉
```

```
3 . 5 3 2 | 1 0 5 | 5̂ 1̂ 7̂ 6 | 5 3 5 | 5̂ 1̂ 1̂ 6 1 2 | 3 4 3 0 |
家　　　盼　只　　盼
```

```
3 2 4 3 | 7 7 | 6 6 6 5 | 4 5 3 | 6 5 0 | 2 . 3 4 | 3 5 5 | 6 6 6 5 3 2 |
再 无 战 祸 添　孤　　寡　老 爹　爹 安 息 泉 台
```

```
1 5 | 5 | 5 . 6 | 5 . 3 5 6 | i̇ | i̇ | i̇ 2̇ 3̇ | i̇ 2̇ 3̇ |
下　带　　笑
```

```
廿
i̇ 2̇ 7 | 6 5 6 i̇ | 5 6 4 | 3 . 5 6 i̇ | 5 4 | 3 | 3 3 5 | 2 3 4 6 |
　　　　　　　　　　　拈　花
```

```
3 2 2 1 | 1 . (2 3 5 | 6 5 6 i̇ | 1̂ ‖
```

　　昭君在匈奴生活了一段时间。虽然单于因事务纷繁而未能择吉日为
昭君举行晋庙大典，但是昭君并不介意，她全身心投入到新生活中去。
昭君教小婴鹿（单于与前妻之子）读汉书，婴鹿则教昭君骑马。阿婷洁
这朵匈奴的热情之花，每天都来陪伴着昭君这位美丽柔顺的嫂嫂，向她

介绍匈奴国土的风俗人情，关爱着匈奴子民的生活。这些都使昭君对这异地的新生活感到兴趣盎然，慢慢地把初时的害怕生疏感大大地改变了。有时，阿婷洁还会在兄嫂跟前说几句调皮逗笑的话，引得大家开怀大笑。真的，这种人间生活，不知羡煞多少旁人！

上述的戏，是昭君来到胡邦第一次出现在观众的面前。对于昭君的服装设计要求是有着匈奴风貌的装扮：头带挡风的小额子，身披保暖的短斗篷，穿着便于走路的裤子，而又显现出汉家姑娘习惯穿的拖地的长裙样式的效果，脚上穿的似是战靴却又带点汉家姑娘穿的鞋式。昭君身上最突出的服饰，还是她那系腰的前佩带，那仍然是汉家服装中的特色。

在这场戏中，昭君原本是一位熟悉书礼的汉家姑娘，而且在汉宫受过多年的礼仪教化。这位有着非凡气质品格的文静好女子，她又受到匈奴风俗文化、生活习惯等的陶冶，变得开朗了，看上去她的形体也比以前健壮了。但是她那种女性的妩媚、妖娆的体态及心灵中那种天真无邪诚挚柔和的内在美，给人感到应该是更美、更成熟了。我就是这样去认识昭君这个人物，尽努力去用自己的表演艺术——唱、做、念、身段等艺术手段去塑造在塞外的王昭君的。

这场戏中，正在勤理政事、仆仆风尘途中的单于找到了昭君，与她商量关于晋庙大典的时间安徘。单于认为这个婚礼大典，必须是十分隆重的，让国人皆知，他希望在这晋庙大典中与民同乐。昭君此刻虽有感于单于的厚爱，但她还是认为不必过分铺张。单于高兴地离开昭君去公干了。剧本在这里，安排昭君唱了一曲抒怀的唱段——《升平万代》。此曲调寄于广东音乐《小桃红》。

此时，昭君期望着晋庙时刻快要到来，她憧憬着匈奴晋庙（广州人称谒祖）大典的仪式、陈设，仿佛置身于那隆重庄严的人情物理之中。

我唱的这段曲，虽然在填词上和曲谱上有些不一样，但是我还是很喜欢它，因为词意十分符合昭君此刻的心思，这是很好的。而且我也不改变自己这几十年的艺术创作的主张：粤剧的板腔曲牌结构，我们应该尽可能保留它的原格式，但它也应该不是永远一成不变的，形式应该为内容服务；所以，这段《小桃红》的谱子不合剧本台词的地方，我就让谱子为剧本所用，把谱子少许的音形改变一下，但听起来，整段《小桃红》并没有多大的变样，曲子唱来仍是那样的悠扬动听。

昭君身处胡邦这个新的环境，生活在单于家人的温暖关怀之中，她觉得自己生活得这样甜蜜幸福。谁料到爽朗善良的阿婷洁的丈夫温敦侯爷，已把要杀害她的毒手伸到她的脖子上了！温敦与同党密谋将单于爱子婴鹿毒死而嫁祸于昭君。昭君对此尚懵然不觉，还哀求温敦想法挽救其爱子。当昭君听说用人血和入雪山特产的一种草药，可以挽救婴鹿于垂死危险的时候，她便不作任何的考虑，把尖刀刺在自己的手臂上，让自己的鲜血和上草药。昭君将这活命的药一点点灌到婴鹿嘴里。她焦灼不安，心如潮涌地守望着婴鹿，期待他的复苏。怎知小婴鹿醒来的时候，王昭君已因流血过多而晕倒了！

昭君被盈盈、戚戚扶进了后帐。

升平万代（调寄《小桃红》，选自《昭君公主》）

0 0 6 6 5. 3 2 3 5 1 2 | 5 3 6 i 5 5 3 2 3 1 2 3
披艰难   险 挑 上 千 斤   担

0. 6 5 3 3 5 6 5 6 i | 3 5 5 6 5 3 3 5 6 5 6 i |
出 了 雁 门 关   外   忍 永 别   乡 土

5. 6 5 3 3 5 6 5 6 i | 5 3 5 6 i. 5 6 i 6 5 3 5 6 i 4 3 |
忍 永 别   家   国 和 慈   母 向 沙 荒 草   地

2. (3 5) 2. 3 2 | 1. 3 7. 3 6. 1 1 5 6 1 | 2. 5 3 2 3 1 2 1 2 3 |
来   心 虽 不 悔   我 此 怀 未 稍   开 远 望 穹 庐 翰

6 5 0 i 6 5 6 3 2 3 5 | 2. 6 6 6 7 2 6 7 | 2 3 5 3 2 6 7 2 |
海   鸟 惊 兽   骇 迷 茫 前 路   里 吉 凶 难 自 宰

　　单于在温敦那里知道了小婴鹿坠马受伤事件的过程：婴鹿受伤后，由昭君亲选了从汉家带来的药物，为婴鹿灌服。婴鹿服药后，便不省人事了。温敦还在单于耳旁说了一句：孩子怎能失去亲生的母亲啊！单于自然醒觉温敦的话意，怒斥其退出。单于此刻的心里怎能平静下来啊！他想得很多，复杂的情况，令他焦躁不安，他无奈地把已择好的昭君晋庙的日子也推掉了。

　　昭君难过不安，撑着虚弱的身躯，拖着沉重的步伐，带着惶惑不解的心情，手中拿着小玛纳获得其父被贼人以毒箭从身后命中而亡的证据——刻有三连环的毒箭，她在思考着匈奴中竟有这样狠心的贼子；她又想到了单于在半天前还欣喜地宣布晋庙大典的日期，刹那间却又把决定推翻了，这是为什么？！她真害怕这种不幸的现象会破坏了汉胡和好！在昭君满怀忧虑的时刻，小婴鹿欢快蹦跳着跑到昭君的身前，依偎在昭君妈妈的怀里，亲热地执着昭君妈妈双手，问长问短而不觉触及了昭君手上的伤痛。婴鹿吃惊地问其故，宫人七嘴八舌地告诉他，昭君阏氏曾经为救他的性命而割臂取血，婴鹿哭着急忙赶往告诉其父。

　　单于想着连日来出现的问题，冥思苦想，未获其究竟，却从妹妹阿婷洁口中知道关于昭君和温敦的一些现状。单于对温敦的一系列行为，已有警惕，特别是看到昭君手中拿着刻有温敦所有的三连环标记的箭杆，更感到温敦问题的严重。当昭君听单于说毒箭乃温敦所有，又想起温敦曾经借口用鲜血救婴鹿而要杀小玛纳以取血的那种凶残手段，昭君深感让温敦这种恶比豺狼的人留在单于身边，终成大祸。可是，昭君想到温敦是阿婷洁的丈夫，更是单于前妻之弟，老侯爷就只有这一个单根独子了，她真是左右为难。

　　这段戏，昭君处于戏的矛盾冲突的焦点，戏是很好看的。

　　我在扮演昭君这个角色时是这样处理的：昭君在汉内宫廷的生活中，她思忆着父母又怀有继承父志的理想；及至将要准备接受策封，上朝面圣时，为了汉匈和好拼死地唱出一曲《长相知》。她在出塞的沿途中，内心复杂不能平静，身边出现的单于对己关怀爱护，自己慢慢地摆脱那种彷徨和惊恐。戏中的这一系列过程，昭君的唱、做、表演，特别是内心活动的表演，对演员来说是较重要的。但应该说，这些仅像一个戏中的序幕罢了。进入第四场，就是昭君到了匈奴以后，一开始场上出现的草原风光，给人一种轻松愉快的欢乐气氛。昭君与阿婷洁，昭君与单于，昭君与小婴鹿，昭君与小牧民小玛纳的那种姑嫂、夫妇、母子水乳交融的和睦家庭幸福气氛，以及昭君给予牧民的温暖体贴的爱心，都让观众有温馨美好的愉快轻松之感。昭君想着这位可托终身的呼韩邪单于，也是可望汉匈升平万代的擎天一柱。她沉浸在和睦吉祥的爱的海洋之中。多么美的人情氛围啊！昭君应接不暇地接待着，享受着这美好的一切。突然，出现了温敦一伙要劫杀龙廷的贼子。温敦狂喊嚎叫着：“你有一曲《长相知》，我有一刀‘长相绝’！”动手行凶了。小婴鹿骑马中计，戏的发展就这样一节节地向高潮推进。

　　第六场，单于对昭君的误会冰释了，但他仍在懊恼着。昭君不顾自己受伤的痛楚，体贴入微地为单于倒着奶茶。昭君唱着【古调南音板面】《奶茶香》：奶茶香，半盏甘泉，一片冰心，几叶龙芽，满凝着我昭君心意……

奶茶香（南音板面，选自《昭君公主》）

```
1  5  2  1612  35 5  | (23 5) 6 5 3235  2 23237 |
奶 茶 香 半   盏甘 泉          一片冰   心 几   叶

6561 5  1 5 6 1 2 3  5 453532  | 1 17123235 24 124 |
龙   芽 满凝着我昭君  心     意  向  杯  中注来酪

5 (4561 5)65352.5  | 2(52) 65352.5 2(52) 7 276 |
浆     春 花流 芳    秋 月流光   汉苑名

5(3) 5356 123237  | 61561 5 1 6 5 3.561 23453 |
茶   龙廷甜 奶相交水 乳 无   间同与天 地   绵

5 (6535) 2 3 2 5 61561 235 3 51 | 5 |
长     区区 情 意单于请 领 尝
```

这个【南音板面】，还是我从艺以来没有唱过的一个曲谱。特别是那句"春花流芳，秋月流光"，我反复吟唱，也自觉不俗。"汉苑名茶，龙廷甜奶，相交水乳无间，同与天地绵长"更使我融入到胡汉亲和、夫妻情浓的意境之中。王昭君实现了自己的愿望，不负汉邦兄弟姐妹的嘱托完成了和亲的大业。

在排演《昭君公主》的每一场、每一段戏中，我对昭君的一唱、一念、一举手、一投足都精心设计，都是我过去在舞台实践上对人物塑造创作过程没有过的。我进行了周密和完整的创作，整个戏中我尽量调动唱、念、身段等表演手段来塑造昭君。

以第一场为例，我共设计了四个单元。

从昭君第一次上场，弹着琵琶，唱着《上邪》这首曲的引子，从内场走到上场门的虎度门亮相的刹那间，仍是"犹抱琵琶半遮面"的亮相，继而唱她的《长相知》曲，一下被盈盈拦着，把她手中的琵琶抢了过去，昭君无奈地坐在石台旁的凳子上，这是我设计昭君在第一场的第一单元表演的唱、念和身段动作。接着，在昭君向宫内亲如姐妹的盈盈、戚戚诉说家史和自己在汉匈和好这个问题上要继承父志这段戏中，我以唱、念、身段等表演手段去塑造昭君这个人物形成第二个单元。

昭君看到从远处走来的孙美人。宫内这位虽已被皇帝封为美人的白发宫女，待在宫中几十年了，却始终没有见过皇帝面，至今仍朝思暮想有一天能被皇上召见得伴君王。昭君很尊重这位宫廷中的老前辈。她在关怀、体贴着这位老大姐，并为这位老大姐的痴心而怜惜，心酸的泪水禁不住流在脸庞上。她不愿被孙美人看到而暗暗擦去泪痕。忽然圣旨下达，令孙美人立即进宫，觐见皇上。昭君和场上的姐妹们都为孙美人高兴。可是残酷的事实让昭君知道孙美人不是进宫觐见皇上，而是皇上梦到先皇在陵墓中感到寂寞，此时皇上没有忘记这位白发美人，便马上送孙美人到先皇陵寝宫去"陪伴"先皇了。昭君和姐妹们带着辛酸的热泪在忙乱地为孙美人打扮。当孙美人高叫找玉搔头，昭君就在自己头上摘了下来交给孙美人。孙美人痴痴迷迷地把玉搔头掉在地下也懵然不觉，昭君在一阵喜乐声中看着孙美人跌跌撞撞地离去。

昭君想着孙美人这个自己未来的影子，惶惑伤感万分。

突然，戚戚匆匆地走回来，哭着对王昭君说：孙美人激动过度，登上凤辇便气绝身亡了。

上述的是我用唱、念、身段的表演手段去塑造扮演昭君角色的第三单元。

扮演王昭君的第一场的第四单元：

昭君在为孙美人的不幸而痛哭哀伤，却被皇上连续两次下诏：要册封后廷的王昭君为美人；匈奴大单于亲到汉朝来迎娶阏氏，王昭君曾上表请行，被皇上批准，并立召昭君上殿。

昭君此刻的心态，真是多少笔墨也难阐明。昭君虽有鹏鸟冲天之志，愿继承父志为汉胡和好尽力而为，但此去前途却是吉凶难料。

留下来做个王美人么？只怕又重蹈孙美人的前车之鉴。她的思潮如钱塘潮水般起伏，她在矛盾着、斗争着。

这一段戏我刻意处理王昭君无言的身段及眼部的表情：

她在看册封王美人的圣旨；

她在看被皇上批准自我请行的诏书；

她在看皇上赐给王美人的宫装；

她在看出塞的饰物；

她……她的眼睛突然看到了孙美人刚才跌落地上的玉搔头！

昭君此刻心里却平静下来了，她用颤抖的手从地上拾回了玉搔头，昭君决然地对这玉搔头淡然苦笑着说：这里有过孙美人，再不会有王美人了。

她郑重地说："王昭君接——旨。"这个"旨"字说出是在众人注视而各有所期待的时候。我处理这个王昭君是用最慢的步法，表示她此刻的从容态度。

她从慢至快地走了两个圆场。最后决然地跪在请行的圣旨之下，王昭君最后的动作是：此时她低下头来，说明她内心又出现那一种对未来命运难卜的担忧；但是，很快地昭君又仰首望着黄门官手捧的圣旨，表示昭君最后毅然的决定。

我演《昭君公主》一剧，在第一场至第六场及最后昭君晋庙的尾声中，都在排戏之前，读剧本的过程中给自己提出要求：对昭君一角，无论她一点一滴的表演，一字一句的念白，都要求自己在理解剧本的情况下去设计，去试验，在排练场中去实践，去取舍。不管是个人独自的戏，还是与同场的其他角色的戏，自己都要理解和吃透。我努力要求自己的一举手、一投足、一唱、一念都要从剧本词曲中出发，从这个具体人出发去使用一切艺术手段。

我觉得，我演出《昭君公主》一剧，我的舞台表演艺术，真的好像是把失掉了十三年舞台实践的时光给抢回来了。

我觉得，我演出《昭君公主》一剧，昭君这个人物的丰富、多姿多彩的表演艺术手段，可以说是我在过去的舞台上没有过的。

我觉得，我演《昭君公主》一剧的过程中，我的舞台表演艺术趋于成熟，身体和精神状态都在支持我的艺术创作，真可称得上是得心应手啊！

我喜爱《昭君公主》这部戏，更喜欢王昭君这个人物。我在想，苍天有情的话，也会垂眷这位汉家美丽善良的姑娘的！

我始终觉得——我对艺术上美的追求的心态还是方兴未艾。艺无止境，我仍然在努力追求前进。

（摘自《红豆英彩：我与粤剧表演艺术及其他》，广东人民出版社1998年版，第77—98页）

我演《搜书院》中的翠莲

翠莲因母丧无钱殓丧而卖身于镇台府，十多年在镇台府活着的翠莲就像在地府阎王殿，了无生气，受尽非人生活的磨难，最后因失落风筝一事而受牵累，镇台夫妇竟以莫须有的罪名逼迫翠莲以钢刀绳索自杀。镇台把翠莲打晕在地，并命他的爪牙如狼似虎地把她像死猪一样地拖到柴房关锁起来。

翠莲终于醒来了。冰冷潮湿的柴房的泥地像针刺般触痛着她因受严刑拷打而遍体鳞伤的身体。滴出的点点血水，如狂飙摧打的洁净的红梅洒落在地上。可怜的翠莲多年来受尽镇台府中老爷们对她的压迫摧残。今天，在这暗无天日的柴房里，她从心底里迸发出满腔的悲情恨怨。我在剧本安排的曲牌上，用一句散板"干悲万怨"，然后使用【南音】【流水南音】【二簧】的曲牌来表达翠莲此刻的心态情绪，在唱腔的运用上，我经过了无数次的设想与实践反复推敲才决定这样来演绎。我用情带声唱出字字血、声声泪的"我似寒梅遭暴雨"这句，用了【南音】的"抛舟腔"，使角色的悲愤感情层层推进。这时候，我这个翠莲动了情，引起了观众的共鸣。我再让翠莲这个人物在"抛舟腔"之后再重复一句："我似寒梅遭暴雨，片片落阶前"，表达无奈、哀怨、凄婉的情绪。这样前后两句同样的词句，却用不同的音乐旋律声腔的强弱处理，产生了强烈的对比和表现了感情的起伏。

接着在比较长的音乐过门中，翠莲想到过去，悲惨与不幸使她冷静下来。她猛然想到难道苦命人就永远都逃不出一生命贱的命运安排吗？她要争取自己能冲出樊笼，她要像飞鸟一样自由地在空中飞翔。她刚才手执绳索想要了却苦命的残生，这时候，却突然看到张相公在自己伤痕累累的手上系着的手绢。她感到像醍醐灌顶似的，一下子就心清眼明了。她想到那位好心人张相公，他一定会帮自己忙的。生存的希望给了她力气，她把几乎要致她于死地的绳子扔掉了，她在考虑如何跳出这个让自己陷入没顶之灾的深渊。

翠莲的伙伴秋香，冒着生命的危险来看翠莲。翠莲在秋香的帮助下，改扮男装，带着满身伤痛逃离了镇台府。

翠莲黑夜逃走，在荒郊野地，幸遇书院掌教谢宝老师，被他所救。翠莲以她的机灵聪慧，应对了谢老师的疑问。谢老师还让她跟随着回书院去见她的同乡——张逸民。

翠莲在书院的一位老管事林伯的带领下，来到张逸民的书房。此刻，逸民正在想着日前在山上遇到的那位"命如纸薄"的不幸姑娘。

翠莲扮着一名书生模样，认作张逸民的同乡。她面对林伯，总怕被他看穿行藏，所以她步步为营，还要"一步一行一暗想，想着如何开口诉衷肠"。她强作镇定，但内心慌乱，看到房门口的一道门槛，就感到像隔着一道城墙那么难以逾越。结果张逸民出房门迎接这位远来的"乡亲"。

我在这场演出过程中，是以"试探到底张相公对我翠莲是怎样态度的呢"来表演的。翠莲感到张相公这个好人对自己是有同情之心的，但这位书生又是比较怕事的。他认为自己一介书生，是无力量越过镇台府而救姑娘出深渊的。此刻的翠莲，却运用自己的聪明智慧，对张相公做了发动工作。她向张逸民讲述了天上、人间的一个个通过勇敢的斗争而夺取正义的胜利故事。张逸民变得坚强起来了。

翠莲在这个时候，为了生存，为了逃出镇台魔掌，她顾不得难为情，勇敢地向张生"托付终身"。她在"二人同心，其利断金"的希望下，让张相公看到给她裹伤的手绢，她希望张相公怜惜自己的不幸，并且诚心提出愿意随相公回乡男耕女织，度过幸福的一生。翠莲的可怜身世，使张生同情。张生感到翠莲对其情真一片。面对这位真诚勇敢的姑娘，自己也产生了一种深情厚爱和义无反顾的责任感！他和她发出了"有情饮水饱，到死不相忘"的誓词。

谢宝老师了解了张逸民与翠莲的真实情况，决定智斗镇台，义救翠莲和逸民双双逃回乡间，让这对有情男女以其自由劳动过幸福的生活！

我喜欢翠莲这个人物。姑娘天真未泯却长期受到压迫。这样的生活，使她有倔强可爱的的一面；但悲惨的遭遇也使她产生过消极的无奈情绪。但是她性格主要的基调是机智勇敢，坚强可爱的。

我特别喜欢翠莲扮男装的一场书房会。1956年我在上海从俞振飞先生那里学到小生的表演。通过不断学习，不断实践，我已把小生的表演技巧融入到表现翠莲的性格和内心活动的表演之中。翠莲十分注意不让自己在"扮"字上露痕迹，特别是注意回避与张生作正面的接触。翠莲扮作男装，假作张逸民的同乡，向他叙述翠莲的不幸遭遇。张逸民得知风筝题词竟累及了翠莲这个丫环时，既感激翠莲，又害怕这位"同乡"把这件事张扬出去。所以当扮作男装的翠莲要把题了词的扇子当作信物拿走，说要转交给翠莲时，他拦阻着翠莲，不让他外出。他这种害怕的情绪让翠莲感觉到了，禁不住地露出了一点调皮的动作：我看姑娘比你还好胆量呢。这时，翠莲微笑地用手拿着纸扇有意识地指指自己的胸膛，然后挥挥扇尾，随着唱曲的节奏连打三下张逸民的胸膛。演到这里，翠莲自然地感到自己的胆量竟然远远胜过逸民这个书呆子！这点调皮的处理，我想效果也能被观众感觉并接受的，因为观众也有同感。不过，我在演出的时候，还是注意演员在任何情况下，既不能过火，也不能无动于衷，只照曲唱了就算"任务"完了，果真如是，就不能真正算完成任务的！

我认为演员不管演什么戏，什么角色，都需要按照角色的情绪而产生他的表演行为，切忌背完曲就了事，这样的"表演艺术"是没有生命力的，不投入人物之中去的表演手法，就不能打动观众的心，剧场的效果难得高潮。演员扮演角色，也很容易流于"千人一面"！

在这里，我总结了《搜书院》一戏中关于翠莲反串生角唱女声的意见：粤剧的唱，近几十年来，在解决真假嗓过渡的问题上，比以前解决得好，减少了过去存在的那种"子母喉"的唱腔。"子母喉"其实是真假嗓没有结合好的一个问题。现在这种状态比以前好多了，应该说这是一个唱法、唱功上的进步。人的声音总有一定局限性，硬要加重其声带的负担，扭曲一时还可以，时间长了，后果肯定不妙的。我认为，舞台上戏中如果女扮男装的演员，要唱"平喉"大本嗓的话，那么一场生且对手戏中，台上两演员都唱"平喉"给人的听觉的感受上是一样的，舞台上就会出现声部的单调了。无论那个反串的演员唱得多么好，都是一个声部，就失却了生旦对唱的丰富多姿的艺术风韵。所以我唱的是女声，但又是用生角的上下句结束音去处理的同一个调，却又不同声部，显出声乐上的丰富多彩。这个观点我是不会改变的。因为老粤剧以前小生也是唱小嗓的，难道女扮男装的时候就非唱"平喉"不可吗？吾生也晚，没见过，也没有听老前辈在这个方面留下一些可作继承之处。所以在女扮男装这个问题上，我采取唱的是女声，用的是男腔的结束音的巧妙、统一的真假嗓结合的唱法来处理。几十年过去了，听到过极个别的不同意见。我想，就让我在这个问题上做点"百花齐放"的艺术见解吧！

（摘自《红豆英彩：我与粤剧表演艺术及其他》，广东人民出版社1998年版，第99—103页）

我演《关汉卿》中的朱帘秀

朱帘秀虽然是一个行院歌妓，但却很不寻常。她演过《望江亭》的谭记儿，《拜月记》的王瑞兰，《调风月》的燕燕，《救风尘》的赵盼儿，而且都演得非常出色。现在，她又担纲演出影射朱小兰冤案的《窦娥冤》。为了坚持演出这一出"骂天骂地，骂官骂吏"的戏，她甚至牺牲性命也在所不计。《关汉卿》一剧中的朱帘秀，不但是一个异常出色的演员，而且还是一个披荆斩棘、见义勇为的女中豪杰。要掌握一个这样复杂的角色，对我来说，实在是一件难事。对我有利的条件是：我也是一个演员。

怎样去掌握朱帘秀这个人物的性格？我觉得，要很好掌握朱帘秀的性格，必先了解关汉卿的性格。因为他们两人在道义上和感情上都是站在同一立场上的；而且有好些地方，作者是有意通过朱帘秀去突出关汉卿的性格，去显现关汉卿这个形象的。比如朱小兰冤案发生后，关汉卿愤然地说："古人说得好，'路见不平，拔刀相助'，奈何我今日无刀可拔，只有秃笔一支。"朱帘秀马上就给点出来说："大爷你的笔利比钢刀，你的戏唱得奸人胆丧，你写过《望江亭》，骂臭杨衙内，你写过《智斩鲁斋郎》……你画尽脏官穷凶相，剖开酷吏狠心肠……"讲到《窦娥冤》这出戏的时候，关说：'你敢演？'朱说：'你敢写？'关说：'我敢写！'朱说：'我敢演！'关说：'我写！'朱说：'我演！'看来朱帘秀的胆色似乎还要大一些，其实最坚定的还是关汉卿。其他如坚决不改曲词、狱中相互激励等，朱帘秀的行为固然是可歌可泣，而一个辉天映日、大义凛然的关汉卿，同时也神气活现地被描绘出来了。

自然，朱帝秀和关汉卿的性格也是有所不同的。一个是热血沸腾，火花四射；另一个却抱有"冷却了的热心肠"。经过二十多年的风尘生活，她真是饱受折磨，历尽风波，黑暗的社会在她身上深深地打下了痛苦、耻辱的烙印。但是虽然这样，朱帝秀却并不低头，她没有因而丧失了反抗的勇气。关汉卿的指引和温暖，使她那冷却的心肠重又热了起来。她与赵盼儿、谭记儿这些女人一样，痛苦的经历使她的愤怒和反抗，像一支满弦的箭，放起来疾劲有声。所以有些时候，她比关汉卿还要激烈，还要尖锐，还要暴露。朱帝秀是冷中带热的，她的"冷"，并没有使她忘记她与关汉卿的"八娼九儒"的地位，没有冻住了她对受苦受难的老百姓的同情心，没有压抑住她对残暴的统治者的刻骨仇恨。

"关汉卿和朱帝秀之间应该有没有爱情呢？"有人提出这个问题，我也考虑过这个问题。我想他们首先是一对生死与共的患难之交。至于私人之间的情爱，虽然是理应存在，但它应当包括在那崇高的情谊之内，融合于他们的同仇敌忾至死不渝的斗争之中，而不能把它当作一种儿女私情来处理。戏中所说："生死不言别，千秋共此心！"这个"别"字，我理解是"屈服"或"流泪"的意思，这个"心"，应该是"碧血丹心"的心，而不能当做一般的儿女态的"离愁别绪"和"灵犀一点"。就讲那"发不同青心同热""生不同床死同穴"这样的话，我想把它解作志同道合、生死如一的慷慨悲歌，比解作"梁祝姻缘"一样的爱情悲剧会更恰当些的。

朱帝秀和关汉卿的深厚情谊，愈在黑暗势力的压迫下，愈显得光耀夺目。凶狠残暴、刀斧临头跟千般贞烈、万种恩情，恰恰成了个强烈的对照。

在《窦娥冤》演出时，阿合马强要他们修改曲词，他们坚决拒绝："要改曲白难办到""曲词不能动分毫"。阿合马恼羞成怒，竟欲动刑，这时他们两人都以置生死于度外的决心，争着承担责任。朱帝秀说："关先生原是把本子改过，因只有半天时间，新词我记不上。"关汉卿则说："《窦娥冤》是我不许修改，并不关朱帝秀之事，要斩要杀，杀我一人。"患难见真情，这已不是第一次表现出来。

到了狱中相会那一场，这种真情有了更高的表现。他们听说死刑已定，但都以成仁取义共勉：

关：四姐，因我一曲《窦娥冤》连累你这样，我于心有不安。

朱：汉卿说那里话来？常言"得一知己，死可无憾"，我帘秀能与大爷你这样的人一同赴死，我还有何不足？

关：四姐，你是女中豪杰，令人钦敬，惟是你尚青春，死得太早……

朱：方才我听到消息之时，的确心如绪乱，如今好了，正是"取义何须论死生，敢将热血溅奸人，窦娥教我朱帘秀，决不低头让敌人！"

关：好一个决不低头让敌人！……我关某本是汉家子，烈魄英风万古春！

我每当念到这几段曲白的时候，奋激的心情，几乎要超过一个演员所应有的限度。因此，到这里必须适当地控制住自己的感情，然后才能接着唱出那首动人心魄的《蝶双飞》。应该感谢原作者田汉同志，给我们写下了如此动人的词章，使我们很容易就把全剧引进高潮。

我在演唱这段比较高亢的小曲时，整个情绪都在那动人的词句的控制和指导之下。关汉卿写的《蝶双飞》一曲，既然是他两人的写照，因此，朱帘秀唱起来，每一句词曲，都使她感到有一种无穷的力量，她歌之、舞之和词曲的意向浑然一体。她愿化厉鬼除逆贼——在唱到"浪子朱窗弄风月，虽留得绮词丽语满江湖，怎及得傲干奇枝斗霜雪"一句时，她不觉傲然面有得色，她知道自己没有辜负汉卿所望。但当她接触到"这些年，风云改变山河色，珠帘卷处人愁绝"等句，她感伤、愤怒。同时想到为了一曲《窦娥冤》而使他两锒铛下狱以至于死时，她和汉卿的悲愤的眼光交视着，他们都为这种无辜而咬牙切齿。但当她念到"我与他双沥苌弘血，差胜那孤月自圆缺，孤灯自明灭……"时，内心顿时感到一阵温暖与安慰。特别是最后她唱到"俺与你，发不同青心同热，生不同床死同穴……汉卿、四姐，双飞蝶，双永好，不言别！"那种激动、惊疑、欣慰的心情，使她不能成声，压抑着的泪珠就要滚出来了。

　　最后，关汉卿的被放逐，朱帘秀的被拘回行院，是他们的生死离别，也应该是全剧的最高潮。

　　这时，他们虽说是免于一死，但所受的压力和痛苦却并未减轻。朱帘秀这时的内心是非常矛盾的，一方面痛恨统治者的残酷，绝不存任何妥协之念；另一方面，为了想求得能与汉卿同行，在黯淡之中仍存着一个"柳暗花明"之望。到这个幻想破灭之后，她悲伤欲绝。这当然是因为惨痛的分离就要到来，而不是其他。但是，为了不使行将远去的汉卿难过，她必须重又镇静过来。所以当她启口唱那首《沉醉东风》的时候，她流泪，但不悲伤；她痛苦，但不绝望；她呼号，但并不示弱。她无法掩饰自己的感情，但仍能保持不屈的气概。

　　我想顺便提及，我很同意这个戏的结尾改为悲剧收场。首先因为这样才符合历史的真实。在那样黑暗的社会里，像关汉卿这样有正义感的人，其结局不能不是悲剧的。其次，是因为这样更能增强它的艺术效果。有些人不是认为这样收场会使人感到很难过吗？这种难过的结果是什么？难道不是对关汉卿的更大的同情，和对统治者的更深的仇恨？就一个演员来说，也是觉得这样结尾会更容易表达一些。经历了狱中相会的极其悲壮的一场，一下便转到破涕为笑的大团圆，如同倾泻而下的万里江河，突然要它倒流停滞一样，这是很难做到的。

　　在排演过程中，马师曾同志成功地塑造了关汉卿这一人物性格，这给我以很大的启发和帮助。如果说朱帘秀这一角色演得还有一点好处的话，和他表演的启发与帮助有很大关系。

　　究竟怎样才能把朱帘秀这个角色演得好呢？我深切地期望观众同志们的指教！

　　（摘自《红豆英彩：我与粤剧表演艺术及其他》，广东人民出版社1998年版，第104—109页）

我演李香君

年仅十六岁的歌坊小女子，不愿逢迎于达官贵人之间，只爱景仰精忠报国的岳飞元帅。她看到书中字里行间写着秦桧奸贼通敌卖国还杀害忠臣岳飞，就拿烧着的线香把书中秦桧的名字烧了去，当她捧读岳飞元帅写的《满江红》词时，总会禁不住热泪夺眶而出，读着哭着……我感到这个小女子就像山谷里发出阵阵清香的幽兰般可爱，她爱憎分明、意志坚定，充满了正义感，很令人欣赏。她就是当时秦淮河畔"媚香楼"的名歌妓——李香君。我喜欢李香君这个人物，很想向观众献上《桃花扇》这出戏。

1962年我在北京疗养，时逢梅兰芳先生辞世一周年，我随着剧协、京剧院的同行们为梅先生扫墓，在此机缘认识了我国有名的导演阿甲同志。没几天我们这两个初相识者，便像深交的朋友了。我喜欢和阿甲谈戏剧艺术，特别喜欢听他谈及有关表演艺术的问题。在北京见面期间我和阿甲，多是谈论《桃花扇》一剧的改编问题。最后，我正式邀请阿甲来广州，为我们导演《李香君》一剧。我把与阿甲谈的关于改编《李香君》剧本的设想，告诉了剧团的编剧莫汝城先生，并请他参加我们这个戏的编剧工作。我认为阿甲肯定能为我们排练好《李香君》一剧，同时也能把我的表演艺术推上一层楼的。客观事实告诉我，在这几年的粤剧舞台艺术实践中，我的表演艺术——唱、做、念、身段等艺术较前无疑有了不少的提高，从《孟姜女》到《王魁负桂英》——后改为《焚香记》等剧目的演出效果来看，观众对我是这样评价的，我也感到自己的艺术发挥很得心应手。但是，我的内心仍常常涌动着新的更高层次的艺术创造的企盼，我想只有在塑造一个以前从未接触过的新人物的过程中，才能为自己的唱、做、念、舞等表演艺术提供一个再创造、再凝炼、再提高的实践机会。若能再求得一位资深的有建树的导演的帮助就更是"借东风"了。

1962年底《李香君》一剧投入排练的一切工作准备就绪，我们不仅得到了领导的支持，还受到了何贤先生的邀请，他在番禺为我们提供了一个具有优美环境的地方，让我们可以精力集中地投入到排练工作之中。排练一开始，我就体会到了阿甲先生工作的细致，他具有高超和灵活的艺术洞察力，对剧中每一个角色的具体分析把握得十分准确，足见其导演功底的深厚。这更增强了我对演好李香君这个角色的信心。阿甲先生很善于把每一场戏中众多人物的关系和各自的行动串连在一起，使每一场戏都形成了整体的喜、怒、悲、愤的气氛。在排李香君第一次上场的戏时，阿甲先生首先把郑妥娘的戏排得很细很生动，使郑妥娘和杨龙友在场上相互的表演活跃了整场戏的气氛。从剧本来看这一场戏似乎是没有什么看头的戏段，但经阿甲这位高超导演用细腻夸张的手法进行处理，使每一个人物从内心到外型及语言活动都能恰如其分地各司其职。

在媚香楼中，香君不仅是一位不懂应酬进退的小姑娘，还是一位厌恶满身铜臭味、懒见做官人的倔强姑娘。她在楼上刚为岳飞冤死而痛哭了一场，在妥娘和贞娘妈妈的多次催促之下，她无法推搪，才姗姗慢步而下，口里还念道："泪痕尚湿春衫袖，万唤千呼懒下楼。"在排演的时候，我仔细地观察、体会着阿甲先生的导演手法。他光是为了营造香君下楼的气氛而铺垫的演员们的活动就不少：贞娘叫小红上楼唤姐姐下楼；小红从楼上奔下来，告诉贞娘妈妈："姐姐在哭，不肯下楼"；妥娘这个快活逍遥的"泼辣货"自告奋勇跑上楼去，不一会儿便哈哈大笑着从楼上下来，告诉大家："你们猜是怎么一回事呀？香君在唱着《精忠记》，她边唱边哭。还用香火把秦桧的名字烧去了。"贞娘正想亲自上楼看个究竟，站在梯旁的小红却突然大声嚷着："姐姐下楼了。"贞娘才放下愁怀，欣喜地道："香君下楼了。"杨龙友这个花丛旧客平日也知香君不喜应酬见客，如今听到说香君下楼来了也备感意外和喜悦。看官们，上面那点点戏经阿甲导演的点缀，不就既有层次又热闹好看了吗？

香君来到厅堂上，她像什么人也没看到似的，只用几点快碎步走到贞娘妈妈的身旁，依靠着她，低头不响。贞娘看到香君这般失礼，赶快连推带拉地把香君带到侯朝宗面前说："香君，过来见过侯公子。"香君头也不抬（略一敛衽）道："公子有礼。"杨龙友见香君对侯朝宗这样的人也不屑一顾，便鼓其如簧之舌道："香君，你道他是谁人？他就是我常提起的复社公子班头，当代文章魁首，河南商丘侯朝宗侯公子啊！"香君听了有点意外，想不到早时听到奸贼阮大铖被人痛打，敢于痛打那个阮贼的侯公子竟然来到了这里。由于敬佩和好奇，她稍一抬头看了侯朝宗一眼，又向侯公子再一次深深施礼问候，表示自己一点景慕之意道："侯公子万福。"

戏在发展。妥娘和杨龙友等人将这个文章魁首侯朝宗和脂粉班头李香君初次见面的情况看在眼里，并从中推波助澜，建议侯朝宗为李香君题诗一首。香君听杨龙友这样提议，害羞起来，不自觉地把手中小扇打开掩着面，侯朝宗看到香君手上的素朴无华的白牙纸扇，就提出要题诗在扇上。此时妥娘自作主张，不管香君愿意与否，就把墨砚放到香君手上，让香君站在侯朝宗身旁捧墨砚。此时的香君更感羞怯，她的头几乎躲到衣襟里去了！我精心地用身段和表情掩饰了香君这个十六岁少女情窦初开的情态。

侯朝宗题诗于扇上："夹道朱楼一径斜，王孙初御富平车。青溪尽是辛夷树，不及东风桃李花。"香君领会到了诗中侯朝宗对自己的赞赏，所以当杨龙友明确说出"……侯兄是要一访香君妆楼，不过这就要看香君的意思了，香君楼门从未许客人轻叩"时，李香君便没有推辞而腼腆地说："侯公子请！"在这全场戏中，我没有一个唱段。念，也只有两句诗，三句只有十三个字的口白，这是我以前演的戏中从来没有过的，观众也认为剧中没有唱的安排是高明的。这也是导演阿甲的高明之处——让演员充分地使用无言的表演艺术为具体人物塑造服务。

香君这个青楼弱女，意外得到自己所景慕的文章魁首又是痛打奸贼的英雄志士侯朝宗的垂青，于是与朝宗成了婚。我了解香君此刻的心情，她不屑过"送旧迎新"的生活，但能有幸邂逅侯公子这位有作为的终生伴侣，她在人前虽不愿启齿道出那种甜蜜的滋味，却将浓情蜜意深深地藏在心底。况且侯朝宗也十分欣喜"飘泊南来喜得佳偶，愿此身永伴红颜右"。次日清晨，卧室里洋溢着温馨欢乐的气氛。阿甲导演处理这段戏也是很细腻的。香君与侯郎虽是邂逅不久的一对新人，但青年人都有一种鹏飞冲天的志向。香君特别希望侯朝宗"当展翅似大鹏冲霄汉，莫念柔情作寒鸟恋林丘"，体现了香君十分看重民族气节的为人准则。她因阮大铖趋附权奸、丧尽廉耻而鄙唾其人。在这一点上，李香君比侯朝宗有更坚定的意志。直到最后一场，香君一直盼望着侯朝宗能回来团聚的日子终于到来了，可是回来的侯朝宗在清朝廷中已是中了副榜的新贵了，这对已病卧榻上的香君无疑是当头一棒，加重了她的病情。她此刻欲哭无泪地道出："什么旧义前情，从此一刀两断！"香君悲愤地把桃花扇掷在地上，她含恨离开了这个地方！这是粤剧舞台上的艺术处理。

阿甲先生精心的导演为我们《李香君》一剧的演出打下了扎实的基础。我也被李香君"烈火烧奸佞，热泪悼悲亡"的坚贞不屈的志气所深深感染，我喜欢这个"出污泥而不染"的白莲花般的李香君。

1989年，我们请莫汝城先生把舞台本改编为电影剧本，并请香港的名导演楚原来执导这部电影。原来舞台上的重点戏：题扇、却奁、辞院、骂筵、掷扇都保留下来了，并且借助电影有利的条件，让一些场景扩大和伸延开去，这样戏就更显得丰富多彩和重点突出了。例如，舞台上演出香君与朝宗新婚一场，戏的来去发展都是局限在仅有十来平方米的舞台之上。把戏搬到电影镜头前，它就分开成三个很大的场景了：首先是香君的闺房；也有香君与侯郎相依凭栏远眺的地方；还有香君与侯朝宗新婚唱酬双双步过回廊转到花园，在浓荫花丛之中共诉心曲的场景。

故事情节应就在这样的场景中延伸出来：在这情甜如蜜的时刻，香君像小鸟依人似的投到朝宗的怀里……杨龙友前来道喜，当香君听朝宗说出"多谢仁兄助我妆奁玉成佳偶"一语时，她惊讶万分，后来更了解到这些妆奁是阮大铖用以收买侯朝宗，让朝宗在复社朋友之中为他疏通一二的。香君此时本想侯郎会义正辞严地却奁，不料侯朝宗此刻却沉吟不语，李香君在这个时候按捺不住了，她对杨龙友直斥阮大铖"趋附权奸、廉耻丧尽，妇人女子无不唾骂，侯郎倘若为他说项，将自处于何地呢？"当杨龙友摆出"读书人之事你不要多管"的臭架子时，李香君又理直气壮地与之争论。在这里，李香君唱的是一段【反线中板】："我青楼歌妓，不能管你们读书人的事吗？莫说堕烟花，便是身为下贱，几许身居廊庙却是软骨头。我虽未礼拜圣贤，还知爱慕忠良，痛绝权奸走狗，身是飞絮落花身，心非落花飞絮，不肯逐浪沉浮……"我很喜欢莫汝城编写的这段词，李香君就是这样的一个可爱的有骨气的女子。这段【反线中板】开始是【慢板】，随后转【快中板】，再转【更快的中板】："裙布钗荆甘素守，花钿粉钞耻贪求，体有芳香，何用饰金绣，鬓无污垢，何用玉搔头，（唱得更快）奸贼妆奁奴不受，嫌它熏臭我妆楼。摘珠翠，脱绮罗，千两白银全部退回阮某。"

每次演到"却奁"这场戏时，我激动的心情总是无法抑制的，因为这段词曲作者写得非常精彩，加之从慢，快，更快的板腔处理，我的情感就像"飞流直下三千尺"似的，真是有个千层屏障也阻挡不了的感觉。我经常在想，倘若缺乏了40年代在马师曾太平剧团那种演戏实践——每场角色的演唱都离不了慢，快，更快的唱段，今天我演李香君"却奁"这个唱段的【中板】，恐怕就很难达到这个效果！

李香君的"骂筵"和"守楼"两场戏舞台和电影之间从塑造人物的角度来说，没有什么改动。但是，由于场景变化了，人物的思想感情、身段动作的表演相应地就有了不同。例如"骂筵"一场我更喜欢电影中的表演，因为它不仅增加了场景，而且同场有关人物的相互交流给观众的感受也有极大的不同。香君面对马士英和阮大铖敢于痛骂这两个奸贼仇人"把江山断送，江山断送，什么国家梁栋，分明是误国元凶，误国元凶——魏家孽种！""飘去了冤魂一缕。吐不尽鹃血满胸！"我在唱最后一段鹃血的短短拖腔之中，就有一点薛觉先前辈的唱腔韵味在其中。

莫汝城先生为李香君写了《香君守楼》一曲，词曲很美，我也很喜欢唱。不论何时何地唱这段曲，我都能立即投入人物之中，并且常常越唱越动情。在舞台演出的时候，苏昆生师傅上场时，我并没有觉察到，听到师傅叫"香君"二字，我蓦地转头，随即朝师傅扑了过去。这时候的香君，只剩下孑然一身了，她抱着师傅在痛哭，这是感激养母贞娘的哭，是苦盼着侯郎而音讯渺茫的哭……当她听到师傅说代她带讯的时候，香君立即止哭了，她焦急啊，千言万语写些什么？！马上从身上掏出染上了自己鲜血的定情扇子，用颤抖的手拿着手帕（配着锣鼓点加快节奏）把扇子包好："师傅的恩情我来生再报。"她双膝跪在师傅跟前，而终结了这场戏。

《李香君》一剧的最后一场，舞台剧和电影本是不同的。剧本中该场李香君是被侯朝宗气死的。电影本是香君和妥娘隐居了，她带发修行，但是仍那样痴情地盼望着侯郎的回归。苏师傅回来了，他告诉香君侯朝宗尚未找到，但是侯公子是一定会回来的。果然，一阵阵马蹄沓至，侯朝宗果真回来了。香君一阵惊疑地唱："仿佛迷离一梦，侯郎在我面前。"这个唱句我是有点创新的。对于电影本子，我与黄继谋先生在音乐设计方面做了不少工作。这段创新的曲子基本上是【快二簧】，可是又根据词的内容而增加了新的音乐因素，成为一段【二簧】新曲。虽不算唱工技巧很高，但也不容易唱。这段生旦对唱很符合此情此景，有着质问—辩解，责问—辩解的意境，节奏自然与一般【二簧】有区别了。当香君对眼前变节的侯郎一切希望皆空时，她心灰意冷，恨铁不成钢，愤然把扇掷在地上。

我在处理香君唱出"沧桑变，人事变，我亦残生余一线，覆巢之下卵何存？国破家亡无可恋，从此青灯礼佛，了却尘缘。持燕尾，剪青丝……风月情根全割断………"这个唱段最后的拖腔时，刻意地使之更能抒发一种痛苦、绝望、无奈之情。有朋友问，这句【乙反长句滚花】的使用为什么和1963年排演此戏时不同呢，为什么当时不是这样处理的呢？问得好！朋友，坦白地告诉您，我想创作应该是有所根据才能考虑动手进行的，当时剧本曲词不是这样安排，是为一也。第二种原因：我当时还没有这个创作的水平啊，您说是吗？

（摘自《红豆英彩：我与粤剧表演艺术及其他》，广东人民出版社1998年版，第115—122页）

我演《焚香记·打神》中的焦桂英

数十年的演戏生涯，焦桂英这个人物，是我饰演众多的风尘女子中，最喜欢之一位。我喜欢焦桂英善良的品性，虽在风尘，不落俗套，洁身自爱，一旦遇得可托终身的良人，便发誓相守白头。不料王魁负义忘情，使桂英含怨恨而自缢。但痴情善良的桂英即使死后成鬼，在"情探"一折戏中，她还是一片痴心地梦想着：只要王魁表示还是真心爱着她的，"桂英便死而无怨恨！"焦桂英就是如此痴情地爱着王魁。

《焚香记》一剧，我们曾三易其稿。开始排练演出的时间为1957年上半年。剧中"打神"这一折戏，也通过了舞台的实践而不断进行了修改加工。《打神》这一折戏第一稿的演出，我感到它在人物和情节方面，还不够一个折子戏的分量；第二稿虽然在内容上丰富了，但总不如第三稿（现在演出本），这一稿中，焦桂英的戏在情节展开的层次和人物思想感情的挖掘方面都比上两稿充实多了。

过去，由于舞台设计的神座是在天幕的位置上，所以，桂英从开始求神庇佑王魁得高中荣归—向神哭诉王魁薄幸—骂神不管人间谁是谁非——以至悲愤难禁地出现打神的表演，皆只能背着或斜着身体向观众。而演员在舞台表演时，桂英多是要面对海神讲话的，舞台的布置在这上面是一个大忌。因为，演员如果不能面向观众通过声情表演人物的喜、怒、哀、乐，使观众听得清楚，看得舒服，观众对演员在舞台上的表演就会无动于衷，便达不到戏剧表演应有的效果，这对演员来说是吃力不讨好的。而只有引起观众同情，产生共鸣，才能发挥演员在表演上的正常效果。经过对以往演出实践的反复研究，我们决定将原有的舞美设计进行一些调整，把海神庙的大门移在天幕的上场处，桂英一进庙门，眼睛就能看到庙堂里两旁的神像及正中（观众座位上空）供奉着的海神爷，这样就突破了过去那种因循守旧的舞台设计，有利于演员合理地抒发人物情绪，抓住观众的心，达到理想的表演效果。

这场戏开始，焦桂英十分惦念远赴京师考试的夫郎王魁，她急急地到海神庙祷告，祈求海神庇佑王魁高中，早日荣归，夫妻便可长相厮守，白头偕老。正在这个时候，彩屏姐带来了从京城来的长差，向她送上王魁的家书和二百两压书银，桂英真是喜从天降，彩屏姐及情如姐妹的侍婢小菊都替她高兴，桂英此刻的心真是甜如蜜糖。她多么想马上把王郎的家书打开细看啊，可想到长差远道而来，需好生招待，即请彩屏姐带他回去喝茶歇息。桂英两手紧握着家书，就像抱着王郎，心里有说不出的绵绵情意，此际桂英感到天地间给自己的都是那么美，那么甜。就连看到王魁给她的家书上写道：桂英姐妆次。她还甜滋滋地笑着说："桂英姐！"她认为这个王郎不称她为贤妻，而称自己为"桂英姐"，这是王郎在逗她开心呢！她的脑海里完全被白日美梦充得满满的了。

当桂英打开书信看到"只因憔悴章台柳，怎向琼楼玉宇栽"的字句时，她像触了电一般，这突然袭来的变化，把她刺激得呆住了……禁不住泉涌而出纵流满面的泪水惊醒了她，她还希望在刹那间的不祥感觉是自己神经太紧张所产生的错觉，她急着用震颤的双手把书信展开再细看下去。当她读到书中那句"京中相府成佳偶，贫贱夫妻一笔勾"的时候，再一次有如巨雷轰顶，那封书信从她手中飞抛落地，气得她连披褛也下意识地扯了下来。一腔悲愤，使她迸发出"王魁贼子，你好呵……"的痛恨之声。此时，她脑袋里一片空白，形如木偶般呆立着。朦胧间，突然她又仿佛听到了喜乐喧天的声音，王魁与京城相府千金正在拜天地，入洞房了……桂英痛切地意识到王魁对自己的负义忘情，她禁不住哀叫出"心头怨气盖天地"的悲切之声。这句曲词我是采用了像【滚花】一样的散板，按桂英此时此地的心态感情唱出，颇能表现焦桂英这个特定人物的特定心情，抒发桂英此刻对王魁背义忘情的无比怨怼。这是以情来决定唱腔旋律的安排的例子之一。

在庙堂里，焦桂英疯狂一般地奔走呼号，求海神为自己主持公道，要惩戒王魁负情薄幸，这段戏我是很喜欢的。在第一稿演出时，焦桂英在回忆过去与王魁相遇、相爱以至王魁负情的描述时，采用了口白。现在我们吸收了50年代灌录的《打神》一折戏唱片的一段词曲入戏，这样更增强了戏的音乐性。桂英这个人物的深情、动情、痴情都在短短的【二簧合字序】以及【饿马摇铃】的唱做之中表现得深刻酣畅。我赞成粤剧艺术应有自己的特色——唱是首位，但经常是唱做融为一体的时候就无所谓先后的了，而一切唱做的表演又皆要从人物出发。

焦桂英祈求海神评理，主持公道，却得不到一点回声，她想不到，在人世中认为可托终身的王魁竟欺骗了她，也更想不到原认为天网恢恢是疏而不漏的，此刻，为自己所尊崇信赖的海神竟是无声的回答。桂英气愤了，怒极了，她决定打神了。她把判官手中所持的那支可定人生死的笔扯下，丢到地上，她要使判官的威仪扫地。焦桂英晕眩地倒靠在神像身旁。其实，桂英虽然恨王魁忘情负心，但她心底里仍深深爱着王魁，仍希望王魁能够回到自己的怀抱之中！痴情的桂英此时幻觉王魁真的回来了，她高兴极了，向王魁深情低诉着自己对心爱的王郎仍是一往情深，更是绝对不会做负心人的，桂英还劝王魁不要萦怀曾做过的那种对不起自己的事，最后还情意绵绵地告诉王魁："郎呀，你可知我心中只有一个你、你、你。"我处理焦桂英这段【长句滚花】的唱，是用声音的抑、扬、顿、挫，注意用感情控制声音的力度，唱出人物对王魁痴心依恋的深情。这个时候的焦桂英，就像和王魁一起过着新婚蜜月的时光，她陶醉地依偎在王魁的怀抱里，身在爱海之中，感到无比的幸福。

猛然间，焦桂英幻觉王魁手持着一条锁链，要提她到地府阴司，她的美梦被锁链击得粉碎。她对王魁的爱情幻灭了，她在昏迷的状况中极端无奈地说："是你薄幸绝情，桂英拼死来对你。"她精神恍惚无目的地挥拳打去，晕倒在地上。焦桂英骤然醒来，这一下子她真的醒来了，她感到自己孑然一身，就像天际间鸿雁离了群一样，凄苦凉冷的处境，触目惊心的休书，使焦桂英感到"生而无地平冤气，倒不如死作鬼雄辨是非"了。这个人间的痴心女子，解下腰间红腰带，自缢在海神跟前！

（摘自《红豆英彩：我与粤剧表演艺术及其他》，广东人民出版社1998年版，第110—114页）

我喜爱《白燕迎春》中的沈洁

"创作剧目要重视优秀传统剧目，创作出古为今用的历史题材剧目，不要放松鼓舞人前进的现代题材的剧目……"这是周恩来总理生前对文艺创作的有关指示。我们粤剧要搞现代戏，既要把在社会主义建设中出现的新人新风艺术地提炼出来加以宣传，鼓励人们，也要把存在于社会的不利于国家和社会发展的歪风邪气无情地揭露出来，针砭时弊。鉴此编演现代戏这个工作我始终没有忘记。

1978年，我曾经访问过一位医术医德皆出众的医生，我深深地为新中国的医务工作者的爱国主义精神和为人民服务的高尚的思想情操所感动，产生了强烈的创作冲动。于是，我请秦中英先生帮忙，共同创作了《白燕迎春》。《白燕迎春》剧中人物是虚构的，无论在故事情节、结构的处理，还是在一个曲牌、一句词曲的使用上，都是经过我们字斟句酌，切磋琢磨，反复修改后创作而成的。

《白燕迎春》一剧剧情是这样展开的：

广东医学院胸外科专业高才生沈洁毕业了，她和同窗的好几位同学都被分配在一间很有名气的省立医院工作。由于受到刘老院长的重视与培养，沈洁在工作实践中进步很快。

沈洁和同学黄立组织了一个幸福的小家庭，并且有了爱情的结晶——一个可爱的小女儿沈兰。夫妻二人在医术上经常互相研讨，互相促进；家务工作也分工包干安排得井井有条。他们的小日子过得既紧张又甜蜜，不知羡煞了多少旁人。当善良的人们为这对互敬互爱比翼双飞的小夫妻祝福时，何爱东医生的心态却与众不同了。她与沈洁、黄立是同学，在校学习期间曾单恋着黄立，她对沈洁得到黄立的爱情一直深怀醋意，妒火中烧，像一颗炸弹埋藏在火炉旁一般，她总想寻机把沈洁这个情敌"击毙"。

调寄《昭君怨》

琵：(2 2 2 5 4 4 4 3 2.4 2 1 7 1 2) 2 2 …… 5 -
　　　　　　　　　　　　　　　　　　（沈洁）二 十　　年

5 4 5 7 1 7 1 7 1 7 1 7 1 | 2. 5 5. 4 5 4 5 3 2 |
情 怀 已 冷 事 尽 变 迁 不 必 痛 苦 说 从

1 (1 1 2 4 1. 5 7 1 7 5 7 1) | 2 4 3 2. 4 1 2 7 1 |
前　　　　　　　　　　（黄立）蛛 丝 纵 断

2 4 3 2 1 2 4 1 2 7 1 | 2. 4 2 4 2 1 7 5 7 1 2 5 4 2 |
忧 思 不 断　　身 虽 分 旧 爱 不 改

1 (0 5 7 1 7 5 7 1) | 2 2 4 1 2 7 1 | 2. 4 2 4 2 1 7 (6 7 6 5) |
变　　　　　当 初 怨 我 举 足 一 错误

4 2 6 5 0 | 5 5 6 5 4 3 2 4 5 | 2 5 5 4 2 4 1 (0 2 1) |
抱 恨 终 天（沈洁）花 可 再 开 月 可 再 圆

7 1 2 5 7 1 4 2 4 7 | 1 2 4 2 1 7 1 2 7 | 0 1 2 1 2 |
射 去 的 弦 上 箭 不 可 复 转请 息 别 念 重 树 雄

4 0 1 4 2 4 - | 2 0 2 0 4 0 4 0 | 4 3 2 4 5 - |
心 勤 奋 自 勉（黄立）实 在 处 境 本 未 忍 言

5 5 7 1 5(5 7 1 | 5). 2 5 1 7 1 2 4 | 1. 2 5. 1 7 1 2 4 |
怀惭负愧言　　　　家庭没有　温　暖怎能　自

1 - 5. 7 1 7 | 5 7 5 7 4. 6 | 5. (2 4 5 4 2 4 5 6 i) |
勉　长　对着　浮荡无聊半疯癫　　　（沈洁）

5 5 6 4(4 5 6 i) | 5 5 3 2(2 4 2 1) | 7. 1 7. 1 2 5 4 1 |
相晓 于理　　　相规以善　　　定 有日 会使她品性

2. (5 2 5 2) | 5 5 6 4 5 | 2 5 3 2 1. 2 | 7 1 5 7 1. 4 2 4 7 |
转　　（黄立）一些 不称心 大吵不 完天 地 能 变她不 会

1 　　2 4 2 1 7 1 7 | 7 0 1 2 2 1 2 | 4 - 4 - | 2 0 2 0 4 4 |
变(沈洁)不应早 判 断　更不可长自 抱 怨 万 望 珍惜

2 4 2 1 7. 5 4 | 5 5 2 4 5. 1 6 1 4 | 5 …
当初伟 愿 短瞬 一生何 堪 一损 再 损

　　"文化大革命"使整个中国大地遭劫蒙难。沈洁所在的良新医院也未能避免这场灾难，沈洁的舅舅在台湾居住，她仅在六岁时见过舅舅，以后便一直没有与他联系过。在那人妖颠倒是非混淆的时代，沈洁竟因这种关系被打成了"特务分子"，何爱东则因哥哥是工宣队长，自然成为"根正苗红"的红色医生。懦弱的黄立在造反派的压力下，被迫与爱侣沈洁"划清界线"，含着眼泪离开了她和心爱的女儿沈兰。

　　沈洁被剥夺了做医生的资格，不能再用自己的医术为病人服务了。

　　沈兰被认为是"黑五类"的子女而到处受到歧视。有一次，她被人打得额头受伤，伤口血流不止。她被送到医院后，医生何爱东却只顾

"阶级斗争"，不管病人死活，没有为沈兰的伤口进行细致的清洗和缝针治疗，只是随便用些红药水止血便了事，也因此导致这个大姑娘"破相"而找不到对象。沈兰一辈子都忘不了何爱东对她的伤害。

严冬过去，大地回春，"文化大革命"终于结束了。邓小平同志采取了一系列拨乱反正措施，特别是改革开放以来，中国大地就像大旱逢甘露般，到处是一派喜气洋洋的崭新气象。沈洁获得了新生，又重新拾起了手术刀，并在领导的关怀下，到国外去深造她的专长——胸外科。在那里，沈洁非常珍惜这个难得的机会，她刻苦钻研，取得了很大的成绩，获得校方的高度评价和奖励。

沈洁回到祖国的怀抱工作，激动的心情使她浑身充满了干劲。她回到医院的第一天就接到了一个艰巨的任务，要马上做一例无太多资料可查的心脏先天性心瓣狭窄的特殊病状的手术。当时，在国内这类手术成功率很低，她感到了自己责任的重大；特别是当她知道这个病人就是当年横刀夺爱，害得自己家庭离散，女儿容貌被毁的"仇人"何爱东时，沈洁的心情复杂极了。

这天沈兰要为深造归来的妈妈摆下家庭小宴接风，沈洁也要为被"冷落"了多年的女儿的生日庆祝一番。在这喜庆的时刻，黄立出现了，他恳求沈洁为其妻何爱东主刀抢救。天真的沈兰本以为"黄叔叔"对她妈妈爱丝微藏，有心要撮合他们成为一对；此时才明白他原来就是那个无情负爱、抛妻舍女的生父，此次来还是要前妻为"仇人"治病时，不禁怒火中烧，沈兰赶走了黄立，坚决反对母亲为何爱东操刀做手术。

此时此刻，沈洁爱恨交织，心情沉重，进退彷徨，到底怎么办呢？她想到自己是党和国家培养成才的，自己是白衣战士，绝不能利用工作之便泄私人之愤，但是何爱东这一病例的手术有很大风险，又牵涉到两人的恩怨，如果在手术过程中稍有差错，人家会怎么说呢？！"心怀旧恨，公报私仇，想夺回丈夫，故意将何爱东害死！"到那时真是有口莫辩啊！怎么办，怎么办？

我很喜欢这段戏——喜、怒、哀、乐的表演都有。我尤其喜欢其中沈洁和黄立的对唱：沈洁开始以为黄立木木讷讷地说着什么，是向她重提过去夫妻感情的事。面对眼前这个懦弱冷血的人，她感到一种怜惜，并且坦然而又带着一点无奈之情道出她的心声：（剧本在这里安排了一段给沈洁和黄立对唱的《昭君怨》的曲调，见第380页）"二十年，情怀已冷，事也尽变迁，不必痛说当年……"

整段曲的曲调旋律与原曲牌没有大的改变，但是整段曲的唱法和唱腔都能让观众感到沈洁同情黄立为当时客观环境所迫无可奈何地走错的那一步，并且她对黄立这些年来由于家庭问题意志消沉而感到惋惜。她平静地劝勉黄立应该为祖国的医疗事业尽心献力，在工作岗位上重树雄心，勤奋自勉。这段曲唱来动听悦耳，又富有人情味，引起了观众的共鸣。

沈兰原本高高兴兴地在厨房中为他们做饭。她从他们的对话中得知真相，由惊转怒，久蓄的仇和恨涌上心头，她直斥黄立无耻，并且反对母亲为"仇人"操刀，最后怒极而悲，赶走黄立，背身伤心大哭。

沈洁在这个时候，一阵悲痛之情也突然涌上心头。这位受尽创伤和苦难的女人，让激烈的感情渐趋平静，深情爱抚着女儿，劝解着女儿："纵是戴天仇结千年怨，到底世上从无百世冤……女呀！当年不幸事，你爸爸亦是不得已而然。"

我喜欢《白燕迎春》戏中沈洁这个人物。她这种情感我是理解的，也十分同意做人是应该有这样坦荡的胸襟的。

沈兰这个孩子坚决不让母亲去为"仇人"作治疗，她和母亲吵了一阵，把母亲锁在房内，不管母亲如何恳求她开门，她也横心不理。

沈洁在房中急得团团转！

她想着病人，想着病人已被推进手术室，想着病人到了做麻醉的时候了，怎么办啊？她急得像热锅上的蚂蚁，彷徨无主。最后，她凝望着露台旁的水渠，把心一横，站上窗口，攀着水管，沿渠而下，可是还没有着地她就滑落街中。正在这时候，医院的同事赶来了，扶起沈洁。当时沈洁双脚扭伤，疼痛难当。她安慰着同事，稳定他们焦急的心情，并到治疗室为伤脚打封闭，然后由护士扶着进入手术室为病人做手术……

一群医护人员在欢笑声中，像一群白燕在空中飞舞着。他们簇拥着沈洁来到台前。恢复健康的何爱东把一束鲜花献给沈洁；沈洁伸手接受了这位同事的友谊，并将这花献给了已卸下白袍的老院长。这个戏就在欢乐的气氛中结束了。

《白燕迎春》这个戏我之所以没有经常上演，主要是因为我已不是舞台上第一线的演员了；而且这又是一个女主角戏份很重的现代戏，所以较难把"艺术生命"延续下去，我也感到非常可惜。但是让我欣慰的是，1994年底，我在首都的剧场再次演出了这个戏。当时是零下15℃，在冰天雪地的情况下，文艺同行和观众们座无虚席，热情地支持着我这个戏的演出。我对粤剧舞台，对粤剧艺术，是深感无憾了！

（摘自《红豆英彩：我与粤剧表演艺术及其他》，广东人民出版社1998年版，第134—140页）

红线女艺术年表简编
（1925—2013）

1925年（出生）

12月，红线女出生于广州西关，原名邝健廉。

1938年（13岁）

红线女拜舅母何芙莲为师，正式学艺。

1939年（14岁）

红线女以艺名小燕红参加 胜寿年班，在澳门清平戏院首次登台演出，饰演宫女、丫鬟之类的配角。

1940年（15岁）

靓少凤建议其改艺名为红线女，当时的小燕红欣然接受，一直沿用至今。

1943年（18岁）

红线女首次担纲正印花旦，出演《软皮蛇招郡马》女主角 李亚仙。

1947年（22岁）

红线女拍摄了生平第一部电影《我为卿狂》，开始涉足电影艺术，至1955年回归祖国大陆前仅七八年间，共拍摄了九十多部电影，成为香港红极一时的剧影两栖明星。

1951年（26岁）

红线女主演《一代天娇》，该剧被认为是"女腔"（后称"红腔"）形成的标志。

1952年（27岁）

红线女组建真善美剧团，力邀马师曾、薛觉先加盟，先后 演出了《蝴蝶夫人》、《清宫恨史》、《昭君出塞》等剧，为香港粤剧界吹来一股清新之风。

1955年（30岁）

10月，红线女受邀从香港前往 北京参加中华人民共和国建国六周年国庆观礼活动。

12月，红线女从香港回归祖国大陆，回到广州后，参加广东粤剧团工作。

1956年（31岁）

5月，红线女赴京演出《搜书院》，周恩来总理等党和国家领导人观看 了马师曾、红线女的演出。周恩来 总理在不久召开的昆曲《十五贯》座谈会上把昆曲誉为"江南兰花"，粤剧誉为"南国红豆"。

7—11月，由上海电影制片厂拍摄完成《搜书院》戏曲艺术片。

1957年（32岁）

7—8月，红线女随胡耀邦任团长的 中国青年艺术团前往莫斯科参加第六届世界青年与学生和平友谊联欢节，以《昭君出塞》、《荔枝颂》两曲参加东方古典歌曲比赛，获得金质奖章。胡耀邦为红线女题词"祖国的骄傲"。

1958年（33岁）

11月，红线女主演的粤剧《关汉卿》在广州正式 公演。

12月，红线女率领广东粤剧团到武昌为中国共产党八届六中全会演出《关汉卿》，毛泽东、周恩来等领导人出席观看。毛泽东为红线女题词——鲁迅《自嘲》诗两句："横眉冷对千夫指，俯首甘为孺子牛。"作为其座右铭，并写信勉励红线女"活着，再活着，更活着，变成了劳动人民的红线女。"

1959年（34岁）

8—9月，应金日成首相邀请，红线女随中国广东粤剧团访问朝鲜，在平壤等六个城市演出了《关汉卿》、《搜书院》、《昭君出塞》等剧目，金日成首相观看演出并接见了红线女等主要演员。

1960年（35岁）

3月，红线女参加文化部委托中国戏曲学院举办，以梅兰芳为班主任，为期三个月的戏曲表演艺术学习班，红线女与全国艺术同行切磋交流，结下了深厚的情谊。

1961年（36岁）

2—3月，应胡志明主席的邀请，红线女随中国广东粤剧团赴越南民主共和国访问演出，演出了《关汉卿》、《搜书院》、《刘胡兰》等剧目，胡志明主席接见了马师曾、红线女等主要演员，并授予中国粤剧团一级劳动勋章，和全体成员合影。

1963年（38岁）

1月，红线女主演粤剧《李香君》在广州公演，此剧改编自孔尚任的《桃花扇》。

1965年（40岁）

7月，红线女主演粤剧现代剧《山乡风云》在广州公演，该剧被称为粤剧现代戏改革的里程碑，全国多个地方剧种争相改编移植。

1973年（48岁）

应国务院办公厅要求，红线女主演粤剧电影《沙家浜》，以邝健廉名字饰演阿庆嫂一角。

1979年（54岁）

9月，红线女调任广州粤剧团艺术总指导。

9月底，红线女在广东省、广州市庆祝 建国三十周年晚会上演唱《李香君·守楼》，这是她离开舞台十三年三个月后，第一次重登舞台演唱。

1980年（55岁）

3—4月，红线女随中国广东粤剧团到新加坡访问演出，这是新中国成立后，国内粤剧团首次赴新演出，到访期间被当地媒体称 为"红线女周"。

5月–7月，以红线女为艺术指导的中国广东粤剧团在港澳两地演出，这是红线女自1955年回祖国大陆后首次赴港澳演出，港澳掀起了"红线女旋风"。

冬，红线女主演《昭君公主》在广州公演，这是红线女复出后第一个新戏，改编自曹禺话剧《王昭君》。

1982年（57岁）

6—8月，红线女随中国广东粤剧团赴北美七大城市演出，这是新中国成立后，国内粤剧团第一次 赴北美演出。

1984年（59岁）

10月，红线女独唱会在广州中山纪念堂隆重演出，红线女成为中国戏曲界首个举办个人独唱会的艺术家。

1985年（60岁）

4月，红线女荣获亚洲协会表演中心颁发的"杰出艺人奖"及联合国交响乐协会授予的"杰出艺术奖"。

1988年（63岁）

9—10月，红线女率广州粤剧团赴京举办"红线女艺术专场"演出。

1989年（64岁）

9月，由红线女主演电影《李香君》在香港首映。

1990年（65岁）

1月，红线女组建广州小红豆粤剧团，任团长。

1991年（66岁）

7月，红线女主演现代粤剧《白燕迎春》在广州公演。

1992年（67岁）

4月，红线女任艺术总指导率广东粤剧代表团到新加坡参加"狮城国际粤剧节"。

9月，红线女率广州小红豆粤剧团赴日本福冈演出，庆祝"广州·福冈友好城市20周年纪念暨太平洋亚洲艺术节"，这是历史上首次有粤剧团在日本演出。

1993年（68岁）

5月，红线女参加了省港演艺界在天河体育馆举行的"万千希望在人间"慈善义演，与香港演员新马师曾、张学友同台演唱。

8—10月，红线女与加拿大北美影城合作录制《红线女粤剧戏宝》，包括《苦凤莺怜》、《刁蛮公主戆驸马》、《昭君出塞》等红派经典剧目唱段，以及一批脍炙人口的红派名曲。

1994年（69岁）

5月，红线女倡议成立的"广东粤剧工作者联谊会"在广东大厦举行成立大会，红线女任会长。

12月，红线女率广州红豆粤剧团晋京演出，主演 粤剧现代戏《白燕迎春》，此剧目获中宣部1994年度"五个一工程"提名奖。

1995年（70岁）

8月，红线女以广东粤剧工作者联谊会会长的名义发起了纪念抗日战争五十周年大型粤剧晚会，演出活动在广州南方戏院举行。

1996年（71岁）

5月，中共广州市委和广州市人民政府发文决定 成立"红线女艺术中心"。

1997年（72岁）

6月，为庆祝香港回归，由红线女创作的粤剧现代戏《春到梨园》在香港上演。

1998年（73岁）

2月，香港临时市政局举办 "银海艳影——红线女从影五十周年纪念展"，红线女出席开幕式和记者招待会。

4—12月，红线女主持拍摄《红线女艺术之路》、《红线女1998最新代表作》。

11月，红线女在番禺南沙获得霍英东奖金委员会授予的首届"霍英东成就奖"，红线女是中国地区唯一获奖的戏剧工作者。

12月，红线女艺术中心落成并正式对外开放，红线女出席 落成典礼暨红线女从艺六十周年庆贺活动开幕式，《红线女艺术之路》同期首映。

1999年（74岁）

6月，红线女与广州市妇联共同发起"爱心助学"义演活动，并前往增城正果镇畲族村小学探望慰问畲族学生。

9月，"爱心助学"义演晚会在红线女艺术中心小剧场举行，红线女邀请香港著名词曲家黄 霑同台主持，当晚所筹善款全部用于帮助畲族儿童完成从小学到大学的学业。

12月，红线女应邀赴澳门参加由国务院文化部主办的《爱我祖国、爱我澳门》大型晚会，并献唱专为澳门回归新创作的粤曲《莲花颂》。

2000年（75岁）

1月，红线女应邀前往新加坡参加纪念牛车水人民剧场成立30周年的慈善义演，并在开幕式上演唱了《唱不尽中新友好情》。

1—12月，红线女主持，并和香港天中唱片有限公司合作制作《红线女2000粤剧艺术经典》。

2001年（76岁）

4—7月，红线女策划编排粤剧《西关女人》，大胆启用广东粤剧学校一班未毕业的女学生担纲主角。

6月，红线女应邀赴美国纽约领取美华艺术协会、纽约文化事务部、林肯艺术中心联合颁发的"粤剧艺术终身成就奖"。

2002年（77岁）

3月，红线女赴北京保利剧院参加广州市委宣传部主办的《粤剧交响乐音乐会》，演唱《昭君出塞》。

5月，红线女荣获国务院颁发的首届"造型表演艺术创作研究奖"，成为中国戏剧界唯一获此殊荣的女性戏曲表演艺术家。

2003年（78岁）

6月，红线女参加广东省委、广州市委分别举办的庆祝胜利、歌颂抗"非典"英雄文艺晚会，并演唱粤曲《娄山关》。

2004年（79岁）

3月，红线女珍贵的手印永久保留在香港星光大道上。

7月，红线女出席在广州中华广场电影城举行的世界首部粤剧动画电影《刁蛮公主憨驸马》首映式。该剧创作历时四年，红线女担任该剧导演、编剧、艺术总监并亲自为剧中女主角凤霞公主配音、配唱。

8月，红线女进京出席第十届中国电影华表奖暨第七届夏衍电影文学奖颁奖晚会，粤剧动画电影《刁蛮公主憨驸马》获"优秀美术片奖"。

2005年（80岁）

11月，红线女获香港浸会大学荣誉文学博士学位。

2006年（81岁）

9月，红线女出席在红线女艺术中心小剧场举行的"知遇之恩，知音之情——红线女艺术中心成立十周年庆贺活动"，并登台演唱粤曲《西施喜》。

2007年（82岁）

10月，红线女拍摄电视艺术片《红线女心路之桥》，该片首发式于12月在红线女艺术中心小剧场举行。

2008年（83岁）

5月，红线女先后到上下九步行街和海珠区广百中一城为四川地震灾区义演、捐款。

12月，红线女出席在广州友谊剧院公演的《纪念改革开放30周年——红线女粤剧艺术作品展演》，并演唱了《水乡桥韵》、《昭君出塞》和《荔枝颂》。

2009年（84岁）

6月，红线女获"全国非物质文化遗产先进工作者"称号，是广东省唯一一位获此殊荣的艺术家。

10月，红线女获中国剧协颁发的"首届中国戏剧奖•终身成就奖"，应邀赴北京接受表彰。

12月，红线女出席在红线女艺术中心举行的2009年中国（广州）国际纪录片大会特别展播暨艺术纪录片《艺海明珠》首映式。

2010年（85岁）

4月，红线女荣获上海第20届白玉兰奖终身成就奖，红线女是继常香玉获第一届白玉兰奖终身成就奖后第二位获此殊荣的艺术家。

2011年（86岁）

12月，红线女出席在红线女艺术中心举行的《余乐生平——红线女表演艺术欣赏会》首映式。

2012年（87岁）

3月，红线女赴京出席创先争优巾帼建功全国三八红旗手（集体）表彰大会，被中华全国妇女联合会授予了"全国三八红旗手标兵"称号。

12月，红线女出席在红线女艺术中心举行的艺术片《花城之春》首映式。

2013年（88岁）

3—6月，红线女投入纪录片《永恒的舞台》的拍摄工作，该片是她人生舞台最后一部艺术作品（遗憾本人没能看到成片，此片于12月在红线女追思会上首映）。

11月，红线女出席在广州白云国际会议中心举行的首届世界广府人恳亲大会，红线女获首届广府人"十大杰出人物"称号，她在大会晚会上登台献唱《荔枝颂》。

11月，红线女出席在白云国际会议中心举办的"红豆飘香——广州粤剧团(院)成立六十周年志庆晚会"，并登台面见观众，祝贺广州粤剧院成立六十周年。

12月8日，红线女在广州病逝。习近平、李克强、张德江、俞正声、刘云山、王岐山、张高丽等中央政治局常委送来花圈表示哀悼。